影辰捕物帖

上

梶山季之

論創社

目次

装画・装丁　野村　浩

彫辰捕物帖　上

刺青渡世

その一

〽恋と云う、その源を尋ぬれば、
　人に二つの穴かしこ、
　互いに洩れじ洩らさじと、
　かたりあいたる睦言《むつごと》も、
　いつしか今は仇《あだ》し野の……。

　下手な浄瑠璃を唸りながら、なにやら手にした銀色に光るものを、小さな水桶《みずおけ》に浸しては、障子の方に翳《かざ》して眺め、ちょっと指先で触れてみたりしている若い男があった。


　待乳山《まっちやま》の聖天堂下にある料亭の二階座敷である。

　背丈は五尺そこそこだろう。

　顔もあまり整った方ではない。

　はっきり云って、風采《ふうさい》のあがらぬ人物であった。

　年齢は二十七、八であろうが、なにかした拍子に、四十ちかい分別臭い顔になる。

　――紹介しよう。

　名前は、辰之助。

　通称――彫辰。

　前歴は明らかではない。

　レッキとした旗本の三男坊だと云う説もあり、また、いま流行の錦絵《にしきえ》の版木彫りの職人だったと云う説もある。

さらにまた、日本橋の小間物屋の若旦那だったが、勘当されたのだ……誠しやかに伝える者もあった。

しかし、いずれにしろ、いま辰之助が、刺青《いれずみ》を彫ることで、生計を立てているらしいことは、間違いなかった。

〽露とこたえて消えにゆく、
　心のうちぞ便なけれ、
　されば仏の教にも、
　　妻子珍宝及王位、臨命終時不随者と、
　かねてさとれど今更に……。

辰之助の下手な浄瑠璃はつづく。

それは葛西にある幸大寺の和尚で、満水なる人物が、近所に住むお市という娘と、駈け落ちしたことを、浄瑠璃にしたものだった。

戯作者・島田金谷が、蜀山人《しょくさんじん》の序文を得て、『新発幸大寺不実録』という小冊子をあらわし、出版したことで、忽《たちま》ち有名になった事件である。

いまで云う、モデル小説だったのだ。

当時は、僧職にある人間が、素人娘と駈け落ちするなどと云うのは、大事件であったのであろう。

——ところで。

いま、料亭〈湖月〉の二階で、辰之助が浄瑠璃をうなりながら、つづけている作業は、実は、針研ぎなのであった。

むろん、刺青に使う針なのである。

この針は特別に誂《あつら》えたもので、絹針のように細い。

むろん裁縫に使うのではないから、糸を通すメドはない。

その針を、筋彫《すじぼり》用には三本か五本、ボカシ用には二十一本から三十一本ぐらい纏《まと》めて使用するわけだった。

筋彫の場合は一列。

ボカシ彫の場合は、二十一本なら、十一本と十本という風に、二列になる。

こんな風に並べた針を、柄に絹糸でしっかりと結びつけて使うわけであった。

その柄の材料は、竹がもっとも多く撰《えら》ばれている。

手近かにあって、便利だからであろう。

稀《まれ》には、紫檀《したん》、象牙なども使われたが、針を並べる溝を彫らないと、絹糸で括《くく》り付けた針が動くので、あまり用いられなかったらしい。

その点、竹だと適当にしなやかなので、絹糸で括り付けられた針が動かないのであった。

筋彫と云うのは、細い線を彫ることである。

これに対し、ボカシ彫とは、筋彫の線と線のあいだを埋めてゆく作業であった。

辰之助は、年は若いが、図柄が大胆で、しかも華麗に仕上る……ということで、評判をとった、いま売出し中の刺青師なのである。

その上、仕事が早い。

その売出した秘訣は、辰之助が〈はね針〉という独特の技法を編み出したからだ、と一般には云われていた。

当時は、俗に云う〈芋突き〉で、ただズブズブと刺してゆく〈突き針〉の技法しかなかったのである。

この突き針だと、手加減ひとつだから、針の深さが一定せず、ムラの多い仕上りとなるのだった。

その上、痛い。

ところが辰之助の考案した方法は、針を皮膚に直角に突き立てないのだった。

針を、斜めに突き刺す。

ただ斜めに突き刺したのでは駄目で、辰之助はその針を抜かずに、そのまま、前の方へ跳ねるようにするのだった。

これが、〈はね針〉のコツである。

突き針では、彫っているとき、音はほとんどしない。

しかし、はね針だと、シャキ、シャキという独特の彫り音がして、いかにも痛そうである。

刺青師の仕事は二階でやり、階下を住居に使っていることが多いが、そのリズミカルな、

「シャキ、シャキ……」

と云う音は、階下にまで伝わって来て、刺青したことがある者なら、

〈あ、彫ってるな……〉

と判る位に大きかったと云う。

後年、この辰之助の考案した〈はね針〉は、大流行したが、音の割合に痛くないのが特長であった。

しかも常に深さが一定していて、ムラなく仕上るのだった。

その彫る針の深さは、筋彫で半紙三枚ぐらいの厚さ、ボカシや朱で半紙二枚ぐらいの厚さであったと云うから、彫辰は、やはり若くして名人と呼ぶに相応しい人物だったのであろう。

だが、辰之助に云わせたら、彼が売れッ子になったのには、もう一つ、別の理由があったのだ……。

＊　＊

〈湖月〉の女将であるお竜は、旦那である三星屋喜蔵の相手をしながら、

〈ああ、早く帰ってくんないかな!〉

と、じれったそうに珊瑚《さんご》の簪《かんざし》で頭の地肌を掻いた。

喜蔵は、質屋が表向きの商売だが、その実岡っ引の大親分なのである。

俗に云う目明しであるが、なぜか、その言葉の使用を禁じられて、岡っ引——つまり〝岡〟にいて〝手引き〟すると云う名称が使われるようになった。

むろん、岡っ引は、奉行所の正式な役人ではない。

八丁堀の旦那——つまり与力《よりき》、同心たちの手先になって働く私立探偵みたいなものなのである。

喜蔵は、この八丁堀同心から乞われて、質屋稼業の傍ら、二十人ぐらいの居候を養い、スリ仲間と夜鷹《よたか》たちに顔を利かせている人物だったのだ……。

質屋には、いろいろと贓品《ぞうひん》が集まる。

それで八丁堀の旦那方も、その仕事をしている喜蔵を利用しようとしたのであろう。

だから喜蔵は、金廻りがよい。

しかし、岡っ引の親分としての腕は、さっぱりだった。

居候たちに、小遣いをやらないからなのである。

お竜が、苛立っているのは、二階に、辰之助が

来ていることを、女中から耳打ちされていたからだった。

彼女は、一カ月前から、辰之助にかかって刺青をして貰っている。

旦那の喜蔵が、陰萎《なえまら》となり、気がくさくさしている時に、親友のお小夜から、耳寄りな話を聞いたからである。

お竜は三十歳。

いうならば、脂の乗り切った年増ざかりであった。

その年齢で、旦那がインポになったのだから、彼女が気を滅入らせたのも、無理はなかろう。

お竜は、喜蔵に、

「背中に、彫物をしてみたいんだがねえ」

と相談した。

すると喜蔵も目を輝かせて、

「うん、そいつは良い。その刺青をみたら、俺のだらしがねえ悴《せがれ》も、奮い起つような図柄で、彫って貰いねえ」

と云ったのだった。


つまり、喜蔵は、お竜の胸や肩に、猥褻《わいせつ》な図柄の刺青をさせて、それによって視覚的な回春剤にしたい……と考えたのであろう。

お竜はさっそく、彫辰の許《もと》に町駕籠《まちかご》をやって、辰之助に来て貰った。

そして、その旨を申し入れたのである。

辰之助は、苦笑して、

「あっしの刺青は、高こうござんすよ」

と云った。

当時、刺青の彫り賃は、現在のように、一寸四方いくら……と云うのではなく、一刻《いっとき》いくら、というのが標準だった。

一刻とは、二時間である。

それは恐らく、二時間以上も彫っては、辛抱できないところから生まれた、一つの目安だったのだろう。

だいたい半紙の四つ切り位の面積を彫ったらしいが、ふつうの相場は、一刻一分《いちぶ》というのが常識だった。

その他に、食事を出したり、酒代をはずんだりするので、背中一面の刺青をして貰うには、七、八両かかったものらしい。

が——辰之助は、お竜に、一日の彫り貸として、倍の二分を請求したのである。

　そのとき辰之助は、

「なんせ、あっしのは、二本一緒に刺しやすんでねえ……」

　と含み微笑《わら》ったのだった。

＊　＊

　辰之助が出した条件は、一日の彫り賃は二分で前払い、完成するまで絶対に他人には肌をみせない、と云うものである。

　お竜は、すべてを承諾した。

　旦那の喜蔵は、刺青が完成するまで、自分にも肌をみせない……という苛酷な条件には、不服そうだったが、辰之助がそれが嫌なら引き受けないと云うのだから、仕方なかった。

　——かくて、お竜は、辰之助から刺青をして貰うことになる。

　お竜は、その初日の時のことを、生涯忘れられないだろう。

　辰之助は、二階の座敷に床を延べて、一刻あまり、人払いを命じた。

　そしてお竜を仰臥《ぎょうが》させ、

「下絵を考えるあいだ、これを見ていて下せえ……」

　と、春信《はるのぶ》の錦絵を手渡したのだった。

　——鈴木春信。

　それは日本の浮世絵を、世界の浮世絵にさせた功労者である。

　つまり春信は、平賀源内などの協力によって、木版の多色刷りという方法を編み出した人物なのだ。

　それまで、色彩別に版木を彫り、これを一枚紙に印刷する紅摺絵《べにずり》は誕生していたが、色を重ねて、絢爛豪華《けんらんごうか》なる錦絵をつくりだすことは、誰も考え及ばなかった。

　判り易く云うと、水色と黄色を重ね刷りしたら、緑色になることを発見して、利用したのは鈴木春信なのである。

そして、春信の名を江戸に高からしめたのは、例の春画《しゅんが》であったのだ。

当時は〈あぶな絵〉と称したが、辰之助はその春画をお竜に手渡して、自分は、机の前に坐し、ゆっくり硯《すずり》に向かって墨を摩《す》りはじめたのである。

陽の高い秋の午前中であった。

八畳の座敷に、男女が二人っきり。

お竜は、敷布団に仰臥し、春画に見入っている。

辰之助は、黙々と墨を摩る。

……彼女は、昂奮し、息苦しくなった。

〈お小夜さんが、云っていたのは、このことかしら……〉

と、お竜は思った。

お小夜と云うのは、深川の芸者で、彼女の幼な馴染みである。

偶然、浅草寺の境内で会い、一緒に食事したとき、お竜が喜蔵の陰萎について愚痴ったのだ。

すると、お小夜は、

「いま売り出しの彫辰に刺青を彫って貰ってごらんなね……。そりゃあ、もう、たまらないから……」

と云ったのだった。

芸者であるお小夜が、そりゃあ、たまらないから……と云うのには、もちろん裏の意味がある。

それでお竜は、心を動かしたのだった。

……辰之助は、せつない息を吐き、人前だから、身悶えも出来ず、やたらとカラ咳《ぜき》ばかりをしはじめたお竜に気づくと、

「胸を、思いきり、はだけて下せえ」

と声をかけたものだ。

喜蔵の希望は、その刺青を見ることで、春情を掻き立たせることにある。

それには、背中では役立たない。

お竜は、それと知って、恥らいながらも、着物の襟《えり》をはだけた。

喜蔵が目を細める、白い餅のような肌が、あらわになる。

辰之助は、近寄って、お竜の肩のあたりを指先で押し、

「まだ出来上ってやせんなあ」

と、謎のようなことを云った。

あとで判ったのだが、性行為のとき、昂奮と激しい運動のため、女の肌は汗ばみ、上気する。

辰之助は、それを計算に入れての図柄を考えたかったのだった。

出来上ってない、と云うのは、彼女がまだ十二分に昂奮していない、と云う意味なのである。

辰之助は、無言でお竜の着物の裾《すそ》をはだけた。

「ああッ！」

と、彼女は吃驚《びっくり》して起き上る。

「驚きなさんな……」

辰之助はニヤリとして、

「お小夜さんを泣かせた鼈甲《べっこう》の針を、使わせて貰いやすぜ……」

と云い、懐中から取り出した飴色《あめいろ》の棒状のものを、ゆっくりと彼女の下腹部の繁みの裾に、あてがったのだった。

春信の春画で、潤っていた彼女の洞窟《どうくつ》は、無言でその鼈甲の針を受け容れた。

人肌で暖められていたその針は、彼女を悶絶させるに充分だった。

〈二本の針を一緒に刺す……〉。その一本はこれだったんだわ〉

お竜は、その途方もない快感に、のたうち廻らんばかりだったのだ。

そして、その針の虜《とりこ》となった。その鼈甲の針を待って、いま、躰《からだ》が疼《うず》いている。

だが、旦那の喜蔵は、なかなか腰を上げそうもない。

その二

三星屋喜蔵は、いま〈湖月〉の二階に彫辰が来ているのを知っている。

いくら手柄の少い岡っ引の親分でも、自分の愛人の変化ぐらいは判るのだった。

喜蔵が陰萎となってからと云うものは、愛人のお竜は、彼には勿論《もちろん》、女中には当り散らす、板前とは喧嘩して馘《くび》にしてしまうで、荒れに荒れていたのだ。

ところが一カ月前、刺青をはじめてからは、まるで打って変り別人のように朗らかになり、喜蔵にも愛想よくなったものである。

……旦那たる者、いささか頭にくるではないか。

「おい、彫辰ってえ若いのは、〈はね針〉とか云う荒っぽい方法で彫るそうだが、痛くはねえのか？」

喜蔵が、そう訊いたとき、お竜は、

「そりゃあ痛うござんすさ」

と云い、それから目を細め、涎《よだれ》の垂れそうな唇許《くちもと》をつくると、

「みんな、お前さんのためにと思って、我慢してるんじゃないかね」

と答えたのだった。

それは苦痛を我慢すると云うより、なにかを愉しんでいるような、そんな口吻《くちぶり》である。

喜蔵は、根っからの度胸なしだから、躰に針を突き立てられるだなんて、真ッ平であった。

小さな棘《とげ》だって、御免である。

その苦痛に耐えて、刺青を彫っているのだから、お竜は自分を愛して呉れているのだ……とは思う。

しかし、いま、女中から彫辰が来たことを耳打ちされた途端に、帰って呉れよがしに、簪で鬢《びん》のあたりをゴシゴシ掻いたり、

「お前さん、仕事の方はいいのかえ？　また本多さんに叱られるよ？」

などと云われると、向かっ腹が立つ。

本多と云うのは、八丁堀同心で、隠密廻《おんみつまわ》りの喜蔵の上司であった。

同心というのは、与力と違って、三十俵二人扶《ぶ》持《ち》という薄給である。

だから矢鱈《やたら》と喜蔵のところに、たかりに来るのであった。

たとえば聖天堂下の、この〈湖月〉にだって、毎月のように来て、飲み食いのあと、

「勘定はいかほどじゃ？」

などと、必ず訊く。

むろん、払う気は頭からないのだが。

お竜も心得ているから、

「本多さま、この次でよろしゅうござんすよ…

…」

と愛想笑いして、代金は取らない。

いわば役得である。

お竜が留守をしている時、本多小十郎から勘定はいくらだ……と云われ、莫迦《ばか》な女中がハイ、畏《かしこ》まりましたと許り《ばか》、勘定を貰ったことがあった。

すると数日後、喜蔵の本業である質屋の方に、さっそく仕返しが来たものだ。

質蔵改めである。

これをやられると三日間ぐらいは、閉店休業の憂き目に遭うのであった。

特に、大名の紋どころの入った拝領品などが、質草になっていたら、大変である。

喜蔵は、どうしてそんなことになったのかと、乾分《こぶん》たちを走り廻らせ、〈湖月〉での一件を知ったのだった。

それで早速、お竜に命じて、小十郎が支払った勘定の、二倍の金額を返済させると、直ちに質蔵改めはチョンとなった。

なんせ金で首がつながる世の中なんだから、致し方あるまいが、その本多小十郎から叱られないか……などと云われては、喜蔵としては、意地でも動きたくなくなる。

二階の奥座敷で、若い男と二人っきりになっている、お竜の一刻あまりの時間を考えると、彼はカッカとしてくるのだ。

誰も人を入れないと云うのが、先《ま》ず気に喰わぬ。

彫り上るまで、誰にも見せてはならぬ、と云う条件も腹立しい。

もっとも、彫辰の人相風体は、喜蔵も知っている。

とてもとても、〈湖月〉の女将であるお竜が、惚れるような相手ではない。

その点は、安心しているのだが、彫辰が来ると、お竜が浮き浮きして、自分を蔑《ないがし》ろにするのが不愉快なのだ。

だから、わざと用事もないのに、居坐っているのである。

――しかし。

とんだ邪魔が入った。

居候している乾分のなかで、〈早喰留〉と渾名《あだな》のある留七が、

「親分ッ、変死だ、変死だァ！」

と、黄色い声をあげて、飛び込んで来たのである。

「なに、変死！」

喜蔵は、仕方なく帳場へ出て行った。

きいてみると広小路――田原町三丁目に大きな店を構えている仏具商〈金竜堂〉の、出戻り娘が離れで、変死を遂げていると云うのだった。

「えッ、金竜堂の……」

喜蔵は、びっくりした。

広小路には、仏具商が多いが、その中でも金竜堂はひときわ目立つ存在だったのである。

〈畜生め！〉

と思ったが、変死となれば、十手捕縄《とりなわ》を預っている手前、行かなきゃならない。

「帰りに、また寄るぜ」

喜蔵は、未練たらしくそう云って、草履《ぞうり》を突かけたものである。

＊　＊

お竜は、ヤレヤレと笑顔で旦那を送り出すと、女中に命じて手桶に、湯を汲ませた。

そして、いそいそと二階への階段を昇ってゆく。

あまり急いだので、手桶の湯が階段や、着物の裾にはねた。

〽結びの神に嘘つくが、
出家の道か坊《ぼん》さんか、
いかに尻から生まれたとて、
逆さまごとの無理ばかり……。

辰之助の浄瑠璃が廊下へ流れてくる。

〈ふふ……、とうとう、お市満水をあげたらしいわね……〉

お竜は微笑しながら、

「お待ちどうさま……」

と声をかけた。

襖《ふすま》をあけると、辰之助は、研ぎ上った針を竹の柄に絹糸できりきりと括り付けているところだった。

いつもより、針の数が多い。

辰之助は、お竜が手にしている桶をみると、

「今日は、そいつは必要ありやせんぜ……」

と、こともなげに云ったものだ。

〈まあ……要らないだって！〉

お竜は、むくれ顔で、

「どうしてなの？」

と訊く。

「なあに……今日からは、朱を入れますのさ……」

彫辰は云っている。

「朱を入れる？」

「へえ、そうでげす」

辰之助は、針の長さより、ちょっと短かく削り落した竹の柄の先に、

「ちゅう、ちゅう、たこ、かいな……」

と勘定して、十六本の針をとり、ついで残った十五本を、少しくずらせて、その上に重ねている。

いつもながら、鮮やかなものであった。

一列目の偶数本の針は、二列目の奇数本の針より、少し長く突き出ている。


これは、斜めに刺したとき、その針の尖端が、皮膚に同時に突き刺させるための工夫であった。

そしてまた十数本の針先は、並べて上からみると、半月状に弧を描いている。

直線に一列だと、針をはねる時に、両端の針にだけ、力が入るからである。

いわば、これが彫辰の秘伝で、素人目にはちょっとしたことだから判らない。

それで平気で、お竜の目の前で絹糸を巻いたりするが、一日の仕事が終ると、必らず絹糸を切り、針をバラバラにしてしまうのが、彫辰の習慣だった。

彼の〈はね針〉の秘伝は、その針の並べ方にあったからである。

辰之助は、そうした刺青に使う道具を、筋彫、ボカシ彫とあわせて、常に九本だけ持ち歩いていた。

九――つまりピンで縁起がよいからだ。

そして本数が少いと、仕事が終ったあと、道具を勘定するのに、便利なのである。

一人、一日分を彫るには、五本や、六本の道具が要る。

また一日に三人も、四人も彫る時には、道具を取り換えるから、下手をすると二、三十本は用意しておかねばならぬ。

しかし辰之助は、決して九本より増やさなかった。

普通の彫物師は、その本数が多いことを自慢したのであるが。

辰之助が、九本より道具を増やさないのは、自分の創意工夫にかかる〈はね針〉の秘密を、他の彫物師たちに盗まれたくないからである。

九本だと、一本なくなっても、すぐ判る。

しかし二十本、三十本となると、そうはゆかないのであった。

この点に関する限り、辰之助は、信じられない位に神経を使っていたのだ。

一つには、〈はね針〉の針の並べ方、竹の柄の工夫を、他人に盗まれると、一刻二分というベラ棒な料金を、貰えなくなるからでもあろうけれど。

彫辰は、新しい男の客が来ると、無言の儘《まま》、相手に自分の身近かにある煙管《きせる》だとか、吐月峰《はいふき》だとかを、

「ちょっと、これを！」

と云って差し出すのが常である。

相手は何気なく右利きなら右、左利きなら左手で受け取る。

彫辰は、相手の利き腕を見定めた上で、その反対側の手の拇指《おやゆび》を、手にとってみるのだった。

彫物師なら、その拇指の横腹に、必らずタコが出来ているからである。

そして、タコのある人間なら、たとえ版木職人だと云っても、決して刺青を彫らなかった——。

＊　　＊

ところで、お竜が、湯を満たした手桶が今日は必要ない——と辰之助から云われて、むくれたのには、ちょっとした仔細がある。

その手桶の湯は、なにに使われるものであったか？

これが、ピタリと判るような読者だと、実に頼《たの》

母《も》しいと云わねばならない。

賢明なる読者は、〈湖月〉の女将が、鼈甲の太い針で、恍惚《こうこつ》となったことを、ご記憶であろう。

――左様。

その手桶の湯は、鼈甲の〝針〟を暖めるのに、必要だったのである。

ご賢察の通り、鼈甲の針、つまりお竜や、その親友のお小夜を泣かせた〝針〟とは、俗に云う〝張形〟であったのだ。

張形とは、ペニスに模してつくられた偽陽茎の謂《いい》である。

なぜ、〝はりがた〟という名称がついたかについては、いろいろな説がある。

ある者は、ポルトガル語でハリコと称するところから、南蛮人が日本に伝え、そこから転化したのであろうと云っている。

また別の者は、江戸時代の秘語で、張子とは、張りふくれ上る意味だから、エレクトした形と云うところから生じたと唱える。

『阿奈遠加志《あなおかし》』によれば、

「をはしがたとて、玉茎のかたちをまねびつくることは、いとかみ代よりのわざにて、石しても木しても造り――云々《うんぬん》」

とある。

〝をはし〟というのは、〝男橋〟である。または〝男端〟、つまり男性の端の部分という意であろう。

従って、張形を、をはしがた、と呼んでいた時代もあったわけだ。

この張形に関する同義名には、いろいろとあって、〈偽茎〉、〈偽人陽〉、〈男形〉、〈張角〉、〈男茎形〉、〈男端形〉、〈箱入男〉、〈角《つの》細工〉、〈お姿〉、〈御養の物〉、〈秘蔵〉、〈閨中《けいちゅう》女悦之具〉、〈笑い道具〉、〈四ツ目屋道具〉、〈牛の角〉、〈細工物〉などと称したと云う。

とにかく彫辰やお竜が生きていた時代には、一般には、〈御養の物〉と云っていたらしい。

御養とは、お慰めする、という意味で、一説には、大奥女中に〝御用の物〟……ということから生まれたのだと云う説もあるが、ここでは深く論じまい。

……いつの時代から、かかる偽ペニスが製造されていたのかは、文献がないので明らかにし得ないが、この張形で最高級品が、つまり鼈甲細工であったのである。

むろん、中は空洞であった。

そして精巧なものには、膨れて浮き上った血管の隆起すら、浮彫りにされていたと云う。

薄い外表になっているから、弾力性に富んでいる。

これを微温湯《ぬるまゆ》に浸すか、あるいは綿を熱湯にしめしたものを、空洞内に詰めれば、人肌そっくりの熱を帯び、『阿奈遠加志』によれば、

「まことのものとなにばかりの、けぢめもなき」状態になった——とある。

つまり、お竜は今日も、その彫辰持参の〝張形〟で、たっぷり愉悦できると思っていたのであった。それで、手桶に湯を汲んで、自から運び上げて来たのだ……。

ところが、その湯の必要はない、と云われたと云うことは、今日は〈御養の物〉の悦楽はナシ、と云うことに他ならぬ。

彼女が、不服そうな顔をしたのも、当然であろう。

お竜にとって、彫辰の手で刺青をして貰うことは、痛みに耐えながら、女悦すると云うことに他ならなかったからである。

辰之助は、支那から到来した古渡《こわた》り朱を、丹念に水に溶かして、その色の濃さをためしていたが、

「そろそろ、よござんすか」

と、仰臥したお竜に声をかけた。

お竜は、鳶《とんび》に油揚をさらわれたような気持で、口には出さぬが、じれったそうな顔をしている。

「よござんすか？」

辰之助は云った。

お竜は、首をふった。

「朱は、凄く痛いって、云うじゃァないかえ。この儘、彫られて、どうして、我慢できると、お思いかえ？」

辰之助は無言で、お竜の着物の裾を、ゆっくり

とめくった――。

その三

「あら、やっぱり！」

お竜は、微笑した。

最初の日のように、辰之助の体温で暖ためつづけていた鼈甲針を、刺して呉れるのかと思ったのだ。

「いかにも、朱を刺す時の方が、墨よりは痛うござんすのさ」

辰之助は、お竜の白い太腿をあらわにすると、その内腿をゆっくり撫であげた。

お竜は、思わず背筋にゾクリと戦慄が走るのを覚えて、首を反《そ》らせている。

「お女将さん……」

辰之助は、微笑して、

「襖に細工して来やすから、その間に、着物を脱ぎ捨てて欲しいんで」

と云った。


「まあ……着物を？」

お竜は、むっくり起き上る。

「そうでげす」

辰之助は、表情ひとつ変えず、

「朱彫は痛えんだ……。だから、鼈甲の針じゃあ、どうにもならねえ」

と告げる。

「すると……水牛か、なにか……」

お竜は、口籠《くちご》もった。

当時、張形には、水牛の角（輸入物）でつくったものが、一般には用いられていたのである。

「いいえ、そんなもんじゃあござんせん」

辰之助は、金鎚《かなづち》と釘をどこからともなく取り出して、敷居に佇《たたず》む。

「あっしは、女に朱を刺す時は、あっしの命を吹き込みてえんざんすよ……。おわかりでやしょう？」

辰之助は、ニヤリとすると、サッと角帯《かくおび》をといて、下帯ひとつの姿になる。

いかに勘の鈍い女でも、そこまでされれば誰だって、ピーンとくる。

　つまり辰之助は、鼈甲の針でなく、人肉の針を刺そうと云うのであった。

　お竜は、言葉もなく、こっくり一つすると帯をほどきはじめる。

　自慢の白い餅肌が、次第にあらわになってゆく。

　辰之助は、襖どめの釘を軽く敷居に打ち込んで、お竜の方に戻って来た。

　流石《さすが》に照れて、お竜は掌で、前の方を隠している。

　――だが。

　辰之助は、そんなものには目もくれず、お竜の両肩から胸のあたりを凝視している。

　そこには、筋彫の線画ながら、実に奇怪な図柄が描かれていた。

　右腕には、恐ろしい天狗の面がある。

　そして、腋毛《わきげ》を利用して、着物の裾をはだけた御殿女中が、肩のあたりで両手をひろげていた。

　右腕を上げて、次に強く脇腹に押しつけるようにすると、恰《あた》かも天狗の鼻が、怒張《どちょう》したファルスとなって、腋毛の下の洞窟に迫るような、そんな錯覚に陥ち入る。

　左の肩には、大蛇《だいじゃ》が鎌首《かまくび》をもちあげて、とぐろを巻いており、左の乳房の乳首を、クリトリスに見立てて、実に精緻なバギナが彫られ、蛇は隙あらばその下にある洞窟めがけて、今にも入り込まんという体勢であった。

　つまり一方は腋毛を、もう一方は乳首を女陰の一部に見立てて、ファルスは天狗の鼻と蛇の鎌首とで代用した、奇想天外な図柄なのである。

　しかも、右腕を動かし、或いは左乳房を動かせば、それは単なる平面的な刺青ではなく、忽ち生き物となって立体的に動きだすところが、辰之助の苦心である。

　そして天狗の方には紅葉をあしらい、蛇の方には、牡丹《ぼたん》があしらってある。

　だから、怪奇な天狗や、蛇などが絵の中にあっても、少しも可笑《おか》しくないのであった。

「ふむ！　悪くねえ！」

　辰之助は、その図柄に見惚れて、

「今日は、天狗の面に朱を刺しやす」

と、お竜に云った。そして、

「まあ、腕や肩には、力が入るから、多少のことは辛抱できるでやしょうが、思い切り痛がっておお呉んなせえ。お女将さんが、痛がって呉れれば呉れるほど、この辰之助の肉針は、硬く、熱く、そして太くなりやすのさ……」

と告げるのだった。

お竜の方は、鼈甲針でもよいと思っていたのに、その上をゆく肉針と来たもんだから、もう生唾をためている。

「よござんすか?」

辰之助は、たっぷり筆の穂先に朱を含ませると、左手の掌をピタリお竜の右腕の肌に密着させた。

そして、中指だけをあげて、残りの指と中指とのあいだに、朱筆をはさんだ。

ボカシ彫の三十一本針を右手に持つと、左手の拇指の横腹につける。

つまり、その拇指を拠点として、それで調子をとりながら、シャキ、シャキ、シャキと針をはねてゆくわけだ……。

「うーむ……うーむ!」

お竜は、低く唸りはじめた。

……痛いのである。

「さぞ、痛うがしょうなあ……」

辰之助の瞳が、不意に異様な輝きを帯びはじめていた。

それは、なぜか?

「痛いわ……今日は、とっても痛いの!」

お竜は、呻いている。

「さいざんしょうな……」

辰之助は、針をとめて、下帯をとくと、その端を、お竜の口に銜《くわ》えさせた。

手拭を嚙むのが、苦痛に耐えるもっとも適切な処置なのである。

＊　＊

生身の躰に、針を刺し、墨なり、朱なりを入れるのだから、痛いのが当然だった。

彫ったところは、地腫《じば》れがして、腕なんかは二倍ぐらいに膨れ上るのが普通だそうな。

そして熱が出て、小便の色が変り、まったく食欲がなくなる。

仕上げと称して、刺青を彫って貰ったあと、湯に入るのだが、これがなかなか苦しく、貧血を起してぶっ倒れる者も少なくないと云うことだ……。

刺青して、一番痛いのは、横腹と、尻の亀の尾と云われる部分である。

ついで腋の下、背筋の上部あたり、二の腕の裏などが痛いと云われている。

つまり、針を刺されても、どうにも力の入らない部分……が、痛いわけだった。

「ああ……辰さん、我慢できない。しばらく休んでお呉れなね……」

お竜は、下帯を口から離して云った。

「そうは、ゆきませんぜ……」

彫辰は、また手をとめると、下帯の汚れた部分を探し、

「臭かろうが、辛抱しなせえ」

と、小気味よく含み微笑って、お竜の美しい顔にかぶせ、あいている左手をとって自分の立膝した胯間に導いた。

お竜は、ゴクリと咽喉を鳴らす。

「しばらく玩具《おもちゃ》にしてなせえ。痛がるだけ、痛がって下さりゃあ、こちとらも二本目の針の打ち甲斐があるってえものだ……」

辰之助の言葉は、冷ややかだが、それだけに年増女の情炎《じょうえん》を擽《くす》ぐるものがあった。

「ああ……痛いよう、辰さん……」

お竜は、身悶えしている。

「泣きなせえ……痛けりゃァ、泣くのが一番だ……」

「痛いッ！　本当に、痛いんだってば！」

「朱を刺してるんでげすから、当り前で」

「ああーッ、痛いッ！　辰さん、痛むよッ」

「でやしょうな」

「止めとくれ、もう……後生だから、辰さんってば！」

「泣きなせえ……」

「莫迦……もう、泣いてるよゥ……」

「痛うござんすか？」

「当り……前じゃ、ないのッ！　止めて、辰さん……痛い、痛いッ！」

辰之助は、掌をあてがったまま、小刻みな快よい針の音を響かせてゆく。

お竜の顔に、苦悶の色が強く漲《みなぎ》った。

辰之助の汚れた下帯を噛み、首を左右に動かしながら、泪《なみだ》をポロポロ溺《こぼ》しつつ、必死になって耐えているその姿……。

お竜の左掌のなかで、不意に変化が起きはじめた。

それは、みるみる容積を増し、怒張してゆく。

お竜は、喘ぎながら、

「辰さん……もう、これ以上、虐《いじ》めないで、お呉れなね……」

と叫んでいる。

「ふふ……」

辰之助は含み微笑い、

「では、肝腎な部分だ……肉針を刺させて貰いやすぜ」

と云った。

小男の、なんとかと云う文句があるが、それは五尺そこそこの男性の、持ち物とは信じられないほど立派なものだった。

辰之助は、体の位置を変え、一気にお竜に肉針を突き刺す。

「ああッ！」

お竜は、全身を痙攣させた。

「静かに、しなせえ……」

辰之助は、彼女をたしなめると、彼女にのしかかったまま、左掌を彼女の右腕にあてがい、天狗の鼻の部分を刺しはじめた。

「ああ……辰さん！」

お竜は、躰をわななかせている。

「動くんじゃァねえったら！」

辰之助は、叱った。

「だって……辰さん！」

「十五や十六の小娘じゃァあるめえし。朱を刺し終ったら、また、考えねえでもないから暫《しばら》くのあいだ辛抱しなせえ」

「だって、いいんだよ……」

「おや？　お女将さん。痛いのかえ、いいのかえ？」

辰之助は、へらず口を利きながら、シャキ、シャキ、シャキと彫り進む。

「痛いけど、いいんだよう……」

お竜は云った。

眉根には、苦悶に似たものが漂っているが、果して苦痛なのか、快感なのか——。

お竜は、親友のお小夜が、

「そりゃァ、もう、たまらないから……」

と洩らした言葉の意味を、いまこそ知ったと思った。

朱彫りの針は痛いが、しかし、その苦痛の方を、辰之助の肉針は和らげて呉れているのは確かなのである……。

＊　＊

田原町三丁目の〈金竜堂〉の出戻り娘——加代が死亡したという事件は、いかにも奇々怪々なものであった。

加代は二十六歳だった。

二十一の時に、蔵前の米問屋の長男に見染められて嫁したが、子胤《こだね》に恵まれず、嫁して三年、子無きは去る……という当時の風習に従って、今年の春、離別となったのである。

徳川時代には、嫁は子供を産むための道具と、考えられていたのだろう。

加代は、母屋の裏手につくられた離れで、寐泊《ねとま》りしていた。

別に離別されてからも、浮いた噂はなく、かと云って仏具商の仕事を手伝うでもなく、ぶらぶら気儘に暮していたらしい。

医者にかかるような持病もなく、食欲もあり、健康そのものだった。

死ぬ前夜にも、夕食のあと、金竜山名物の米饅《まん》頭《じゅう》を四つペロリと平げて、父親の仁兵衛から、たしなめられた位だと云うことだ。

加代が、母屋から、

「お休みなさい……」

と、離れに去って行ったのは、五ツ半ごろと云うから、現在の午後九時である。

そして、加代が四ツ（午前十時）になっても、起きて来ないので、下女のタキという者が起しにゆくと、内部からの返事がない。

玄関も、雨戸も閉まっている。

そこで下男の弥助を呼んで来た。

そして、雨戸を壊し、中へ入ってみると、八畳の寝所《しんじょ》で、加代が眠っていた。

「お嬢さま！　もう四ツでやんす！」

と、加代を揺り起そうとした下女のタキは小さく、「キャッ！」と叫んで、ガタガタ震えだした。

弥助が、

「どうしただ？」

と訊くと、タキは、

「お、お嬢さんが、冷たくなって！」

と叫んだ。

弥助は、

「なに、嘘こくだ……」

と、加代を揺り起そうとして、これまた腰を抜かした。

加代は、氷のように冷たくなっていたのである……。

弥助は、番屋《ばんや》に走った。

その結果、聖天堂下の〈湖月〉で、お竜をじらせていた三星屋喜蔵のところに、使いが出されたわけである。

しかし、なんとも奇妙な死に方だった。

死に顔に、微かな苦悶の色はあるが、それほど大袈裟なものではない。

むろん、五体に傷はなかった。

首を絞められたような痕跡もないし、かと云って毒殺された形跡もないのである。

自殺なら、遺書ぐらいある筈《はず》だが、それも見つからなかった……。

喜蔵は、父親の仁兵衛に、

「娘さんは、蔵前から帰されたことを、ふさぎ込んではいなさらなかったか」

と訊いた。

仁兵衛は、きっぱり首をふり、

「別に、気に病んでは居りませんでした」

と云った。

喜蔵は、

〈自殺ではないか〉

と思ったのである。

しかし両親や、番頭たちから否定されてみると、自殺とは考えられなくなった。

こんな場合、自殺とか、病死で片附けるのが一番らくなのだが、隠密廻り同心の本多小十郎が駈けつけて来ては、頬《ほ》っかむりも出来ない。

小十郎は、

「加代に、自害の原因なくば、加代を殺害したる者がある筈じゃ」

と云い、

「葬儀を出しては、相成らんぞ」

と釘をさした。もっとも、これは本多小十郎の常套《じょうとう》手段である。

生きてる者は別だが、死人の躰は腐敗してゆくのであった。

湯灌場《ゆかんば》へも担ぎ込めず、葬儀を出せないでいると、死臭が充満して、いかに仏具問屋であろうとも、近所迷惑になる。

小十郎は、それを見越して、〈金竜堂〉から、なにがしかの金子《きんす》をせしめようと考えているのだから、話はややこしくなったものだ……。

その四

お竜の肌は、いっぺんに生気を取り戻したかの如くであった。

……むりもない。

辰之助の肉針から迸《ほとばし》った、熱い樹液を彼女の柔かい襞《ひだ》の洞窟は、一滴も余さず吸収したのである。

辰之助は、お竜の口で肉針を浄《きよ》めさせると、ゆっくり下帯をつけながら、

「お女将さん……悪いが、すぐに朱彫の湯仕上げをしてお呉んなさい」

と云った。

「もう少し、こうさせておいて、お呉れでないか……」

お竜は、うっとりと呟いている。

「いや、ならねえ。この辰之助の朱彫は、二本

刺して、すぐ湯に入るからこそ、たまらねえ色に仕上るんだ……」

辰之助は、手早く着物をきて、角帯をしめると、

〽二人一所と聞くからは、
わしゃ本望じゃ、本望じゃと、
互いに抱く月のかげ、
落ちる泪は玉あられ……。

と、またぞろ浄瑠璃に戻って、日本剃刃《かみそり》で刺青用の針の絹糸を、思い切りよく切ってゆく。

お竜は、やっと立ち上って、衣類を身に纏《まと》いはじめた。そして、

「ねえ、辰さん……」

と、甘ったるい声で、辰之助に呼びかけるのだった。

「なんで、ござんしょう」

彫辰は、木に竹を括ったような、そっけない応じぶりだ。

「あたしゃ……こんな、味のよいのに、お目にかかったのは、生まれて始めてだよ……」

お竜の言葉には、実感がある。

「そうでげすか」

辰之助は、にべもない。

「なんだねえ、辰さん。赤の他人じゃ、あるまいし……」

と、お竜はじれったがる。

「おっと、どっこい！」

辰之助は、せせら笑いを泛べて、

「勘違いしちゃァいけねえ」

と、突き離した。

「えッ、なんですって？」

とお竜。

「あっしは、なにもお女将さんを欣《よろこ》ばせようと思って、おいらの肉針を使ったんじゃねえんでござんす……」

「あら。じゃあ、どういうお積りかえ？」

「あっしの作品に、命を吹き込むために、朱針と肉針を双刺《もろざ》しにしたんでげす」

「いやな、云い方！」

お竜は、帯を掌でポンポンと敲《たた》いて、

「まあ、いいやね。あたしゃあ、こうなったら

躰のすみずみまで、辰さんに彫って貰う気だよ？」

と、媚びを含んだ眼になって、

「今日は、遊んで行って、お呉れなね。あたいが奢るからさあ……」

と云う。

「では、お言葉に甘えて……」

辰之助は、敷居の釘を器用に抜き、

「しかし、旦那がむずがりゃしませんか？」

と微笑っている。

「大丈夫だよ……。いま、事件で田原町まで出かけてるからさァ」

お竜は、辰之助をうっとり見詰めて、

「じゃあ、約束したよ……」

と廊下を小走りに駈けてゆく。

辰之助は苦笑しながら、使用した針先を木綿の手拭でぬぐい、油紙にくるんだ。

硯に、墨や古渡り朱、砥石《といし》、剃刀などは、辰之助が考案した硯箱に納められるようになっている。

竹の柄は、筆を入れるところに、簡単に片附けられた。

絹糸と、針だけが、手拭いにくるんで、袂《たもと》へ納《しま》い込まれるのである。

辰之助は、硯箱を風呂敷に包み、二階の奥座敷を出た。

〈湖月〉は、階下が大衆居酒屋になっていて、食事も出来る仕掛けであった。

もっとも湖月の場合は、食事といっても、奈良茶と称して、茶粥《ちゃがゆ》を食べさせ、それが待乳山の名物になっていたのであるが。

茶粥を、奈良茶と名づけたのは、奈良地方では、朝夕、茶粥を食べる習慣があったからであろう。

階下へ降り、顔見知りの女中に、

「般若湯《はんにゃとう》を冷やで呉れめえか」

と辰之助は云った。

「あいよ……」

と答えてから、その女中は辰之助のそばに寄って来て、

「いったい、今日はなにがあったんだい？」

と小声で訊く。

「なにがあった？」

辰之助は、怪訝《けげん》そうな顔だ。

「お女将さんだよ……」

女中は、鼻の頭が擽ったいような笑い方をしてから、

「なあにね……二階から降りてくるなり、みんなに着物を一枚ずつ、作ってやるよッ……って、こうだろう？　たいていのことに、駭《おどろ》かない者だって、一体、なにがあったんだろうって、勘ぐりたくもなるじゃないかね」

と、彼女は云うのである。

辰之助は苦笑して、

「なあんだ……そんなことか。じゃあ教えてやるが、今日は、痛くてたまらねえ朱を刺したのさ。お女将が悲鳴をあげねえって云うから、もし悲鳴をあげなすったら、お店で働いている者たちに、なにか買ってやってお呉んなせえと、おいらが頼んだのさ……」

と、さらりと答える。

女中は聊《いささ》か、がっかりした面持で、

「なあんだ、そうだったの。しかし、それにしちゃあ、あの吝《しわ》いお女将さんが、なんだか、嬉しそうだったがねえ……」

と首を傾《かし》げている。

お竜の旦那の喜蔵と、八丁堀同心の本多小十郎とが店に戻って来たのは、そのときであった……。

＊　　＊

喜蔵は、冷や酒を呷《あお》っている辰之助をジロリと睨むように見て、

「彫辰だな？」

と、声をかける。

「へえ、左様で——」

辰之助は、悪びれない。

「仕事は、終ったのか」

喜蔵は訊いてくる。

「へえ、今日のところは……」

辰之助は、ぶっきら棒に答えた。

すると本多小十郎が、俄《にわ》かに興味を示す表情になって、

「喜蔵。彫辰と申すと、いま評判の、はね針の刺青師か」

と訊いている。

辰之助は、茶碗をおいて、

「よろしく、お願い申します」

と、上半身を跼《かが》めた。

朱房《しゆぶさ》の十手には、弱い方なのである。

……少しく補足すると、赤い房の十手をもつのは、八丁堀の与力と、同心に限られていたのであった。

だから映画などで、岡っ引が朱房の十手をふり廻すのは、可怪《おか》しいのである。

八丁堀の同心は、黒紋付の羽織を着なければならなかったが、お成先（将軍家行列のこと）でも着流し御免ということで、袴《はかま》はつけず、朱房の十手を後帯に差して歩いた。

これに対して、与力の方は、知行《ちぎよう》取りだけに服装もやかましく、佩刀《はいとう》と並べて十手を差していたらしい。

「いや、彫辰。実は、急がぬ用件じゃが、そちに頼みたいこともあるのじゃ。まあ、一杯奢らせて貰おうか」

本多小十郎は、自からの名を名乗って、辰之助の隣りに腰をおろす。

「なにか、事件だったそうで……」

辰之助は、喜蔵ともなく、小十郎ともなく云った。

「うむ。金竜堂の出戻り娘が死んだ。病気でもなし、自害でもなし、かと云って人から殺された様子もないのじゃ」

小十郎は云った。

「なるほど……」

辰之助は、茶碗の酒を啜《すす》って、

「誰か、外から入って来た形跡は、ないのですかい……」

と訊く。

喜蔵が苦々しく、

「それが離れの玄関は締まってる、雨戸は締まってるで、誰も外から入った様子はねえ。それなのに、親父の仁兵衛の野郎は、誰かに殺されたに違えねえ……って、云い張りやがるんだ……」

と云った。

「なるほど、なるほど」

辰之助は肯いて、

「しかし、入ろうと思ったら、なにも雨戸を破ったり、玄関を壊さなくたって、入れますぜ？」

と苦笑した。

「なんと申す！」

本多小十郎は、辰之助を見据える。

家の中へ入るのに、玄関や、雨戸のあるところを利用せずに、入れるわけがないとでも云いそうな表情であった。

それと察して喜蔵が、

「おい、彫辰！」

と怒鳴った。

「お前に、お竜の刺青を手がけさせているからって、増長《ぞうちょう》するんじゃねえ！　俺っちを、なんだって思ってやがんだ！」

喜蔵は凄《すご》んだ。

さながら、虎の威を借る狐である。

いや、もしかしたら、お竜の柔肌に、天下御免で憎い針を刺すことに対する、憎しみであったか――。

「別に、増長はしてやせんぜ……」

と辰之助は云った。

「す、す、すると、なにかい！　玄関の戸、雨戸をはずさねえで、人間が家の中へ出入り出来るってでも云うのか！」

喜蔵は威丈高《いたけだか》になる。

「出来やせんかね」

辰之助は微笑して、

「あっしなら、やってみせやすが」

と答えたものだ。

さあ、こうなると三星屋喜蔵も、黙っておられない。

「よし。今夜、金竜堂の離れに、忍び込んでみろい！」

と、云うことになった……。

げに、口は災いの門ではある。

＊　＊

死んだ加代の死骸は、母屋へ引き取られていた。

死人が出た場合、町人ならば湯灌場へ連れてゆき、死体を洗い浄めてから、座棺《ざかん》に入れて土葬するのが、江戸時代の習慣である。

しかし本多小十郎から、その禁止命令が出ているから、それもならず、母屋で通夜と云うことになった。

——その夜。

本多小十郎と、三星屋喜蔵の二人は、金竜堂の離れに坐っていた。

彫辰が、忍び込む約束だったからだ。

むろん雨戸も、玄関も閉めてある。

だから外からは、誰も侵入できない……と考えたのは、小十郎たちの早計だった。

四ツ半——現在の十一時ごろであった。

離れの八畳の隣りにある四畳半の、半畳のタタミが音もなく床下から押し上げられ、辰之助が姿をみせたのである。

「ややッ！」

喜蔵もこれには駭いて、目を丸くしていた。

人間が、仁木弾正《にっきだんじょう》ではないが、床下から入って来るなんて、考え及びもしなかったのであろう。

「なるほど！　床下があったか！」

本多小十郎は叫んだ。

「まあ、見て下せえ！」

辰之助は、その床板を最近、鋸《のこぎり》で切ったような痕があるのを小十郎に示し、

「こいつは、お加代さんが納得ずくで、外から人を入れたか、或いは、この金竜堂の中にいる者の仕業でげすぜ！」

と云ったのだ。

「なぜ、わかる？」

小十郎は云った。

「考えてもごらんなせえ。こんな厚い松の床板を、鋸で切れば、相当に大きい音がしやす……」

辰之助はそう云うと、

「恐れ入りやすが」

と、小十郎に頭を下げた。

「なんだな？」

と、本多小十郎。

「お嬢さん……つまり、加代さんの遺骸を拝見したいんで」

「なぜだな？」

「へえ……」

辰之助は苦笑して、

「人間に、殆ど傷痕を残さずに、殺《あや》める方法が、一つだけあるんでげす」

と云った。

「なにッ、本当かッ！」

小十郎は、立ち上った。

……しばらく後。

〈金竜堂〉の出戻り娘、加代の死体――と云うよりは、後頭部の髪の毛の中を、改めていた辰之助は、不意に、

「やっぱり、でさあ」

と呟いた。

「やっぱり？」

本多小十郎は、後頭部に燭台《しょくだい》を近づけて、ためつ、すがめつ眺めている辰之助の行動がよく呑み込めないらしかった。

「旦那……」

辰之助は、低く告げた。


「こいつは、鍼《はり》でやすよ……」

「えッ、鍼だと！」

「へえ。あっしは、刺青渡世をしてますんで鍼には委《くわ》しいんですが、人間には、あの細い鍼一本で、殺せるところがあるんでさあ」

「な、なんだと！」

本多小十郎は、大きく唸ったものだ。

……そして、辰之助の見通しは、実に正しかった。

すぐ近くの不動明王・金蔵院の若い僧侶がその犯人であったのだ。

その僧侶は、加代が出戻って間もなく、加代と通じるようになり、夜な夜な、金竜堂の裏口から離れに忍び込み、情交を重さねていたのである。

床下から、入って来るというのは、加代の発案だったと云う。

そして、お定まりの加代の心変り……。

僧侶は、勝手加ったる床下から忍び込み、習い覚えた鍼術《しんじゅつ》で、加代の後頭部を刺して一気に殺害し、金蔵院に戻って素知らぬ顔をしていたのであ

る。げに、恋はおそろしい。
しかし、〈湖月〉の女将が、辰之助に恋しなかったと、誰が云えるであろうか?

四ツ目屋事件

その一

……九十六間の長さが自慢の、両国橋の手前右手が、両国の広小路だ。

その広小路で、〈大橋《だいきょう》〉と云えば、江戸の庶民に膾炙《かいしゃ》された、有名な料理屋である。

名物は、鮪《まぐろ》の刺身の厚造り……。

その〈大橋〉の小座敷で、昼間から一杯やりながら、人待ち顔の四十男がいた。

床の間の近くには、角力《すもう》の関取が使う大きな座布団のような、風呂敷包みが置いてある。

よほど大事な品らしく、酒を飲みながらも、その包みから眼は離さない。

五本目の徳利を女中が運んで来たとき、男は思わず舌打ちして、

「彫辰は、まだ来ないかえ?」

と、女中に愚痴るように訊いたものだ。

「はい、まだ……」

女中は微笑して、

「あの……忠七さんも、彫物を?」

と問い返す。

忠七は首をふり、

「滅相もない!」

と云った。

この忠七と云う男、実は、すぐ近くの両国薬研《やげん》堀《ぼり》の、〈四ツ目屋〉の番頭なのである。

——四ツ目屋。

江戸文学に関心のない方は、ご存じないかも知れない。

当時の川柳に、

『長局《ながつぼね》四ツ目小僧が出ると泣き』

という作品がある。

おそらく読者は、一ツ目小僧か、三ツ目小僧の間違いだと思われるであろう。

一ツ目か、三ツ目なら、化物だし怖いからである。

にも拘《かかわ》らず、この川柳は、四ツ目小僧なのである。

〈なあんだ……少しも怖くないじゃァないか……〉

と思われる方も多かろう。

だが、この川柳が意味しているお局の〝泣き〟とは、恐怖の泣きではない。

江戸時代で云う〝夜雁《よがり》泣き〟なのだ。

四ツ目小僧と云うのは、四ツ目屋で取り扱っている性具——いわゆる張形のことなのである。

薬研堀の埋立地に、秘具を扱う四ツ目屋が開店したのは、寛永三年であった。

佐々木家の紋所である四ツ目を、黒地に白く染め抜いて使用したところから、四ツ目屋という愛称が生まれた。

俗に四ツ目屋薬とか、四ツ目屋道具とか云われ、江戸の庶民に親しまれていたのは、次のような種類の品々である。

○肥後瑞喜《ずいき》。

陽物をふとくするために巻く。女甚《はなは》だよろこぶものなり。巻方に口伝あり。

○吾妻形。

陰門のかたちをこしらえたるもの也《なり》。ひとり寐《ね》のおのこ楽しむ具なり。

○京形。

水牛にてつくるはり方なり。

○張形。

陽物のかたちを水牛にてつくりしもの也。ひとり寐の女のたのしみとする道具なり。
○互形。
はりかたの両頭なり。おんな二人してたのしむの具。
○せせり。
はりかたの小さきもの也。女ひとりしてくじるの具なり。
○茶釜《ちゃがま》。
あずまがたなり。布にてこしらえたるものなり。
○革形。
あずまがたの類、かわにて製す。ひとり寐の男、たのしむの具なり。

（――以上、当時の広告文）

これらは道具の方だが、薬品もあった。
○長命丸。
これは、塗布用の男子保精薬で、俗に云う練り薬だ。
○朔日丸。
これは女性用の通経避妊の丸薬。
○通和散。
これは唾でといて使う男色用の塗布薬のことだ。
○地黄丸。
これは腎虚《じんきょ》に使う強精剤。

……まあ、他にもいろいろあったらしいが、こうした性具、秘薬を売り出して評判をとったのが、四ツ目屋だったのである。

文献によると、四ツ目屋で売っていたのは、長命丸、通和散、女悦丸、危檣《ほばしら》丸の四種類だったとあるが、真偽は明らかではない。

――ところで。

その四ツ目屋の番頭忠七が、刺青《いれずみ》を彫る気もないのに、なぜ〈大橋〉で彫辰を待っているのか……と云う疑問が湧こう。

しかし、その疑問は、辰之助が姿をみせてから、解いて頂くことにしよう。

＊　＊

「ああ後生だから、辰さん……」

〈湖月〉の女将お竜は、下半身をくねらせて、小柄ながらよくバネの利いた辰之助の臀部《でんぶ》に、自から両の踵《かかと》を強くあてがった。

「お女将さん……」

辰之助は冷ややかに、お竜が激しく寄せた眉根の縦皺《たてじわ》を打ち眺めて、

「もう、あっしの仕事は終りやしたぜ」

と告げる。

「そ、そんな、殺生な！」

お竜は、目も開けられずに、唇をわななかせていた。

「殺生なのは、そっちですぜ！」

辰之助はニヤニヤしている。

今日、お竜の左肩にとぐろを巻いた大蛇《だいじゃ》の、赤いメラメラした舌先に朱を刺して、すべての刺青の構図は、完成していたのである。

むろん、肉針を刺した上である。

お竜が、じれったがっているのは、彼女がアクメに到達する寸前に、辰之助が自からの肉針を抜き取ろう、としたからだった。

彼女が哀願しているのは、せめてアクメを味わせて欲しい……と云うことなのである。

——だが。

辰之助は、そんな悶える湖月の女将を、努めて冷酷に無視して、ぐいッと思い切りよく肉針を抜き取ったものだ。

「ああッ！」

お竜は、この世のものとは思われぬような、悲痛な叫び声をあげる。

それは恰《あた》かも断末魔の如き悲鳴だった。

お竜は、辰之助に獅嚙《しが》みつき……と云うよりは武者振りついて、

「気が狂っちゃうよッ！」

と泣きだす。

「狂いなせえ……」

辰之助は、平気な顔をして、

「狂えば狂うほど、その天狗の長い鼻と、大蛇の鎌首《かまくび》が、イキイキして来ますのさ」

と云って退《の》けた。

「あんた……辰さん」

お竜は、まだ硬さを喪《うしな》っていない、辰之助の肉針に狂おしく頰ずりして、

「もう、直ぐなんだよオ……」

と、嗚咽している。

「わかってやす」

辰之助は肯いて、

「あっしだって、途中で止めるのは辛いんだ……。しかし、そうしねえと、図柄が生きて来ねえんでさあ」

と呟く。

「図柄なんか、死んだって良いからサ。辰さん、お願いだよ……」

と、お竜は声を震わせている。

だが辰之助は厳しく撥《は》ねつけて、

「さあ、最後の仕上げだ。うんと熱い湯に入って、痛い朱針の傷と、物足りねえ肉針の味とに、苦しみ藻掻《もが》いて来なせえ」

と云い切った。

「辰さん……」

お竜は、気も狂わん許《ばか》りだ。

……むりもなかった。

お竜が、その刺青の苦痛に耐えて来たのは、最初は精巧な張形のためであり、ついで辰之助の太い肉針の故為《せい》であったのである。

そして最后の仕上げの日――。

辰之助は、いつもなら烈しく迸《ほとばし》らせて呉れる筈《はず》の、熱い〝命〟を吹き込まずに、中途で拒否したのだ。

誰だって、半狂乱になろうと云うものである……。

お竜は、両手を合わせた。

「辰さん……お願いだよ。あんたが欲しいものがあったら、なんだって上げるからサ。もう一度、抱いてお呉れな……」

「だめだよ、お女将さん……」

辰之助は、にべもなく云い切った。

「あんただって、途中で止めるのは辛いって、そう言ったじゃァないかえ」

「うん、辛い。だが、お女将さんの腕や肩に残る彫物は、これから先、お女将さんが生きているあいだは、その美しい肌に息づいてるんざんすよ……。あっしは、そのことの方が大切なんだ」

辰之助はそう呟いて自分の下帯を拾い、濡れた肉針にすっぽりかぶせると、あてがきをはじめた。

「ああッ、お前さん！」

お竜は、今にも殺されるような悲痛な声を放った。

「お女将さん……よござんすか」

辰之助は右手を使いながら、

「辛かろうが、一時の辛抱でげす。またと云う日がないじゃなし……」

と、息を弾ませ、やおらお竜の胸を突いて、押し倒すのだった。

お竜は勘違いして、恍惚《こうこつ》となり、下半身の繋みどころか、秘肉まであらわにして、辰之助を掻き抱こうとする。

辰之助は、邪慳《じゃけん》にそれを振り払い、

「ううむッ、許してお呉んなせえ！」

と、一声叫んだ。

同時に、肉針から白い樹液が、弧を描いてお竜の左の乳房に迸り飛んだ。

その盛り上った丘の先端にある乳首は、刺青の図柄の中ではクリトリスに使われている。

と――そのとき。

お竜が怨めしそうに辰之助を見挙げたのだが、
彼女の左肩の刺青の大蛇もまた、むっくり鎌首を擡《もた》げて、その左乳首に赤い舌をメラメラとさし延べたのだった。

〈湖月〉の女将は失神した。

＊　＊

両国広小路の〈大橋〉で――。

彫辰は、四ツ目屋の番頭忠七と、向かい合っていた。

「遅くなって申し訳ござんせん」

辰之助は頭を下げた。

相変らず、ぶっきら棒である。

忠七は、かなり酩酊《めいてい》している風情だが、怒るに怒られずと云った感じで、

「いや、呼び立てして済まねえ」

と、口の中でモグモグ云っていた。

「ご用件を承りましょう」

辰之助は微笑するのだ。

忠七は、

「まあ、一杯いこう」

と盃《さかずき》を奨《すす》めてから、俄《にわ》かに威儀を正し、

「あんたも、知っていなさるだろう……」

と云った。

辰之助は顔色も変えずに、

「例の本家争いのことですかい？」

と訊く。

「その通り……」

忠七は大きく合点をして、それから、

「痴《し》れ者めが！」

と腹立しそうに吐き捨てた。

例の本家争いと云うのは、薬研堀の四ツ目屋忠兵衛の店に対抗して、場所も同じ両国吉川町に、四ツ花菱《はなびし》の紋所をかかげた高須屋安兵衛なる人物が出現したことをさしている。

四ツ目屋忠兵衛の店舗は、両国といっても薬研堀だから、広小路のはずれ——しかも裏通りにある。

稼業柄、質屋とおなじく、人目に立たぬ裏通りを撰《えら》んだのだった。

ところが、四ツ花菱紋の高須屋安兵衛は、なんと場所は浅草御門の右脇の吉川町のなかほど、広小路に面したところに看板を掲げ、

『元祖・四ツ目屋』

と派手な宣伝をしたばかりか、小間物屋への卸売りをはじめ、京、大坂へも飛脚便による販売に乗り出したのだった。

愕然《がくぜん》となった四ツ目屋忠兵衛は、瓦版《かわらばん》を通じて次のような広告を行った。

『此度《このたび》両国通り吉川町中程、高須屋安兵衛と申者《もうすもの》、花菱の紋を私印四ツ目の紋所に紛敷《まぎらわしき》のれん、かんばん等出し、同商売類薬御座候《そうろう》間、所書《ところがき》名前等御吟味の上、御求取極可被下候《おもとめとりきめくだされるべく》、偏《ひとえ》に奉　願　上候《ねがいあげたてまつり》。以上。

両国やげんぼり
日本一家　四ツ目屋忠兵衛』

……つまり、四ツ花菱紋の高須屋は、四ツ目屋の元祖ではなく、ニセモノだから用心して欲しい、

と云うわけだ。

ところが、この瓦版の宣伝に刺戟《しげき》されたのか、高須屋では、

――自分の先祖は長崎で、阿蘭陀《オランダ》の秘方を授かり、天文年間に創業して薬を売っていたのだから、こちらが本家だ。

と、これまた瓦版売りを通じて、逆宣伝をはじめたのである。

それればかりか、江戸のめぼしい盛り場で、辻売りをさせたのだった。

対抗上、薬研堀の四ツ目屋では、

――私共の店では辻売りは一切させていないから。

と広告して、人を介して隠密廻《おんみつまわ》り同心の本多小十郎に金品を贈り、取り締って貰うことにした。

すると、高須屋は、辻売りが駄目なら、出店で来い……とばかり、江戸市中に〈元祖・四ツ目屋〉という看板を掲げた、いまで云う支店をつくりはじめたのである。

さあ、江戸ッ子たちは、この四ツ目屋の本家争いの出現で、大喜びとなる。

なにしろ、扱うものが扱う品だけに、絶好の話題なのであった。

本来なら、奉行所へ訴え出て、裁量を仰ぐところだが、いかがわしい商品だから、待ってましたと許りに販売を禁止されかねない。

これが泣きどころだった。

四ツ目屋忠兵衛は、薬研堀から、広小路に面した米沢町に店を出す準備をする一方、チラシを江戸中に撒き散らした。

『日本一元祖、鼈甲《べっこう》水牛蘭法《らんぽう》妙薬、女小間物細工所、江戸両国、四ツ目屋忠兵衛。諸国御文通にて御註文の節は箱入封付きにいたし差上げ申すべく候。飛脚便りにても早速御届け申し上ぐべく候』

これがチラシの文面である。

……ここにおいて、四ツ花菱紋の高須屋は、どちらが本家であるかを決定すべく、狂歌で名を知られた大田蜀山人《しょくさんじん》を仲介役として、一つの提案を

して来たのだ。

それは、張形くらべであった——。

その二

……その頃の江戸で、蜀山人と云えば、誰も知らない人がないほどの有名人である。

本名は、大田直次郎。

寛延二年の生まれと云うから、当時は、まだ四十歳に手の届かない働き盛りだった。

れっきとした幕臣だが、お目見得以下の低い身分だった。いわゆる御家人《ごけにん》である。

家禄《かろく》は七十俵五人扶持《ぶち》だったが、父の時代からの借金に、悩まされつづけていた。

それで、借金返済のために、狂歌や、滑稽本《こっけいぼん》を書き散らしていた……と思われるフシがある。

この蜀山人が、奇しくも本家争いをはじめた四ツ目屋の噂をきき、

——どちらが本家か、同じ材料を使って、張形をつくらせ、優劣を競わせてみたらどうかな。

と、提案したのであった。

四ツ花菱紋の高須屋安兵衛は、これを聞くと膝を打ち、直ちに〝張形くらべ〟を四ツ目屋忠兵衛に申し入れたのである。

こうなると、四ツ目屋としては、この挑戦を受けて立たざるを得ない。

かくて、ご禁制のタイマイが、高須屋の番頭に依って、持ち込まれて来たのである。

——タイマイ。

これは黒褐色《こっかっしょく》の甲を持った海亀の一種で、当時は捕獲を禁じられていた。

それで頭の良い商人が、タイマイを材料に使いながら、

——これはスッポンでございます。

と云い逃れて、装飾品をつくったのだ。

タイマイが、鼈甲細工と呼ばれるのは、そのためである。

四ツ目屋では、直ちに細工職人にあたらせたが、すでにこのことを期して、高須屋が職人たちを買収しておいたから、誰も仕事を引き受ける者がな

い。

なにしろ特殊な細工物だから、職人の数も少いのであった。

四ツ目屋忠兵衛は、知恵をふり絞って、いま評判の彫物師・彫辰なら、この難しい仕事を引き受けて呉れるかも知れぬ……と思いついたのである。

番頭の忠七は、そうした事情を述べてから、

「ニセモノの方から挑戦して来たんだから、こちとらとしても負けられねえ。負けたら、それみろ、お前の方がニセモノだってことになる……」

と云い、

「むりを承知で頼むんだが、ひとつ、引き受けては呉れまいか」

と頭を下げたのだった。

辰之助は、

「先《ま》ず、タイマイを見せて頂きやしょう」

と、ぶっきら棒に云っている。

「引き受けて貰えるかね？」

と、忠七。

「いや、それは材料を見てから、決めさせてお呉んなさい」

辰之助は云った。

忠七は、床の間近くに、大事そうに置いてある風呂敷包みを引き寄せて、

「こいつだ……」

と声を潜めるのだった。

辰之助は包みをほどく。

古綿で丁寧にくるんだ、黒褐色をしたタイマイの甲羅が出てくる。

それは一匹の甲を、半分に截《た》ち切ったものだった。

辰之助は掌で撫でたり、厚みをはかったりしていたが、

「ようがす。引き受けやしょう」

と肯いた。

「やって呉れるかい！」

忠七は、嬉しそうに叫んだ
「一本、つくりゃァ、いいんですかい？」

辰之助は訊いている。

「いや、三本つくって欲しいんだ」

忠七は云っている。

「して、手間賃は？」

「一本につき二両……。こいつは、破格な手間代だぜ？」

番頭がそう云うのに、辰之助は、フンと鼻を鳴らして冷たく、

「たしか、深川芸者のお小夜さんから、四ツ目屋の旦那は、あっしの噂をお聞き及びだとか……仰有《おっしゃ》いやしたねえ」

と云っている。

忠七は肯いた。

「だとしたら、旦那は、お小夜さんから、あっしの手造りの鼈甲細工のことを、聞き及んでいなさる筈だ……」

辰之助は、また鼻を鳴らすと、

「まあ、切餅《きりもち》一つも頂かねえと……」

と、うそぶいている。

四ツ目屋の番頭は、しばし絶句した。

……むりもない。

十両盗めば、たちどころに打首となった時代の切餅一つ——二十五両なのだ。

物価は値上りしてはいたが、張形三本の細工料として、二十五両とは、あまりにも高値すぎるのである。

忠七は、ややあって、

「そいつは俺からは返事ができねえ。明日まで、待って呉んな……」

と云ったのだった。

辰之助は、

「それじゃあ、このタイマイは預かれねえ。一緒に持って帰ってお呉んなせえ」

と云うと、さっさと立ち上って、座敷を出たのである……。

＊　＊

「うーむ。切餅一つと、ぬかしよったか」

忠兵衛は、番頭の報告をきくと、腕を大きく組んだ。

ニセモノの四ツ目屋から、挑戦を受けたのである。

決して、負けられない一戦であった。

しかも審判者は、大田蜀山人……。

忠兵衛は、考え込んだ。

江戸中の鼈甲細工師を、高須屋におさえられたと知ったとき、忠兵衛が先ず思い泛べたのは、堺の〝夜泣き源助〟のことである。

——夜泣き源助。

四ツ目屋忠兵衛に云わせたら、鼈甲の張形をつくらせたら、当代、彼の右に出る者はあるまい……と云う名人であった。

それだけに変り者で、年に十本ぐらいしか製作しない。

その十本も、五本は大坂の豪商・鴻池《こうのいけ》が買い取り、残り二本か、三本を、四ツ目屋忠兵衛が買い取る契約になっていた。

鴻池の扱い分は、市中に出廻らないところから、忠兵衛はおそらく大奥の長局たちへの献上品に、使われているのだろうと睨んでいる。

源助が、〝夜泣き〟と渾名《あだな》をとったのは、彼のつくった鼈甲の張形が、三晩も使わずにいると、夜中に忍び泣きの声を立てる……と云う伝説があるからだった。

それほどの名人芸の持ち主で、天明六年正月の江戸の大火の折、有名な呉服屋の未亡人は、源助の張形を忘れたことに気づき、番頭たちが制止するのもきかず、取りに戻って火に包まれ、焼死している。

未亡人は、そのとき、

——あの人を忘れた。あの人を取って来る。

と云ったと云う。

番頭たちは、その言葉を善意に解釈して、死んだ主人の位牌を取りに戻ったのだ……と通夜の客たちに披露していたが、四ツ目屋忠兵衛だけは、その秘密を知っていた。

未亡人が口走った〝あの人〟とは、夜泣き源助のつくった張形のことだったのである。

そして焼死した未亡人は、その張形を、しかるべきところに挿入したまま、大往生を遂げていた——。

わが身は焼かれようとも、あの人を助けようとしたのか。あるいは恍惚の死を撰んだのか。

奈辺《なへん》は知らぬ。

しかし、夜泣き源助の張形が、かくも御殿女中や、未亡人を狂わせるのは、紛れもない事実なのである。

忠兵衛は、その堺の源助に、依頼しようと考えた。

しかし、源助は名人気質の人物だから、一カ月以内に三本つくれ、と云っても、承知しないに決まっている。

それに、値段が高いのだった。

一本、十両——。

それが源助の張形の値であった。

忠兵衛は、それで深川芸者のお小夜から、かねて小耳に挟んでいた彫辰のことを、思い泛べたのである。

お小夜は、彼が贔屓《ひいき》にしている芸者のひとりであるが、なにかの折に、張形の話が出て、やはり張形は鼈甲に限る……と云うことを忠兵衛が語ったことがあった。

すると、お小夜は、恥しそうに、

「おなじ鼈甲でも、細工師によって、うんと味が違うんじゃない？　あたい、彫物のとき、あまり痛いから彫辰さんの手づくりの張形を借りたことがあるんだけど、あの味は忘れられないわ」

と云ったのだ——。

忠兵衛は、

「彫辰とやら、なかなか洒落《しやれ》た真似をしやがる！」

と苦笑したが、なぜか、そのことだけは鮮明に記憶していたのだった。

先にも触れておいたが、江戸時代において最高の贅沢品は、鼈甲細工だった。

鼈甲の櫛《くし》、簪《かんざし》などは、使用を禁じられた時代もあり、大岡越前守《おおおかえちぜんのかみ》は、油町の白木屋の娘が、二十両の鼈甲の笄《こうがい》をさしていたことを咎め、牢屋にぶち込んだりしている。

当時、鼈甲は目方一匁《もんめ》につき銀五十目ぐらいの値であった。

純金一匁が、銀二十目ぐらいだったことに較べると、いかに鼈甲が高価であったか、推察がつくであろう。

だから忠兵衛は、高須屋から届けられた、半枚分の鼈甲から、三本の張形をつくったあと、残った材料を呉れてやれば、彫辰は大喜びする……と考えて、一本二両という細工賃を指示したのだった。

つまり櫛や、笄をつくれば、一財産できるからである。

ところが、彫辰は、残った鼈甲などには未練はないから、細工賃として二十五両を欲しい……と云ったのだった。

夜泣き源助の張形だって、材料こみで一本十両なのだ。

材料をこちら持ちで、細工賃として二十五両とは、あまりにも阿漕《あこぎ》すぎる、と忠兵衛は判断した。

彼は番頭の忠七を呼び、

「悪いが、すぐ堺に行ってお呉れでないか。そして源助に、江戸見物をさせてやると云って、むりやり引っ張って来るんだ。いいね」

と云ったのである。

＊　＊

深川八幡には、料亭が多く並んでいたが、その中で二軒茶屋と云う店は、蜀山人の贔屓の店で、しかも有名だった。

蜀山人は、その夜、噺家《はなしか》の烏亭焉馬《うていえんば》と一緒に二軒茶屋で遊んでいた。

焉馬は、通称を和泉屋和助といい、大工の棟梁であったが、本所相生町《あいおいちょう》の自宅で足袋《たび》類を商うようになってから、戯作に耽《ふけ》り、遂には落語をするようになった。

焉馬が、落語をするようになったのは、平賀源内の奨めだったと云うが、真偽は判然としない。

蜀山人よりは、五つ年長だったが、兄弟のような交わりを結んでいた。

なかなかの才人らしく、『歌舞伎年代記』だとか、浄瑠璃の作品もある。

立川《たてかわ》談洲楼、桃栗山人柿発斉という別号もあった。

蜀山人は、この焉馬のために、多くのおとし咄《ばなし》を執筆している。

焉馬は、それを徳として、年上ながら、蜀山人に兄事《けいじ》していたのだった。

「ねえ、先生！」

焉馬は蜀山人に酌をしながら、

「例の、四ツ目屋の本家争い……あれは、噺になりやせんかねえ」

と云った。

「そうさな……」

蜀山人は苦笑して、

「ならぬこともないが、勝負の決着がつかないとなあ」

と小鬢《こびん》を掻く。これは照れている時の、蜀山人の癖であった。

焉馬は、手酌で盃を乾《ほ》し、

「先生、一つ聞いて下せえ。こんな小噺をつくりやした」

と威儀を正す。

「うん、聞こうか」

蜀山人は目を閉じた。

「亭主に死なれた越後屋の後家が、あまりの淋しさに四ツ目屋を呼んで、〈これ、忠兵衛どの。なんとかしてたもれ……〉。忠兵衛、〈へへーッ〉とばかり鼈甲を差し出しました。ところが半年ばかりすると、また越後屋の後家からのお呼び出し。忠兵衛、いくらなんでも半年で擦《す》り減るとは思えず、いったい何事ならんと駈けつける。越後屋の後家の云うよう、〈これ、忠兵衛どの、この大きな腹を見てたもれ〉……と。忠兵衛その孕み腹《はら》を打ち眺めて、〈矢っ張り、四ツ目屋は本家だ。高須屋では、こうはゆくめえ〉……」

焉馬はそう演じてみせ、

「どんなもんでげしょう？」

と不安そうに訊く。

蜀山人は含み微笑《わら》って、

「本家争いのさなかだから、その小噺は生きてくるが、争いが終ったら、そうはゆかないねえ」

と批評した。

「なるほど、なるほど」

焉馬は肯く。

「越後屋という、特別な名前もよくねえ」

「はあ、そうでげすか」

「俺《おい》らなら、あっさり、孤閨《こけい》の淋しさに、貯金をはたいて後家さんが、四ツ目屋小僧を買って来て、毎晩、満足しているうちに、お腹がせせり出て来た……とやるなあ」

「ははあ」

「はて、面妖《めんよう》なと、張形をつくづく打ち眺むれば、銘が入っていて、左甚五郎これを作る……」

焉馬は途端に、

「プウーッ……」

と吹き出して、

「こりゃ可笑《おか》しいや!」

と叫んでいる。

蜀山人は、笑いもせずに、

「小噺は、短かくて、ピリッとしてなきゃァならねえよ……」

と云うのだった。

深川芸者のお小夜が、

「こんばんわァ……」

と挨拶しながら、座敷に這入《はい》って来たのは、そのときである。

蜀山人は顔を綻《ほころ》ばせた。

その三

「おい、お小夜……」

蜀山人は、そう呼びかけて、

「お前さん……いままで、四ツ目屋と一緒だったんだろう?」

と訊く。

「あら、よくご存じね」

お小夜は、徳利をとって烏亭焉馬に注ぎ、ついで蜀山人にもさして、

「高須屋に鼈甲細工の職人を買い切られたんで、大坂へ急遽《きゆうきよ》、使いを出したって仰有ってましたわ」

と語る。

「なるほど。大坂と云うと、堺の有名な源助だな?」

蜀山人は呟いている。

焉馬が、膝を打ち、

「すると夜泣きの源助で？」

と訊く。

「そうだよ。高い金を使って、大坂へ使いを出すんだ……他に人間は考えられねえ」

蜀山人は腕を組み、

「しかし、間に合うかなあ」

と不安そうな顔になった。

「その……夜泣きのなんとかって、どういうことですの？」

お小夜は、興味津々《しんしん》である。

「つまりだな、源助のつくった張形は、大奥の長局たちを、ヒイヒイと泣かせると云うことさ」

「まあ、いやらしい」

「なんの。考えてみりゃあ、上様のお手がつかねば、一生、男知らずで過さねばならぬ。可哀想な身の上だァね」

「ほんに、勿体《もつたい》ねえ話で」

と焉馬も云っている。

「張形ぐらい使いたくもならァね」

蜀山人は含み微笑って、

「もっとも、お小夜には、その必要はねえだろうが」

と彼女の額を指先で小突く。

「あら、あたいには、そんな決まった、いい人なんか、居ませんのさ」

お小夜は、むきになっている。

……それは本当だった。愛人はいない。

でも、彼女が忘れかねている男は、一人だけいる。彫辰——例の刺青師の辰之助だ。

彼がつくった張形の工合のよさに、お小夜は随喜《ずいき》の涙をこぼしたものだが、しかし、なんと云っても忘れられないのは、朱彫の時の〝肉針〟の味である。

太い辰之助の針を刺し込まれたまま、シャキ、シャキ、シャキとボカシ彫をして貰うとき——なんと云ったらよいのか、苦痛と恍惚とが渾然《こんぜん》一体となって、しまいには、どっちが痛くて、どっちが気持よいのか、わからなくなってしまうのだった。

〈そんな筈はない……〉

と、お小夜は、夢うつつに思った。

どう考えたって、背中の皮膚に朱彫の針を刺されているのだから、背中が痛いに決まっている。

しかし、それが痛くないのである。

背中を刺されるたびに、肉針をくわえ込んでいる柔かい襞《ひだ》が、ピクッ、ピクッと痙攣して、むしろ、その方に苦痛が伝わっている感じであった。

これは不思議な錯覚である。

そして、仕上げの日――辰之助は、いつもなら肉針の先から、熱い体液を迸らせて呉れるのに、その日に限って恍惚の寸前に、すーッと肉針を引き抜いて、

「熱い湯の中で、身悶えしなせえ。その方があっしの刺青が、生さて来ますのさ」

と、冷たく云ったものだ……。

お小夜は、あの時の口惜しさ、悲しさ、せつなさ……を忘れられない。

気も狂わん許り、とは、まさにこのことだ……

と彼女は思った。

器量のよくない小男なのに、お小夜は、なぜか、あの彫辰が忘れられないのだ。

お小夜は、ちょっぴり赧《あか》くなって俯向《うつむ》き、

「夜泣きじゃァなくて、昼泣きだわ……」

と、ひっそり呟いている。

「しかし、先生……自分の方から、戦いを挑んでおきながら、江戸中の鼈甲職人に、向こう三カ月の給料を払って、買い切るなんざァ、高須屋も悪どい野郎でげすね」

焉馬は云った。

「うん、違えねえ。まァ、もとはと云えば、俺らがくだらねえ張形くらべなんて、知恵を出したのがいけなかったのさ。だから責任の一斑《いっぱん》は、俺らにある」

蜀山人は頭を掻くのだった。

「誰がみたって、四ツ目屋が本家よ。高須屋はニセモノだわ」

お小夜も云っている。

「まあニセモノの癖に、元祖を名乗るだけ、安兵衛の方が人間が狡賢《ずるがしこ》いというわけさ」

焉馬はそう呟いて、

「四ツ目屋が大坂へ使者を立てたと知ったら、妨害に出やしませんかねえ……」

と不安そうに云ったものだ。

「まさか、ねえ」

蜀山人はそう呟いたが、お小夜は、なんだが、そんな気がしてならなかった。

＊　＊

四ツ目屋の番頭忠七が、箱根の山中で、何者とも知らぬ者に殺害された……と云う知らせが、主人の忠兵衛の許《もと》に届いたのは、それから六日後のことである。

路銀《ろぎん》を奪われているところから、おおかた山賊の仕業であろう……と云うことだったが、その知らせを聞いて、忠兵衛は愕然となったものだ。

当時、江戸から京都まで、ふつうの人の足で片道十日はかかった。

早飛脚で三日半ぐらいである。

忠兵衛は、

〈こうなったら仕方ない〉

と七両二分もの大金を支払って、大坂へ飛脚を仕立てた。

堺の夜泣き源助に、書状をしたため、路銀を届けさせたのである。

七日後——飛脚は、源助の金釘《かなくぎ》流の手紙をもたらせた。

『いま、仕事でいそがしいよって、行かれまへん。江戸に行ったかて、六日や七日では、源助はつくれまへん。あきらめて、他にあたっとくんなはれ……』

つまり、断り状である。

四ツ目屋忠兵衛は、苦境に立った。

こうなったら、彫辰に頼むよりないのである。

忠兵衛は、深川芸者のお小夜に頼んで、〈二軒茶屋〉で彫辰に引き合わせて貰った。

さぞかし生意気で、鼻もちならない男だろう……と思っていたのに、案に相違して、職人気質らしい、さっぱりした男だった。

忠兵衛は、黙って切餅一つを袱紗《ふくさ》に包んで差し

出し、

「あんたに法外な値段をふっかけられたと思い堺の源助に頼もうとしたのが、かえって仇《あだ》になった……」

と渋い表情になる。

むりもなかった。

忠七に持たせてやった路銀は、忠七の命と共に奪われている。

おまけに仕立飛脚代が、往復十五両……。とうの昔に、四十両ちかく、吹ッ飛んでいるのだった。

こんなことなら、初めから彫辰に頼んでおけば、二十五両の出費で済んだのである。

四十両の損失の上に、さらに二十五両を追加しなければならないのだから、泣くに泣けない気持であった。

しかし、背に腹は変えられない。

なんとしても高須屋に勝って、鼻をあかしてやりたいのである。

蜀山人の軍配を、四ツ目屋にあげさせたいのである。

辰之助は腕を組んだまま、考え込んでいた。

お小夜は、じれったそうに、

「ねえ、辰さん。あんたとしては、さぞかし面白くないだろうよ。値が高いからって、堺の源助さんに頼み、源助に断られたからってまた、辰さんに頭を下げてるんだからねえ」

と云い、

「しかし、四ツ目屋さんの男の意地なんだようわかるだろう? うん、と云ってお呉れなね……」

と、にじり寄る。

辰之助は苦笑して、

「金で働くのは、職人だって一緒でげす。だから別に、そんなことに腹は立てちゃァいねえ」

と云った。

「ありがとう……」

忠兵衛は、頭を下げた。

「それで、やって貰えるかね?」

と、忠兵衛は今となったら必死だ。

「あっしは、正式に鼈甲細工を習ったわけじゃァござんせん」

辰之助は云っている。

「そんなことは、判っているよ」

「そいつを承知でなら、お引き受けいたしやしょう」

辰之助は畏《かしこ》まった。

「ありがてえ！」

忠兵衛は、彫辰の手を握って、

「いつから、仕事にかかって貰えるかね？」

と訊く。

「悪どい高須屋のこったから、今度は、あっしが引き受けたとなると、いつ、どこでバッサリやられるかも知れねえ」

辰之助は苦笑して、

「どこか、仕事場を探してお呉んなさい」

と注文をつけた。

「なるほど、それもそうだ」

と忠兵衛は肯いて、思案している。

お小夜はとつぜん目を輝かし、

「辰さん。うちに来てお呉れなね」

と云いだす。

「お小夜さんの家に？」

「あいな。婆やが里帰りしているし、陽当りのいい四畳半があいているから、仕事場にはもって来いだよ……」

「しかし、食事は？」

忠兵衛は云った。

すると、お小夜は胸を叩いて、

「あたしだって、三度の食事ぐらい、つくれますのさ……」

と云ったのだった。

辰之助はニヤニヤして、

「十日間は、精進潔斎《しょうじんけっさい》だぜ……」

と含み微笑ったのである。

＊　＊

〈あの人ったら、どこへ行ったんだろう？〉

お小夜は、じれったがって、主のない四畳半を覗き込む。

そこには、古綿でくるんだタイマイの甲羅が、転がっているだけであった。

鼈甲は、黄色味が広く、半透明で、しかも肉の厚いのが優良品とされている。

当時は、九州の島原、大隅、垂水《たるみ》などで獲れ、鼈甲細工の本場は長崎だとされていた。

鼈甲は加熱すると柔かくなるので、それを削って加工し、簪だの、櫛だのをつくったわけである。張形は、うすく削った鼈甲を、熱い鏝手《こて》で貼り合わせてつくる。

削ってつくれないこともないが、使用感はぐッと劣るし、長年の使用には耐えられないのである。

お小夜は、もう三日も座敷を休んでいた。辰之助のために、おさんどん働きする積りでいるのに、辰之助は、彼女の家へやって来るなり、十両を、

「こいつは居候賃だぜ……」

と抛《ほう》りだし、

「ちょっと厄落しをしてくらァ」

と出かけたっきり、戻って来ないのである。

彼女が苛立つのは当然だろう。

……辰之助は、どこへいったのか。

読者にだけ、お教えしよう。

彼は吉原で、流連《いつづ》けていたのである。

天明四年の吉原の大火以来、吉原は衰微の一途を辿るのだが、その原因は、芸者の擡頭《たいとう》と、私娼《ししょう》の蔓延にあったらしい。

考えてみると、客は遊ぶには、先ず吉原へ出掛けて行かねばならないのだった。

これが第一に面倒である。

それに、すぐ大見世に行けるわけでなく、引手茶屋にあがり、それから女を注文し、迎えに来た禿《かむろ》と遊女屋へ行くのだった。

そして帰りにも、引手茶屋に寄り、勘定を済ませるという煩わしさである。

これでは気の早い江戸ッ子たちが、吉原まで出かけなくとも、手近かに遊べる芸者や、私娼たちを選ぶのが当然だろう。

それに、当時の吉原には、高尾大夫《だゆう》、薄雲大夫のように、大夫職をはる代表的な美人は一人も居らず、散茶《さんちゃ》女郎ばかりだったと云うから当然だろ

う。

散茶女郎というのは、大夫、格子《こうし》の次にくる花魁《おいらん》のことで、私娼あがりが多く、道中はできない仕組みであった。

散茶の語源は、煎茶を出すのに、ふって出すのとふらないで出す二種類があり、ふらない方を散茶と云ったことから、客をふらない花魁……と云う意味に使ったものらしい。

遊ぶに不便で、美人も居らぬ……とあれば衰微の一途を辿るのも当然だが、さて辰之助は、その吉原の江戸町の〈玉屋〉という大見世にあがり、その当時、江戸一番の美人と云われた〈初音〉という花魁の許で、昼も夜もわからない生活をしていたのである。

当時の吉原の落書に曰《いわ》く、

『初音とは名ばかり啼《な》かぬ憎いやつ』

と――。

この落書の意味は、お判りだろう。

初音という花魁は、誰が見ても、ゾーッとするような美人であった。

色はあくまで白く、富士額で、鼻筋はすらりとして、唇は整って小さい。

目は張りがあって涼しく、眉は細くて濃い。

初音を、かほど有名にしたのは、浮世絵師の鳥居清長《とりいきよなが》だった。

清長は、はじめて女の腋毛《わきげ》を描いたことでも判るように、大変なリアリストで、女体美の追求者だった。

清長は、吉原の花魁初音に、その理想像を見出し、彼女の許に通って、初音の裸体画を大判の錦絵《にしきえ》にしたのである。

初音は、それで一躍、清長のモデルとして名を江戸中に知られたのだが、もともと武家の娘とかで、気位が高く、ほとんど口を利かない。床入りしても、じいっと仰臥《ぎょうが》しているだけで、客がいくらサービスしても、ウンでもなければスンでもないのだった。

ましてや、夜雁声を立てるなんてことは、全くない女で、客はまるで人形を抱くようだ……と愚痴を云ったものだ。

まあ、そんなところから、落書が生まれたのだろうが、ところで辰之助、なんのために初音の許に流連けていたのだろうか？

その四

吉原江戸町の〈玉屋〉の花魁・初音は、今夜で四晩目を迎えた自分の客に、ちょっぴり薄気味わるさを覚えはじめていた。

「五日間、初音と過したい」

と、はじめから名指しで登楼《とうろう》して来た客なのである。

飲食代を含めて、ポンと十五両を前渡しして、

「釣りは要らねえ」

と云ったというのだから、近頃めったとない豪気な客だった。

玉屋の主人が、その小柄な醜男《ぶおとこ》に、下へもおかぬ待遇をしたがったのも、当然だろう。

ところが、その客は、

「用がありゃァ呼ぶから、二人っきりにして貰いたいんだ……」

と要求し、食事を小女に運ばせるだけで、酒を飲むでもなく、莨《たばこ》を喫《す》うでもない。

そして、のべつ蒲団の中に入っているのであった。初音も一緒に……である。

こうした女買いの客は、十人が十人、

——生まれはどこだ。親兄弟から便りがあるか。なぜ吉原へ来た……。

などと愚にもつかない質問をするものである。

しかし、その客は、床入りするなり、第一日目は、じいーっと彼女の躰《からだ》を抱いているだけで、なにも仕掛けて来ないのだった。

口も利かないのである。

初音は、はじめ、

〈可哀想に……〉

と同情した。

若くして、腎虚を患っているのだ……と勘違いしたのである。

客の中には、高い金額を承知で登楼しながら、美しい初音の顔や躰に圧倒されるのか、間際にな

って不能に陥ち入る者が、尠《すくな》くなかったのだ……。

ところが、その客は、決して腎虚でも、なんでもなかった。

その証拠に、一刻《いっとき》ばかり初音を抱いていると、やおら起き上って、

「懐紙はないか」

と訊き、初音が懐紙をさし出すと、佇立《ちょりつ》した胯間の道具を、五本指を使って、ゴシゴシやりはじめたものである。

初音は、その立派な道具立てに、しばらく目を瞠《みは》った。

勢いよく白い液体が迸ると、身始末をして、また床入りである。

そして、じいーっと初音の躰を抱いている。

寐るに寐られず、初音は閉口したが、根が負けず嫌いだから、じいーっと相手のするが儘《まま》にまかせていた。

客は、明け方までに、三度ばかり起き上って、おなじ作業を独りで繰り返した。

初音は、

〈なぜ、自分の躰を使わないんだろう〉

と、不審でならなかった。

明け方になって、やっと、

「一寐入りしよう」

と躰を離して呉れたが、なんだか奇妙な気持がしたことである。

昼ごろ目覚め、精のつくウナギを取り寄せて食べ、また床入りだった。

二日目は、

「躰に触らせとくれ……」

と云った。

買われた身の上だし、別に異存はない。

客は、蒲団の中で、彼女の全身をくまなく愛撫したが、肝腎の部分には触れず、昂奮するとむっくり起き直って、初音の顔先で、五本指を使うのだった。

三日目は、

「済まんが舐めさせてお呉れでないか」

と要求した。

初音は、

「昼以外だったら……」

と答えた。

客は、先ず指の爪先から舐めだした。

初音は、指と指のまたに、舐められると、奇妙にゾクゾクッとなる感覚があることを知る。

また、うなじだの、腋の下だのにも、擽《くすぐ》ったくて、しかも気持のよい部分があることを、その客から教えられたのだった。

驚いたのは、その客が、足の指を舐めはじめた時だ。

初音は思わず、のけぞった。

声こそ立てなかったが、爪先から背中にかけて、ジーンと通り抜ける快よい稲妻があったのだった。

そして彼女が、われを忘れて、

「ああッ！」

と低く叫んで身震いしたのは、客が彼女をうつ伏せにさせて、人間の躰の中で、いちばん汚いとされている排泄孔に、顔を埋めたときである。

……なんと云ったら、よいのだろうか。

まさか、と思っていただけに、衝撃は大きく、また感動と愉悦の度合も、ぐぐッと高かったのだ。

それは信じられないような恍惚だった。

＊　＊

花魁の初音が、その無口な客に、薄気味わるさを覚えたとしたら、それは初日は抱く、次の日は撫でる、三日目は舐める……という形で次第に刺戟が強められてゆき、さらにあと四日目、五日目を迎えねばならないことに、ある種の畏怖感を覚えはじめた——と云うことであろう。

それでいて、今夜はどんな手で攻めてくるか……を心密かに期待している面もあった。

そして、いかなる客にも無感動で、反応を示さないことを唯一の自負というか、誇りにしている自分なのに、その自分から、なにかを躰の芯部から引き出そうとしている客に、ちょっぴり口惜しさと尊敬の念を抱きはじめていることに気づく。

しかし初音は、

〈負けるものか！〉

と思った。

ここで音を上げては、啼かぬ初音と評判をとった自分の名折れなのだ……。

さて——四晩目を迎えた初音は、その小男の客に、

「誠に申し訳ないことですが、躰を洗って来たいのですが……」

と自分の方から、はじめて要求した。

昨日は一日中、ペロペロ舐められていたので、なんとなく躰中が気持悪かったのだ。

ところが客は、首をふって、

「今日からは、この部屋を一歩も出ねえで貰いてえんだ」

と云ったのである。

「えッ?」

初音は、呆れ顔になる。

部屋から出ないで欲しいと云うことは、厠《かわや》にも行くなと云うことではないか。

彼女が戸惑っていると、客はニコリともせずに、

「今日は乳房と、あそこを、たっぷりと触らせて貰うぜ……」

と宣言したのである。


客は、いつの世でも王様であった。

初音は、観念して床入りをした。

客は、四日も髭をあたってないから、髭が伸びている。

その髭がチクリ、チクリと乳房にあたる。

男は、片方の乳房を吸いながら、残る一方の乳房を、丹念に揉みしだくのだ。

乳房に、下方から掌をあてがって、ゆっくり、ゆっくり揉みつづけながら、別の乳房を赤ん坊のように吸ったり、優しく嚙んだりするのだった。

そして、髭のチク、チク。

これが不思議と、背筋に戦慄に似たなにものかを、もたらすのである。

〈ああ……〉

初音は、唇に二の腕をあてがい、客に知られぬように皮膚に歯をあてた。

声を出すまい、こみ上げてくる快感を拒否しよう……という作戦を立てたのだ。

男は、たっぷり乳房を揉み上げ、吸ったりしてから、次第に右手を下腹部の方に、ずり下してゆ

く。

〈ああ……いよいよ、来るわ！〉

初音は思った

男のしなやかな指先は、昂奮して隆起した部分を、軽く押したり、上方に皮を引き上げるように動かしたりしている。

よく乱暴に触れて来る客があったが、初音はそんな客には、

「止めて下しゃんせ」

と厳しい声で云い、殆んど触らせなかったものだ。

しかし、なぜか、四日目のその客には、触れて貰いたい……と云う気持があった。

その男に触られたら、自分がどう変化するかを知りたかったし、なぜか彼女の肉体が、それを求めていたのも事実である。

〈あたしは、負けないわ！〉

初音は、二の腕を強く嚙んだ。

肉体的な苦痛を、自からの身に与えることによって、愉悦から逃れようとしたのである。

男の指は、彼女のせつない部分を、気が遠くなるような入念さで、せっせと攻め立てている。

その都度、躰《じだ》の芯がズキン！　ズキン！　と脈打って、耳朶や顔が火照《ほて》ってゆく。

なにか、ジイーンと痺《しび》れるような感覚も加わり、口の中がどうしてだか、カラカラに乾いて来たものである。

〈変だわ……〉

初音は、必死になって歯を喰い縛る。

客と接していて、殆んど樹液を洩らすことがなく、客の唾液の厄介になることが多い女なのだが、その日に限って、とめどなく樹液が次から次にと、浅黒い縦割れした襞を、濡らしはじめたのだから驚きである。

〈ああ……どうしたのかしら？〉

〈恥しいわ……〉

初音は、思わず自分で自分の舌を嚙んだ。

なんとか、抵抗しようとしたのである。

だが――駄目だった。

客は莞爾《かんじ》として、

「では、鞠子《まりこ》名物を吸わせて頂きやすかな」

と云った。

鞠子の名物は、とろろ汁である。

初音はこの客の台辞《せりふ》を聞くと、逆に、

「汚いから止めてッ！」

と叫んだのであった。

しかし客は、平然と、

「いや、いや。汚いから美味しいのさ」

と呟いて、彼女の蛤《はまぐり》をひらき、舌鼓を打ちはじめたのだった。

初音は後に、

「躰の芯を吸い取られるような、空恐しい恥しさでありんした」

と客に告白したが、さもありなん……と思われる。

＊　＊

深川八幡の料亭――二軒茶屋。

そこの大広間には、二十名ちかくの客が詰めかけていた。

そして正面の床の間には、羽織袴《はかま》に威儀を正した大田直次郎――蜀山人の姿がある。

客の中には、噺家の烏亭焉馬や、浮世絵の勝川《かつかわ》春章《しゅんしょう》などの顔も見えた。

むろん、四ツ目屋忠兵衛と、高須屋安兵衛の姿もあった。

「では、人数も揃ったようだから、先ず、自分の方から張形くらべを仕掛けなすった、高須屋の作品から拝見するかの」

蜀山人は口火を切った。

高須屋が拍手《かしわで》を打つと、三人の職人が、三宝《さんぽう》に自分の作品を載せ、すり足で大広間に入って来た。

そして、蜀山人の前にピタリと正座して、平伏している。

「名前を名乗って貰おうか」

蜀山人は云った。

「ははッ！」

と、いちばん右端に坐った職人が、

「長崎生まれの平七と申しやす」

と名乗り、三宝ごと蜀山人の前に押しやっている。

「ご苦労だったな」

蜀山人は、袱紗包みをほどいて、中味をとりだす。

そして、

「フーム！」

と唸った。男根を象徴したそれは、形と云い、長さと云い、実に見事な作品だった。

根本には、静脈すら浮き出ていて、まさに真に迫っている。

「次は？」

蜀山人は、袱紗ごと、隣りの烏亭焉馬に手渡して、二人目の職人をみる。

「平七の弟子で、権太と申します」

権太は、三宝を師匠とおなじく、蜀山人の前に捧げるのであった。

「権太か。どれ、どれ……」

蜀山人は、権太の作品を取りだす。

師匠の平七の作品を精緻と呼ぶなら、権太のものは優雅な作品と呼べるだろう。

少しく小ぶりだが、なかなか神経の行き届いた作品だった。

三番目は、おなじく長崎生まれの、信助の作品である。

これは少しく奇を衒《てら》った形式であるが、いみじくも蜀山人は、

「中細りの胡瓜魔羅《きゅうりまら》という奴じゃの」

と批評したものだ。

「では、四ツ目屋。そちのを頼む」

蜀山人は催促している。

忠兵衛は、手を叩いた。

のっそりと、辰之助が大広間に現われる。

そして蜀山人の前に進むと、正座して、着物の懐ろから無造作に、手拭に包んだ張形をとり出した。

三本をまとめて受け取った蜀山人は、思わず隣りの烏亭焉馬と顔を見合わせ、

「これが……張形か？」

と云っていた。

高須屋の三人の職人がつくった鼈甲細工は、誰がみても紛れもなく男根であり、女性だったら手《て》

悪戯《わるさ》したくなるような、惚れ惚れとした姿かたちをしている。

しかし、辰之助の持参した鼈甲細工は、まるで松の木の根っこみたいな、不細工な恰好をしていたのだ。

蜀山人が、思わず、

「これが張形か?」

と云ったのも、当然だろう。

大広間には、失笑が漣《さざなみ》の如く起きた。四ツ目屋忠兵衛は、顔色を変えている。

それに反して、高須屋安兵衛は、

〈どんなもんでえ!〉

という勝利の笑顔であった。

「これは……高須屋、お前の方に、どうやら分がありそうだな……」

蜀山人がそう云ったとき、辰之助は、

「先生、待って下せえ」

と叫んでいた。

「なんだな?」

「先生、張形は、かたちじゃねえ。使うもんでげす。使わねえで、優劣は決められねえ」

辰之助はニヤリとして云ったものだ。

その五

蜀山人は、しばらく辰之助の顔を凝視していたが、俄かに膝を打ち、

「うむ、彫辰。流石《さすが》に名人と云われたお主だ。俺としたことが、少し早まったようだなあ」

と云い、二軒茶屋の大広間に詰めかけた、二十名ちかくの客に向かって、

「いかがだな? これなる四ツ目屋の仕事を請負った辰之助とやらは、張形は姿かたちじゃねえ。使ってみなければ、優劣は決められねえと云っている」

と語りかけた。

みんなシイーンとなった。

「東照宮の、左甚五郎の眠り猫の例もある。わしは彫辰の云うことも、一理あると思うが……」

蜀山人は云った。

四ツ目屋忠兵衛は、ここぞと許り、

「そうですとも！　烏亭焉馬どの、いかがなものでげしょう」

と訊いている。

焉馬は肯いて、

「しかし、どうやって優劣を決めますかな？　辰之助の云い分だと、とにかく使って貰う女御《おなご》が必要だが……」

と呟く。

「うーむ！」

蜀山人は唸った。

それはそうであろう。

張形の優劣を決めるのに、誰か女性に使って貰わなければならないとなると、それでは、その女性をどうするか……という問題に直面するわけだ。いつ、誰に、どこで……ということが、大きなポイントになる。

「先ず問題は、誰に頼むかじゃ」

蜀山人は、暫《しばら》く考えた後、ポツンと云った。

高須屋安兵衛は、松の根っこみたいな鼈甲張形をつくりながら、自信あり気な辰之助の態度に圧倒されたのか、たじたじとなっている。

勝川春章が、一座を見廻し、

「鳥居清長が見えてねえようだが、例の啼かぬ……吉原の……」

と云った。

「ああ！　初音か」

焉馬が、素ッ頓狂《とんきょう》な声を出す。

一座の者は、どッと笑い出した。

おそらく、清長のモデルになった初音が、不感症であることを、みんな知っていたからであろう。

蜀山人は、四ツ目屋と高須屋とを、等分に見較べて、

「どうだの。吉原〈玉屋〉の初音は、音に聞えた啼かずの花魁じゃ。その初音に、双方の張形を使わせてみて、若《も》し、初音が啼いたらそっちの方が勝ち……と云うことにしては、どうかの？」

と提案した。

高須屋は、しばらく苦吟して、

「忠兵衛どのは、如何《いかが》かな？」

と訊く。

「異存はございませぬ」

四ツ目屋忠兵衛は答えた。

こうなったら深川芸者のお小夜が、辰之助の張形は、身も心も蕩《と》かしてしまう……と云っていたことだけが、頼みの綱である。

蜀山人は、扇子《せんす》で膝を打ち、

「よし、決まった!」

と声高らかに叫んだ。

「張形を使うのは、〈玉屋〉の初音じゃ!」

焉馬が笑いながら告げた。

「場所は?」

「いつ、誰が立ち会うので?」

そんな声が飛んだ。

吉原の花魁は、火事でもなければ、廓《くるわ》の中から出られない決まりである。

となると、江戸町の〈玉屋〉で、張形を使って貰うよりない。

「今夜中に、使いを立てて、明後日と云うことはどうかの?」

蜀山人は、イキイキとして来た。

こう云うことになると、この粋人《すいじん》は活気を帯びてくる。

「なるほど。それで立会人は?」

高須屋安兵衛は云った。

「立会人は、出席料として二分払える者……と云うことにしたらどうかの。そしたら、初音も、玉屋も損せずに済む」

大田直次郎は、流石に遊び人だった。

よかろう、と云うことになって、その夜は散会と云うことになったが、またしても問題が起きた。

今夜、誰が初音に交渉に行くか、という点である。

高須屋安兵衛は即座に、

「あっしが参りやしょう」

と云った。

しかし烏亭焉馬は、首をふった。

「そいつは、いけねえ」

焉馬はそう云い切ってから、

「四ツ目屋さんは、この張形争いで、江戸中の鼈甲職人をお前さんに奪われ、夜泣き源助を迎えにやらせた番頭の忠七さんを、箱根の山中で殺されたんだ。誰の仕業かは、わからねえが、お前さんが初音を口説きに行ったとあっちゃあ、また、あとあとで、なにかことが起きた時にうるせえ。この役目は、焉馬と勝川に任せて呉んねえ」

と、説明を加えるように云った。

高須屋は、口惜しそうに唇を噛み、ついで勝手にしろ……と許り不貞腐《ふてくさ》れた。

おそらく肚《はら》の中を、見抜かれたのでもあろうか。

＊　＊

……一日おいて、吉原江戸町の遊廓《ゆうかく》〈玉屋〉で、ふたたび会合が持たれた。

なにしろ金二分を出して、張形を使う初音の反応ぶりを、襖《ふすま》越しに聴こうという粋狂な連中だから、まるでブルーフィルムを見学に来たように、始まる前から固唾《かたず》を呑んで、そわそわしている。

蜀山人が立ち、

「ただいまより、張形くらべの実演に入る。四ツ目屋が勝つか、高須屋が勝つかは、すべて初音が決めて呉れることじゃ。では初音！　床入りいたせ」

と宣告を下した。

清長の浮世絵そっくりな顔立ちの初音が、しずしずと姿をみせ、客を無視して、背中を向けたまま床に入る。

「おゥ。聞きしに勝る、滅法《めっぽう》いい女だなあ」

誰かが云った。

焉馬が襖をしめて、

「では高須屋。先ず、誰の作品から、ためして貰うかな？」

と訊いた。

「ははッ。では、権太のものを——」

安兵衛は頭を下げた。

袱紗に包んだ権太の張形が、禿《かむろ》に手渡された。

そして砂時計が、逆さに置かれる。

つまり、この砂時計がある時刻の区切りを示すあいだ、初音がそれを使用して、ウンとか、スンとか反応があれば勝ち——と云う趣向である。

だが——権太の作品には、初音はなにも反応を示さなかった。

禿が、袱紗にくるみ、使用済の張形をもって来た。

「ほ、ほんとうに、使ったんですかい？」

権太は苛立っている。

「心配いたすな」

蜀山人は、袱紗をひろげた。

髓甲の張形は、体液に濡れ、かすかな湯気すら立てている。

平七が、微温湯《ぬるまゆ》の入った手桶《ておけ》から、自分の作品をとりだし、筒の中に熱湯に浸した綿を割箸《わりばし》で突込みながら、

「先生。あっしに使わしてやって、お呉んなせえ！」

と血走った眼で、蜀山人をみた。

蜀山人は、数人の者と相談し、

「初音、異存はないか？」

と本人にたしかめてから、仕切りの襖を取り払った。

平七が、怪しからぬ振舞いに及ぶのではないかと云うことを、危惧したのである。

平七は蒲団の裾《すそ》に坐って、

「花魁、失礼しやす……」

と、張形を蒲団の中に差し入れた。

そして暫らくは、納まるところを探している風情であったが、やがて、ゆっくり右手を使いはじめた。

だが、砂時計の砂が落下し終るまでに、初音はウンとも、スンとも云わなかった。

わずかに眉根を寄せただけである。

高須屋安兵衛は舌打ちして、

「流石は啼かぬ初音じゃわい。先生、ひとつ四ツ目屋さんのを——」

と歯痒《はが》ゆそうに云ったものだ。

「では、辰之助……」

蜀山人は云った。

彫辰は、湯桶から不恰好な張形を拾い上げると、手拭で水気をとり、掛蒲団の裾をパッとめくった。

そして初音の足の爪先をつかんで、太腿をひろげさせると、無造作に右手をさしのべてゆく。

それが挿入し終らないうちに、初音に変化が起きた。

「あぁッ……」

と彼女は叫び、彫辰の手の動きに従って、足の爪先を内側に折り曲げたり、反《そ》らしたりしはじめ、やがては忍び泣くような、声ならぬ声を立てはじめたのであった。

砂時計が、まだ半分も落ちないと云うのに、初音は背をそらせてのけぞり、遂には無意識に腰を浮かせたり、両脚をあげたりして、

「あッ、もう勘忍して下しゃんせ。あれ、あれ、もぅ、もぅ……ああ、死にそうな……死ぬ、死ぬ、死ぬ」

と半狂乱である。

啼かぬ初音が、人前もはばからず、かかる狂態を演じたのだから、誰の目にも、この勝負は明らかであった。

蜀山人は、

「彫辰、目の毒じゃ。一思いに、初音を極楽往生させてつかわせ」

と襖をピシリと閉ざし、

「高須屋！」

と厳《おごそ》かな声を出した。

「ははッ」

安兵衛は畏まる。

「張形くらべは、そちの負けじゃ。今後、本家だの、元祖だのを紊《みだ》りに名乗ってはならぬぞ！」

蜀山人は云った。

襖の向こうでは、初音が恥も外聞も忘れて、極楽往生の声をあげている。

みんな感極まった表情だった。

その声が熄《や》んだとき——高須屋安兵衛は、威儀を正し、

「失礼ながら、当方には、まだ信助の作品が残っておりまする」

と云ったのだった。

＊　＊

「なんと申す」

蜀山人は、屹《き》ッとなる。

高須屋は不敵な微笑を泛べて、

「信助の作りし張形は、先生が云われたる如く、中細りの胡瓜魔羅の逸品……」

と一同を打ち眺める。

「ふむ。それで?」

焉馬が催促した。

「されば、初音を半刻《はんとき》ばかり休ませまして、信助めのを足使いにて初音に使わせようかと存じます」

安兵衛は滔《みだ》らな笑みを泛べた。

「ほう、足使いでの」

と、蜀山人。

ふつう張形は、片手づかいと云って、専《もっぱ》ら単独で握って使用された。

しかし張形の根本に紐をつけ、自からの踵に縛りつけ、足を動かしながら愉しむ方法もあった。

これを足使い、または踵がけと称した。

また丸めた蒲団とか、竹夫人《ちくふじん》に括《くく》りつけ、使用する方法もある。

これを脇づかい、茶臼《ちゃうす》形と称した模様である。

高須屋安兵衛は、信助の張形を、初音に足使いさせて、一同の観覧に供そうと云い出したのだった。

「しかし……」

考え、考え、四ツ目屋忠兵衛が反論した。

「すでに勝負は終っておる。なにも初音に、そんな恥しい真似をさせずとも、よいのではないかな?」

と——。

一座の者も同感だった。

なにか未練たらしい感じの高須屋に、人々は明らかに反感を覚えたのだろう。

「そうじゃの……」

蜀山人は肯いて、

「高須屋。四ツ目屋の元祖は、忠兵衛であることが、立証されたのじゃ」

とたしなめる。

「いえ、まだ決まって居りませぬ」

安兵衛は、必死だった。

「なんと申す!」

蜀山人は御家人だが、それでも武士だから少しく機嫌を損じたらしく、安兵衛を睨みつけている。

「たしかに初音は、夜雁声を立てました。しかし、四ツ目屋どのが撰ばれた彫辰が、金子《きんす》拾五両をポンと投げだして、五日間、初音の許に流連けたことは、明白たる事実にございます」

高須屋は声を大きくしている。

一座の者に、漣のような動揺の色が、ひろがった。

そこへ襖をあけて、辰之助が出て来た。

蜀山人は彫辰をみて、

「おい、辰之助。いま、高須屋が云ったことは、本当かえ?」

と訊いている。

彫辰は平然と、

「へえ、肌の暖かみ、肌触り、肌の味を研究するために、花魁の許に流連けしやした。しかし、こんどの張形くらべに、初音さんが指名されたのは、なにも、あっしが工作したわけじゃあ、ござんせんぜ?」

と云って退ける。

高須屋安兵衛は逆上気味に、

「黙れ!」

と大喝《だいかつ》し、

「お前が初音に金を積んで、俺の張形を使う時にだけ、芝居して呉れって、頼んだのよ。ちゃーんと底が見えてらあ」

と、まくし立てた。

そして蜀山人に、

「先生。初音は先刻、死ぬ、死ぬ、死ぬと口走りやしたねえ」

と、意味ありげに云うのだった。

「うむ。それが如何いたした」

「あっしは、本当に味の良い時にゃァ、女は死ぬもんだと思いやす……」

「なるほど。それで?」

「信助の張形を、花魁に、踵がけで使って貰って……それから優劣を決めて頂きたいんでござんすが、如何でげしょう?」

安兵衛は自信たっぷりであった。

その六

……誰もが高須屋の無理難題、とは思った。

しかし、張形を踵がけで使うとなると、蒲団をかぶっていては出来ぬ。

当然、下半身をあらわにしなければならぬのである。

となると、初音の下腹部は否が応でも、みんなの目に入るのであった。

この誘惑が……一座の粋人たちの心を大いに動揺させたのだ。

「いかがですかな、蜀山人先生?」

高須屋安兵衛は、信助作の中細りの胡瓜魔羅形の鼈甲細工を一同に示しながら、

「これを、足使いで使うんですぞ。鳥居先生が見られたら、さぞかし……」

と思い入れよろしく、動かしてみせる。

「ううん! みたいねえ!」

と呟いたのは烏亭焉馬だ。

安兵衛はすかさず、

「よし、話は決まりやしたぜ。じゃあ、半刻の休憩だ……」

と云い、職人の信助を手招きして、

「こいつを踵がけで使えるように細工しな。大至急だぜ」

と命じている。

信助は首を傾《かし》げて、

「一刻は待って頂かねえと……」

と答えた。

高須屋は一同をみて、

「済みません。一刻ばかり、あっしが酒を奢りやすから、辛抱してお呉んなせえ」

と頭を下げる。

蜀山人も苦笑いして肯いたが、やはり美人の初音が、踵がけで眉根を寄せる図を、見たかったに相違ない。座敷は忽《たちま》ち、酒盛りの場にと変化した。

なにしろ、啼かずの初音が夜雁声をあげて泣いたあとだけに、出席者たちはみんな彫辰の腕前に感心しながら、松の根っこみたいに瘤《こぶ》だらけの張形を、みんなで廻し見しながら酒の肴《さかな》にしている。

四ツ目屋忠兵衛の得意や、思うべしであった。

蜀山人は、

「こうなったら、堺の夜泣きの源助と、彫辰とを勝負させてみたいもんだな」

などと云い出している。

高須屋安兵衛は、酒宴のさなか、面白くないのか座を立ってしまったものだ。

飲み、かつ食らい、芸者たちも三組ばかり呼ばれ、三味線に笛太鼓でドンチャン騒ぎとなった。

当時の流行は、吉原の廓言葉をもじって、政道批判を行った一連の文句で、これは三味線で囃《はや》し、芸者が廓言葉で、

「行きなんし……」

と云うと、誰かが、太鼓の合の手で、

「地獄へ……」

などとつける遊びであった。

記録によると、どうやら田沼時代から松平定信の改革に移る頃らしく、次のような〝はやり言葉〟が残っている。

〽ばからしい、銭相場。おゆるしなんし、上納金。やめなんし、運上。まかりなんす、田沼さん。にくらしい、松平。いつ出来なんす、印旛沼。すきやせん、御役替。はじまりいした、御倹約。わかりんせん、御政道。しみじみすきせん、綿服。むごうありんす、中から下。よくしなんし、世の中を。にげたがましでありんす、町手代。

……まあ、そんな〝はやり言葉〟をつくったりしながら、遊んでいるうちに、一刻が過ぎたが、さて、初音の床入りとなって、異変が起きた。

初音が突如、月の触りになったのである。

江戸時代の人々は、女性の生理をひどく忌み嫌った。

蜀山人は、初音の躰に支障があるのを教えられると、

「残念ながら、この計画は中止だ」

と云った。

しかし、高須屋は首をふり、

「初音が駄目なら、誰か、初音の代りをする花魁を探しやしょう」

と云ってきかぬ。

仕方なく、〈玉屋〉の楼主に命じて、その足づかいの志願者を募らせた。

その頃は、昼三《ちゆうさん》と云って、昼間の遊びが三分で、最高とされていたのだ。

高須屋は、その二倍——一両二分を出すと云ったが、誰もウンと云わぬ。

二両から二両二分、三両……と値上りして、四両一分二朱までなったとき、

「それでは、わちきが——」

と、玉葉という花魁が承諾したのだった。

高須屋は、彫辰の張形を先ず玉葉に使うように命じた。

蒲団で仰臥することしばし——玉葉は、彫辰の鼈甲細工を抛り出して、

「大きくて、入りんせん……」

と云った。

かくて信助の胡瓜魔羅の張形が、玉葉の右足にとりつけられる。

そして一同が固唾を呑むうちに、それはするすると玉葉の肉襞の中に没して行ったが、足をつかうこと五、六度にして、玉葉の表情に変化が現われたのだった。

それは、苦悶に似た表情である。

「おおッ!」

と一同は声をあげた。

と同時に、玉葉は低い唸り声をあげて、大きくのけぞったものだ。

そして、硬ばったように動かない。

「おいッ、玉葉ッ! どうしたッ!」

〈玉屋〉の主人が叫び、彼女に近寄った。

そして肩を揺さぶったが、不意に顔色を変え、玉葉の胸に耳を寄せた。

そして、叫んだのである。

「し、し、死んだッ!」

と——。

＊　＊

さあ、大変な騒ぎになった。

なにしろ、張形くらべの最中に、目の前でポックリと一人の遊女が死亡したのだ。

しかも一堂に会していたのは、大田蜀山人をは

じめ、江戸の文化人たちである。

このことが世間に知られれば、物笑いのタネになることは必定であった。

その上、奉行所よりのお咎があるかも知れぬのだ。

玉葉の死体をそのままに、蜀山人、焉馬、春章、それに絵草紙の版元である蔦屋《つたや》などが、人々を足留めにして、急遽、善後策を練ったのも当然であろう。

結局、吉原内の出来事ではあるし、玉葉は病死と云うことにして届け出て、一同に固く口留めするのがよろしかろう……ということになった。

そして玉葉の遺族には、高須屋が、弔慰金《ちょういきん》を包む……と云うことで話が纏《まとま》ったのである。

「しかし、弔慰金は結構ざんすが……今日の張形くらべは、一体、どっちの勝ちですい？」

高須屋は蜀山人に喰いつく。

信助の作品を使っていて、玉葉は苦悶に似た表情を泛べ、言葉もなくのけぞり、そして白眼を剝《む》いたのである。

これは、明らかに「死ぬ、死ぬ」と云う言葉だけではなく、文字通りに「死んだ」のであった。

となると、信助の中細りの胡瓜魔羅に関する限り、張形くらべは高須屋の勝ちと云わねばなるまい。

蜀山人は、信助と、辰之助を呼び、

「その方たち、どちらが勝っていると思うか？」

と訊いた。

蜀山人としては、世にも信じられない突発事故の直後だけに、気が動顚《どうてん》しており、いずれにも軍配をあげかねていたものだろうか。

信助は、顔色を蒼褪《あおざ》めさせ、緊張の面持で云い切った。

「初音どのは、死ぬ、死ぬと声ばかり、玉葉どのは既にこと切れましたれば……あっしの勝ちかと存じます」

と——。

だが彫辰は、首をひねり、

「玉葉は、あっしのは入らねえと使わなかったんだ。一人の女が、両方使わなくって、味の良し悪しが判る道理がねえ」

と云った。

「まあ、まあ、双方とも！」

蜀山人は手をあげて二人を制し、

「どうじゃな。四ツ目屋も、高須屋が元祖を名乗らぬことを条件に、今後は仲好く交際し合っては……」

と口を利く。

忠兵衛は、考え込んで答えぬ。

彫辰は、不服そうに、

「しかし先生……勝負は四ツ目屋さんの勝ちだと思いやすが」

と云っている。

蜀山人は苛立ちながら、

「とにかく、玉葉は死んだんだぞ！」

と、声を荒げた。

「へえ、たしかに」

彫辰は大きく肯いて、

「あっしは、奉行所へ届け出た方が、いいいと思うんざんすがねえ」

と云ったものである。

「な、なに、奉行所へ？」

蜀山人はじめ、みんなも駭《おどろ》いたが、顔面蒼白《そうはく》となったのは、職人の信助であった。

「辰の字。俺らは、なにも勝負にこだわっちゃあ、いねえ。ただ、玉葉花魁が俺らの張形を使いながら、極楽往生したことだけを、認めて貰えたらいいのさ」

信助は、しどろもどろの口調である。

だが、そんな挙動不審の信助よりも、激怒したのは高須屋安兵衛だった。

「やい、彫辰とやら！」

安兵衛は叫んだ。

「一昨日から聞いてりゃア、なにかにつけて四の五のとぬかしやがる！　奉行所へ届けろと云うからにゃア、なにか不審があるとでも云うんだな！」

安兵衛は顔面に朱をそそいだ如く、烈火と云う表現通りの激昂《げっこう》ぶりだった。

しかし辰之助はケロリとして、

「へえ、左様でごぜえます」

と云ったのである。

蜀山人は、彫辰を屹ッと睨み据え、

「ならば証拠を探してみよ」

と云ったのだった……。

＊　＊

玉葉の遺骸は、蒲団の上に仰臥されてあった。

彫辰は、その玉葉の死体に、さも確信あるかの如く近寄り、張形をつけていた右足の踵のあたりを、仔細らしく調べはじめた。

空洞になった鼈甲細工の中に、熱湯を滲《し》ませた綿を詰めるので、その張形のあたった部分は、丸く赤くなっているが、しかし、なんの傷もない。

「変だな？」

と辰之助は独りごちた。

そして、

「信助兄哥《あにい》。作った物を見せて呉れねえか」

と云っている。

信助の顔に、そのとき、吻《ほ》ッとしたような色が浮かんだ。

「おう、いいともさ！」

信助は、細工物を差し出す。

彫辰は、その細工物を入念に調べていたが、不意にニヤリとすると、

「わかったぞ！」

と云った。

「なにが判ったのじゃ」

と蜀山人。

「へえ。玉葉は、この張形の工合のよさに極楽往生したのじゃあ、ござんせん。張形に仕掛けがあったんで、コロリと死んだんでさア」

辰之助は云った。

「なに、仕掛けだと？」

焉馬たちが色めき立つ。

「ごらんなせえ。この雁首《がんくび》の先に、毛でついたような穴が、掘られてありやす」

辰之助は、鼈甲細工を示した。

覗き込んだ人々の中で、流石は画家らしく勝川春章が真ッ先に発見し、

「なるほど、小水を洩らす穴があいてらあ。こ

の前、見た時はなかったのにな」

と呟いている。

「この穴が、どうか、したのか？」

蜀山人は怪訝《けげん》そうであった。

「おそらく、この穴に、毒針でも仕掛けてあったに違えねえ……」

辰之助は云い切った。

信助はまた血の気を喪い、ガタガタ震えだす。

ひとり高須屋は、平然とせせら笑い、

「毒針を仕込んだと？　だったら、その針を探して貰おうか！」

と、空嘯《そらうそぶ》いている。

誰かが、張形の中の詰め綿を、引っ張り出した。

しかし、毒針など出て来ない。

蜀山人は居ずまいを正し、

「これ、彫辰！」

と叱責の口調になる。

彫辰は、信助に飛びかかり、

「兄貴。毒針を使ってねえのなら、兄哥は玉葉と平気で交われる筈だぜ！　どうだ、おいッ！」

と首根っこをおさえた。

信助は、首をふり、歯の根も合わない有様だったが、

「よし！　交わってみせてやる！」

と、人前も構わず、着物の裾をはだけて、五本指を使いはじめた。

そして、硬くなると、信助は、玉葉の死体に突進して行ったものだ。

挿入が完了した瞬間、鼈甲職人の信助は、「うッ！」と叫んで、白眼を剝《む》いた。

「あアッ！」

蜀山人は、大きくのけぞり、高須屋安兵衛は、その場から逃亡したのである。

ぐったり、こと切れた信助を、玉葉の遺骸から離すと、まだ硬さを喪わぬ雁首に、銀色の針が突き刺っていた……。

人々は、驚嘆した。

高須屋安兵衛は、職人の信助に命じて、いかなる手段でもよいから、張形を踵がけで使う花魁を殺せ、と注文したのだった。

信助は、詰め物の綿の弾力性を利用して、雁首に小孔《こあな》をあけ、毒針を仕込んだのである。

徐々に、毒を躰に廻らせ、自然死を装うための細工だったが、毒針は子宮に突き刺って玉葉の躰に残った。

これで完全犯罪だと思われたが、彫辰に看破《みやぶ》られ、職人気質の信助は、罪を自白するより、むしろ死を撰んだのである。

一切のカラクリを知って蜀山人は、

「高須屋は酷《ひど》い男だ。啼かぬなら、殺してしまえ不如帰《ほととぎす》……と云った譬《たと》えの織田信長みたいな人物じゃのう」

と云い、彫辰を、

「そちこそ、張形の名人じゃ」

と賞め讃《たた》えたのだった。

余談だが、花魁玉葉と、職人信助とは、相対死という形で処置され、南千住《みなみせんじゅ》の投げ込み寺——浄閑寺に葬られたと云う。

隠し彫

その一

日本橋横山町の太物問屋に、三島屋というかなり大きな店があった。

この店の一人娘である雪絵が、病いの床に就いたのは、いつごろだったたろうか。

雪絵は名前通り、色白の、鈴木春信《はるのぶ》の浮世絵に出てくるような、楚々《そそ》たる美人だった。

年齢は十七歳——。

いろんな医師が、入れ替り立ち替り診察したが、健康に異常はない。

食欲がないと云うだけで、ある医者は、

——これは気鬱《きうつ》の病いじゃ。物見遊山《ものみゆさん》をすれば癒《なお》る。

と云い、別の医師は、

「恋患いではないのかの」

と云った。

子供の時から、お乳母日傘《んばひがさ》で育った箱入り娘である。

しかも十五の年からは、悪い虫に見染められてはと、芝居見物はもとより、寺詣《もう》でまで父親の仁兵衛は禁じていた。

そんなに大事に育てて来た一人娘が、恋患いだの、気鬱症にかかるのが可怪《おか》しい……と云うのが、三島屋仁兵衛の云い分である。

だが、日一日と病いは重くなってゆく。

こうなると、一人娘だけに、心配するのが親の常だ。

母親のお銀は、祈禱《きとう》を頼んだり、早朝、お百度詣《まい》りなどをはじめる。

仁兵衛は気が気でなく、雪絵のお気に入りの女中であったサクを呼び寄せて、

「いいか、サク。雪絵が、お店の誰かに惚れているのなら、なんとか、なだめすかして、名前を聞きだして呉れ……」

と頭を下げた。

サクは、川越の郷士の許《もと》に、嫁入りしていたのである。

雪絵はサクが戻って来て呉れたことを喜んだが、なぜか彼女が、夜、次の間で寐《ね》ることに強い拒否を示した。

〈なぜだろう？〉

と、サクは思い、一計を案じて、次の夜は、

「では、お寐《やす》みなさいませ」

と別室に去るとみせかけて、深夜、そッと次の間に忍び込んだ。

そして、じいーっと耳を澄ましていると、雪絵の寐室《しんしつ》からは、

「はあーッ……うーむ……」

と云うような、なにか苦痛に耐えるような愉悦を嚙みしめているような、低い声が洩れてくるではないか。

そっと、襖《ふすま》をすべらせても、寐所《しんじょ》は真ッ暗闇だから、どうにも様子がわからない。

ややあって、その声は礑《はた》と熄《や》み、

〈どうしたんだろう？〉

と考えているうちに、静かな雪絵の寐息が伝わって来たものだ。

翌朝はやく、サクは雪絵の寐所を訪れ、なにか異変はないかと調べてみた。

なにも変ったものは置いてなかったが、ただ血痕のついた懐紙が、丸めて布団の下に突込んである。

サクは、

〈なんの血だろう〉

と思いながら、そっと自分の懐中に忍ばせたのだった。

あてがわれた自分の部屋に戻って、仔細に調べてみたが、毎月のさわりの血では毛頭ない。

経血なら、もっと大量につく筈《はず》である。

血が数カ所、ポツン、ポツンと滲《にじ》むように付着しているのであった。

〈歯茎から、出血したのだろうか？〉

サクは最初、そう思った。

その朝、雪絵は珍しく、お粥《かゆ》を二杯もお代りした。

病人だから、いつ異変が起きるかも知れないと云うので、サクが呼び寄せられるまで、雪絵の寐所は勿論《もちろん》、次の間も、たえず行燈《あんどん》の灯を絶やしたことはなかったと聞き、サクはさては昨夜、暗くして寐に就いたのが、結果的には良かったのかな……と彼女は思ったことである。

その夜も、そして次の夜も、サクは次の間に忍んであの奇妙な、苦痛とも愉悦ともつかぬ、雪絵の忍び音を耳にしている。

そして翌朝は、例の血の斑点のある懐紙も、おなじく発見していた。

〈変だ……〉

サクは思った。

彼女が来てから、雪絵は、食欲を取り戻し、日一日と元気になってゆく。

主人の仁兵衛や、母親のお銀は大喜びで、

「サクや。お前のお蔭だよ……」

と、大いに感謝して呉れたものである。

しかし、サクは釈然としなかった。

なにか雪絵の、深夜の呻き声と、血痕とが、大きな意味を持っているように、考えられたからだ……。

サクは、主人の仁兵衛に申し出て、内湯を立てて貰った。

当時、内湯を持つと云うことは、自宅に井戸があると云うことであり、内湯を沸かすのは贅沢とされていたのである。

サクは、小女を供に雪絵に湯を使わせながら、病室へ入り込んで、なにか秘密を解く鍵はないか……と、目を皿のようにして探し廻った。

そして、枕許の手文庫の中から、四つに折り畳んだ一枚の枕絵を発見するのである。

それは、豊満な肉体をもった年増女を組み敷いて、小柄な男が性交しつつ、女の二の腕に、

〈辰さま命〉

と云う文字を刺青《いれずみ》している肉筆画だった。

絹布ではなく、和紙に筆でサラサラと走らせた、いわば生写である。

生写とは、ありのままを写すこと、つまり今日で云う写生のことだ。

サクは、文盲だが、その和紙の生写の右下隅に、〈湖竜写〉とある署名だけは、瞼《まぶた》に灼《や》きつけたのである。

＊　＊

三島屋の手代の佐七は、サクから、文字のことを問われて、頭を抱えた。

なにしろ、莫然としている。

三つの漢字があるのだが、最初の文字は三つで組みになっていて、その中に一月、二月の〝月〟という文字があったと云う。

二つ目は、正月の子供の遊び道具である、凧《たこ》によくみる文字。

三番目は忘れてしまったが、とにかくゴチャゴチャしているのだそうな。

さっぱり判らないので、佐七は、あれこれ考えた末、人を介して、当時、江戸の知恵者と云われた平賀源内のところに、使いを走らせた。

その使いの要旨と云うのは——。

イ。誰か知らぬが、画家の名前である。

ロ。春画《しゅんが》の生写である。

ハ。三字、若《も》しくは二字の名前である。

ニ。最初の漢字には、〝月〟という文字が入っている。二番目は、〝凧〟に使われる文字。三番目は、ゴチャゴチャである。

ホ。出入りの小間物屋が、どうも置いて行ったらしい様子である。

……以上であった。

平賀源内は、画家——春画の生写——月の文字——凧

の文字……と云う条件を加味して、

「それは、磯田湖竜斎《こりゆうさい》ではあるまいか」

と云って来た。

――磯田湖竜斎。

この人は、霞ヶ浦のそばの土浦城――つまり、土浦藩の出身で、知行《ちぎよう》三百石の家柄に生まれたと云う。

生来、病弱で十七歳のとき、鈴木春信をたよって、江戸に出た。

そして、春信そっくりの絵を描いていたと云う。春信が、平賀源内などの協力を得て、木版画による極彩色の錦絵《にしきえ》を完成したのは、たしか明和二年のことである。

春信の偉いところは、水色と黄色とをかけ合わせたら、緑色になる――それを木版画に利用してみよう、と考えたことだった。

これによって、錦絵（浮世絵）は大いに拡まるのであるが、しかし春信は、五年後の明和七年六月、五十三歳で病没している。

しかし、春信の浮世絵に夢中になった人々をカモとして、版元は弟子の磯田湖竜斎や、春重（のちの司馬江漢《こうかん》）などに、春信そっくりの錦絵を描かせていたのだった。

春信の錦絵には、童話の世界で遊ぶような詩情があった。

春画でも、男女の表情は可憐で、いやらしさがない。

極言すれば、どれをみても、同じ顔であったのだ。

ただ、構図が面白く、どう云うわけか、春画の中に子供が出てくるところだけが、変っていた。

ふつうの錦絵は、その頃、一枚二十文くらいだったと云う。

ところが春信のものは、八枚つづきの桐箱入りが、金一分と云う高値だった――と記録にある。

おそらく、富豪や、大名たちに、春信の春画の愛好者――今で云うファン――が多く、そのために高値を呼んだのであろうが、世に出た鈴木春信の春画のうち、とくに湖竜斎のものは、偽作を生前から強いられただけあって、春信以上――と云われていた。

そうして湖竜斎は、師の死後、とつぜん反逆したのだった。

人形のような春信の男女とは異なり、誠に写実的な、豊満な肉体美人を描いたのだ。

春信は、背景を重んじたが、湖竜斎は、そんなことより、男女の肢態《したい》に重きをおいた。

それまで、あまりハッキリ描かれなかった男女の性器を、実にリアルに描き出したのは湖竜斎をもって嚆矢《こうし》とするであろう。

彼は、性毛に深い関心を抱いたらしく、小陰唇《しょういんしん》や、陰嚢《いんのう》の裏側の恥毛まで、克明に描いている。

それで世間を、あッと云わせたのが、『色道取組十二番』である。

これは十二枚続きの、大判の錦絵であった。しかし、湖竜斎の全盛期は、そう長くつづかなかった。

明和、安永と大いに活躍したが、天明に入って、浮世絵のブームをつくった天才が登場したためだ。

その人たちの名は、美人版画の鳥居清長《とりいきよなが》であり、喜多川歌麿《うたまろ》であり、肉筆美人画の勝川春章《かつかわしゆんしよう》、そして北尾重政《しげまさ》である。

そして、湖竜斎の名声は、この四人のために、すっかり影が薄くなってしまっていたのではあった……。

＊　＊

薬研堀《やげんぼり》の住宅に、三島屋の手代・佐七を迎えた磯田湖竜斎は、佐七の言葉をきくと、

「刺青師が、芸者らしい女と交わりながら、〈辰さま命〉と彫っている図……」

と肯いて、

「それは、俺が彫辰の仕事ぶりを、こっそり欄間から盗み視《み》て、生写したものに違えねえ……」

と云った。

佐七は駭《おどろ》いて、

「えッ、彫辰と云うと、初音の――」

と呟く。

「そうよ」

湖竜斎は肯いて、

「例の四ツ目屋の本家較べで、初音の身代《みがわり》にな

って即死した花魁《おいらん》殺しの犯人を、即座に捕えたって男よ……」

と云った。

「すると、先生は、彫辰とも、ご関係がおありで」

「ああ、よく彫物の図柄を相談に来るでなあ」

湖竜斎は含み微笑《わら》った。

しかし、それは本当である。

刺青と云えば、墨を肌に刺すことだが、当時にはこの〝刺青〟と云う文句はなかった。

この言葉を使うようになったのは、明治に入ってからで、それまでは〝文身《いれずみ》〟と云う文字が使われていたものだ。

だが徳川時代に行われた刑罰としてのイレズミには、〝入墨〟と云う文字が用いられ、文身と入墨とを区別して使っていた模様である。

当用漢字の今日と異なり、昔の人は、漢字の使い方に神経質だったのである。

江戸では一般には〝彫物〟と呼び、京坂《けいはん》では〝入ぼくろ〟と云っていたが、日本書紀の履中《りちゅう》天皇の時代に、反逆を企てた阿曇連浜子《あずみのむらはまじ》に対して死罪を免じ、墨を科した――とあるところをみれば、古くは刑罰に用いられていたものであろう。

少しく歴史的に、刺青のことを記しておく。

古墳文化の中期（西暦四百年ごろ）に誕生した〝黥《いれずみ》〟は、しばらく後には絶えてしまうのだが、徳川時代になって、なぜか復活したのだった。

一つは〝起請彫〟――〝入ぼくろ〟と云うものが、京坂の遊女のあいだで、流行して来たことも原因と思われる。

これは男女が、お互いに手を握りあい、お互いの拇指《ぼし》の尖端があたる位置に、小さなホクロの刺青をする……と云うものだ。

このホクロをみて、お互いに相手のことを思いだし、年期があけたら添い遂げよう……と云う一種の誓いの刺青である。

これを起請心中立て、などと云うが、次第にホクロ程度では満足できなくなって行ったのは、当然の成り行きだろう。

文献によれば、寛永（徳川秀忠《ひでただ》の時代）の頃、大坂の野間屋の遊女・作弥が、肩先へ〈七さま命〉と文字を彫り、ために人気者となったとある。

講談ではお馴染みの一心太助と云う魚屋も、この寛永時代の人物だが、左腕に〈一心如鏡〉と彫っていたと云うのは嘘で、頸《くび》に〈一心白道〉という四文字を彫っていたのだそうだ。

そして一般には、遊女が客を欺すための手段が、入ぼくろだと相場が決まっていたものらしい。

延宝天和の頃、俠客《きょうかく》の鐘《つりがね》弥左衛門なる人物が、肩から斜めに〈南無阿弥陀仏〉という六つの大文字を彫り込み、それが非常に珍しがられたと云うから、背中の文身は、この弥左衛門が元祖かも知れぬ。

しかし慶長から元禄にいたるまでの文身は、固い約束のためのものだった。

つまり、心に誓うためのものだったのだ。

遊女たちは、〈七さま命〉とか、〈左吉妻〉などと云う文字を、二の腕の内側に彫ったものらしい。

客から彫って貰ったり、朋輩《ほうばい》から彫って貰ったものだが、次第に客のなかにも、遊女から文身をして貰うのが〃粋《いき》〃だと云う風潮が起って来た。

遊女や芸者が、心に誓い合った客と、お互いの名前を彫り合うのは、明治時代まで続いていたものである。

近年では、有名な文豪・永井荷風が、腕に女の名前を彫っていたことが、明らかにされている。

おそらく相手の女性も、〈壮吉いのち〉と彫っていた(壮吉は荷風の本名)のだろう。

その二

……久しく絶えていた入墨刑を、江戸時代に復活させたのは、八代将軍吉宗である。

たしか大岡越前守忠相《ただすけ》の進言であった。

当時、刑罰の一つに、鼻そぎ耳そぎの刑があった。

これは残酷な上に、一目で犯罪者とわかってしまい、いくら前非《ぜんぴ》を悔いていても、世間が受け容れない。

それでまた悪の道に走ることになる。

だから左の腕に、巾《はば》三分ずつ二筋の入墨を引き廻し、刑罰としたらどうか、と大岡越前守は提案したのだった。

入墨のある前科者が、罪を重ねたら、手首に近い方に更に一本の筋を追加し、四本となったら死罪とする……と云うわけだ。

享保五年二月、この入墨刑は採用された。

これ以降、〈入墨之《の》上敲《たたき》〉とか、〈入墨之上所払〉といった判決が、しばしば出されることになるのだが、大岡越前守の名案も、現実にはサッパリ役立たなかった。

冬なら着物で入墨をかくせるが、夏など暑いから、どうしても腕まくりするため、肘《ひじ》の下の入墨がわかってしまう。

これを隠すには、手甲脚絆《てっこうきゃはん》をつけるよりないのである。

十両盗んだら死刑になった時代だから、入墨刑を受けた者は、犯罪者としては小者のたぐいであろう。

にも拘《かかわ》らず、入墨をした者を、世間の人は許さなかった。

前科者として警戒し、やはりソッポを向いたのだ。

しかも、この入墨をモグサなどで焼き消したりしたことが判ると、捕えられて更に入墨をされた上、江戸払いとなるのだから悲劇だった。

そこで入墨者は、自暴自棄となり、逆にこの入墨を楯にとって、善良な市民たちを恐喝するようになってゆく。

そこで人々は、入墨を知らず知らずに恐怖するようになった。

近松の『女殺油地獄』は、たしか享保六年の作品だが、その中に、

「人威《おど》しの腕に色々のほり物して、喧嘩に事寄せ、懐中の物取ると聞及ぶ」

と云う一節がある。

だから入墨刑が採用された翌年、すでにその弊害が現われていたわけだ。

おそらく、入墨を隠すような彫物をして、相手に喧嘩をふっかけ、その刺青をちらつかせて、な

にがしかの内済金にありついたりしていたのだろう。

つまり、入墨は威嚇に使われたのだった。

この威嚇としての入墨が、変化して男らしさを象徴する伊達彫《だてぼり》へと移行してゆくのだ。

映画などでお馴染みの、町火消とか侠客、深川の木場人足、船頭、駕籠《かご》かき……などに背中や、肩から腕にかけての刺青が、流行《はや》ってゆくのである。

こうした大きな図柄が、江戸ッ子に好まれだしたのは、支那の四大奇書といわれている『水滸伝』が、はじめて和文に翻訳され、大評判をとったがためである。

なにしろ水滸伝中の豪傑たちは、史進にしろ、魯智深にしろ、みんな刺青をしている。

たとえば、史進が九紋竜と渾名《あだな》されたのは、背中に九匹の青竜を彫っているためで、魯智深の花和尚は、やはり背中に花の刺青があるところからついた渾名だ。

義侠心に富む、これらの『水滸伝』の豪傑たちに憧れた江戸ッ子たち——特に威勢のよいことを本分とする仕事の人たちは、これらの人物にあやかって、文身をすることを競いだした。

その豪傑たちの武勇ぶりを、背中に図柄として彫り込もうとしたわけである。

武松の虎退治、張順の水門破り……と云った図柄がそれだ。

しかし、そうした『水滸伝』の人物図が、珍重され競って図柄に使われだしたのは、文化・文政の頃であって、これは馬琴と北斎が組んだ『新篇水滸画伝』の刊行が、大きな影響を与えている。

……まあ、云ってみれば、彫辰は、そうした大きな図柄を手がけはじめた、江戸の文身での先覚者であった。

彫辰は、かなりの絵心があったが、時折、湖竜斎を訪れては、不遇をかこつ、この天才浮世絵師を慰めていたのである。

つまり彫物の絵柄を考えて貰い、画料を手渡していたのだ。

また薬研堀の湖竜斎の自宅を訪れる時は、一升樽を提げてゆくのも、辰之助の慣わしであった。

湖竜斎が、酒好きだったからである。

＊　＊

三島屋の一人娘である雪絵が、家に出入りする小間物屋の番頭から、

「お嬢さま、いいものを差し上げましょう。でも必らず人のいないところで、見るんですぜ……」

と云われて、一枚の絵を貰ったのは、たしか去年の桜の花が咲く時分である。

雪絵は、なにげなく手文庫に納《しま》い込んだが、数日後に、

〈そう、そう……〉

と思いだし、人のいないのを幸い、手文庫をあけた。

そうして、

〈なんだろう……〉

と拡げてみたのだが、その絵を一目みたとき、雪絵は思わず、

「ああッ！」

と声を出し、ブルブルと肩を顫《ふる》わせたのだった。

恐怖からでは、ない。

それは、雪絵の将来と云うか、性格を看破《みやぶ》ったような、ある意味では怖い絵だった。

妖しく血が騒いだ。

耳朶《じだ》まで、カーッと火照《ほて》り、口中はカラカラに乾いた。

鼓膜が金属的な唸りを生じ、動悸《どうき》は早くなった。

彼女は、震える手で、その絵を折り畳み、手文庫に納い込むと、その手文庫の上にガバと身を打ち伏したのだ……。

……どこか、舟宿かなにかの二階座敷であった。

着物の片袖《かたそで》だけを脱いだ、美しい年増女が白い二の腕を男にゆだねている。

そして着物の裾《すそ》は大きくはだけ、右足は思い切りよく上にかかげていた。

男は、俗に云う松葉崩しの体位で、越中フンドシの脇から巨根をはみ出させ、女を攻めている。

このあたりは、なんの変哲もない浮世絵の図柄であった。

ただ、雪絵をかくも感動させ、畏怖させたのは、

女の白い二の腕から、垂れ流れている血潮だったのだ。

その文字は、〈辰さま命〉と読める。

そして男の手には銀色の針の束が握られていて、プスリと針を今しも突き立てたところであった。

それが、雪絵をめくるめくような昂奮に誘ったのである。

雪絵には、子供の頃から、奇妙な願望があった。

それは、なんと云ったらよいのか……人には話せないようなことである。

雪絵の願望とは、なにか。

あからさまに云うと、異性から虐《いじ》められたい……と云うような願望なのである。

自分が悲劇的な腰元かなにかに扮して、老女たちから折檻《せっかん》されたり、暗い土蔵に閉じ籠《こ》められて飢えている……と云った空想を愉しみながら、雪絵は子供の時から育った。

思春期を迎える頃からは、少しくその空想が変化して、花見に出かけて両親たちとはぐれ、酒臭い非人たちに手ごめにされる……と云ったものになった。

そして、その空想は、あわや……と云うとき、刺青姿のいなせな町火消の若親分が、飛び出して来て彼女を助けて呉れるのだった。

雪絵が、いつ頃から、刺青に憧れを持つようになったのかは、定かでない。

父の仁兵衛はよく、

「躰《からだ》に彫物されるのは人間の屑《くず》だが、手前で彫るような野郎は屑の屑だ」

と云っていた。

だから、店に出入りする車人足でも、うっかり刺青を仁兵衛の前に曝《さら》そうものなら、直ちに出入りをさしとめられた。

雪絵が、美しい刺青を見たのは、十歳ぐらいの時で、たしか向島の寮で一夏を過したときだった。

その寮を建てた縁故から、二代にわたって出入りしている大工の若棟梁があった。

その若棟梁が、西瓜《すいか》を届けにやって来て、

「暑いので、井戸水を使わせて頂きやす」

と云い、井戸端へ行った。

そして双肌《もろはだ》ぬぎになって、水を汲みはじめたのだが、雪絵は、その背中に一匹の竜が、女の生首を咥《くわ》えて、眼光鋭く四囲を睥睨《へいげい》している図柄を見たのだった。

胸から下は、サラシ木綿を巻きつけてあるので、よくわからない。

雪絵は、その女の生首が、なぜか強く印象に残ったのだ。

首と唇とから垂れている真紅の血潮……。

雪絵は、その刺青がみたくて、若棟梁が来るたびに、井戸のあたりをウロウロしたことである。

こうして、雪絵の心の中には、刺青――いけないこと――針――血の苦痛という、奇怪な様式が生まれてゆく。

人間には、禁じられたことを犯したい、という欲望がある。

雪絵の場合、自分の肌に、刺青を施すことなど、到底できる筈もなかったが、それだけに、憧れと云うか、刺青をしてみたいと云う奇怪な欲望が、黒く沈潜してゆくのである。

それは、刺青をされる時の――つまり、針をブスリ、ブスリと刺し込まれる時の、妖しい苦痛につながってゆく。

……なんという、奇怪な空想、いや、妄想だろうか。

雪絵は、若棟梁の刺青を思い泛べ、自分が全裸で刺青されている情景を想像する。

すると、必らず昂奮した。

そうして、この妄想を決定的なものにしたのは、例の――湖竜斎が、彫辰に内緒で、舟宿の欄間ごしに生写し、あとで色を施した肉筆画だったのである。

＊　＊

その湖竜斎の肉筆画をみたとき、彼女が息苦しくなり、途方もなく昂奮したのは、まさにその絵が、彼女の欲望を、ずばりと云いあてていたからである。

彼女が、心の中に育てている黒い淫らな芽は、その絵によって開花したと云ってもよい。

そしてその日は、雪絵にとっては、生涯、忘れられない二つの記念日となる。

一つは、その自分の心を見透されたような浮世絵に接したことであり、もう一つは、女になったことだ。

つまり、彼女は十六歳の春のその日、生理をみたのであった。

それを知ると、父の仁兵衛は赤飯を炊いて祝って呉れたが、この月の触りの手当は、思いがけない副産物をもたらす。

神経質な雪絵は、生理の手当を念入りに行ったがため、女の性器の中に、恍惚《こうこつ》を呼び醒ます部分があることを知るのだ。

彼女は、手文庫の蓋《ふた》をあけて、例の、妖しく彼女の血を騒がさずにはおかない絵に見入るのだった。

〈ああ……刺青。血……痛いでしょうねえ……痛くって痛くって、死にそうになる……気を喪《うしな》ってしまう……そうしたら、この刺青師が、雪絵の……雪絵の……〉

そんな空想に浸る時には、彼女の右手は、着物の合わせ目から、恥しい肉襞《にくひだ》のところにすべり込んでいる。

〈刺青師は、針を使いながら……雪絵の、雪絵のこの恥しいところに……こんな太い……太いのを……ああ！　下の方も痛いわ……だって太いんですもの……腕の方も痛いわ……細いのに！〉

〈ああ！　雪絵は気を喪って、細い針と、太いこれで思い切り虐められるんだわ……ああ、痛いッ……痛いのよ、雪絵は！　あッ！　ウーム……助けて！　痛いの！　もう、そんなに虐めないで！　棟梁、助けて！〉

雪絵は、心の中でそんなことを口走りながら、二本指を使い、やがてグッタリとなるのだった。

こうして雪絵は、しばらくは妄想の世界で、束の間の恍惚を得ていたのであるが、しかし次第に、それだけでは満足できなくなってゆく。

生まれつき被虐的な性格の持ち主であっただけに、湖竜斎の肉筆画が、その開花のきっかけとなって、雪絵はひそかに、先の尖ったものを用意して、夜、臥床《ふしど》に入ることになる。

はじめは釘だった。

その釘を針に見立てて、自分の二の腕あたりに突き立てながら、妄想と共に指を使ったのである。

そのうち釘では満足できなくなり、畳針を待ち込むことになる。

その頃、雪絵の係であった女中のサクが、川越に嫁に行き、それと入れかわって婆やが彼女の係となった。

婆やは、目は遠い癖に、耳だけは敏《さと》くて、雪絵の係を命ぜられると、

「お嬢さま……目が遠いだで、今夜から行燈をつけたまま、寐てくらっせえ」

と云った。

……そのため、どう云うことになったか。

耳の敏い婆やは、雪絵が夜中に、妖しい息遣いをはじめると、むっくり起き上って、控えの間から襖をあけて入って来るのだった。

暗いならば、なんとか恥しい思いをせずに済むが、行燈の灯がついている。

雪絵は、婆やが寐入るのを待つ。

しかし鼾《いびき》が聞えるので、安心して畳針を腕に突き立て、

〈あッ……痛いッ、痛いわあ……〉

などと、妖しく身悶えていると、

「お嬢さま……」

と声をかけてくるのである。

つまり、雪絵は婆やが係となったがために、唯一の夜中の愉しみを奪われたわけだ。

かと云って、昼間の機会を狙っていると、それがない。

……かくて雪絵は、神経衰弱になったのである。

そこに、欲望がある。

しかし、それは人に話せない、恥しく歪んだ欲望である。

箱入り娘の雪絵は、充たされぬ欲望のために、どッと病の床に臥《ふ》す。

となると、監視が厳しくて、とてもとても針と二本の指どころではない。

そのため、嫁入りしていたサクが、急遽《きゅうきょ》、呼び戻されたのだった。

雪絵が、健康体になったのは、なんのことはない、その密かな愉しみを、サクが知らずして復活させて呉れたからに他ならぬ。

その三

……三島屋の手代・佐七は、密かに主人の一人娘・雪絵に懸想《けそう》していた。

彼は、磯田湖竜斎から、雪絵が手文庫の中に隠し持っていた春画が、紛れもなく湖竜斎の作品であると知った時から、よからぬ野心を抱きはじめたのだった。

世間知らずとは云え、当時、十七歳といえば結婚適齢期——いわば女として肉体的に成長し切った年頃である。

その雪絵が、手文庫に春画を人知れず納めていると云うことは、二本指の味を知っていると云う証拠であろう。

二本指とは、中国で云う探春、つまり女性の自慰のことだ。

一般には、二本とか、指人形と称していた模様で、男の方は五本指と云った。

つまり佐七は、雪絵の肉体が男を求めている……と推理したのだ。

その証拠に、出戻り女中のサクも、夜な夜な妖しい雪絵の息遣いを耳にしたと、云っているではないか。

佐七は、考えた。

雪絵を誘惑してやろう、と——。

肉体的な厳粛な事実——これは当時では、絶対であった。

男の味を知った生娘が、どうしても別れぬと云い張り、親が泣く泣く一緒にさせるという例は、数多くあったのである。

また疵《きず》ものにされたと知っても、それを表沙汰にせず、金をやって男と手を切らせ、素知らぬ顔で婿を迎える……ということも多かったのだ。

つまり佐七としては、やり得と云う結果は目に見えている。

雪絵を誘惑して、三島屋の入婿になれば、それはそれで大成功だし、万が一、馘《くび》になるにしても、なにがしかの手切れ金にはありつけるのだ。

若し手切れ金を出さねば、雪絵が婚礼の際に、あらぬ噂を撒き散らされるのだった。

だから、いわば口留め料としての手切れ金である。

佐七は、そう決心すると、機会をいかにして掴むかに腐心した。

雪絵の快気祝いが行われたのは、サクが戻って一カ月後のことである。

主人夫婦は、とにかく大満悦で、

「さあ、今度は雪絵の婿探しじゃ」

などと相好を崩している。

佐七は、内心、面白くなかった。

その祝いの席には、平賀源内と、どういう訳か、浮世絵師の湖竜斎が招かれている。

胸に一物ある佐七は、主人夫婦には、源内と湖竜斎には世話になったと云う報告をしただけで、他のことは一切、口外していない。

平賀源内は、エレキテルや火浣布《かかんぷ》の発明で江戸に名を知られた民間学者である。

また風来山人《ふうらいさんじん》、福内鬼外《ふくちきがい》などの名前で、戯作したり、春信の浮世絵に知恵を貸してやったような才人だった。

だから仁兵衛夫婦は、この源内が雪絵の気鬱の病いを癒すのに、なにか助力して呉れたのであろうと思い、さして意にも留めていなかったのである。

だが――一人娘の雪絵の方は、磯田湖竜斎だけを意識していた。

雪絵は、自分の所蔵する春画が、その湖竜斎の生写であると知っている。

その絵のために彼女は、密かな自虐の愉悦を知ったのである。

だから、なんとなく面映《おもは》ゆい。

しかし、湖竜斎に、

――あの刺青師はどこの誰なのですか。

と聞いてみたい気持は、大いにあった。

外出を禁じられている身にとっては、自分の快気祝いの席に、有名な湖竜斎が姿をみせたことは、またとない機会のように思われるのである。

雪絵は、湖竜斎をちらッ、ちらッと見ては、目を伏せ、なにか考えに沈むのだった。

……その彼女の変化に気づいたのは、誰あろう、手代の佐七である。

〈ふむ！　春画の作者と知って、照れてやがる！　しかし、なにか湖竜斎と口を聞きたい風情だぞ？〉

佐七は、そう見てとると、密かに祝宴の席を出て、女中のサクを呼んだ。

そうして、

「お前も知っての通り、お嬢さまの手文庫にある、例のあぶな絵を描いた、湖竜斎先生が来てなさるんだ。お嬢さんに、こっそり引き合わせてえんだが、手を貸しちゃァ呉れめえか……」

と切り出したのである。

サクは駭いて、

「とんでもない！」

と首をふった。

佐七は高飛車に、

「いいんだよ。お嬢さんだって、満更でもない顔をしてなさるんだ。それに、どうせ嫁入りの時にゃあ、枕絵が御入用にならあ。そいつを湖竜斎先生に描いて貰やァいい」

と押しかぶせる。

サクは仕方なさそうに肯いて、

「じゃァ昼間、お嬢さんの顔を描いて頂くと云うことで、なんとか、お内儀《かみ》さんをウンと云わせてみるわ……」

と折れて出たのであった。

＊　　＊

雪絵は、女中のサクから、湖竜斎に顔を生写して貰う気はないか……と云われた時、夢ではないか、と思った。

別に、似顔絵を残しておく気はない。

ただ、あの刺青師に会いたい……という仄《ほの》かな希望が、叶えて貰えるかも知れないからである。

雪絵は、このところ毎夜、木綿針をそっと畳と畳のあいだから取り出して、それで太腿を突き刺しながら、指人形の厄介になっていた。

彼女の妄想は、次第に大きく膨れ上ってゆく一方だった。

たとえば――昨夜の雪絵の妄想は、三人の非人に猿轡《さるぐつわ》をかまされ、かどわかされてゆくところから始まっている。

どこか薄暗い、異臭のする小屋に抛《ほう》り込まれた彼女は、非人たちから、

――云うことを聞け。

と責められるのだ。

雪絵は拒みに拒むが、遂に非人たちから衣類を剝《は》がれ、逆さ吊りにされてしまう。

非人たちは、

――見せしめのために、俺たちの名前を彫り込もうじゃないか。

と云い、彼女の白い太腿に、針を刺しはじめるのだった……。

雪絵は、逆さ吊りになっている苦しみを想像し、左手に針を持って、思い切り自からの太腿を突き刺すのである。

釘、畳針、そして木綿針……と進んで来たのだが、太い畳針と違って、細い木綿針は柔かい雪絵の肉に、ちょっとした手加減で深く喰い入ってしまう。

その時に、思わず、

「ウウッ!」

と低い叫び声が洩れるのだが、その苦痛に耐えていると、ジーンと背筋をある戦慄に似たものが走り、それと同時に花芯《かしん》に疼《うず》くような快感が溢れて来るのだった。

ふつう未婚女性の場合には、吉舌《きちぜつ》(玉舌、小根。陰核の称)の部分に快感を覚え、男を知ってから膣部《ちつぶ》に愉悦を覚えだすものだが、雪絵の場合は、始めから花芯の疼きを覚え、その心地よさは、のけぞらん許《ばか》りであったと云われている。

苦痛が、快感にとって代る。

誠にもって奇妙な話だが、被虐趣味の人々には、鞭《むち》打たれたり、緊縛《きんばく》されたり、自己の肉体に苦痛を与えられることで、恍惚となる者が多いのであった。

雪絵は、鋭く尖った金属――たとえば針とか、

錐《きり》とか、短刀などで、我と我が身を突き刺すことに、この上ない快楽を味わう病的な箱入娘であったわけだ。

ただ、その空想の中で、あられもない恥しい肢態で、突き刺される……という形に変化しはじめたことが、進歩と云えば進歩なのかも知れない。

――ところで。

女中のサクから、湖竜斎の生写の件を持ち出された雪絵は、愧《はじ》らいながらも、

「うんと綺麗に描いて下さるのなら――」

と、即座に応じている。

数日後、湖竜斎はブラリと三島屋を訪れて来た。手には、画帖《がちよう》を持っている。

さっそく奥座敷に通され、主人夫婦と挨拶のあと、娘の雪絵の部屋へ案内された。

湖竜斎は、栄之などと同じく、武家の出身だけに、かなり傲慢不遜《ごうまんふそん》なところがある人物だったらしい。

「うんと美しく描いて呉れとの、御所望だそうじゃが、わしは見た儘《まま》を描くぞ。よいな？」

彼はそう云って、雪絵を陽当りのよい縁側に坐らせ、矢立《やたて》を取り出すのだった。

次の間には、お付き女中のサク。

縁側の端には手代の佐七。

二人とも、虫がつかないように監視している感じである。

雪絵としては、なんとか一対一になりたいのだが、どうにもならない。

そのうち、湖竜斎が、

「これ！　お女中」

とサクを呼び、

「酒を所望じゃ。肴《さかな》は波の花でよい」

と云って呉れた。

サクが畏《かしこま》って立ってゆくと、残るは佐七ひとりである。

雪絵は、

〈いまを逃しては……〉

と思い、

「佐七。父《とと》さまを呼んで来て！」

と声をかけたものだ。

訝《いぶ》かりながらも佐七が消えると、雪絵は湖竜斎に向かい、

「先生。あたくし、先生の絵を一枚、所蔵しております」

と云った。

「うむ、そうだそうな」

湖竜斎は肯いて、

「なんでも彫辰の仕事ぶりを、俺がこっそり生写したものだそうな……」

と云ったから、雪絵の方が驚いた。

〈辰さま命〉——彫辰という組合わせから、すぐに彼女はピンと来たのである。

「ど、どうして、それを！」

彼女は、口を大きくあけて低く喘いだのだ。

＊　＊

「それを聞きたいのは、俺の方よ」

湖竜斎は云った。

「俺はな……彫辰のハネ針の秘法を、なんとかして盗みたかったのよ……」

雪絵は、ハネ針という言葉を聞いただけで、もうゾクゾクして来ていた。

……ハネ針。

聞くだに痛そうではないか。

〈ああ！　どんな風に刺すのだろうか？〉

雪絵は、背筋に真夜中にしか味わえない、あの妖しい戦慄が走り抜け、花芯が火照るのを覚える。

「それで、舟宿に網をはり、彫辰が仕事にやってくるのを待った」

「はあ……」

「そして、四、五枚ばかり生写し、うち二枚にゃあ、ハネ針らしき秘法や、彫辰独特の彫り針の並べ方を書きつけておいたんだ……」

湖竜斎はそう云い、

「ところが、ある日、気づいたら、そのときの生写がそっくり紛失してるじゃねえか」

と告げた。

「まあ……」

雪絵は、駭いたように叫んだ。

「そちの手にあるのは、そのハネ針の秘法盗みの時の、生写の一枚に違いねえ」

湖竜斎はそう確信ありげに云って、

「あとでよいから、見せて呉れぬかな?」

と訊く。

「は、はい。それは、もう……」

と雪絵はせき込んで、

「あのう……一度、彫物をしているところを、
雪絵は見とう存じまするが」

と云った。

湖竜斎は彼女を直視して、

「それはお安い御用だが……そなたのような娘が、また何故じゃ?」

と首を傾《かし》げる。

雪絵は、赧《あか》くなって俯《うつむ》いた。

耳朶《みみたぶ》から白い頸筋までが、みるみる桜色に染まってゆく。

湖竜斎はそれを眼敏く看て取って、

「そなた……人の苦しむのを、見たいのであろう?」

と小声で訊いたものだ。

雪絵は、首をふろうとして、慌てて、

「は、はい……」

と答える。

消え入りそうな声だった。

「ふむ!」

湖竜斎は鼻を鳴らした。

大奥の女中とか、大家の閨室《けいしつ》などの中には、残忍なことを好む者が、しばしばあることを彼は知っていたのである。

だから彼は三島屋の一人娘も、そうした嗜虐《しぎゃく》者の一人だと考えたのだ。

「彫辰は、薬研堀の拙宅に、ときどき訪ねて来る」

湖竜斎は告げた。

「まあ……先生のお宅に?」

「うむ」

不遇の浮世絵師は肯いて、

「こんど来たとき、彫辰に聞いておいてやろう……。わしなら、見られるのを嫌がるだろうが、あんたは太物問屋の箱入娘だ……。別に、ハネ針の秘法を盗む気もあるめえ」

「はい、その通りで……」

雪絵は肯いた。

「しかし、外出できるかな？」

湖竜斎が云ったとき、手代の佐七が、主人の仁兵衛に従って廻り廊下を歩んでくるのが見えた。

雪絵は、それを知ると、ギクリとなりながらも、

「先生……なんとか、御力添えを！」

と低く叫んだ。

湖竜斎は、その縋《すが》りつくような声音に、ビクリと眉を動かし、ゆっくり体をひらいて仁兵衛を迎え入れた。

そして矢庭に、

「ご主人。実は、蔦屋《つたや》重三郎どのから、天下の美女十二人を描いて欲しいと頼まれておるのだ」

と大声で云った。

仁兵衛は、佐七の奨《すす》める座布団の上に、ゆったり腰をおろしながら、

「まさか、うちの雪絵を、その十二人の中にと云われるのでは、ありますまいな……」

と、微笑している。

「いや、実はその、まさかの方なのだ」

湖竜斎は、仁兵衛に正しく向き合うと、頭を深く垂れたのであった。

その四

彫辰——彫物師の辰之助は、湖竜斎からその申し出を受けたとき、あまり気が進まなかった。

第一、その三島屋の一人娘は、人さまが彫物をされて、ヒイヒイ泣いて苦しみ、悶えるのを眺めたいのだと云う。

「第一、その娘の料簡《りようけん》が気に入りやせんね」

と、辰之助は云った。

「そう云うな……」

湖竜斎は、先日、自分が生写した雪絵の似顔絵を示して、

「この娘だ……美人だぞ」

と云ったものだ。

辰之助は、それを覗き込み、じいーッと凝視していたが、ややあって、深い吐息をつくと、

「先生……この女は、あっしが待っていた女だ……」

と云った。

「えッ、お前が待っていた女?」

流石《さすが》の湖竜斎も、目を丸くしている。

「そうでさあ。あっしは、彫物をはじめてから、少くとも十人の、自分好みの女の肌に、あっしの仕事を残しておきてえと考えたので……」

彫辰は告白した。

「なるほど、お前らしいな」

湖竜斎は肯いている。

「自分の惚れた女に、自分の作品を彫り込んで、それで死ねるってえのは、命冥加《みようが》じゃァござんせんか」

辰之助は微笑して、

「この娘さん……あっしの、彫物を受けちゃあ呉れませんかねえ」

と、また喰い入るように、湖竜斎の生写を眺めている。

「残念ながら、駄目だな」

湖竜斎は首をふった。

「横山町の三島屋と云やあ、大身代だぜ。そこの一人娘の肌に、刺青なんか、出来るけえ……」

「だから、あっしは、やりたいんでさあ」

辰之助は、口を一の字に結んで、

「この娘なら、口説ける」

と、ハッキリ云った。

辰之助は、一目で三島屋の雪絵が、被虐的な趣味を持った人間……と云うことを、看破ったのであろうか。

若し、そうだとしたら、辰之助は立派な眼鑑を備えた人間だと云わねばなるまい。

また、それと知らず、画帖に活写した磯田湖竜斎も、名人と云わねばならぬ。

……ともあれ、辰之助は、雪絵の生写をみて、今度はゾッコン惚れ込み、自分の方から是非、あっしの仕事を見て貰いたい、と云いだしたのだから、世の中は皮肉で面白い。

湖竜斎の師匠である鈴木春信は、水茶屋の茶汲み女お仙を描いて有名になったが、そのうちの数枚は、湖竜斎の代作だと云われている。

その湖竜斎の技量を見込んで、版元の蔦屋重三郎が、彼に、江戸の美女を描いて、背景に十二月の四季を織り込んで欲しい……と云って来ているのは事実であった。

商売上手な蔦屋のことだから、大江戸美女十二図絵なんて名前をつけて、京大坂あたりに売り歩く積りなのであろう。

湖竜斎は、雪絵を連れ出すのに、それを口実とした。

しかし箱入娘のことだから、手代や女中がお供についてくることは、目に見えている。

そのお供を計算に入れつつ、雪絵をそっと家の外へ連れだして、彫辰の仕事場へ案内しなければならぬのだから、考えてみると大変な仕事であった。

湖竜斎は、これには頭を悩ましたが、辰之助は即座に、

「じゃァ、こうしやしょう」

と、良い知恵を貸して呉れた。

辰之助が云うには、待乳山《まっちやま》にかねて昵懇《じっこん》な〈湖月〉と云う料亭がある。

そこの二階座敷を借りて、一緒に仕事をやればよい……と云うのであった。

つまり隣り合わせた座敷は、襖で隔てられている。

だから一方の座敷で、辰之助が彫物の仕事をして、隣りの座敷で湖竜斎が生写をする。

そして、境いの襖をあければ、雪絵は望み通り刺青で苦しむ人間を見られるわけだし、湖竜斎も蔦屋の注文仕事を片附けられる……と云う訳であった。

「ふむ！　名案じゃな。それだったら、お供の者も不審がるまい」

湖竜斎は直ちに賛成したが、問題は辰之助が、刺青を施す相手のことだった。

なんせ辰之助は、二本針を打つからである。

＊　　＊

〈ああッ……〉

雪絵は、細くあけた襖の間から、見え隠れする

女体の苦悶を垣間《かいま》見て、息も詰まらんばかりだった。

襖を背にして、磯田湖竜斎は、皮肉な笑みを泛べつつ、彼女を生写している。

一寸ぐらいの狭い間隔に襖は開けられていた。そのため隣りの座敷で行われている、彫物のすべてを見渡すわけにはゆかないが、それがかえって雪絵の欲情を刺戟《しげき》するのである。

シャキ、シャキ、シャキという、はね針独特の刺す音。

「あッ！　うーむ……あぁッ！」

白い肉体は、悶えている。悶えながら、よく判らないが、女の仰臥《ぎょうが》した右手は、妖しい動きをみせるのだ。

〈なにしてるんだろう？〉

雪絵は、太腿と太腿のあいだに、ねっとりと蜜《みつ》のような体液が溢れてくるのを、どう防ぎようもない。

女は――〈湖月〉の女将のお竜であった。

胸に化粧彫をして貰っているのである。

化粧と云うのは、中心の図柄のあしらいに彫るもので、たとえば竜とか鷲《わし》とかの廻りに渦とか、松の梢《こずえ》などを彫ったりするのを、一般に化粧彫と云っている。

つまり、図柄を引き立たせるために、彫るわけであった。

……どうやら、お竜は、その化粧彫をして貰いながら、鼈甲《べっこう》の太い針を自から使っている模様であった。

しかし、それは下半身のことだから、雪絵には見えない。

雪絵の坐った位置から見えるのは、お竜の顔と、ふくよかな白い胸と、右腕の動きだけである。

男は、お竜の左側の方に坐わり、無心に針を動かしていた。

男が、竹の柄に絹糸で括《くく》りつけた数本の針を、斜めに突き刺し、パッと上方に跳ね上げている。

そのたびに、女将の顔が、苦痛とも歓喜ともつかぬ表情に歪むのだ……。

〈ああ！　羨しいッ！〉

雪絵は思った。

若し、湖竜斎が目の前にいなかったならば、襖をあけて飛び込み、

――どうぞ、あたしを刺して！

と絶叫したいような、そんな衝動にすら駈られる。

雪絵は、揃えている両の膝頭が、ブルブル震えてくるのを、どうしようもなかった。

それは恐怖ではなく、昂奮のためである。

湖竜斎は、敏感にそれを看破って、

「そなた……違うな」

と、絵筆を止めて云った。

「えッ！　なにが……」

と雪絵。

浮世絵師は含み微笑って、

「そなた……わしには、人の苦しむ不様な姿を見たいと云うた」

「は、はい――」

「しかし、実際には、そなた……自からの身を虐《さいな》まれてみたいのであろうがの？」

湖竜斎は、雪絵を直視した。

雪絵の顔は、朱に染まり、俯向《うつむ》くばかりである。

「あの男……そなたの雪の肌に、生涯を賭けた作品を残したいのだそうな……」

湖竜斎は、低い声で云った。

その言葉を耳にした途端、雪絵の花芯は大きく収縮し、どッと蜜を溢れさせたものだ。

〈ああ！〉

彼女は、目を閉じた。

〈あたしは、その時、死にたい！〉

躰が、恰《あた》かも瘧《おこり》にかかったかの如くに震えだした。

「わしは、そんな莫迦《ばか》な……と一笑しておいたが、あの男は本気らしい」

湖竜斎は隣りの部屋に顎をしゃくっている。

〈ああ……針に刺されて、体中を血だらけにして、死にたい！〉

雪絵は、思わず息苦しくなりながら、

「あたし……」

と声を震わせた。

「やはり、嫌だろうな?」

と湖竜斎。

「いいえ」

雪絵は必死の想いで叫んだ。

「あたくし……刺されたいのでございます」

と――。

「なに、刺されたい?」

浮世絵師の目が光った。

「は、はい――」

「真実、刺されたいのか?」

「は、はい。若しも平常な他人さまに判らないとしたら……」

雪絵は云った。

「つまり、婿どのに気づかれない刺青なら、してみたいと云う訳だな?」

「は、はい……」

「ふーむ。やはり、そうだったのか」

湖竜斎は、後手に隣り座敷の襖を閉めながら、

「おい、彫辰。お前の目は高かったぞ」

と云ったのであった。

＊　＊

――その翌日。

〈湖月〉の二階で、雪絵は全裸になって仰臥していた。

傍には、磯田湖竜斎と、辰之助の二人が坐っている。

「まったく、惚れ惚れしやすねえ」

辰之助は、雪絵の太腿のあたりを、掌でゆっくり撫でながら云った。

「うむ。まさしく雪の肌じゃな」

湖竜斎は、絵筆を口に横啣えにして、じいーッと下腹部の柔かい茂みを眺めている。

……女性の場合、刺青をして、亭主に気づかれない場所と云えば、殆んど限られているのだった。

たとえば、足の裏である。

これは、足袋《たび》を履いている限り、男に気づかれることはない。

また今日と違って、照明道具の乏しかった当時だから、腰巻さえとらねば、尻とか、内腿あたりなら、気づかれないだろうと思われた。

しかし雪絵は、腹部に彫物をして欲しいと云うのであった。

しかも、ちょっと見た目には、刺青があると判らず、つくづく眺めると刺青だとわかるような形で、彫物をして欲しいと云うのである。

これは、どちらかと云うと、無理難題に近い。

だが、辰之助は、この雪絵の願いを入れて、

「一つ工夫してみやしょう」

と云い切ったのだ。

この一事をみても、辰之助が、いかに雪絵の玉の肌に惚れ込んだかが、わかるであろう。

さらにまた辰之助は、雪絵の下腹部に施す彫物の下絵を、湖竜斎に描いて欲しいと云ったのだ。

湖竜斎は、しばらく雪絵を凝視していたが、

「うむ、よかろう」

と肯いて、雪の肌に、絵筆を走らせはじめた。

出来上ったのは、恥毛の間から、親蟹《おやがに》が半身をのぞかせ、左腹部に子蟹が一匹、遊んでいる図柄である。

「なるほど!」

辰之助も感心して、

「こりゃ傑作だ……」

と云っている。

恥毛から半身を覗かせた親蟹は、見えぬ片一方の鋏《はさみ》で、雪絵の玉舌を挟み込んでいるような恰好にみえる。

「これだと、春草が濃くなれば、殆んど判らなくなる」

湖竜斎は云った。

「他の男の物が入って来たら、チョン切ろうと云うわけで?」

彫辰は笑った。

「まあ、魔除けになる」

「いかにも!」

辰之助は洒落《しゃれ》を云った。

「おい、焉馬《えんば》の落し噺《ばなし》の聞きすぎだぜ」

湖竜斎はたしなめて、

「雪絵どの。見るがよい」

と促した。

全裸になり、二人の男から、じろじろと眺めら

れ、撫でられしている雪絵は、すっかり昂奮の極に達している。

「そなた……決して後悔せぬな」

湖竜斎は云った。

「はい、決して！」

雪絵の声音は、思いなしか震えている模様である。

「彫辰が、なにやら工夫して呉れるらしいが、彫物の痕は残るのだぞ？」

浮世絵師は念を押すのだった。

「はい。構いませぬ」

雪絵は、恍惚に似た表情になる。

辰之助は、それを小気味よげに眺めて、

「お嬢さん。あっしの針は、思い切り痛うがすぜ？」

と云った。

「ええ……覚悟しております」

雪絵は、うわずった声音になっている。

「それに、ちょっぴり辛いことを、して貰わにゃアならねえんだが」

彫辰は告げている。

「あのう……どんなことで、ございましょう？」

雪絵は、夢に描いた刺青の、恍惚と苦痛とを味わうためには、なにものをも辞さない決意であるかの如くである。

「先生……もう、消えてお呉んなせえ」

彫辰はそう云うと、ゆっくり着物の裾から手を入れて、自分の下帯をほどきはじめている。

これには湖竜斎が駭いて、

「おい、彫辰！　お嬢さんは刺青はお望みだが、その下の道具で刺して呉れたあ、云っていねえんだぞ！」

と、たしなめている。

「なあに……彫り物のあいだ、口に含んでおいて貰うんでさあ」

辰之助は平然と云って退《の》ける。

「えッ、口に含む？」

「へえ、左様で——」

辰之助は、たじろがない。

その五

……いくら一人娘は目の中に入れても痛くないとは云え、たかが浮世絵としてこの世に残すために、日本橋横山町から、浅草待乳山までを、毎日、駕籠で往復させるのは贅沢だと考えたのか、三島屋仁兵衛は、雪絵についてサクが店を出るとき、下男の甚助に荷を背負わせ、

「絵が仕上るまで、向島へ泊るがよい」

と云った。

向島の寮には、留守番の老夫婦がいるし、女中のサクが傍についているから、虫もつかず安心だ……と考えていたのであろう。

しかし、女中のサクは、久しぶりに向島へ行けるので、嬉しくて仕方なかった。

当時の江戸町民たちにとって、向島は遊園地みたいなものだった。

とくに春過ぎには、行楽客で賑わう。

寺島村の桜土手、堀切村の百姓伊右ヱ門の花《はな》菖蒲《しょうぶ》、小梅村の梅……と美しい景色に接することが出来る上に、長命寺名物の桜餅、名物梅飯茶屋などの他、大きな料亭が点在していたからだ……。

それに浅草からだと、花川戸へ出て長さ七十八間の大川橋（東橋とも云った。現在の吾妻橋である）を渡れば、直ぐに向島の寮へ着けるのだった。

階下で待っていると、湖竜斎が姿を二階から現わして、

「お女中……」

と、サクを呼んだ。

「なんでしょう？」

と訊くと、

「雪絵どのは、湯に入りたいと云われる。異存はなかろうな」

と湖竜斎は云った。

サクが怪訝《けげん》そうな顔をするのに、浮世絵師は押っかぶせるように、

「ここの湯殿は、そりゃアそりゃア見事なのだ……。それに女将にきくと、ちょうど沸いているそうなのでな」

と云っている。

サクは、

「お嬢さまが、たってのお望みなら……」

と肯き、念のため、事前に〈湖月〉の湯殿を見せて貰った。

総檜《ひのき》づくりで、天井の下から半間ばかり格子窓を切ってある。

どこからも入浴者の裸を、覗かれる心配はなかった。

雪絵が、美しい顔を顰《しか》めるようにして、降りて来た。

「どうされたのですか？」

と訊くと、

「ううん、なんでもないわ。少し疲れただけ……」

と、雪絵は首をふった。

サクは、湯殿へ案内し、当然のことのように自分も脱衣所へ従って入る。

朝晩、衣類を着せたり、脱がしたりするのは、サクの役目なのだ。

「出ていて！」

雪絵は、なぜか厳しい声になる。

言葉づかいが、思いなしか、縺《もつ》れているように聞えた。

「あのう……帯だけでも……」

とサクは云い、雪絵の帯を眺めて、はッとなったのである。

——なぜか。

朝、出がけにサクが吉弥《きちや》結びに結んだ時には、その鉢《はち》の木帯にはハッキリと、梅・松・桜の三つの花模様が、表面にあらわれていたのであった。

鉢の木帯とは、松・梅・桜の模様を浮き出させた帯で、鉢の木の名前はそのためについた。

現代では、女性の帯は巾広くて後ろで結ぶもの……と考えがちだが、むかしは巾が狭くて二寸ぐらいだったと云う。

この巾が広くなったのは、元禄あたりからで、享保のころ鯨《くじらじやく》尺で八、九寸巾となった由《よし》である。

また帯の結び目も、巾の狭い頃には前結び、横結びが多く、巾が広くなるにつれて動作に邪魔になると云うので、後ろ帯に変遷して行ったと云われる。

女中のサクは、その雪絵の帯を睨み、愕然《がくぜん》となったのだった。

女性の帯の、結び目の模様が喰い違っている、と云うことは、帯が弛《ゆる》んだのか、帯を解いたのか、どちらかである。

「早く、出て行って！」

雪絵は叫んだ。

「は、はい——」

サクは、脱衣場から出たが、嫁入り前の大切な雪絵に、もしや変なことがあったのではないか……と思うと、矢も楯もたまらず、半狂乱に近い恰好で、〈湖月〉の二階へと駈け上って行ったのだった。

廊下から、

「先生！」

と声をかけると、

「おう、ここだ……」

と返事があった。

ガラリと襖をあけると、湖竜斎が、絵筆を洗いながら、手酌で酒を傾けているところである。

なんの屈託もない表情であった。

サクは、しかし湖竜斎に対する疑いを、かえって強めたのである。

＊　＊

……それから三日後のことだ。

サクが留守番の老人夫婦を手伝って、朝食の仕度をしているところに、野菜を売りにくる小梅村の百姓が、飛び込んで来て、

「お、お宅のお嬢さん、家にいなさるか？」

と、唐突に云ったのである。

サクは、

「お嬢さまなら、まだ寐てなさるよ……」

と答えた。

すると百姓は、

「変だなあ……鉢の木帯の模様は、お宅のお嬢さまのものだべ？」

と首を傾げる。

その言葉をきくと、サクは胸を衝《つ》かれた想いで、雪絵の寐所へと一目散に走った。

襖をあけてみる。

臥床の中は、カラッポだった。

「ああッ！」

サクは絶叫し、障子をあけて廊下に出た。

雨戸が一枚、あいている。

サクは台所にとって返すと、小梅村の百姓の胸倉をつかまえ、

「お嬢さんは、どこだあッ！」

と詰め寄る。

「そ、それが、押上村と小梅村との境の堀に、女の死体が浮いてるだよ、顔を目茶苦茶に潰されて……」

百姓は教えた。

サクは、百姓を案内役に、跣《はだし》で相手をせき立てて現場へ急行したものだ。

ちょうど梅飯茶屋の裏手である。

サクは、堀割から引き揚げられ、蓆《むしろ》をかぶせられている遺体を一目みたとき、

〈あッ！　お嬢さまだ！〉

と思った。

それは一種の直感である。

しかし蓆をあけた時には、あまりの酷《むご》さに腰を抜かした。

石かなにかで、顔を潰されていて、眼球は飛び出し、二目とみられぬ形相である。

そして着ている衣類は、紛れもなく雪絵のものであった。

サクは、

〈旦那さまに知らせなければ！〉

と思った。

昨日の昼すぎなら、手代の佐七が、お内儀さんの使いで遊びに来て、夕食までいたのだが、今朝は誰もいない。

留守番の老夫婦では、心許ないのである。

サクは、野次馬の百姓たちに、

「横山町まで一走りして来ますから、お役人に知らせて！」

と云い、駈けだした。

あとで考えると、船を雇って両国橋まで下れば、横山町は目と鼻の先だったのだが、咄嗟《とっさ》のことで

はあり、動顚《どうてん》もしていたから、そんな才覚は働らかなかったのである。

サクは、泣き泣き走っていた。

大切な箱入り娘を預かりながら、無残にも死なせてしまったのだ。

サクは、自分の方が死にたい、と考えた位である。


いったん雷門まで出て、茶屋町を左右に見て、並木町、駒形町、諏訪町、黒船町と走り抜け、御《お》蔵前《くらまえ》の土手を左に、元旅籠《もとはたご》町、森田町、御蔵前片町でやっと鳥越橋に辿りつく。

橋を渡った左手は、御書替役所や、御蔵役人の屋敷で、右が天王町であった。

そして瓦町、茅町を走り抜けると浅草御門で、橋を渡った右手が柳原土手で、横山町は御門正面の通りを、左に寄った通りにある。

サクは三島屋に飛び込むなり、卒倒した。

やっと気付け薬と水とで、正気を取り戻したサクは、こんどは大声で号泣しながら、

「お嬢さまが……雪絵さまが、殺されました……」

と報告したから、主人の仁兵衛をはじめ、一同ビックリ仰天である。

さっそく主人夫婦が、向島へ駈けつける。

三島屋の娘が殺されたらしいと云うので、八丁堀からも隠密《おんみつ》廻《まわ》り同心の、本多小十郎も姿をみせる。

医学の進歩していない当時のことだから、血液その他で、死体が雪絵本人であるか否かを確かめる手段はない。

サクは間違いなく雪絵だと云い、父親の仁兵衛は、違うみたいだ……と主張する。

そして母親は、

「着物は間違いなく雪絵のだが、髪の毛はこんなに短かくありませぬ故、別人かと……」

と、本多小十郎に云ったのだ。

……話は、かくて紛糾した。

＊　＊

付添い女中として、二度目のご奉公をしているサクは、三島屋の向島寮で、

「なぜ、そちは死体が雪絵どのだと、思うのだ……」

本多小十郎から、語気鋭く問い詰められた。

そう云われると、サクにも、これが証拠です……と云うようなものはない。

母親も主張している通り、雪絵は、躰に特別な痣《あざ》や黒子《ほくろ》はなかったと云うし、これでは見分けようがないのだった。

あまり八丁堀同心が、執拗《しつよう》に問い糺《ただ》すのでサクは腹を立て、

「では、お嬢さまは、どこにいらっしゃるのでございます？」

と今度は逆に訊いた。

本多小十郎も、これには、

「うーむ！」

と詰まって、

「しかし、神隠しと云うこともある」

と逃げた。

そして、

「では、昨日から今朝にかけての出来事を、述べてみよ……」

と云いだしたのだ。

サクは考え考え、

「昨日は、お目覚めは五ツ（八時）で、お食事のあと着換えて、四ツ半（十一時）には、待乳山へ参りました。八ツ時には〈湖月〉を出て、向島へ立ち戻りました」

と答える。

「なに、待乳山の〈湖月〉じゃと？」

小十郎は半身を乗りだし、

「昼餉《ひるげ》にしては、ちと時間が長いようじゃが？」

と訊く。

「いいえ……磯田先生に、雪絵お嬢さまを描いて貰っているのでございます」

サクは正直に云った。

「ああ、磯田湖竜斎か！」

八丁堀同心は肯いて、

「そのあとは？」

と質問している。

「こちらに戻りましたら、手代の佐七さんが参

っておりまして、夕食まで、お嬢さまのお相手をして呉れました……」

「なるほど？」

「佐七さんの帰ったあと、六ツ（十八時）ごろ夕食をして、お嬢さまは五ツ半（二十一時）にはご寝所に入られて……」

「そのあとは？」

「いいえ、朝まで寝所には伺いませんでしたので、五ツ半に、〈お寝みなさいませ〉と挨拶したのが最後で……」

「ふーん。他になにか、変ったことは、なかったかの？」

小十郎は威丈高《いたけだか》にきく。

「はあ……」

サクは考えて、なにか、ためらっている風情であったが、

「もしかしたら、お嬢さまは、もう生娘ではなかったのではないかと……」

と、低い声で告げた。

「なに、生娘でない？」

小十郎は、眉根を寄せて、さらに上半身を乗りだし、

「して、それはどう云う理由からじゃ」

と舌なめずりするように云った。

サクは正直に、〈湖月〉の二階から降りて来た雪絵の帯が、いったん解かれたあと、自分で結んだような下手な吉弥結びになっていたことを言上した。

「ふーむ！」

本多小十郎は腕を組み、

「あの湖竜斎めなら、やりかねぬことよの」

と大きく唸り声をあげた。

当時の浮世絵師というものは、いろんな美しい芸術作品を残したのだが、しかし世間一般では、危な絵の作者としてしか評価しない風潮があった。

だから八丁堀同心の小十郎などは、湖竜斎が〈湖月〉の二階で、肖像を描くと称して、自からの危な絵を雪絵に示し、彼女がすっかり昂奮したところで、甘言をもって誘い、雪絵を凌辱《りようじよく》したかも知れぬ……と考えたのだろう。

「うーむ！　考えれば考えるほど、怪しい奴め！」

小十郎は、憤慨している。

「女と云うものは、肌をいったん許すと、弱いものじゃ」

八丁堀同心はそう呟き、

「じゃによって、雪絵どのは、湖竜斎に脅かされては、夜な夜な寐所の外へ、呼び出されていたのかも知れんのう……」

などと首をひねっている。

「すると、本多さまも、あの死骸は、お嬢さまだと仰有《おつしや》るので？」

サクは逆襲した。

本多小十郎は、たじたじとなり、

「ともあれ、湖竜斎をしょっ引いて、吟味してみればわかる。話は、それからじゃ」

と告げたのである。

――かくて。

浮世絵師の磯田湖竜斎は、あらぬ嫌疑をかけられて、番所へと引っ張られる。

そして、その湖竜斎の災難を耳にして、

「磯田先生は人殺しじゃねえ。死体が、雪絵さんか、どうかは、あっしに任せて下せえ」

と、駈けつけたのが、彫辰であった。

その六

本多小十郎は、むっつりした顔で、彫辰の頭のてっぺんから爪先までを眺め、

〈この野郎！　また、しゃしゃり出て来やがって！〉

と云うような目付きをした。

「おい、彫辰！」

小十郎は叫んだ。

「へ、へい」

辰之助は、さらりと受けている。

「お前……いま、死体が雪絵どのか否かを見分けられると云ったようだの？」

小十郎は訊くのだった。

「へえ、左様で――」

辰之助は、頭を下げた。

「いい加減なことを、申すな！」

本多小十郎は大喝《だいかつ》して、

「実の父親が、雪絵どのではないみたいだ……とすら申しておる死人を、赤の他人のお前が、どうして雪絵どのと見分けられるのだ！」

と云った。

これは、小十郎の云うことに、理窟《りくつ》があった。

彫辰は肯いて、

「ちょっと、人払いをお願いしたいんで」

と告げる。

本多小十郎も仕方なく人払いをして、

「さあ、お前と俺の二人きりだ。云いてえことがあったら、さっさと申せ」

と型を改める。

辰之助は微笑して、

「実は、あっしが三島屋の雪絵さんに頼まれて、彫物をしやしたので」

と白状したものだ。

「なに、雪絵どのに、彫物を？」

「へえ」

「嘘を申すな。死体をあまねく改めたが、彫物などはない」

「あのう……蟹の彫物でやすが」

「ない！」

「たしかに、ございませんか？」

彫辰は、不敵な笑顔になっていた。

「ない！　雪絵どのに、彫物したなどと、莫迦も休み休み申せ！」

本多小十郎は苛立《いらだた》しく叫んだ。

「証人は、磯田先生でござんす。まあ、聞いてみてお呉んなさい」

彫辰は、自信ありげである。

小十郎も、その辰之助の言動には、ちょっぴり心細くなって、吟味中の磯田湖竜斎に問い合わせてみると、

——雪絵どのの希望で、私が下絵を描き、〈湖月〉の二階で彫辰が刺青を施した筈。

と云う返事であった。

小十郎は駭いて、辰之助を死体のそばに案内し

た。

「どうじゃ。この女じゃが……」

八丁堀同心は云っている。

辰之助は、死体の着物の裾を押しひろげてじいーっと睨んでいたが、

「紛れもなく、雪絵さんに違いねえ」

と云い切った。

さあ、頭に来たのは、隠密廻り同心の小十郎である。

彼は叫んだ。

「見よ！　そちが刺青を施したと云う下腹部には、なにもないではないか！」

と——。

だが辰之助は首をふり、

「いいえ、ございます」

と抗《あらが》うように告げたのだった。

「なに、この真ッ白い下腹部に、刺青があるとな？」

「は、はい……」

「どこにある！　どこにあるのじゃ！」

本多小十郎は、居丈高《いたけだか》になって叫んだ。

「しばらく、お待ち下さいまし」

辰之助は、懐紙を所望して、厠《かわや》へと姿を消したが、ややあって戻ってくると、懐紙の中味を示したものである。

「ごらん下さいまし……」

彫辰は云った。

「な、なんじゃ！」

「男の筒先から迸《ほとばし》り出る、栗の花の香りがするものにございります」

「な、な、なんだと？」

「雪絵さんは、自からの身を虐むことに、異常な執着をお持ちの方でした」

「身を虐むだと？」

「はい。それで刺青を所望されたのでございります」

「ふーむ……」

「しかし、御大家の一人娘……近い将来には婿どのを迎えねばならぬ方にございります」

「うむ、その通りじゃ」

「それで、辰之助めは苦心致しました」

「苦心だと?」

「は、はい」

「一体、なんの苦心じゃ」

「せっかく彫物をされたのに、その姿かたちが見えないと云うのは、大いに不満でありましょう」

「うむ。そうかも知れんのう」

「それで、旦那さまと夫婦の営みの出来ない……月の障りの時にだけ、はっきり刺青が浮き上るように工夫したのでござります」

「すると経行《けいこう》のときだけ、刺青が見えると申すか?」

「ははッ。その他には、かかる淫水《いんすい》を持ちまして、拭うとき……」

彫辰は、懐紙の中の粘液を指の先でとると、ゆっくりと死体の下腹部を撫で廻したのである。

すると、どうであろう……。

陰毛から半身を覗かせた親蟹と、臍《へそ》の穴をめざす子蟹の刺青とが、くっきり浮き上って来たのである。


月経中にだけ姿を現わす刺青!

その期間は、男は不浄の躰と見做《みな》して、女体には触れなかった。

だから、夫なる男性に、その肌を見られなくても済む。

これを計算しての、彫辰の憎い工夫なのである。

本多小十郎も、そんな歴然たる証拠をみせられては、その死体が三島屋の雪絵であることを、認めないわけにはゆかなかった。

＊　＊

「なあ……彫辰」

本多小十郎は、こんどは猫撫で声になっていた。

「なんでござんしょう?」

辰之助は、死体の着物を直してやりながら、そう云っている。

「この死体が、雪絵どのだと云うことは、判明したが、湖竜斎が害《あや》めたのではない……という証拠にはならぬ」

八丁堀同心はそう告げて、

「いかがじゃな?」

と問いかけている。

「磯田先生は、美しいものを愛している御方でさあ。雪絵さんを殺すとしても、こんなに顔を目茶苦茶には、しやしねえでしょう」

彫辰は云った。

「と、云うと?」

「つまり、旦那……美しい雪絵さんの顔を、これだけ無茶苦茶に痛めつけるてえのは、雪絵さんをよく知っている人間のやることですぜ?」

「なに、雪絵どのを、よく知っている人間だと?」

「へえ。死人に口なし、と云いまさあ」

「……うむ」

「その口なしの死人の顔を、これほどまでにするたあ、よっぽど怨みのある人間か、雪絵さんにごく親しい人間じゃあないんですかねえ……」

「なるほど、なるほど」

「あっしは、手代の佐七てえ野郎が、怪しいと思いやすがね」

辰之助は、淡々として云った。

「手代の佐七が怪しい?」

小十郎は、腰を浮かせている。

「あっしは、磯田先生が雪絵さんを生写しているときに、立会ったんだが、佐七って野郎は、あれは雪絵さんにホの字でしたぜ、旦那……」

辰之助は苦笑した。

さっそく、手代の佐七が召喚される。

しかし、佐七には、いまで云うアリバイ、不在証明があったのだ。

雪絵が殺された夜——佐七は向島から、お店には帰らずに、吉原へ登楼《とうろう》していたと云うのである。

当時の吉原は、一種の外人租界みたいなものであって、四ツ時(十時)の引けには大門を閉め、九ツ(十二時)の大引けには、通行のための潜り戸も閉める風習であった。

つまり、吉原で登楼して泊ったと云えば、夜が明けるまで吉原の遊廓《ゆうかく》の外に出られないと云うことだったのである。

佐七は、松葉屋と云う妓楼《ぎろう》で泊ったと云い、松葉屋もまた、日本橋横山町の太物問屋の手代——

佐七なる者が、宿泊したことを明言していた。

辰之助は、再び小十郎に呼び出され、

「彫辰。三島屋の佐七には、雪絵どのを殺害する動機もなく、また吉原に逗留《とうりゅう》いたして居って、雪絵どのと会う機会もなかったぞ?」

と、皮肉まじりに云われた。

しかし辰之助は、首を傾げて、

「いま一度、お取り調べを——」

とだけ云った。

本多小十郎は、その彫辰の、自信ありげな態度に、すっかり気を呑まれて、改めて吉原の松葉屋に岡っ引をやった。

すると、意外なことが、露見したのである。

——その夜、たしかに三島屋の手代・佐七と名乗る人物が登楼した。

敵娼《あいかた》は、小鍋という散茶《さんちゃ》女郎で、〝佐七〟なる人物は、宵の内一つ、夜中に二つ、朝方に一つ、躰を求めたが、人物の人相・風体は、佐七本人と似ても似つかぬ四十男であったと云うのだ。

つまり、吉原の松葉屋に泊ったのは、佐七自身ではないことが、明らかになったわけである。

佐七は、この喰い違いを攻められて、

「恐れ入りましてござります」

と、素直に白状した。

佐七の名を使って、松葉屋に登楼したのは、佐七の従兄になる小梅村の勘助という百姓であったのである。

＊　＊

……恐れ入りましてございます。

この私が、雪絵さまを殺害した犯人に、相違ございませぬ。

私は、雪絵さまを密かに、懸想いたして居りました。

その雪絵さまに、婚約の話が持ち上り、私は心の内を打ち明けたくて、悶々《もんもん》と機会を狙っておりました。

お嬢さまが、磯田先生に生写して貰うために、向島の寮へお泊りになると知った時、私は、この機会を逃してはならぬ、と考えたのでございます。

奥さまから、使いを頼まれました時、私は天にも昇るような心持でございました。

さっそく向島の寮へお伺いして、お嬢さまのお帰りを待っておりますうちに、今夜のうちに、お嬢さまと躰の関係をつけておかねばならぬ……と決意し、それで近くの小梅村に住んでいる従兄の勘助のことを、思い出したのでございます。

私は、勘助がヤモメで、一人暮しであることを知っておりましたので、勘助を訪ねて金を渡し、三島屋の手代・佐七だと名乗って、吉原で泊って来て呉れないか……と頼み込んだのです。

勘助のところから帰ると、程なくサクと雪絵さまが〈湖月〉からお戻りになりました。

私は、夕食まで雪絵さまの話し相手となり、いろいろ話しておりますうちに、お嬢さまは、彫物師の辰之助なる人物に、いま一度、会いたいと申されました。

私は、嫉妬のあまり、カーッとなりましたが、さりげなく、〈彫辰なら餓鬼の時分からの友達だから、今夜、連れ出して来やしょう。お嬢さま、九ツの鐘を合図に、小梅村の勘助の家まで来てお くんなさい……〉と云ったのでございます。

むろん私と彫辰とは、面識はありやすが、そんな親しい仲じゃァござんせん。

しかし、お嬢さまは、私の言葉を真に受けて、小梅村の勘助の家まで、真夜中にやって来たのでございます。

私は、雪絵さまを土蔵の中に案内して、土下座すると、〈お嬢さま、私はあなたのことをお慕いして居ります。どうか、情をかけてやってお呉んなさい〉と申しました。

すると、お嬢さまは、

〈約束が違う！〉

と、たいそう怒られて、帰ると云われるのです。

私は、この機会を逃したら、二度と雪絵さまを抱くことはなくなる、と考えまして、お嬢さまに、

〈私は、お嬢さまを殺して、自害したい心境です〉

と申し上げたのでございます。

すると雪絵さまは、

〈本当に、殺してお呉れか〉

と云われ、

〈あたしは死ぬことは、なんとも思っていないんだよ。さあ、この簪《かんざし》で、あたしの躰のどこなりと突き刺して、じわじわと殺してお呉れ……〉

と云われたのです。

私は、はじめご冗談かと、思いました。

ところが雪絵さまは、それがご本気の様子で、

〈あたしは、死にたいんだよ……。出来ることなら、辰之助の手にかかって死にたかったけど、佐七でも構わない。さあ、殺しておくれ。ただ、お願いだけど、一思いに殺さず、うーんといたぶって殺しとくれ……〉

と簪を私の手に渡そうとなさるのでございます。

その時の、雪絵さまの狂ったような瞳の輝きを見まして、私は恐ろしくなったのでございます。

恋い焦がれていたお嬢さまから、さあ殺しとくれ、虐めとくれ、と攻め立てられた時の私の駭きをお察し下さい。

私は、夢中でした。そして気づいた時には、雪絵さまは冷たい死骸となっていたのでございます。

私は、お嬢さまの顔を目茶苦茶にして、押上村との堀割に捨てました。

……幸い吉原に行ったことになっているし、誰にもこのことは知られなくて済むと考えていたのですが、彫辰の眼力には恐れ入りやした。

口惜しいような、情ないような、そんな気持で一杯でやすが、彫辰てえ野郎は、あっしより悪人でござんすぜ。

なんでも、手前の淫水を使って、雪絵さまの肌に隠し彫をしたとか……。

それが、私の年貢の納め時に役立ったあ、思ってもみねえことでして。とにかく、恐れ入りました。お縄を頂戴いたしやす。

旗本屋敷

その一

……両国の居酒屋から出て来たところで、彫辰は一人の武家から呼び止められた。

夜分なのに、深編笠《ふかあみがさ》をかぶっているのは、身分を隠したいからだろう。

「ちと物を訊ねるが」

武士はそう重々しく告げて、

「もしやその方……辰之助と申す彫物師ではないかの？」

と云った。

「へえ、さようで」

彫辰は、ちょっぴり警戒しながら、相手を窺うように見た。

物を訊ねるが……と云いながらも、先方は彫辰がその居酒屋の定連であることを知っており、店から出てくるのを待ち構えていたような気配である。

「やはり、そうであったか」

武士はゆっくり肯くと、

「頼みたい儀がある」

と早口で云った。

「へえ……なんでげしょう」

彫辰は後退《あとずさ》りしながら、やっとそれだけ云っている。

辰之助には、武家とかかわり合いたくない事情があるのだ……。

「往来での立ち話で済むような、簡単なことではない」

相手はそう告げて、

「どこぞ、密談のできるような店に、案内して呉れぬかの？」

と一揖《いちゆう》している。

「あなた様は？」

辰之助は訊いた。

「仔細あって、藩名は伏せねばならぬが、石川采女正《うねめのしよう》と申す者……」

「ははあ……」

「そちの腕を頼んで、して貰いたい仕事があるのじゃ」

石川采女正は、また頭を下げた。

両国界隈には、密談にこと欠かない料理屋が、いくらでもあった。

辰之助は、ちょっと思案して、東両国の中村屋と云う貸座敷に連れて行った。

中村屋の板前の、信助と云う男に、彫り賃の貸しがあったからである。

石川采女正は、流石《さすが》に玄関では深編笠を取ったが、あとで中村屋の仲居たちが、

「いったい、どこの方？」

と訊いた位の、鼻筋が通った美男子であった。

座敷に通ると、采女正は辰之助を上座に据えて、威儀を正し、

「失礼の段、平にご容赦あれ……」

と、本当に申し訳なさそうな表情になっている。

辰之助は、やっと安堵した顔になって、

「あっしに、頼みとは？」

と訊いている。

「うむ……そのことじゃが」

采女正は顔を赧《あか》らめ、

「そなた……洩れ聞くところによれば、張形と申すものを、余技につくるとか……」

と一気にしゃべっている。

年の頃は三十前後であろうか。

男ですら惚れ惚れする、良い顔立ちであった。

「だれから、お聞きになったんで?」

辰之助は苦笑している。

「当藩の留守居役どのが、聞いて参られた」

采女正は素直に答えた。

留守居役と云うと、参覲交代《さんきん》で大名が国許《くにもと》に帰ったあとの、留守番役のように考えられがちだが、実は大変な仕事なのだった。

徳川幕府は、各藩に隠密《おんみつ》を放ち、ちょっと財政が豊かであると知ると、河川の改修工事などを、そんな藩に押しつけて、少しでも貯蓄を減ずる政策をとっていた。

貯蓄があると、武器を買い入れたり、城の普請を増強して、いつ幕府に叛旗《はんき》を翻えすかも判らぬからである。

参覲交代も、そうした政策の一つだが、留守居役は、そんな金のかかる土木工事などを自分の藩に押しつけられないように、老中《ろうじゆう》や若年寄たちを接待したり、町奉行その他につけ届けをする役柄だったのだ。


とても凡庸なものでは勤まらなかった。

忠臣蔵で有名な、浅野内匠頭《たくみのかみ》の刃傷《にんじよう》事件は、浅野藩の江戸家老、つまり留守居役が凡庸な人物であったがために起った事件と考えてよいだろう……。

彫辰は微笑して、

「それで……張形をつくれ、と仰有る《おつしや》ので?」

と云った。

采女正は、しばらく沈黙していたが、

「恥を申すようだが、うちの殿には、お世嗣《よつぎ》がない……」

と、溜息まじりに告げた。

「奥さまは、いらっしゃらないので?」

と、彫辰。

「いや、居られる。奥方さまも、側妾《そばめ》もいらっしゃるが、殿には……」

采女正は、きッと唇を噛んで俯向《うつむ》き、

「殿には、この采女正以外の者とは、褥《しとね》を共にしようとなさらないのだ……」

と呟く。

「すると殿様は……女嫌いなんで？」

「……そうじゃ」

采女正は沈痛に、しかし、どこか誇らし気にそう告げて、

「しかし、お世嗣は、是が非でも残さねばならぬ」

と呟いたのであった。

＊　＊

……現代は同性愛が流行しているが、これはなにも新しい風潮ではなくて、むかしからあることだった。

江戸時代に、若衆《わかしゅ》歌舞伎が停止されたり、元禄、享保と男娼《だんしょう》を禁じる法度《はっと》ができたりしたのをみても、それは判るだろう。（つづいて寛政、天保の頃にも、男娼厳禁の布令が出ている）

六代将軍の家宣《いえのぶ》は、友好きで有名だったが、能役者の悴《せがれ》であった間部左京を子小姓《こごしょう》として召し抱え、溺愛していたと云う。

なにしろ百石の知行《ちぎょう》から、とんとん拍子で五万石の大名にまでなったのだから、その溺愛ぶりが偲ばれようというものだ。

……だから、その采女正の話を聞いた時に、さして彫辰も駭《おどろ》かなかった。

相手の端麗な顔をみて、

〈この男なら、無理はないわい！〉

と思っただけだ。

「拙者は、家老どのに呼ばれ、そなたが、世嗣をつくるのを邪魔しておるのじゃ……と叱責された……」

采女正は告げた。

「なるほど、なるほど」

辰之助は大きく肯く。

「しかし……殿には、いくら努めても、どうにもならぬ、と仰せられる」

「ははあ……」

「不審に思われようが……拙者が女の役目を果すのではない」

采女正は、また赧い顔をした。

「えッ！　と云うと？」

「つまり、じゃ。夜の閨《ねや》では、殿が恐れ多くも

女の役を勤め遊ばすのだ……」

彫辰は、吃驚《びっくり》して、

「そ、そ、それでは……」

と絶句している。

「ここまで申したのじゃ。なにもかも、あからさまに云うと、殿には、拙者を受け容れられた時に、はじめて男子としての機能を発揮申す……」

采女正は、流石に恥しそうである。

「するてえと……石川さんが、殿さまのおいどを攻めるてえと、殿さまがピンシャンして来るてえわけで?……」

彫辰は坐り直している。

「そうなのじゃ。さりとて、奥方さまとの閨に、拙者がお供するわけにも参らぬ」

「なるほど、なるほど……」

辰之助は、目をぱちくりさせていた。

「それでじゃ……そなたに頼みと云うは、拙者の持物と、寸分たがわぬ張形を作っては呉れまいか…と云うことじゃ」

「ははあ……」


「殿は、それをお用いにならば、奥方さまとも、若《も》しや交われるのではあるまいか……と仰有られた」

「うーん……そういう理窟《りくつ》で」

「いかがであろう? 引き受けて頂けるかな?」

采女正は云った。

辰之助は、苦笑して、

「そらあ……作らなくないことも、ござんせんが。しかし実物を拝見いたしやせんとねえ……」

と顎を撫でている。

つまり、采女正の主君は、鶏姦《けいかん》されないと勃起《ぼっき》しないという、奇妙な習性の持ち主らしいのだった。

まさか采女正が、殿と奥方との閨に入り込んで、二対一の複雑な胤《たね》付け作業を行うわけにもゆくまい。

となると、采女正の役割を果す張形——つまり勃起剤が必要となる理窟である。

「殿のため、お家のためじゃ。いつでも、お目にかけ申す……」

采女正はそう云い、

「その前に、引き受けて呉れるか、どうかを承りたい」

と威儀を正す。

「わかりやした。引き受けやしょう」

彫辰は、きっぱりと答えた。

「引き受けて呉れるか？」

「へえ、間違いなく……」

辰之助は、また顎を撫でると、手を敲《たた》いて仲居を呼びながら、

「女のための張形なら、これまでに何本か手弄《てなぐさ》みに作りやしたが、お殿さま用とはねえ……」

と苦笑したのだった。

＊　＊

——数日後のことである。待乳山《まつちやま》の〈湖月〉の二階座敷で、辰之助と石川采女正は落ち合った。

軽い昼食のあと、采女正は無言で袴《はかま》を脱ぎ捨てはじめる。

辰之助は、矢立《やたて》や細紐を取り出しながら、

〈世の中ってえのは、いろいろと変った出来事がつづくもんだ……〉

と思った。

「辰之助どの……」

采女正は、袴を脱ぎ終ると、改まった口調になる。

「へえ。なんでがしょう？」

「約束の金子《きんす》三十両は、たしかに持参いたした……」

「へえ、左様で——」

「期限は十日後……間違いあるまいな？」

「はあ。材料の鼈甲《べっこう》も、話をつけてありやすから、大丈夫でさあ」

「そうか」

「それで……出来上った品物は、どこへ届ければよろしいんで？」

辰之助は訊く。

「この料亭は、そなたの馴染みか？」

「へえ……まあ……」

彫辰は照れ臭そうに云った。

「では、この料亭に預けておいて呉れ」

采女正は、帯をとく。

「畏《かしこ》まりやした」

「石川の使いと申す者に、必らず手渡すように
……頼むぞ」

「へえ、合点でげす」

采女正は、満足そうに肯くと、晒《さらし》の下帯一本の
姿になった。

そして、用意した布団の上に仰臥《ぎようが》し、じいーっ
と瞑目《めいもく》している。

なかなか下帯をとらない。

「いかが、なされました?」

辰之助は不審そうに云った。

「うむ……」

采女正は目を閉じたまま、

「心気が充実せぬのじゃ……」

と呟く。

「下帯をとかれて、五本指を使われたら、いか
がなもので?」

辰之助は進言している。

「そうじゃな……」

采女正は立ち上って下帯をほどきながら、

「済まぬが、わしが声をかけるまで、次の間に
いて呉れぬか。武士として、恥しい姿を見られと
うない」

と告げた。

なるほど、傍に他人がいては、乙な気分にもな
らぬであろう。

辰之助は、

「じゃあ、お呼びになるまで――」

と、次の間に入り、襖《ふすま》を閉めた。

……しばらく経って、采女正から、声がかかっ
た。

辰之助は、何気なく座敷に一歩入って、

「あッ!」

と低く叫んだものだ。

……彼の持ち物も、決して余人に劣る方ではな
いが、采女正のそれは、日本人放れした立派さで
あった。

長さは、八寸は優にあろう。雁首《がんくび》は見事にエラ
が張り、くろぐろと輝いている。

そして辰之助を駭かせたのは、その茎の表面に大小七つの疣《いぼ》が点在している事実であった。

「立派でげすなあ……」

辰之助は、思わず感嘆の声をあげた。

疣のある魔羅《まら》の味を知った女性は、終生その男性から別れられなくなると云うが、その疣がなんと七つもあるのだ。

大きいのは大豆ぐらい、小さい疣でも小豆粒ぐらいある。

「早く、寸法をはかって呉れい」

采女正は云った。

「へえ、ただいま……」

辰之助は、細紐をつかって、根本の太さをはかりはじめた。

長さをはかろうとしたとき、それは萎《な》えてしまう。

「済まぬ。また次の間に……」

采女正は告げる。

そんなことを何回か繰り返し、辰之助は、采女正の陽物の実測を終った。

「もう、よいか?」

采女正は、息苦しそうである。

「結構でござんす」

彫辰は、額の汗を拭いた。

采女正は、立ち上ると下帯をつけはじめたが、

「断っておくが、他言はならぬぞ」

と念を押す。

「わかってまさあ……」

彫辰は、矢立を納《しま》いながら、

「しかし、旦那みたいに立派な疣つきの代物は、はじめて見やしたぜ……」

と呟く。

采女正はそれに答えず、

「誓って、他言はならぬぞ!」

と厳しい口調で云い、

「もう用はない。金を持って帰るがよい」

と告げたのだった……。

その二

「辰つぁん……おいでかえ?」

そう声をかけながら、座敷にあがって来たのは、芸者のお小夜である。

ちょうど辰之助は、石川采女正から注文の張形の疣の部分を、鼈甲を材料にコツコツ彫り上げているところだった。

「おや、まあ!」

お小夜は目敏《めざと》くそれを見て、

「変った形だこと……」

と呟いている。

「ふん!」

辰之助は、鼻先だけで笑って、

「頼まれ物さ……」

と素気なく応じる。

「その瘤《こぶ》みたいなものは、疣かい?」

お小夜は訊く。

「そうよ……」

辰之助は顎をなでて、

「なんせ、大小七つもあるんだぜ。七福神は宝の入船と来らあ……」

と、まだ荒削りの作品を、ためつすがめつ眺め入る。

「へーえ、縁起ものなの」

お小夜はそう肯いて、

「そう、そう。大田先生から、伝言を頼まれたの。今夜、会いたいんですって」

と思いだしたように告げた。

「大田先生って、蜀山人《しょくさんじん》先生かい?」

辰之助は問い返す。

「そうよ。決まってるじゃないの」

お小夜は、辰之助にすり寄って、

「それまで私……ここに居たって、よいでしょう?」

と鼻声になる。

「いけねえ、いけねえ!」

辰之助は首をふって、

「どうせ、お前の魂胆は知れてるんだ」

と冷たく云った。

「あら、なによ……」

お小夜はツンとなった。

「座敷に出るまで、俺っちのところにいて、硬い肉針を刺して呉れと、そう云うんだろうが？」

辰之助は鼈甲を削りはじめる。

「失礼ね！」

お小夜は膨れて、

「どうせ、朱彫の時しか、肉針は刺して呉れないんでしょ」

と呟く。

辰之助は、ニヤニヤしながら、

「しかし、大田先生は、一体なんの用なんだろうなあ」

と首を傾《かし》げている。

「なんでも平賀先生と、なにかの味くらべをやるので、いろいろと辰つぁんに話を聞きたいんだとさ……」

お小夜は正直に教えた。

「味くらべだって？」

辰之助は、また首を傾げた。

「ねえ……どうして呉れるのよ……」

お小夜は、また肩をぶっつけている。

「止せやい。こちとら、仕事中だぜ？」

「おやまあ。それが仕事だってえのかい？」

「そうさ」

「へーえ。昼日中から、そんなみっともない遊び道具を彫るのが、仕事なのかい？　どうせ、どこかの金持の後家にでも、頼まれやがったんだろう……」

珍しくお小夜は手厳しかった。

「おや、お小夜さん……」

辰之助は坐り直して、

「お前……この張形に、ヤキモチを焼いているのか？」

と含み微笑《わら》っている。

「当り前だあね。わざわざ、女の方から訪ねて来て、恥も外聞もかなぐり捨てて、座敷へ出るまで居させて欲しいって、頼んでるんじゃないか……」

「なるほど。深川で、ちったァ名を売ったお小夜姐《ねえ》さんが、頭を下げて頼んでいるのに、あまりにもつれなさすぎると……まあ、そう云いたいんだな？」

「そうよ」

お小夜は、じれったそうに、

「あたしゃァ、お前さんの味が、忘れられないのさあ……口惜しいけれど」

と云っている。

「ふッふッふ……」

辰之助は小気味よさそうに含み微笑って、

「こちとら刺すのが商売でねえ」

と貧乏ゆすりをはじめた。

「だから、刺してお呉れなね」

お小夜は、辰之助の膝に手をかけて、揺さぶるのだった。

「刺したら、銭を貰うのが、俺の仕事なんだぜ？」

辰之助は、そんなことを云いながらも、張形の仕上げに余念がない。

「辰つぁん……」

お小夜は、半泣きの声であった。

「お金が欲しけりゃァ、あげるからさァ」

「……うむ。それで？」

「一思いに、刺しとくれよ……」

「どこにだい？」

「わ、わかってるじゃないか」

彼女は感情の籠《こも》った震え声になっている。

お小夜は、心底から、辰之助の肉針に惚れ切っているのだった。

男は、ちんちくりんの醜男《ぶおとこ》である。

しかし肉針の味は、絶妙で、筆舌に尽し難いのであった。

男の肉針から、濃い液体が、自分の躰《からだ》の内部に噴射されるとき、彼女は胸のあたりまで響くような快感に身を灼《や》かれ、そして自分が蝶《ちょう》に化身して、ふわりと浮揚した感じになるのである。

その恍惚《こうこつ》を味わうためになら、万金も惜しくないとお小夜は思うのだ。

＊　＊

「さあ……出来たぞ！」

彫辰は、鼈甲にトクサをかけながら、静かに目を細めた。

「そんな不細工な瘤は、とっちゃった方がよかないの？」

お小夜は、苛立ちながら当り散らす。

「莫迦《ばか》を云うねえ」

辰之助は、疣つきの張形を眺めて、

「悪くない出来だ……」

と呟く。

「ふん！　なんだい、そんなもの！」

彼女はプリプリしている。

「おい、お小夜……」

辰之助は、張形を磨きながら、不意に優しく云った。

「なんだい！」

お小夜は荒れ気味である。

二人が、すでに他人ではないと云う事実が、そんな風に彼女を振舞わせるのだろうか？

「お前に、お願いがある」

辰之助は坐り直した。

「お願い？　どうせ、帰って呉れとでも、お云いなんだろう？」

「そうじゃァねえ」

辰之助は苦笑して、

「こいつを使ってみて貰いてえんだ……」

と云った。

「えッ、これを？」

「……うむ」

「辰つぁんの代りにかい？」

「いや、肉針は刺してやる」

辰之助は云い切った。

「えッ！　あんた……」

深川芸者は声を震わせ、

「あんたの、肉針を、このあたしに、刺してお呉れなんだね？」

と口走っている。

「そうだ……」

彫辰は肯いて、

「どうにも、解せねえことがあるんだ……」

と低く告げた。

「と、云うと？」

「いいか……。決して他言はならねえぜ」

「……ええ」

「この張形は、あるご大家からの注文だ」

「ふーん？」

「そこの跡取り息子は、少し変った趣味の持ち主らしい」

「なるほど、それで？」

「女には、さっぱり奮い起たねえんだとよ」

「まさか！」

「いや、本当らしい。なんせ、男から抱かれた時だけ、昂奮しやがるとさ」

「へーえ。すると蔭間《かげま》なの？」

「まあ、そうらしい。そこで、お前に頼みだが、先《ま》ず、こいつを前の方で使ってみて貰いてえ」

「あんた……約束は、守ってお呉れなんだろうね？」

「むろんさ」

「だったら、いいわ……」

お小夜は肯く。

「そのあと……お前の津液で、しとどに濡れたこいつを、俺らに使ってみて貰いてえんだ……」

「えッ！　あんたに使う？」

「……聞えなかったのか？」

「あんたに使うって、あんた、まさか蔭間茶屋の若衆みたいなことをしたいって云うんじゃァないでしょうね？」

「いや……」

お小夜は、怯えている。

辰之助は、静かに首をふった。

「実は、お前の察しの通りなんだ……」

彫辰は、そう低く呟いて、

「こいつにゃァ、ちょっとした仔細があるんだが、今は聞かねえでいて貰いてえ」

と告げたのである。

お小夜は、再び恐ろしそうな、怯えた表情になったが、それっきり物は云わなかった。

＊　＊

「ああ……辰つぁん！」

お小夜は、雨戸を閉めた辰之助の部屋の中で、声を低く震わせた。

辰之助の二本指に翻弄されて、どうにも、こうにも、我慢できなくなったのであろう。

「じゃァ、行くぜ！」

辰之助は、微温湯《ぬるまゆ》をはった木桶《きおけ》から、鼈甲の張形をとりだし、

「ちょうど、人肌加減だ……」

と呟いて、ゆっくり、お小夜の太腿の谷にあてがっている。

「きっと、肉針をお呉れだね、あんた！」

お小夜は、狂おしく男の唇を吸いつづけている。もう、夢中であった。

女の欲望を剝《む》き出しにした、奔放な姿がそこにあった。

「あんた……」

「おう！」

「一思いに、それを！」

「心得た！」

辰之助は、鼈甲の針をさし入れた。

「う、うむッ！」

と、お小夜は躰をのけぞらせ、

「痛いッ、痛いッ！」

と悲鳴をあげる。

「それは痛かろうさ……」

彫辰は、たじろがず、

「なんせ、宝の入船……七福神が、疣になってついてらあ……」

と云い、

「これぞ誠のイボ兄弟てえ洒落《しゃれ》は、烏亭焉馬《うていえんば》の小噺《こばなし》にゃァ使えねえかな？」

などと云っている。

「痛い、痛いッ！」

お小夜は、悲痛な声をふりしぼり、

「動かさないで！」

「あッ、あッ！　取っとくれ！」

と泣きそうに絶叫している。

「本当に、痛いのかい？」

辰之助は、手をはなすと腕を組んだ。

「痛くって、いままでの乙な気分は、どこかに吹っ飛んじゃったよ！」

お小夜は、怒ったように言葉を叩きつけ、自から取り去っている。

「とか、なんとか云いながら、湯気が出てやがるぜ……」

拾いながら、彫辰は含み微笑った。

「なに云ってんだい！」

お小夜は眉を吊り上げると、

「痛いか、痛くないか、さあ、今度は、お前さんだよ……」

というのである。

「うむ。約束だからな……」

辰之助は、下帯をとると、ゆっくり仰臥した。

そして、

「生まれて始めてだから、ゆるゆる馴らして呉れねえと、困るぜ……」

と注意している。

「わかってます！」

お小夜は、掌に唾をためると、辰之助の菊座に塗りたくった。

そして、静かに指先で、菊座を攻めはじめる。

「どんな気分？」

お小夜は、ごくりと固唾《かたず》を嚥《の》み下しながら訊く。

「うん。満更でもねえや……」

と、辰之助。

お小夜は、人差し指を口に含み、そろりそろりとあてがった。

やがて、それはすっぽりと姿を隠してしまう。

一本が二本、二本が三本になったとき、お小夜はなぜか息を荒くしながら鼈甲の針を自から肉体に埋没させた。

「おい……使うのは、そっちじゃねえぜ」

辰之助は、たしなめた。

「わかってるけど、なにか、変な気分になって来たの……」

お小夜は、うわずった声を出しながら、自から張形を片手遣いにしているのだ。

「おい、お小夜……」

辰之助は云った。

「あとで、肉針を呉れてやる」

「は、はい」

「だから、気分の変らねえうちに、早く！」

辰之助は叫んだ。

お小夜は、未練そうな表情で、その疣つき張形を、菊座にあてがった。

それは、メリメリと音を立てて、侵入してゆくかの如くであった。

「ううッ!」

と彫辰は叫び、胸の下あたりを両手でおさえ、のけぞりつつ、

「死ぬッ!」

と絶叫した。

「えッ、苦しいの、あんた?」

お小夜は、駭いて訊いている。

「つづけて呉れッ!」

彫辰は、声をうわずらせ、

「死ぬッ!」

「ああ、死にたいッ!」

「殺して呉れッ!」

と、あらぬ言葉を連発したのだった。

お小夜は、慌てて引き抜いて、汚れたその疣つき鼈甲針を、湯桶の中に抛《ほう》り込んだが、あとで聞くと辰之助は、そのさなか、自分がなにを口走ったのか、とんと覚えていないと云うのだから不思議である。

その三

「よう、来て呉れたか」

大田蜀山人は、廊下に両膝をついた辰之助をみると、微笑して、

「まあ、中に入って呉れ」

と云った。

「へえ、御免なすって」

彫辰は下座に畏まっている。

「実はな……」

蜀山人は手を叩いて女中を呼び、

「風来山人《ふうらいさんじん》が、いつかの張形くらべに感心して、いっそのこと魔羅くらべをやり、それで魔羅の順位を決めたい……と云い出しおってなあ……」

と照れ臭そうに告げたものだ。

「へえ、魔羅くらべをねえ」

辰之助は首をひねっている。

女中が来た。蜀山人は酒肴《しゅこう》を注文して呉れてから、真顔になって、

「魔羅くらべなどと云うと、いかにも猥雑《わいざつ》で、助平ったらしく聞えようが、しかし、わしと平賀源内どのの志は、そんな低いところにあるのではないのだ」

と云った。

「なるほど……」

辰之助は相鎚を打つ。

「なぜ、男の道具を魔羅と云い、篇乃古《へのこ》と云い、珍宝と云い、玉茎と云うか」

「ははあ」

「その言葉の由来も、未だに明らかにされておらぬ」

「なるほど、そう云われてみれば、そうでげすなあ」

辰之助は肯いている。

「女に訊けば、男の道具にも、いろいろあると云う」

「ええ、そのようで」

「大きいのもあり、小さいのもあり」

「太い、細いの差もありまさあ」

「長い、短かいの差もある」

「色も違いますぜ、いろいろと――」

「わしと平賀どのは、しからば十人十色の男の道具のなかで、十人の女が十人、目を細めて喜ぶ道具とは、どのような色かたちをしておるのか、知りたいわけじゃ」

「あッ、なあーる……」

辰之助は、終りのほどを省略して、大きく合点していた。

「山高きが故に尊からず、魔羅太きが故に逸品ならず……と平賀どのは云う」

「なるほど、なるほど」

「それで、魔羅くらべをやって、みんなが一位から三位の順位をつけたものと、そっくりの張形をそちに作って貰い、十人の女に使わせて、穿き心地を聞いてみたいのじゃ」

蜀山人は云った。

彫辰は、思わず自分の尻のあたりに、手をやり

ながら、

「どうも、おかしなことが、重なるもんでげすなあ」

と呟く。

「おかしなこと？」

蜀山人は訊いた。

「へえ、その通りで」

辰之助は肯いて、相手に酌をすると、

「実は先日も、あるお武家から、自分の道具とそっくりな張形を、つくって欲しいと頼まれやしてね」

と告白している。

「ほう……武士がか」

「へえ。それで今しがた、〈湖月〉に預けて来たばかりなんで」

「なるほど、そうだったのか」

蜀山人は考え込み、

「おそらく参観で、国許に帰るため、恋しい女に残しておく積りなのであろう」

と云ったが、また首をひねって、

「しかし、時期がちと変じゃな」

などと独り言を云っている。

当時、外様《とざま》大名は毎年四月、参観交代する慣わしだった。

譜代《ふだい》大名は、二月、六月、八月に限られており、尾張、紀伊の両家のみが、三月の交代であったのだ。

つまり蜀山人は、参観交代には、少しばかり時期がずれていると云いたかったのであろう。

「あの方のは、立派でげしたぜ……」

彫辰は、思い出したように呟く。

「えッ、立派だった？」

「へえ、稀代《きたい》の疣つき魔羅でげす」

「ふーむ、疣つきか！」

蜀山人は顎を撫でながら、そう呟くと、

「見たいな」

と云った。

「だったら、〈湖月〉に預けてありやすから、お女将にでも云って頂ければ……」

彫辰は告げている。

彼は、ちょっぴり照れながら、

「蜀山人先生」

と坐り直した。

「なんだな?」

「つかぬことを伺いやすが……」

「うむ」

「男ってえものは、蔭間のように可愛がられて、昂奮するもんなんでやすかい?」

彫辰は訊いた。

蜀山人は苦笑して、

「わしは、衆道《しゅどう》嫌いじゃから、そういったことは判らぬ」

と云い、

「しかし、源内どのなら、その辺のことは、よくご存じであろうよ」

と奇妙な笑顔になった。

平賀源内が、男色家であったことは、よく知られている。

この奇人は、安永八年十一月二十一日、自宅を訪れた二人の常連客に、刀で斬りつけ、そのため投獄されて獄死するのだが、その真因は自分の恋人である男を、寝奪《ねと》られたのが動機であったと云う。

蜀山人は、源内の男好きを知っていて、それとなく辰之助に教えたのだろう。

しかし彫辰は、なぜそんな気恥しいことを口にしたのか?

それは、お小夜から自分のつくった疣つき張形を、菊座に挿入されたときの、苦痛に綯《な》い混《まざ》った奇怪な感動を、忘れかねたからなのである……。

＊　＊

……それは、なんと云ったらよいのだろうか。

お小夜の指で攻められている時には、まだしも快感に似たものがあった。

なにか擽《くすぐ》ったいような、そんな感じである。

ところが、その疣つき張形が、めりめりと音を立てる感じで、侵入して来たとき、辰之助はゲェーッ! と、思わず叫びだしたくなったものだ。

なにか、お腹の胃や腸を、一気に底から突き上げられたような、口をあけて息をしなければ我慢できないような苦痛。

石川采女正は、自分が殿様を攻めたとき、はじめて、殿は恍惚となって、男の物が奮い立つのだ……と云った。

辰之助は、それでお小夜と、自からの躰を試験台にして、ためしてみたのだ。

しかし、どう考えても、あのような苦痛と性欲とが、結びつくとは思えないのである。

だが――苦痛の中に、奇妙な、それは実に奇妙な感覚なのだが、なにか背筋を灼くようなものが混っていたのも事実なのだ。

〈あれは、なんだったろう?〉

辰之助は思った。

苦痛に耐えながら、のけぞった時――お小夜の話では、彼は、〈死にたい〉とか、〈殺して呉れッ〉と口走っていたと云う。

でも、そんなことは、とんと記憶がないのだった。

苦しかったのは、事実であるが。

〈あんな凄い疣張形で、攻められて喜ぶ殿様がいるだなんて、信じられねえなあ……〉

彫辰は、そう思うのである。

女が喜ぶのなら、わかる。

その証拠に、お小夜は、

――痛い、痛いッ。

――動かさないで。取っとくれ!

などと最初は云っていた癖に、自分が昂奮して大洪水になると、その疣張形をすっぽりと自分の道具に納い込み、うわずった声をあげたではないか?

〈どうも解せねえ話だなあ〉

蜀山人と別れて、長屋に戻りながら、彫辰は首をひねり続けた。

――ところで。

長屋に帰ってみると、なにか取り込みごとがあったらしく、人だかりがしている。

〈なんだろう?〉

と辰之助は思った。

それで、

「なにがあったんで?」

と桶職人の丑五郎と云う男にきくと、丑五郎はふり向いて、

「おッ、辰つぁん。あんた、無事だったのか！」

と云われた。

「無事も、なにも、いま深川から帰って来たところだが」

と答えると、丑五郎は、

「オーイ、大家さぁーん！　辰が帰って来やしたぜえ！」

と大声で呼ばわったのだった。

すると長屋の連中も、辰之助の帰宅に気づいたらしく、

「やあ、よかった！　よかった！」

と口々に叫びながら駈け寄ってくる。

「いったい、なにがあったんで？」

辰之助はキョトンとなった。

「いやな……夕方、わしの店に来て、彫物師の辰之助の住居を教えろ、と云う武家があったのよ」

家主の甚左衛門が説明した。

「へえ、なるほど」

辰之助は心の中で、〈このところ、侍づいてやがる〉と思った。

「すると、武家はお前のところへ行ったが、お前がいねえ……」

「へえ。深川まで出掛けておりやしたので」

辰之助は正直に云っている。

「そのときは、それきりだったんだが、つい今しがたよ……正体のわからねえ、仲間《ちゆうげん》みてえな男たちが、四、五人で押しかけて来やがって、家の中をさんざんガンドウで照らして、引っかき廻して引き揚げちまったんだ……」

甚左衛門は教えた。

「なるほど……それで訳が判りやした」

辰之助は苦笑しながら、騒がせた礼を云って、家の中に入ったが、なるほど土足で無残に踏み躙《にじ》られている。

〈畜生。ひでえことをしやがる！〉

辰之助は、行燈《あんどん》をともすと、万年床の上に胡坐《あぐら》をかいた。

＊　＊

自分を訪ねて来た武家と云うのは、石川采女正しか心当りがない。

しかし、約束の期限は、明日だった。

しかも渡す場所は、待乳山の〈湖月〉の筈《はず》である。

なにが目的で、仲間どもが家探ししたのかは判らない。

でも、いろんな状況から考えると、なにか石川采女正の依頼品に、無関係ではなさそうである。

〈あの疣つき張形を、盗み出しに来やがったのか〉

辰之助は腕を組んで考え込んだ。

でも、判らないことばかりであった。

その夜は、まんじりともせずに明かして、翌朝、早くから土足で汚された家の中を、珍しく掃除していると、

「ごめんよ……」

と入って来た者がある。

見ると、岡っ引の喜蔵であった。

「おや、親分……」

辰之助はビックリして、三星屋喜蔵を眺めている。

喜蔵は、手下を二人ほど連れていた。

悠々と上り框《がまち》に腰をおろすと、莨《たばこ》道具から煙管《きせる》をとりだし、

「なあ……彫辰」

と勿体《もったい》ぶって呼びかける。

「なんでがしょう」

辰之助は畏まった。

「実はな……」

「はい」

「昨日、奉行所から呼び出しがあった」

「へへえ、なるほど」

「大きな声では云えねえが、ある旗本のお屋敷で、殺傷事件が起きたのよ……」

喜蔵は、刻み莨を煙管に詰めている。

「なるほど……」

「事件は、まあ、早く云えばどう云う理由でかは知らねえが、殿様が部屋住みの弟君から斬り殺され、そのあと、殿様が可愛がっていた小姓と、

弟君とが相対死をした……と、まあ、そういうわけだ」

喜蔵は、考え考え喋言《しゃべ》った。

「へえ、男同志の相対死ねえ」

辰之助は感心している。

「ところが、だ……」

喜蔵は、火打ち石が上手につかないので、苛立ちながら、

「お公儀で取り調べになると、弟君の文箱《ふばこ》から、こんなものが出て来たわけよ」

と、懐中から書状をとりだす。

「へえ、なるほど」

辰之助は覗き込んだ。

〈姉上どの〉という宛名書きがある。

「中を拝見して、よろしゅうござんすか」

彫辰はきいた。

「ああ、いいとも！」

喜蔵はニヤリとして、

「そのために、七ツ起きして、お前のところへ来たんだぜ」

と云うのである。

辰之助は、書状をひらいた。

『この書状、持参の者に、彫辰どの預けし品物、ひそかにお手渡し下さるべく候』

文面は、そう読めた。

「あっ……あの采女正とか云う侍に、違いねえ！」

彼はそう思い当った。

「この広い江戸に彫辰と云うのは、お前しか、ない筈だぜ？」

喜蔵はそう云って、

「いったい、どんな拘《かか》わり合いがあるんだえ？」

と、ねちこく訊くのだ。

辰之助は空惚《そらとぼ》けて、

「さあ、知りませんねえ」

と、そっぽを向く。

「いったい、なにを頼まれたんでえ？」

「さあ……お旗本の弟君になんか、知り合いはありやせんぜ？」

辰之助は、徹頭徹尾、シラを切る肚《はら》を固めてい

た。

喜蔵の知りたがっている品物は、皮肉なことに、喜蔵の愛人である〈湖月〉のお竜のところにあるのである。

燈台もと暗しとは、まさにそのことではないのか……。

その四

寺社奉行、勘定奉行、町奉行を三奉行と云ったが、このうち寺社奉行は譜代大名が就任し、勘定・町奉行の二つは、旗本の中から撰《えら》ばれるしきたりだった。

町奉行は役高三千石で、現在の都庁、警視庁、消防庁、裁判所を一緒くたにしたような権限を与えられていたのである。

——ところで。

こんどの事件は、旗本の屋敷内で起ったことだから、本来なら若年寄の下にいる目付がとりさばかねばならなかった。

ところが、南北の奉行が旗本出身であり、さらに遺書と覚しき書状に、〝彫辰〟という市井の徒の彫物師の名前が出てくるところから、目付から町奉行の方にお鉢が廻って来たのであった。

そして与力《よりき》から同心へ……という順路を辿って、岡ッ引の喜蔵が呼び出されたからである。

「おい、彫辰！」

喜蔵は辰之助を番屋《ばんや》にしょっ引いて、

「いったい、いつ、どこに、だれから頼まれて、どんな品物を預けたんでえ！」

と、いきり立った。

「なにかの間違いじゃァござんせんかねえ」

辰之助は、素《す》ッ惚《とぼ》けている。

「よーし。白状しねえと、痛い目をみるぜ！」

喜蔵は凄《すご》んでいる。

「生憎《あいにく》と、痛い目をみさせるのが、彫物師の仕事でげして」

辰之助はニヤニヤした。

「そうか。どうあっても白状しねえってんだな！」

三星屋喜蔵は、自分の愛妾《あいしょう》であるお竜が、彫辰と通じているらしいと睨んだ嫉妬も手伝って、拷問をぶちかまそうという意気込みだった。

そこへやって来たのが、本多小十郎である。

小十郎は、辰之助にいささか恩義を感じているのか、

「喜蔵。この者は、拙者が預ってゆく」

と云った。

小十郎は、その事件の謎をとく鍵を、彫辰が握っていることに気づいたのである。

それで、喜蔵に任せておけぬと、八丁堀の役宅から町駕籠《まちかご》を飛ばせて来たのだった。

人払いしたあと、小十郎は猫撫で声で、

「なあ、辰之助。お前は、なにか知っておる筈じゃ。教えて呉れぬか」

と云って頭を下げた。

「そりゃァ旦那……無理でさあ」

辰之助は冷たくそう告げ、

「いったい、どんなことが起きたのか、委《くわ》しく話して頂かねえと……」

と、ソッポを向く。

「仕方のない奴じゃ」

本多小十郎は合点をして、

「小石川に、山藤章之進という七千石の旗本がおられる」

と語りだした。

「へえ、七千石。ご大身《たいしん》でげすね」

辰之助は返事をしている。

旗本には、参覲交代がないため、七千石の禄高《ろくだか》だと、五万石の大名以上の裕福さであったと云う。

つまり一万石の大名よりは、三千石の旗本の方が、家計は豊かだったのである。

「その旗本に、部屋住みの采女正という弟がおった」

「ははあ……」

辰之助は、山藤采女正が、石川采女正と名乗り、他藩の武士のようなことを云ったのは、小石川に住み、旗本である身分を隠したいからだったのだ……と思い当った。

「その弟の采女正が、なにを乱心したのか、突

如、当主の章之進どのを斬り殺し、薄田兵馬という小姓をも殺害して、割腹したのじゃ……」

本多小十郎は告げた。

「相対死じゃァ……なかったので」

彫辰は首を傾げている。

「検屍された目付どのの話では、采女正が兄を斬殺《ざんさつ》したのを知り、忠義者の兵馬が、〝殿の仇《かたき》〟とばかり打ちかかったところを、逆に斬り殺されたような様子じゃ」

「ふーむ、なるほど」

「そのあと、乱心者の采女正は、覚悟の切腹……」

「へーえ、ご立派でやすねえ」

彫辰は、自分を馳走《ちそう》して、三十両を呉れた采女正の美しい顔立ちを思い出しながら、ついついそんな感嘆の声をあげている。

「ところが、だ……」

小十郎は声をひそめ、

「検屍に立ち会われた目付どのが云われるには、この男の三人の死骸のなかで、一様に斬り取られてある部分がある……と云うのじゃ」

と告げた。

「えッ、斬り取られた部分？」

彫辰は目を丸くしている。

「そうじゃ。どこか……判るかの？」

小十郎は訊く。

彫辰は、ちょっと考えて、

「もしや、篇乃古では……」

と云った。本多小十郎は目を瞠《みは》り、

「な、な、なぜ、それを！」

と声をうわずらせている。

「あっしの勘でさあ」

辰之助はニヤリとして、

「本多さま。なにか、複雑な事情が、ありそうでやすねえ。しかし、正直な話、山藤采女正というお侍は、あっしは会ったこともありませんぜ。なにかの悪戯《いたずら》でげしょう……」

と、更にシラを切り続けたのだ。

死んだ采女正が、辰之助に、あれほど辞を低くして自分と同じ張形をつくらせたのには、よほど深いなにかがある……と考えたからだった。

＊　＊

辰之助は、小石川の山藤家の近くをうろつき廻って、その奇怪な事件について聞き込みをつづけた。

ふつう、こうした不祥事件があると、待ってましたと許《ばか》り幕府は、取り潰しを命じたり、禄高を減ずるものだが、山藤章之進の場合には、事件の直後、奥方が正嫡子を分娩《ぶんべん》したので、さしたるお咎めなしに相続を認められたと云うことである。

懐妊中であった奥方が、事件のショックで産気づいた……と云うのが、真相であったらしい。

辰之助は首を傾げた。

そして采女正の告白に、かなりの虚飾が混っていることを知ったのである。

しかし、当主の章之進が、衆道狂いをしていたと云うのは、事実らしかった。

そのために、子供が出来なかった……と云うことだったが、現実には、死後ではあるが男の子が立派に生まれている。

この辺が、どうもよく判らなかった。

辰之助は、

〈若しかしたら……〉

と思い、采女正と小姓の薄田兵馬とのことについて、探りを入れてみた。

しかし、采女正と兵馬とが醜関係にあった……と、云う証言はとれなかったのである。

もしかして、部屋住みの采女正が、兵馬を可愛がっていて、それを兄に寝取られたことで嚇怒《かくど》し二人を斬り殺したのではないか……と考えたのである。

〈どうにも判らねえ！〉

辰之助も殆んどサジを投げかかったが、不図《ふと》、思いついたことがある。

山藤の屋敷に、書状が届けられた翌日のことであった。

待乳山の〈湖月〉に、珍しく武家の内儀らしい上品な女性の来客がある。

客は、二階の一室に通された。

そこには、大田直次郎――蜀山人が待っていた。

「拙者、御家人《ごけにん》の大田直次郎と申す者、お見知り置きを——」

蜀山人は一揖した。

女性は、恥しそうに、

「山藤志乃にございまする」

と答えた。

「わたしのような者が、こんなところに、大家のうら若い未亡人を誘い出すのは、不躾《ぶしつ》けとは存じましたが、なにぶん、火急の上に、秘密を要すると、彫辰が申すのでな……」

蜀山人は苦笑し、

「差し上げた手紙、お返し頂こうか」

と云った。

志乃は、懐中から、蜀山人の手蹟《しゆせき》になる手紙を取り出して、手渡す。

蜀山人が、彫辰から頼まれて、書いて届けさせた彼女宛ての手紙である。

その手紙には、

『七疣の件につき、待乳山・湖月に、明九ツお越し下されたく。蜀山人代書』

と書いてあったのであった。

蜀山人は、手紙を破り棄てると、

「おい、彫辰!」

と次の間に向かって呼んだ。

そして、刀をつかむと、

「では、失礼仕《つかまつ》りまする——」

と、志乃に頭を下げたのである。

＊　＊

「では、どうあっても、事件の真相を話さねば、采女正どのが、そなたに彫らせたものを、渡して呉れぬと云われるのか」

志乃は分娩後のやつれた美しい顔を、きッと彼に向けて云った。

「へえ、奥さん。あっしは、知りたいんでさあ」

辰之助は、懐中から、大小七ツの疣がついた髷甲の張形をとりだして、目の前でわざと磨きはじめた。

志乃の目が、熱っぽく光っている。

「早く、采女正どのが預けた品を、お渡しなさい!」

彼女は、声を震わせるのだ。

「とにかく、事情を話しちゃ呉れますめえか！」

「いらぬ詮議《せんぎ》立てじゃ！」

志乃は、ゴクリと咽喉を鳴らしている。

彫辰は、わざと志乃に、その張形を見せびらかしながら、

「こんな逸品で可愛がられたら、女はたまらないでしょうねえ……」

などと云っている。

志乃は、帯のあいだから懐剣をとりだし、紐をほどきはじめた。

「ほほう、奥さん。嚇《おど》かす積りですかい？」

辰之助はニヤニヤして、

「あっしには、大体の見当はついたんだ」

と云い切った。

「ええッ！」

と志乃はひるんでいる。

「いいかい……」

辰之助は、開き直って、

「乱暴な言葉を使わせて貰うが、勘弁して下せえよ……」

と声を落す。

志乃は、懐剣の柄に手をかけたまま凝然と辰之助を見詰めた。

「あんたは、山藤家に輿入《こしい》れなすった。たしか、十八の時だあね……」

辰之助は云った。

志乃は、それに釣られて肯いている。

「しかし、子供ができねえ。と云うのは、殿様が、男狂いしているためだ……」

「…………」

「あんたは、それで弟君の采女正さんと、密かに情を通じなすった」

「まあ！　よくも、そんなことを！」

志乃は、懐剣を抜こうとした。

「まあ、最后まで聞きなせえ。ところが采女正の旦那は、稀代のイボ魔羅で、あんたは、その味に狂った……」

「失礼な！」

志乃は唇を震わせている。

「いつ頃から、采女正さんと、そう云うことになったかは知らねえが、あんたは采女正の旦那の子種を孕《はら》み、どうにも殿様の目を隠せなくなっちまった……」

「…………」

「それで、純情な采女正さんを誑《たぶら》かして、殿様を殺させちまった……」

「…………」

「違いやすか?」

彫辰は訊いた。

志乃は、ゆっくり首をふり、

「そこまで知っておられるのなら、本当のことをお話しましょう」

と、力なく俯向いたものである。

志乃は、山藤章之進の妻となったが、夫は小姓ばかり可愛がって、めったに閨へ訪れてくれぬ。

彼女は世継ぎ欲しさに、美男子である部屋住みの采女正を誘惑した。

今から二年前のことである。

二人の密会は、人目を忍んで続けられた。

いや、志乃の方が、その名刀の味を忘れかねて、昼間、忍んで行った方が多い。

そうして志乃は妊娠を知る。

彼女は、夫の子胤だ……と主張するためにも、章之進と交わる必要があった。

その時、夫は、先ず可愛がっている兵馬を閨に引き入れ、彼女の目の前で、世にも憐れな痴態をみせ、それから志乃と交わったのだった……。

だが、章之進と交わった時から推定すると他人の胤であることは、分娩の日に明らかとなる。

志乃は、それを懼《おそ》れ、采女正に相談した。すると采女正は、

「姉上。わしは一生、部屋住みの身です。しかし、わしの子供が山藤家を継いで呉れるとあらば、一命は惜しみませぬ」

と云い、兄を亡き者にすることを決意したのだった。

采女正は、自分の死後、志乃が自からを慰めるために彫辰に頼んで張形をつくり、志乃の分娩日が近づいた一夜、兄を惨殺した。

しかし、思わぬ邪魔が入った。

それが小姓の薄田兵馬である。

采女正は、兵馬を斃《たお》したものの、自からも手傷を負っており、自決するのが精一杯だったのだ。

そのため采女正は、張形を預けた〈湖月〉という料亭名を、嫂《あによめ》の志乃に伝えることが出来なかったのである。

志乃は、事件後、采女正の遺書をみて、

〈これはいけない！〉

と思ったから、三人の篇乃古を剃刀《かみそり》で斬り取って、古井戸の中へ投げ込み、伯父に事情を打ち明けて、〝彫辰〟なる者を探し出そうとした。

しかし不在なので、屋敷の仲間を使い、疣張形を探させたが、失敗に終った。

彫辰が、〈湖月〉に預けてあったからだ……。

つまり、稀代のイボ魔羅をもった部屋住みの采女正は、嫂と通じ、自分の子供が跡取りになることと引きかえに、男色に狂う兄を殺害し、自からの命を絶ったわけである。

「なるほど……部屋住みとは、そんなに辛いもんでやすかねえ……」

彫辰も、志乃の打ち明け話に、感にたえぬように呟き、手にしていた寸分違わぬ采女正張形を志乃に手渡し、

「奥方……こいつは閨住みだが、辛くはございますまい」

と、微笑したのではあった。

おとこおんな

その一

徳川時代の老中《ろうじゅう》のうちで、田沼意次《おきつぐ》という人物は、かなり評判のよろしくない政治家として、その名を知られているようだ。

将軍家重《いえしげ》の小姓《こしょう》から、お側衆《そばしゅう》となり、やがて一万石の大名となり、遠州相良《さがら》に領地を賜わる。

そして次の将軍家治《いえはる》の時、加増されて二万石の側用人となり、毎年のように加増を受けて、三万石の時に老中となり、失脚した時は五万七千石の領主であった。


意次は、なかなかの美男で、目から鼻に抜けるような利発者であったらしい。

たとえば、将軍家治の側室と親友だった女性を探しだし、その女を自分の愛人として、大奥へ出入りさせた……と云うことをみても、そのなみなみならぬ手腕がわかるのである。

むろん、側室をはじめ、大奥の女中たちに土産物をもたせ、籠絡《ろうらく》したのだ。

浮世との交渉を断ち切られた恰好の、大奥の女中たちにとって、意次の愛妾《あいしょう》がもたらす珍奇な土産物は、それこそ待ち侘びるに値するものだった。

その土産物の中心は、瓦版《かわらばん》、絵草紙、あぶな絵、性具などであったと云われている。

大奥を味方につけた意次は、次に諸大名の留守居役と親しく交わって、これをも自家薬籠《やくろう》中のものにしたらしい。

そして、そのような後援者を背景に、次から次にと新政策に手を打ってゆく。

歴史家は、その結果だけをみて、すぐ為政者を決めつける傾向がある。

たとえば、平賀源内を長崎に留学させたりしたのも、その政策のあらわれの一つなのである。

一例をあげると、東条英機などが、悪者呼ばわりされるのが、それである。

当時の国際情勢を考えると、日本を戦争に追い込んだのは、イギリス、アメリカ、オランダなどの諸国なのだ。

いろいろと原因はあるが、三国で同盟を結び経済封鎖を行ったからこそ、日本は戦わざるを得なかったのである。

その一番大きな原因は、石油というエネルギーの供給源を絶たれたことであろう。

石油がなければ、飛行機も、軍艦も、トラックも動かない。

いわば、食糧を取り上げておいて、餓死しろ……と云うような態度をとった相手に対して、日本としては生きるために、ケンカを売るよりなかった。

だからこそ、石油資源を確保するために、大東亜共栄圏なる構想を立て、東南アジア各地方への進攻作戦をとるのである。

ときの首相が、たまたま東条英機であったことから、戦争を仕掛けたバカ者とか、日本を敗北させた張本人みたいに、人々は考えがちだが、近衛文麿が首相であろうと、米内光政《よないみつまさ》が首相であろうと、当時、開戦は避けられなかったのである。

ただ東条英機に罪があるとすれば、シンガポール陥落の時点で、戦争終結の手段を講じなかったことであろう。

戦争も、バクチも、勝っている時に止めねば、駄目なのだ……。

話が余談に逸れてしまったが、まァ、田沼意次も誤解されている政治家の一人だ……と云うことを、云いたかっただけなのである。

田沼意次は、いろんな政策をとって、幕府の財政を建て直そうとした。

銅座をつくって産銅を独占し、朝鮮人参、竜脳、明礬《みょうばん》などの専売を行い、株仲間、質屋、酒や醤油の製造元などに、冥加金《みょうが》を出させたりしたわけだ。

しかし、なかでも顕著な新政策は、貨幣の新鋳《しんちゅう》であろう。

当時の経済の根幹は、銀であった。

つまり貨幣の中に、どれだけ銀が含まれているか、と云うことで、その価値が定められたのである。

しかし意次は、五匁銀《ごもんめぎん》を新鋳して、重さに関係なく、金一両は、五匁銀十二枚とする……と云う、秤《ひょうりょう》量貨幣から定位貨幣への、大胆な切り換えをはかったのだった。

また、オランダから銀を輸入して、南鐐《なんりょう》二朱銀を大量に製造した。

これは良質の銀貨で、二朱銀八個が金一両にあたると定められたが、この南鐐二朱銀が流通しはじめると、金相場の安定が崩れ、皮肉なことに物価の値上りという現象を呼び起しはじめるのである……。

そんな最中に、ニセの南鐐二朱銀が出廻りはじめたのだ。

町奉行所は、その探索に躍起となった。

＊　＊

〽下手な剣術、のろまの夜這《よば》い、
いつも、しないで叩かれる……。

彫辰は、胴間声《どうまごえ》を張り上げながら、いいご機嫌であった。

かなり酒が入っているとみえる。

あちらへ、ふらり、こちらへ、ふらり、実に気持よさそうな千鳥足であった。

おそらく、年増女か、なにかに、自慢の二本針の朱彫りでも施して、たっぷり礼金にありつき、タダ酒を喰らって来たのでもあろうか。

〽破れフンドシと、将棋の駒は、
カクと思えばキンが出る……。

角の酒屋を曲ろうとした時だった。

バラバラと数人の者が、彫辰を取り囲んで、

「野郎！　神妙に致せ！」

と、矢庭に十手をつきつけたから、辰之助の方が駭《おどろ》いた。

「なんでえ、なんでえ！」

辰之助は、千鳥足をひょろつかせて、相手をハッタと睨んだ積りだが、酔眼朦朧《すいがんもうろう》としているから、相手の顔が判らない。

「その方、ニセ金使いの疑いによって、吟味いたす。神妙に、お縄を受けい！」

……たしか、そんな言葉を聞いたような気がする。

聞いたような気がする……と云うのは、次の一瞬烈しい当て身をくらって、気を喪《うしな》ったからであった。

次に目覚めたとき、辰之助は、海老縛めに麻縄で縛られて、うす暗い板の間に抛《ほう》り込まれていた。

〈これは、どこだろう？〉

辰之助は首を捩《ね》じ曲げた。

太い格子柱が組んであるところをみると、一見、牢屋風だが、見廻りの者もいない。

部屋の広さは、四畳半ぐらいである。

三方は板壁で、床のあちらこちらには、カンナ屑《くず》が散らばっていた。

板の床に顔を押しつけてみると、プーンと松板の香りがする。

〈ふん！〉

辰之助は鼻を鳴らした。

俄《にわ》か造りの牢屋だと悟ったのだ。

誰かを、閉じ籠《こ》めるために、つくられたものなのである。

〈畜生め！　人をニセ金使いにしやがって！〉

辰之助は、寝転《ねころ》がった儘《まま》、なんとか麻縄の緊縛《きんばく》から逃れようと、不自由な両手首を動かしはじめた。

しかし、後手に強く縛られているから、どうにもならない。

〈なにか、刃物は……〉

と思ったが、そうそう誂《あつら》え向きに、ノミなど落ちていないのであった。

しかし、床のあちらこちらを転がっているうちに、床板を打ちつけた五寸釘の頭が、三分ばかり出ていることを知る。

辰之助は、ウンウン唸りながら、麻縄をその釘の頭に、こすりつけはじめた。

と——その時である。

「気がついたかえ？」

と云う女の声がして、ローソクの光と共に、プーンと麝香《じゃこう》の匂いが辰之助の鼻を撲《なぐ》ったのだ。

〈ややッ！〉

辰之助は、動きを止めた。

見ると、裲襠《うちかけ》を着た女性が、黒い髪を肩から胸にふりわけにして、近づいてくる。

「あ、あんたは、なに者でえ！」

彫辰は叫んだ。

「ホホホ……」

女性は低く微笑《わら》い、

「そなた……ニセ金使いじゃそうな」

と云ったのだ。

「冗談じゃねえ！」

彼は、苦しそうに首を捩じ曲げて、

「なぜ、俺《おい》らが、ニセ金使いなんでえ！」

と怒鳴っている。

「この財布……そなたのであろうがの」

女は、燭台《しょくだい》をおき、鬱金《うこん》色の財布を示した。

端に〝辰〟という刺繍がある。

紛れもなく、辰之助の財布だった。

「そ、それは！」

彼は叫んだ。

「見やれ」

女は、財布に手を入れて、つかみ出したものを床に落した。

形は南鐐二朱銀だが、音は鈍く、ホンモノのような冴えた音色がない。

「こんなにニセ金を持っていて、ニセ金使いではないと云い張るのかえ？」

女は、嬉しそうに、またホホホ……と含み微笑うのだった。

「俺らは、身に覚えがねえ！」

彫辰は首をふって叫んだ。

「しかし、証拠は揃っておる。しかるべき筋へ届け出れば、そなたは打ち首は必定……」

女はそう告げて、

「それを、こうして匿《かくま》ったからには、わが身にもお咎めは必定……」

と呟いたのだ。

辰之助は、女性を見挙げて、

「す、すると、あっしを一体、なんのために、こ、こんなところへ!」

と苦しそうに喘いでいる。

女は妖しく微笑い、

「そなたの手を借りたいことがあるからじゃ……」

と告げたのであった。

＊　＊

気を喪った儘、辰之助が運ばれたのは、西丸留守居に任じられた元勘定奉行・赤井某の下屋敷であった。

将軍家治が薨去《こうきょ》し、まだ次の将軍は定まっていない時期だ。

むろん、田沼は失脚していた。

こう云う揺れ動きの激しい時期こそ、出世のチャンスでもあった。

人の足を引っぱり、自分がのし上ってゆく、またとない機会なのだ。

赤井には、三人の側室がいた。

お種と云う女は、赤井が京都町奉行をしていたときに見染めて、妾《めかけ》にした女性で、十五歳の男の子を産んでいた。

梅乃は、大坂の米問屋から献上された女性で、十四歳の男の子を産んでいる。

もう一人は美人だが、石女《うまずめ》であったから、御部屋様ではない。

赤井は、上屋敷に本妻を、そして京都の豪商から提供された向島の下屋敷に、三人の愛妾を住まわせていたのだった。

庭には大きな池が中央にあり、三つの家が池を囲むように建てられていた。

そして、三つの通用門から、それぞれの家に、直接ゆけるようになっていた。

愛妾たちに、嫉妬心を起させまいとする配慮からであろう。

——ところで。

赤井の愛妾の一人である梅乃は、自分が産んだ子供である松之助を、なんとか部屋住みに終らせたくないと考えていた。

本妻に嫡子《ちゃくし》はない。

だから、お種の産んだ竹丸が、世嗣になることに定められている。

自分の子供を、世に出そうと思えば、竹丸を殺すか、他の手段を講じるかよりないわけであった。

そこで梅乃は、赤井に哀願して、松之助を将軍家治の側小姓として仕えさせて貰った。

田沼意次のひそみに倣《なら》ったのである。

ところが、家治の薨去である。

そして、次の将軍もまだ定まらない。

そこで梅乃は、大奥へ取り入るべく、奇想天外な方法を思いつくのだ。

それは、昼間は従順な腰元であり、夜はお局《つぼね》たちの愛玩物《あいがん》となる〝おとこおんな〟の献上であった。

つまり、女装した美少年を、大奥へ送り込み、ご用済みのお局たちに、こっそり取り入ろうと云う魂胆である。

梅乃は、そのために三年の歳月を費していた。

十二歳になった美少年を探し出して連れて来させ、髪の毛を伸ばさせ、女の着物を着せて育てたのである。

むろん言葉遣いから、化粧の方法、歩き方などまで、すべて女性として仕込んだのだった。

その数は——五名。

毎夜、ウグイスの糞で顔や肌を洗わせ、磨きをかけたから、それはそれは輝かん許《ばか》りの美しさだった。

誰が見ても、性器をみなければ、それが男性とは判らないほど、淑《しと》やかに育った乙女たちである。

梅乃は、その五名のおとこおんなを、大奥に腰元として差し出すべく、赤井に伺いをたてたのだった。西丸留守居と云うのは、いわば閑職である。勘定奉行として、田沼に忠勤を励んだがために、

失脚させられた恰好の赤井は、梅乃のその計画をきくと、五名の〝おとこおんな〟を召し出し、いちいち胯間を探ってみて、

「これは駭いた！」

と云ったと云う。

赤井は、梅乃のところで三年間も眺めていながら、五名の腰元たちを、てっきり女の子だと思っていたのである。

だが、赤井は、ただ五人の〝男女〟の腰元を、大奥へ奉仕させるだけでは、危ないとみた。

自分の失脚を回復し、松之助ばかりでなく、竹丸まで出世の糸口をつかまねば損だ……と考えたのである。

それには、セックスのみならず、金の力が必要だった。

赤井は勘定奉行時代、かなりの貯蓄につとめている。

そして老中田沼意次の、罷免《ひめん》が決定的となったときに、一つの悪事を企てたのであった。

その悪事とは、なにか？


これは、おいおい明らかになるであろうが、ここでは一先《ひとま》ず伏せておくことにする。

……かくて彫物師である辰之助が、ニセ金使いと云う名目で、一応は捕われ、梅乃の妾宅へ運び込まれるのである。

赤井は、なにを考えていたのだったか。

そして自分の出世をはかるために、彼が彫辰を使って、なにをしようと企んでいたのだろうか？

むかしの人間は、気宇壮大であった。

つまり、スケールが大きいのだ。

だから赤井の計画も、なみなみならぬものであったのである。

その二

燭台の油が、ジジィーッと虫が鳴くような音を立てている。

彫辰は、手酌で酒を飲みながら、浮かぬ顔つきであった。

膳の上には、安くない料理が並んでいる。

こんな深夜に、これだけの酒肴《しゅこう》が出せると云うのは、よほどの大身《たいしん》だからだろう。

俄か牢の中には、畳が持ち込まれ、隅には絹の夜具がのべられていた。

むろん彫辰の縛《いまし》めもほどかれている。

彼が、梅乃の依頼——五人の腰元に、注文通りの刺青《いれずみ》を施すことを、承諾したからであった。

先方の条件は、牢の中で彫物の仕事をすることと、仕事が終ったあと、一切口外しないと云うことである。

報酬は、切餅《きりもち》ひとつであった。つまり二十五両だ。

〈なんのために、こんなところに、俺らをかどわかして、ぶち込みやがったんだろうなあ……〉

辰之助には、それが不思議でならないのであった。

牢を急造して、その中で仕事をしろと云うからには、よほど秘密と、急を要することだとみえる。

しかし当時、彫物と云うのは、装飾みたいなものであって、秘密の匂いなど、微塵もなかったのである。

辰之助が首をひねっているのも、そのためだったのだ。

……廊下を踏む跫音《あしおと》がした。

辰之助は、片膝を立てて身構える。

板戸があいた。

人影が黒く、ボーッと佇《たたず》んでいる。

顔は、見えない。

「彫辰と申すは、その方か？」

影の人物が云った。

言葉遣いから推して、明らかに武士である。

「へえ、左様で——」

彼は、盃《さかずき》を置く。

「大儀である」

その影は重々しく肯いて、

「先刻、梅乃より聞いたが、そなた、ふだんはそれとわからず、汗をかくと浮き出て参る彫物の技術を所持いたしおるそうじゃが、事実か？」

と問うた。

「へえ」

彫辰は肯いて、

「そのお言葉に、補足させて頂きやすと、月に七日の血の汗をかく時にだけ浮き上るのでごぜえやす」

と云った。

すると人影は、ギクリとして、

「なんと？」

と、声を震わせている。

「血の汗……つまり、月のさわりの時だけ、彫物のかたちがわかるわけでさあ」

辰之助は答えた。

なぜか人影は、歯嚙《はが》みして、自分からピシャッと板戸を閉めた。

「うーむ」

跫音は、それっきり立ち去ってゆく。

なにか肚立《はらだた》しそうな、せかせかした歩み方である。

彫辰は、徳利がカラになったを幸い、燭台の火を吹き消して、絹の夜具の中に潜り込んだ。

そして、しばらくうとうとした頃である。


板戸がスーッとあき、麝香の匂いが、プーンと漂いはじめたのだ。

辰之助は鍵をあける音で目覚めたが、知らぬ顔をしていた。

その匂いで、梅乃だと悟っていたからである。

梅乃は、牢内に入ると、裲襠をさらりと肩からすべらせ、当然のことのように、辰之助の臥床《ふしど》に入って来たものだ。

彫辰は、

「いったい、なんの真似ですい？」

と訊いた。

梅乃は無言で、犇《ひし》と抱きつく。

「お殿様に、叱られやすぜ？」

彼は云ってみた。

「いいのじゃ」

梅乃は、なにか焦っている感じで、

「早く抱いてたも！」

と口走る。

「あっしは、あまり据え膳は頂かねえ方なんで……」

と彫辰は冷たく告げ、

「しかし……なにか事情がありそうだ。その事情とやらを伺って、納得したら、お抱きしやしょう」

と云ったのだった。

＊　＊

梅乃は、辰之助の手を自分の胸の膨らみへ誘いながら、

「実は先刻……そなた、血の汗のときにしか彫物はみえぬと云うたとか、聞いたが……」

と喘いでいる。

「その通りでさあ」

辰之助は正直に応じる。

「そなたもご存じであろうが、女子と云うものは、十人が十人、おなじ時期に月のさわりがあるとは限らぬ……」

梅乃は、考え考え告げるのだった。

「そりゃあそうでげしょうな」

辰之助は、梅乃の乳房を揉んだ。

「ああッ……」

と梅乃はのけぞりながら、

「たとえば、湯上りの時だけ、彫物が浮き出るとか、なにか他の工夫はないものか……と思うての……」

と、うわずった声になる。

「なるほど」

辰之助は肯いた。

「それで……そなたに、新しい工夫を考えて貰おうと、こうして忍んで参ったのじゃ」

梅乃は告げたのである。

彫辰は、

〈こいつが本当だとしたら、なにか臭いぞ〉

と思いながら、指に力をこめた。

「いかがなものであろう……」

梅乃は、自から長襦袢《ながじゅばん》の裾《すそ》を割って、生暖かい太腿を彼にすり寄せ、

「一生に一度のお願いじゃ……」

と辰之助の唇を吸うのだ。

「そのため、わらわは、こうして自分の操《みさお》をそなたに……」

彼女は、声を震わせた。

辰之助の指が、花芯《かしん》に触れたからである。

「へーえ、不思議な話でげすなあ……」

辰之助は指を使いながら、口調だけは冷ややかに、

「ご大家の側室さまが、たかが彫物のために、大切な操を、あっしのような下賤《げせん》の者に捧げられるたあ、どう考えても腑に落ちませんねえ……」

と云ったものだ。

「信じては呉れぬのか、そなた」

梅乃は、腰紐をとっている。

「しかし、考えてもみなせえ……たかが彫物ですぜ？」

「……知っておる」

「それと操と、引き替えですかい」

「火急の場合であれば、やむを得まい」

梅乃は、息を荒く吐いていた。

「ほほう……火急と云うと？」

辰之助は執拗《しつよう》である。

「五人は……月があけたら、ある所に御奉公にあがるのじゃ」

梅乃は、「ううッ」と呻いた。

辰之助が乳房に吸いついたからである。

「なるほどねえ……」

彼は、顔を離すと、

「ご奉公に出す五人の腰元たちに、湯上りにだけ浮き出る彫物をさせる……」

と云いながら、指をせわしなく動かすのだった。

「あぁッ……そんなに！」

梅乃は悲鳴をあげている。

「いったい、どう云う趣向なんだろうな。あっしには、判らねえ」

彫辰は、首をひねった。

「な、な、なにも聞かずに、ひ、ひ、引き受けて、お、お、お呉れでないか……」

梅乃は、もはや半狂乱である。

「そりゃア二十五両も頂けりゃァ、こちとらは文句はねえが……」

と彼は、指を離して、考え込む風情であった。

梅乃は狂おしく、

「や、や、やめないどくれ！」

と口走っていた。

「しかし、湯上りの後だけと云われても、自信がねえんで」

「お願い！　触ってたも！」

梅乃は、もはや心、ここにあらずと云った感じになっている。

「なぜ、月のさわりの時だけでは、お気に召さねえんで？」

「そ、それは、云えぬ！」

「ふーん、云えねえとねえ……」

「ああ、そこじゃ、強く！」

「なぜ、だめなんで？」

彫辰は、また指の動きを中止する。

梅乃は、躰《からだ》をわななかせて、

「ああ！　つづけてたもれ！」

と泣き声になっていた。

「なぜ、だめなんでげす？」

「そ、そ、それは仔細あって、云えぬ！　だから、この私が、そ、そなたに！」

梅乃は、彫辰の怒張《どちょう》したものを握りしめて、必死になって誘導しようとする。

「なるほど。その秘密を明かせない代償に、ご自分の躰を、このあっしに！」

「そ、そうじゃ！」

「わかりましたぜ……」

彫辰は、思い切り女の太腿をひろげさせると、ゆっくり重なった。

「あ、うッ！」

梅乃は、低く呻いた。おそらく辰之助の肉針のよさに、躰を打ち震わせたのであろう。

辰之助は、女を組み敷きながら、

「こっちの方の彫物の代金は、別に五両いただきますぜ……」

と含み微笑ったものだ。

「五両はおろか、十両でも！」

梅乃は、そう口走って、大きくのけぞったのである。

＊　　＊

三島屋の雪絵という娘に、彫辰は隠し彫を施したことがあった。

この時は、墨を使わず、辰之助は、自分の精液を使って朱を薄めて彫ったのである。

精液は〝陽〟のものだ。

これを若い女体に彫り込む。

すると、月のさわりの時期になると、陰と陽とが呼応して、その彫物の姿をあらわすわけである。

つまり女体の内部から、感応するものがあるから、その時期だけ、刺青が浮き上り、そして生理が終ると消えてしまうわけだ。

だが——湯上りにだけ反応する彫物となると、頭が痛かった。

彫辰の考案した淫水《いんすい》彫では、湯上りには効果がない。

これが彫辰の悩みの種だった。

水は、陰陽をかね備えた液体だと、平賀源内から聴いたことがある。

つまり、淫水彫のように、陰と陽で相呼ぶものがないと、隠し彫は成立しない。

辰之助は考え込んだ。


一日、考えに考えたが、どうにも方法が思いつかぬので、彼は、お部屋さまである梅乃を呼んで貰った。

梅乃は、相好を崩して、牢内に入って来ると、

「わらわも、夜を待ちかねていたところじゃ……」

と云ったものだ。

彫辰は苦笑して、

「その儀じゃァござんせん」

と首をふり、

「彫物をする腰元衆のうち、どなたでも一人、寄越して下せえ」

と云ったのだった。

梅乃は、

「そのことは心得た。しかし、お殿様のくる前に、早く！」

と、もうその気になっている。

目の縁が、桃色に色づいているのが、なによりの証拠であった。

彫辰は厳しい表情になり、

「仕事が先でげす」

と拒んだのである。

梅乃が、欲求不満の表情を露骨にあらわして立ち去り、しばらくすると、十五、六の腰元が、しずしずと現われた。

「中に、入って呉んねえ」

彫辰は云った。

昼間、用意して貰った針は、十二分に研いである。

腰元は、牢内に入って、三つ指をつく。

「楓《かえで》と申しまする」

彼女はそう挨拶していた。

「美人だなあ……」

辰之助は感嘆している。

「実は、そなた方に、彫物をして呉れと、頼まれたんだが、そのことは知っていなさるでしょうな？」

と云うと、楓は肯いて、

「知っております」

と答えた。

「それで……だ。ちょっと難しい注文なんで、お前さんの肌を、ちょっと借りてえんだが……、許しちゃァ貰えまいか？」

辰之助は、そう云いながら、楓の手首をにぎった。

楓は、一瞬、怯えたような表情を泛べたが、観念したように目を伏せる。

辰之助は、

「目の毒だから、しばらく目を瞑《つむ》っていなせえよ……」

と云うと、着物の前をはだけた。

そして硯《すずり》を前にして、あてがきをはじめたものである。

楓は赤面して俯向《うつむ》いたが、しかし、その目は立派な辰之助の持ち物を、じいーっと注視している。

やがて——勢いよく白いものが、硯の中に迸《ほとばし》った。

「これで、よし！」

辰之助は、そのどろりとした液体をつかって、墨をすりはじめる。

ちょうど、灰色がかった色合になったところで、辰之助は、楓の二の腕を剝《む》き出しにさせ、

「黒子彫だから、痛かァねえ筈《はず》だ……」

と呟きながら、針の先に、その淫水墨をタップリとつけたのだった。

そして、プスリ……と突き刺した瞬間、楓は、

「うッ！　痛いッ！」

と叫んで、のけぞったのだ。

「おや？　そなた、女じゃないな！」

彫辰は、そう叫んだのだった。

その三

……楓は、辰之助の言葉を耳にすると、思わず身を震わせた。

なぜなら、自分を男と看破《みやぶ》った者は、他にいなかったからである。

「ど、どうして、そのような……」

楓は云った。

「ふふ……」

彫辰は含み微笑って、

「それは、俺っちの白い汁を肌に刺して、痛がったからよ……」

と告げた。

楓は、美しい顔を蒼褪《あおざ》めさせて、

「針を刺されれば、誰だって痛がりましょうに」

と呟く。

「そうじゃァねえ」

彫辰はジロリと楓をみて、

「陰と陽なら痛かァねえんだ。しかし、陰と陰、陽と陽なら、互いに反撥《はんぱつ》し合うから痛いのさ……」

と、手首をがっしりと握る。

「ああッ！」

楓はのけぞり、

「お許しなされませ！」

と長い髪の毛を振り乱していた。

「許さねえ」

辰之助はそう云うと、背後から楓を抱いて胸許《むなもと》に手をさし込む。

「あッ、止めて！」

と身悶えする楓。

「なに云ってやがる……」

彫辰は、胸許をさぐり、香袋を引っぱり出している。

「なるほど。胸の膨らみに、香袋を入れて使っていたと云うわけか……」

彼はニヤリとして、

「おい、楓さんとやら！」

と語気鋭く詰め寄った。

「は、はい」

楓は、観念したように俯向く。

「お前さん……男だな？」

辰之助は云った。

「いいえ？」

楓は首をふって、

「女でござりまする」

と必死に訴えるのだった。

「そうか、女か」

辰之助は、着物の裾から手をさし入れる。

「ああッ！」

と楓は、両膝を揃えようとしたが、そのとき早く、辰之助の手は楓のウナギを、むんずと許り摑んでいた。

「あッ。お止し遊ばして！」

楓は叫んだ。

「なに云ってやがる！」

彫辰は、楓のウナギをしごきはじめながら、不敵な微笑を泛べると、

「どうだ……気持よかろうがの？」

とささやく。

楓は、肩や腕をふって、必死になって拒む風情であったが、次第にその抵抗の力を萎《な》えさせてゆき、しまいには、

「あッ……ああン……はあッ……」

と息を荒くしはじめたものだ。

ウナギは硬直し、熱を帯びて太く変身していた。

「どうだ、楓？」

彫辰は云った。

「あの……たまらのう存じます」

「いい気持か？」

「は、はい」

「なにも心配することたあねえ」

「はあ？」

「お前ぐらいの年齢になりゃァ、先刻の俺みてえに白い汁が出るもんだ……」

「ははあ……」

「目を閉じねえ」

彫辰は、そう教えると、楓の唇を優しく吸っている。

楓は、躰を震わせた。

おそらく生まれて始めて、接吻されたからであろう。

江戸時代には、接吻のことを〝口子〟とか、〝親嘴〟と書いた。

これは中国の、得口子とか、鳴接から来たものであろう。

一般には、〝口吸い〟、〝口口〟、〝呂《ろ》の字〟、〝口ねぶり〟、〝口印〟、〝手付〟などと云っていたらしい。

関西では〝北山〟と云ったが、これは口寄せで有名な京都の巫女《みこ》の産地から起ったシャレであろう。

〝接吻〟とか、〝くちづけ〟という表現は、明治以後に用いられたものである。

楓は、男の子でありながら、女として育てられ、行儀作法を教わった。

しかし、本質的には男の子である。

だから彫辰から唇を吸われ、硬直したウナギを愛撫されると、どうにもこうにもならなくなったのだ。

楓は、白い咽喉仏をピクつかせ、投げだした白足袋《たび》の爪先を、強く折り曲げるようにしている。

「どうかの？」

彫辰は、また唇を吸った。

「あッ！　もう、だめでござります る」

楓は云った。

彫辰は、素早く、着物をはだけ、灼熱したウナギを露呈させると、すっぽりと自からの口に含んだのだ。

「ああッ！」

楓は、泣きだしそうな声をあげて、手足を痙攣させたものだ。

＊　　＊

——翌朝。

彫辰は、梅乃に申し出た。

それは、処女の経水を欲しい、と云うものであった。

つまり、月経を欲しいと云ったのだ。

むかしは、メンスのことを、月経・月水・経水・経血・月見・さわり・汚水・月のもの・忌み時・ふたがり・お客・紅屋・金魚・花見・火・お馬・手無し・まけ・他屋……などと云ったらしい。

そして当時は、生理中の女と交わることは禁じられており、大奥その他でも、生理日の女は下り部屋に入って、八日目に入浴してから出仕するのが慣わしとなっていた。

それほど、生理は忌み嫌われていたのだ。

その経血を彫辰は欲しい……と云ったのである。

「それは、まことか?」

梅乃は、眉をひそめて訊いた。

「まことでげす」

彫辰は肯く。

「そのような不浄なものを、なにに使うのじゃ?」

梅乃は云っている。

「彫物に必要なんで……」

辰之助は云った。

「えッ、彫物に?」

「左様。大奥へ差し出す五人の美しいお腰元は、その実、男の子でありましょうがな?」

彫辰は、ズバリと云い切る。

梅乃は大きく脅えた。

「な、なぜ、それを!」

彼女は、思わず立ち上っている。

「止めなせえ……」

辰之助は苦笑しながら、

「昨夜、楓どのの筆下しを済ませたあと、なにもかも聞きやしたぜ……」

と打ち明けたものだ。

梅乃は、唇を噛んだ。

「隠し彫には、陰と陽とが必要でげす」

「それで？」

「女に化けた蔭間《かげま》腰元に、あっしの淫水彫を施しても、陽と陽だから、痛がるばかりで通じねえ」

「ははあ……」

「それで、生娘のさわりが欲しいんでさあ。こいつを朱墨代りに使って、彫物しておけば、きっと興奮した時にゃァ、その彫物が浮き出すに違えねえと考えやしてね」

梅乃は、静かに肯いた。

「それで……いかほどの量が？」

彼女は訊いた。

「一人に一人……。つまり、五人の生娘のさわりを集めて頂きてえんで」

彫辰はそう云って、

「ただし……未通女《おぼこ》じゃなくちゃあならねえ。それに、あっしに直接、経血をとらせて頂きてえんで……」

と声を潜めた。

「えッ、そなたが直接……汚れを浄《きよ》めると云いやるのか？」

梅乃は躙《にじ》り寄って、彫辰の顔を覗き込むのだった。

彫辰は大きく肯いて、

「さわりは、体の外へ流れ出ると、異臭を放つとか聞いておりやす。だから、なるべく匂いのしねえ奴が欲しいんで……」

と告白したのだった。

梅乃は、暫《しば》らく考えて、

「一日ほど、待ちゃれ。他屋入りの娘を探してみるほどに……」

と云った。

江戸時代のその頃でも、大名屋敷などでは、ある小屋をつくり、月のさわりのある女性を別居させていたものらしい。

つまり同火同食しないことから、他屋または他火と呼んだわけだ。

つまり梅乃は、他屋に入っている生娘を探し出して、彫辰に提供しようと考えたわけであろう。

しかし、それにしても、変な注文ではあった…

……。

＊　＊

娘は、目隠しをされて、絹布団の上に縛られた儘仰臥《ぎょうが》していた。

〝腰元〟の楓は、それから半間ほど離れて、腰巻姿で俯伏せに寐ていた。

むろん背中は、裸である。

「楓には、これを彫ってくりゃれ」

梅乃は、薄い紙片を彫辰にわたすと、

「では、頼みましたぞ」

と、座敷牢から去ってゆく。

彫辰は、紙片を覗き込み、

「こりゃァ一体、なんだ？」

と、思わず独りごとを云っていた。

なにやら、わけのわからぬ図柄が、描いてあるのだった。

模様や図案ではない。

強いて云えば、地図のようだが、それとも違うように見えるのだった。

〈なんだろうな？〉

彫辰はそう思いながら、朱墨をとって、楓の白い背中に、紙片の絵柄を写し取りはじめる。

楓は筆が背中の肌を走るたびに、せつなさそうに身悶えて、

「どんな痛みにも耐えまする！」

と口走り、

「しかしこの間の夜のような、気持よいことを今一度……」

と哀願していた。

「冗談じゃねえ！」

彫辰は首をふって、

「人間てえのは、男と女とで、あれするように出来てるんだ……」

と含み微笑った。

「ですが私たちは、殿様の云いつけで、大奥の女中どもの、慰み物になる身の上でございます！」

楓は云っている。

「そうらしいなあ……」

彫辰は肯いて、

「まあ、せいぜい御奉公するさ、労咳《ろうがい》にならね

え程度になあ」

と含み微笑っている。

「お願いでございます!」

楓は必死だった。

よほど先夜の、めくるめくような恍惚《こうこつ》を忘れかねたものらしい。

十五歳と云えば、侍ならば元服の年齢であった。

いわば思春期である。

その性に目覚めた〝おとこおんな〟に、舐淫《ていいん》の強烈な快楽を教えたのだから、相手の方がたまらない。

姿形は女に化けていても、性の方はレッキとした男性なのだから、〝楓〟が夢中になったのも当然であろう。

「まあ、待ちな……」

辰之助は苦笑いをして、

「彫物が先だ……。そのあと、可愛がってやらあ」

と告げている。

彫辰は、紙片の絵柄を写し取りながら、なんのためにこんな奇妙なものを、五人の腰元の背中などに、彫らねばならないのか……と不審でたまらなかったのだ。

絵を写し取ると、辰之助は、縛られ、目隠しされている女性に、

「娘さん……」

と呼びかけた。

娘は、

「はい……」

と返辞をしている。

「お金を頂いて、おりやすね?」

彫辰は云った。

「はい。頂きました」

娘は肯いている。

「じゃあ、失礼して、あなたの汚水物を遠慮なく使わせて頂きやすぜ?」

辰之助は、娘の着物の裾をひろげた。

むかしは半紙を折り、それを丁字帯としてあてがったり、人妻や女郎は、浅草紙を揉んで詰め紙をして、月経の手当をしていたと云う。

娘は流石《さすが》に真ッ赤になって身をくねらせている。

「心配しなさんな……」

辰之助は、白い太腿をあらわにすると、

「いい肌だねえ……」

などと呟いている。

辰之助は、娘の丁字帯をとり去った。

プーンと腥《なまぐさ》いものが漂う。

「いいか、楓さんとやら……」

彫辰は、針を構えた。

「は、はい」

楓は、肯いている。

「一刻《いっとき》ばかりの辛抱だ……」

「は、はい」

「お前の肌の中に、この汚れを知らぬ娘さんの血が、彫り込まれてゆくんだぜ?」

「嬉しゅう存じます」

「お前はその時、女になる」

「は、はい」

「では、いくぜ……」

彫辰は娘の恥部に手をあてがい、素早く流れ出る経血を掌に受けとると、一心不乱に針を使いはじめた。

針先を掌の赤い血に浸し、ついでシャキ、シャキと音を立てながら、ハネ針の秘法を駆使してゆく。

「ああッ! あッ!」

楓は、次第に声をあげはじめた。

短時間に、広い面積を彫ろうとすれば、どうしても情容赦はしておられない。

彫辰は無心に、血を溜めては、針先を浸して彫りつづけた——。

その四

彫辰は、楓・松・桜・桐・萩の五人の〝おとこおんな〟の背中に、それぞれ違った模様を彫らされた。

三島屋の雪絵に施したのは〝淫水彫〟だが、こちらは〝経水彫〟である。

辰之助は、仕上げのため、その五人の〝おとこおんな〟の精を吸い、のたうち廻らせることを忘れなかった。

褒美の酒が出た。

梅乃が、牢の中に入って来て、

「今生《こんじょう》の別れに、抱いてたもるか？」

と、淫らな目付きになる。

「いや、ご免蒙《こうむ》りやしょう」

と辰之助は首をふった。

「なぜじゃ？」

と梅乃は、顔を硬ばらせる。

「あっしと、奥方とが抱き合っているところへ、殿様が現われて、〝不義者、みつけたッ！〟とばかり、あっしを引き据えて打ち首にする……なんてことも、ないとは云えやせんしねえ」

彫辰はニヤニヤした。

彼は、五人の腰元の背に彫った刺青が、なにか重大な秘密を持っているような気がしてならなかったのである。

城を築いたあと、秘密を握る棟梁などを、人柱と称して殺害すると云う事例があるからだった。

彫辰は、警戒したのだ。

たとえ側室とは云え、お部屋様と不義を働いた……と云うことであれば、忽《たちま》ち打ち首にしてもよいことになっている。

また秘密を保つためには、そんな細工をする必要もあったのである。

梅乃は、口惜しそうに、切餅をとりだして彼の前に置き、

「無事に、持って帰れるといいんだがねえ……」

と謎めいたことを云う。

「本当に、そうでやすね。でも、まあ出して頂きやしょうか」

彫辰は平然としている。

「これッ！　誰かッ！」

梅乃は叫んだ。

袴《はかま》の股立《ももだち》をとり、十字にタスキをかけ、槍《やり》をもった侍が現われた。

そして、

「おのれッ！　よくも奥方さまを！」

と大喝《だいかつ》すると、牢の格子から、真槍《しんそう》をくり出そ

うとした。

「おッと！」

彫辰は、梅乃の両袖《りょうそで》をとらえて背後に廻り、彼女を楯にとっている。

「下手な芝居は、止めてくんねえ」

彼はニヤニヤしながら、

「奥方さま……。どうですい？　あっしが、ブッスリとやられる前に、槍はあんたの胸板を突き通すんだぜ……」

と云っている。

梅乃は蒼くなって、

「お止め！」

と制して、

「牢から出してお呉れ……」

と云っている。

「さあ、あけな！」

彫辰は、懐ろを探ると、ボカシ用の針をとりだして、梅乃の首に突きつけた。

「こんなこともあろうかと、ちゃーんと用意しておいたんだ。彫物用じゃなく、人殺し用に作ってあるから、針も長く太いぜ！」

梅乃は、血の気を喪っている。

「しかも一本や二本じゃねえ。三十三本が、あんたの首に喰い込んだ瞬間、俺は柄と一緒に針を折っちまう……」

「や、やめてたも！」

「するとな、折れた針は、血の流れに従って、ある者は心臓に、ある者は下っ腹に、チクリ、チクリと旅をつづけやがるのさ。折れた針を抜こうとすりゃ、ここを切開しなけりゃァならねえが、血管に入った奴は、とれっこねえぜ……」

「あァッ……」

梅乃は、身の毛がよだつと云う表現さながらに、身を震わせていた。

それはそうであろう。

三十三本の折れ針が、躰の中に喰い込んだことを考えると、ゾーッとするではないか！

……流石は、彫辰だった。

身の危険を悟って、ひそかに武器を用意してあったのだ。

しかも、空恐ろしい……。

「左内！　あけるのじゃ！」

梅乃は叫んだ。

左内と呼ばれた武士は、

「しかし、それでは殿が……」

と口籠《くちご》っている。

「おい、お侍さん。奥方の命と引き替えだ。先ず、その槍を渡して貰おうか」

左内は、梅乃に哀願されて、仕方なく槍をさしだした。

彫辰は、その槍をつきつけて、牢の錠をあけさせ、梅乃を楯にして牢を出ると、

「左内さんと仰有《おつしや》いやしたね。身代りに、牢へ入ってくんねえ」

と命じる。

彫辰は、梅乃の頸《くび》にボカシ針をもった腕を巻きつけ、槍を身構えて庭に出た。

異変に気づいた用人たちが、遠巻きに囲んだが、梅乃がいるから手も出ない。

三つの通用門を閉じ、逃がすまいとするのが、精一杯である。

だが、彫辰は土塀の近くまでくると、梅乃を突き離し、槍を持って駈けだした。

そして、その槍を利用して、棒高飛びの要領で、サッと土塀を飛び越えたものである。

＊　　＊

「ふーん。お前の話が本当だとすりゃア、こりゃア、なにか匂うなあ」

大田直次郎は、牛込中御徒町《うしごめなかおかちまち》の御家人《ごけにん》組屋敷の自宅で、辰之助を引見《いんけん》していた。

引見と云っても、読書のために増築した〈巴人亭〉と名づける離れである。

十畳と三畳の二間で、床の間もない粗末なものだった。

東の方をあけて机をおき、ここが蜀山人《しよくさんじん》の書斎なのである。

そして、この〈巴人亭〉は、その年の正月に建てたものだった。

「粗茶でございます」

と美しい婦人が、蜀山人と彫辰にお茶を運んで

来た。

「やあ、どうも済みやせんね。野暮用で上り込んじまって……」

と、辰之助は女性の顔をみて、

〈おや？〉

と首を傾《かし》げた。

なにか見覚えのある女性だったからだ。

大田直次郎はニヤリと笑い、

「憶えておらぬか？　松葉屋の……」

と云っている。

「あッ、新造の三穂崎さんじゃござんせんか！」

辰之助は叫んでいた。それは、彼がよく通う吉原の松葉屋の半玉であった。

当時、まだ客をとらない遊女を〝新造〟と云い、進水式が終って二十歳を越えると、〝年増〟と呼ぶ風習があったのだ。

その三穂崎が、去年の夏から姿を消したので、どうしたのだろうと思っていたら、なんと蜀山人の囲い者になっていたらしいのである。

蜀山人はヤニ下って、

「まあ、そんな訳だ……」

と懐手のまま顎をなで、

「ところで、その下屋敷……調べてみたら、武家屋敷ではなく、京都の豪商・河原屋の寮だと云うのじゃな？」

と訊く。

「へえ、そうなんで……」

彫辰も首をひねる。

「ふーん、そうか」

「目隠し同様に運ばれて、そのまま座敷牢に入ってやしたし……逃げる時は夜分だったんで、家の中のことは判りやせん」

「うん、なるほど」

「しかし、土塀を飛び越えたあと、槍で傷をつけて、商売物の針を打ち込んでおきやした。それが目印だったんでさあ」

「ふーむ、だったら間違いと云うことは、あるまいて」

「〝おとこおんな〟に彫物させて、しかも大奥へ献上して、奥女中の玩《なぐさ》み物にさせようだなんて、一体どういう了簡《りようけん》でげしょう」

彫辰は、憤慨しながらも、首をひねっている。

三畳に控えていた新しい愛人のおしづが、顔を覗かせて、

「あのう……京の河原屋さんと、仰有ったようでありんすが？」

と口を出した。

蜀山人は、彼女の花魁《おいらん》言葉をたしなめて、

「うん、そう云ったが？」

と呟く。するとおしづは、

「松葉屋のころ、何度かお目にかかりましたけれど、なんでも向島の寮は、京都町奉行だったお方に、お貸ししてあるとか、申されましたけれど……」

と云った。

蜀山人とて御家人であるから、幕府の人事には敏感である。

「すると、京都町奉行から勘定奉行になった赤井だ……。そして今は西丸留守居役。ふーむ、読めたぞ、読めたぞ！」

蜀山人は、そう呟き、

「田沼に取り入って失脚した男よ」

と彫辰に教える。

「なるほど。それで奥方が、高価な麝香をプンプンさせていたんでやすな」

辰之助も肯いた。

「あの男なら、やりかねない！」

蜀山人はそう云うと、

「彫辰。一緒に来い……」

と立ち上っていたものである。

＊　＊

帛紗《ふくさ》小袖を着た五人の腰元たちが、いましも吹上の西拮橋《にしはねばし》にさしかかった時であった。

バラバラっと城内から数人の侍が飛び出して来たかと思うと、

「その駕籠《かご》、不審の儀あって、取り調べる」

と云った。

一行は立ち竦《すく》んだ。

「願い親はいるか」

頭だった老人が重々しく云っている。

「は、はい」

一台の駕籠から、美しく着飾った女性が降り立って一揖《いちゆう》した。

「赤井俊守の側室、梅乃にございます」

梅乃は胸をはった。

「しからば、数寄屋橋まで、同道下されい」

武士たちは駕籠の両脇を固める。

数寄屋橋というのは、南町奉行所のことであった。

梅乃の顔は、サッと変った。

「いったい、なに故に！」

と彼女は、きりりと歯噛みしている。

「わらわは、西丸留守居役……」

梅乃は唇を震わせた。

「存じております」

相手は慇懃《いんぎん》に一揖して、

「いざ、ご同道を！」

と微笑するのだ。

江戸城は、本丸、西の丸、二の丸、三の丸とわかれていた。

むろん本丸は、将軍の居住する部分である。西の丸は世子または隠居の住むところで、二の丸、三の丸は中臈《ちゆうろう》の住んでいるところであった。

赤井俊守は、この西丸の留守居役を命じられていたのだから、その側室が願い親となって腰元五人を斡旋《あつせん》するのは、なんの不審もない筈である。

にも拘《かかわ》らず、不審の儀あって取調べるために、奉行所へ連行すると云うのだ。

梅乃が唇を震わせたのは、怒りのためではない。身に疚《やま》しいところが、あるからであった。

「いかが、いたされた？」

老武士は訊いた。

「卒爾《そつじ》ながら、其許《そこもと》の名前は？」

梅乃は問い返す。

「非常取締掛与力《よりき》・佐根久次郎と申す者にござる」

佐根は頭を軽く下げて、

「いざ！」

と、梅乃に駕籠に乗るように奨《すす》めた。

しかし、彼女としては、必死だった。

自分が腹を痛めた松之助を、なんとか出世させる絶好の機会なのだ。

この五人の、梅乃が丹精《たんせい》した〝おとこおんな〟たちの奉仕によって、次の将軍が決定する頃には、息子の松之助は、たとえ赤井俊守がこの儘、失脚するとも、なんとか出世の糸口をつかまえられるであろう。

〈ここで馬脚をあらわしては！〉

梅乃はそう判断し、

「この五人の者、引越上り申すべく候と、御年寄さまより御沙汰書《ごさた》をいただいた女たちじゃ。なにゆえに、そのような無体なことを云われるぞ！」

と佐根久次郎に詰め寄る。

「不審の儀が、あればでござる」

相手は動じない。

「しからば、赤井どのの許しを得て参れ！」

梅乃は叫んだ。

「いかにも、お許しの程は、後刻おとり仕《つかまつ》ろう……」

佐根はニッコリ笑って、

「それとも、奉行所へご同道いたすについて、なにか支障でも、おありかな？」

と云っている。

こうなると梅乃も、頭から反対できぬ。

かくて、梅乃を先頭に、楓以下五人の奥女中採用予定者は、南町奉行所に連行されたのであった。

でも、梅乃は連行されても、

〈なんとか、なるだろう――〉

と甘く考えていた。

旦那は失脚したとはいえ、西丸留守居役である。

御留守居とは、大奥の総務と、武器庫の出納を監督し、城内を守衛するという任務をもっていた。

だから一応は、一万石以上の大名と同格の待遇を受けていたし、部下には与力十名、同心五十名が配属されていたのだ。

もっとも、留守居役と云うのは、閑職も同然だが、しかし部下に号令し、大奥に渡りをつけることはできる。

だから梅乃は、安堵していたのだが、奉行所へ着くと、六人とも座敷に上げられ、

「ただ今より、医師の診察を受けて貰おう」

と云うことになったから、愕然《がくぜん》となった。

梅乃が、いちばん懼《おそ》れていたことを、宣言されたからである。

五人とも、本当は男なのだ。

男を女として訓練したに過ぎぬ。

〈ああこれでもう、松之助の出世は終りじゃ！〉

梅乃は蒼褪めるよりなかったのだ。

その五

楓・松・桜・桐・萩の五人の〃腰元〃たちは、女主人の梅乃の前で、医師・神保達造の診察を受けさせられた。

むろん、非常取締掛与力・佐根久次郎も、立ち会い人として控えている。

そして、異例のことだが、次の間には、御家人・大田直次郎が、彫辰を従えて、襖《ふすま》越しに聴き耳を立てていた。

先ず脈をとり、ついで口をあけさせてから神保は、重々しく、

「シタ拝見」

と五人に云った。

五人は、ためらいがちに、また口をあけて、赤い舌を出す。

「舌ではござらぬ」

神保達造は首をふって、

「下でござる」

と云った。

梅乃は、さッと蒼褪めて、しかし必死の面持ちで、

「いかにお取調べとは云え、かかる淫らなことは許しませせぬぞ」

と、帯の懐剣に手をかけてみせる。

芝居ではあるが、気魄《きはく》が籠っているだけに一瞬医師もたじろいだ。

佐根久次郎は悠然《ゆうぜん》として、

「着物の裾をひろげなくとも、ようござる。手を入れて、探ってみなされい」

と教えた。

梅乃は愕然となって、

「止めてたも！」

と叫んでいた。

「なにゆえに、そのように仰せられるぞ？」

与力は、たたみかける。

「わらわは、わらわは……」

梅乃は唇を震わせて、

「西丸留守居役、赤井俊守の側室じゃ！」

と叫んだ。

「存じで居ります」

佐根久次郎は、たじろがない。

「役目あって下の方を検分させて頂きたいのでござる」

「なりませぬ！」

「なにゆえに？」

「とにかくなりませぬ。五人とも、大奥へ差し出す女子《おなご》たちじゃ」

「ははあ」

「その女子たちを嬲《なぶ》り物に致す所存か？」

「なるほど」

佐根は微笑して、

「女性であれば致し方なし……」

と呟くなり、ポンポンと手を敲《たた》いた。

次の間の襖があき、大田蜀山人が、なに喰わぬ顔で、

「なにか、御用で？」

と平伏している。

彫辰は隠れていて、梅乃たちには見えない。

「うむ。用意のものを……」

佐根久次郎は重々しく告げた。

「ははッ！」

蜀山人は、大きな風呂敷包みを、恭々《うやうや》しく差し出す。

そして、襖をピシャリと締めた。

佐根久次郎は、医師にその包みを押しやって、

「さ、これでござる」

と云った。

医師・神保は、佐根与力から受け取った包みをあけ、先ず楓に手渡した。

それは、流行の浮世絵——俗に云う危な絵だっ

梅乃は懐剣を抜き、血相を変えて佐根に躙り寄ったが、隠しおおせぬと考えたのか、わが身に突き立てて、畳に突伏した。

自害したのである。

＊　＊

梅乃は、ほどなく、こときれた。

「女ながら、立派なやつ……」

佐根久次郎はそう呟いて、

「さあ、みんな。大奥入りは、これで放免されるんだ。着ている物を脱いで貰おうか」

と云った。

梅乃の死体が運ばれるのを目撃しては、そこは年端もいかない〝おとこおんな〟たちである。

ブルブル震えながら、着物を脱ぎはじめている。

佐根は、五人の胯間を検分すると、

「立派な男たちじゃねえか……」

と苦笑して、こんどは背中の方に廻った。

そして一言、

「ないッ！」

と呻くように叫んだのだ。


た。

つまり、男女の性交図を描いたものである。

楓は手渡される浮世絵を、一枚ずつ眺めてゆくうちに、頸筋を赧《あか》く染めはじめていた。

昂奮したのだ。

息が荒くなり生唾を何度も飲み込んでいる。

それを見図って、神保は楓の背後に廻ると、いきなり自分の方に抱き寄せた。

いや、引き倒したと云った方が、よいかも知れない。

楓は、咄嗟《とっさ》のこととて、反抗するすべもなく、両足を拡げて倒れた。

「見たぞ、見たぞ！」

佐根久次郎は大声で呼ばわった。

「其許、女性のなりをしておれど、その実は男じゃな！」

与力はハッタと梅乃を睨み据え、

「女子と申せしは真ッ赤な偽り、大奥へ男五人を献上する積りであろう！」

と詰め寄ったのだ。

佐根久次郎は遽《あわただ》しく手を叩く。

蜀山人が、また顔を見せた。

「なにか、御用で?」

彼は平伏しながら、五人の胯間を一瞥《いちべつ》している。

「ないのじゃ!」

「と、申しますと?」

「彫物がない!」

蜀山人は、頭を引っ込めると、彫辰をつかまえて、

「おい、彫物が見えねえそうだぜ?」

と、囁いた。

辰之助は動ぜずに、

「奴《やっこ》さんらに、あてがきを命じてお呉んなせえ」

と進言した。

――かくて。

男性の象徴を露呈した五人の腰元たちは――それは異様な光景だった。顔や、仕種《しぐさ》はすべて女であり、その五人の〝女〟たちが、男根の所有者なのだから――佐根久次郎の厳命により、危な絵を目の前にして、せっせとあてがきをはじめたものだ。

奇妙な雰囲気が漂いはじめた。

そして、最初に、

「ああッ……」

と叫んだのは、松と呼ばれる〝おとこおんな〟である。

白い液体が迸り、松は肩で息をして畳に手をつく。

佐根は、松の背中をみた。

ぼんやりと、なにか模様が浮き上っているが、定かではない。

「おいッ!」

佐根は、また蜀山人を呼んだ。

「ははッ!」

蜀山人は平伏している。

「少しは判るが、はっきりせぬ!」

佐根は叱っていた。

「あッ、駄目!」

桜が叫んで、のけぞった。

蜀山人はニヤリとして、

「松の次が桜か。花札通りになってやがる」

と、ひとりごち、

「おい彫辰。あてがきさせてるが、駄目なようだぜ……」

と声をかけたのであった。

辰之助は、

「ごめんなすって……」

と云って、姿を現わす。

五人の〝腰元〟たちは、彫辰の姿をみると、一様に、

「あッ、あなたは！」

と叫んで、顔を赤くしている。

彫辰は構わず、背後に廻り、松と桜の二人の背中を、丹念に調べていたが、

「こりゃァおいらの計算違いかな？」

と呟いて、腕を組んだ。

そして、与力の佐根に、

「申し訳ござんせんが、湯を沸して頂けませんか……」

と、おそるおそる言上したものだ。


一刻の後——。

五人の〝おとこおんな〟たちは、湯に入り、上気した面持で出て来た。

しかし、五人の背中からは、彫物の影など一切、見当らなかった。

これを知って、愕然となったのは、当の彫辰自身である。

与力の佐根久次郎は、

「おのれ、たわごとを申して、奉行所を惑わす所存か！」

と、激怒している。

「待ってお呉んなさい」

彫辰は考え込んで、

「生娘の経水を使ったんでげす。だから、あてがきすりゃ、浮き出てくる筈なんだが……」

と顎を撫でた。

蜀山人が、

「その娘たちを呼んで、あそこの匂いでも嗅がしてみちゃァどうなんでえ」

と、伝法な口調で云っている。

「うーん……」

彫辰は唸って、

「あてがきも駄目、風呂も駄目とあっちゃァ、そうして頂くより仕様がござんすまい」

と平伏したのだった。

「手間のかかる彫物よの！」

佐根久次郎はそう云ったが、別に怒っている表情ではなかった。

＊　　＊

五人の〝おとこおんな〟たちは、与力の佐根久次郎の役宅に留め置かれた。

そして翌日――経水彫の提供者となった五人の乙女たちが、奉行所に出頭した。

乙女たちは、佐根の役宅にさし向けられて、五人の〝おとこおんな〟に対面する。

彫辰は頭を下げて、

「俺らの見込み違えで、とんだことになって済まねえ。この五人の衆に、それぞれ、経水の故郷の匂いを、嗅がしてやっちゃァ呉れめえか……」

と云った。

五人の乙女たちは、真ッ赤になりながらも、命令とあっては致し方なく、楓・松・桜・桐・萩と自分が経血を提供した〝おとこおんな〟の前に立つ。

五人は肌脱ぎになって、乙女たちの着物の裾をひろげた。

佐根は、〝おとこおんな〟達の背後に廻ったが、さっぱり背中の彫物は浮き上って来ない。

「出ないぞ、出ないぞ！」

与力は苛立って叫んだ。

「変ですねえ……」

彫辰は、首を傾げたが、俄かに礑《はた》と手を打って、

「おい、楓さん。脱ぎねえ！」

と、楓の着物を荒々しく引き剝《は》ぎはじめたものだ。

そうして、白い尻を剝《む》き出しにすると、いきなり背後から、楓に挑んだのである。

彫辰の立派な持ち物が、楓の体内に挿し込まれた時――。

どうであろう。

楓の背中には、くっきりと彫物が、朱色に浮き上ったのである！

「おう！　見事じゃ！」

佐根久次郎は、その鮮かな彫物に見惚れてそう叫んでいた。

彫辰は叫んだ。

「旦那！　早く、写し取ってお呉んなせえ！」

楓は、快感とも、苦痛ともつかぬ声をあげて、下肢《かし》を打ち震わせている。

さっそく用人が呼ばれて、半紙と矢立《やたて》とで楓の背中の彫物の図柄を、筆写しはじめたが、これは近代にない見物であったろう。

なにしろ、男が、乙女に似た男を鶏姦《けいかん》している最中に、背中の彫物を、筆写させられるのだから……。

彫辰は、楓が済むと松・桜・桐・萩と、五人の〝おとこおんな〟を攻めて行ったが、流石にくたくたになって、萩の背中では、とうとう気をやってしまった。

そして五人の中で、一番くっきりと彫物の浮き上ったのは、萩であった。

蜀山人は手を叩いて、

「読めたぞ、彫辰。経水彫は淫水の注入ではじめて、はっきり正体をみせるのじゃ喃《のう》」

と云ったのだった。

……こうして、五人の〝おとこおんな〟の彫物は、ほぼ完全に筆写された。

しかし、いくらその絵柄をつきあわせてみても、なにがなんだか見当がつかぬ。

「知恵者の赤井俊守のことじゃ。なにか、所存あって彫物を施させたものとみえるが……」

と佐根は口惜しがった。

彫辰は不図《ふと》、

「五人の彫物を、合わせてみたら、どんなもので……」

と云った。

「なに、五人の彫物を？」

佐根は、辰之助を見る。

「へ、へい」

彫辰は、畳に手をついた。

五枚の半紙が合わされて、明かり障子に貼りつけられた。

「おおッ！」

蜀山人は叫んだ。

「こ、これは、日光の……」

佐根も唸っている。なんと赤井俊守は、五人の腰元に、日光東照宮の附近の地図を、バラバラに組み合わせて、彫物としたのである。

——七日後。

その経水彫の地図が端緒となって、東照宮附近のある地点が発掘され、三個の大甕《おおがめ》が掘り出された。甕の中味は、当時、出廻って庶民を困却させていたニセの南鐐二朱銀であった。

その額は、二万七千三百両に及んだ……と当時の記録にある。

赤井は、勘定奉行の地位についてから、ニセ金づくりを思いつき、それを実行したのであるが、田沼の失脚と同時に、その地位を追われたがため、ニセの南鐐二朱銀を、東照宮の近くに隠匿《いんとく》していたのだった。

そして、再起を狙っていたのである。

この事件は、闇から闇に葬られた形となったが、このニセ金づくりの真犯人を検挙した褒賞《ほうしょう》として、蜀山人こと大田直次郎は、大坂の銅座御用として出張を命ぜられ、出世の糸口をつかむことになるのである。

だが、肝腎の彫辰には、なんの褒賞もなかった。いつの時代でも、町人は損をするものとみえる。

蜜蜂責め

その一

「弱りましたなあ……」

江戸両国の四ツ目屋忠兵衛は、顎に手をあてて考え込んだ。

「なんとか、ならんものか喃《のう》」

そう云ったのは、小鬢《こびん》に白いものが混った武士である。

服装も立派だった。

それもその筈《はず》、その武士は、さる大名の江戸家老で、名を夙川《しゅくがわ》半左衛門と云った。四千五百石の扶持《ふち》と云うから、なかなかの大身《たいしん》である。

半左衛門がこの日、四ツ目屋をひそかに訪れたのは、他でもない。

自分の一人息子——誉之助《よのすけ》のことであった。

誉之助は、すでに元服を終え、一昨年、縁あって真弓《まゆみ》という妻を迎えた。

ところが、一向に子供が出来ない。

それで半左衛門は、嫁の真弓を呼び、

「誉之助と、閨《ねや》は共にしているであろうの?」

と問うた。

真弓は真ッ赤になって、

「はい」

と答え、もじもじしながら、

「しかし……しかし……」

と口籠《くちごも》っている。

「どうしたのじゃ。そちは、誉之助が嫌いか、真弓」

と半左衛門は訊いた。

「勘忍して下さりませ」

と、しまいに真弓は泣きだしたものだ。

〈これは、なにかある！〉

と半左衛門は悟り、嫁を問い詰めた。

その結果、わが子の誉之助が、不具者に近いことを嫁の口から教えられたのである。

つまり、現在の言葉で云う陰茎短小だったのである。

真弓の言葉を借りれば、ふだんは大きな疣《いぼ》ぐらいの大きさで、昂奮すると、やっと小指位の形状となる。

誉之助は、それを挿入しようとするのだが、いつも門口で失敬してしまう。

つまり嫁の真弓は、まだ、処女のままであったのだ。

処女膜がまだ破れていないのだから、懐妊する訳がない。

半左衛門は、そう嫁の口から告白されると、医師を呼んで、

「どうしたものか」

と相談した。

医師は、目を閉じて沈黙していたが、ややあって、

「生娘には、そのしるしとして、茶釜《ちゃがま》に薄い膜がございます。その膜を破れば、若《も》しや御懐妊の兆しがあるかも知れませぬ……」

と答えたのだった。

茶釜とは、女陰のことだった。

有名な笠森稲荷の水茶屋お仙が、とつぜん失踪して、お仙を見に来た客が、店番の老爺《ろうや》をみて失望したことから、

〝とんだ茶釜がヤカンに化けた〟

と云う流行語が生まれたことがある。

お仙の茶釜を拝みたいと思って来てみれば、さにあらで、ヤカン頭の爺さんだった……と云う意

味であろう。

半左衛門は考え込んだ。

不憫《ふびん》なのは、息子の誉之助である。嫁の真弓に罪はない。

指を使って、処女膜を破ればよいのだが、当時の人々は、女陰に挿入するものは男根しかない……と考えていた模様である。

「わしの側女ならば、わしが女にできるが、なんせ息子の嫁じゃ。嫁に手を出すような不倫は許されぬ」

夙川半左衛門は、そう呟いて、

「なあ、四ツ目どの」

と改まった口調になった。

「医師は、嫁はまだ生娘じゃと云うとる。なんとか息子に、嫁を女にさせてやりたいのじゃ。頼む。知恵を貸して呉れい」

彼は、町人である四ツ目屋忠兵衛に、深々と頭を垂れたのである。

忠兵衛は閉口して、

「ま、ま、待っとくんなさい!」

と手をふった。

「まあ、なんとか、工夫してみやすがね……早急には、どうも……」

「うむ。三カ月は待とう。その間に、思案して呉れ」

半左衛門は云った。

「へえ、では三カ月以内に……」

忠兵衛は仕方なしに引き受けた形になったが、膨脹して小指位しかない畸型《きけい》的な男根を、大きく太くしろと云うのだから、これは無理難題と云うべきであろう。

翌日から忠兵衛、聊《いささ》か神経衰弱に陥ち入ったものだ。

＊　＊

辰之助は、久方ぶりの大作に、うっとりと目を細めていた。

女の肌が白く、きめが細かいだけに、図柄が尚《なお》更《さら》、引き立ってみえる。

女の年齢は二十一、二であろう。

料理茶屋の娘——と本人は云っていたが、おそらく、どこかの大店《おおだな》の囲い者だろうと彼は睨んでいた。

なぜなら、茶釜がよく使い込んであるし、張形を使わせると、べっとりと濡れているからである。それに茶釜の縁に、桜紙の破片がこびりついている時があった。

とにかく背中から胸にかけて、美しい彫物をして貰いたいと、前金で二十両を差し出したのだから豪気だ。

しかし名前も、年齢も、住所も教えない変った女だった。

その上、この女……大抵の女性が、針を刺されると、呻いたり、泣き声をあげるのに、ウンともスンとも云わない。

「痛くねえんですかい?」

と彫辰が訊くと、女は顔色も変えずに、

「それは、痛うございます」

と、ぬかしやがった。

全く小癪《こしやく》な女だが、彫辰には、朱彫の時には、その女を泣かしてみせる自信があった。

図柄は、花づくしである。

背中には緋牡丹《ひぼたん》。

肩から胸にかけて、紅梅と八重桜。

わざと朱色を多く使う花を撰《えら》んだのは、たっぷり女を虐《いじ》めて、虐めて、虐め抜いてやろうという魂胆からだ。

図柄の筋彫《すじぼり》が完了して、いよいよ今日から待望のボカシ彫に入るところだった。

彫辰は、うつ伏せになった女の白い背中を眺めながら、ゆっくり針を研いだ。

思い切り針を鋭くして、女を呻かせてやろうと思ったのである。

「よござんすか……」

彫辰は、研ぎ終った針を揃えて、絹糸で竹の柄にキリリと留めながら、頬に冷たい笑みを泛べた。

「今日から朱を刺しやす」

「は、はい」

女は、平然としている。

「朱は痛うがすぜ……」

彫辰は云った。その声音には、嗜虐《しぎやく》的な響きがある。

「覚悟しております」

「なるほど、女にゃ勿体《もったい》ない良い度胸だ」

「恐れ入ります」

「ただ、これまでと違って、朱を刺すなあ、彫物に魂を吹き込むことでげす」

「は、はい」

「だから今日からは、張形を使わねえ」

「と、申しますと？」

女は、美しい顔を捩《ね》じ曲げて、彫辰を見詰めた。円《つぶ》らな黒い瞳であった。

「あっしの肉針を使いやす」

「…………」

「よろしゅうござんすね？」

「は、はい」

女の声は、思いなしか、期待に打ち震えているようであった。

彫辰は、下帯を取り去っている。

朱墨を引き寄せ、辰之助は、牡丹の大きな花弁に、瞳を凝らした。

〈どこから、責めてやるか！〉

彼は、しばらく思案していたが、朱をたっぷり含ませた筆を、左の指の間に挟んで、楽しそうにボカシ針を穂先に浸し、矢庭にぐいッと女の背に突き立てる。

「あッ！」

女は、その時はじめて、小さな悲鳴を上げた。

朱彫は、痛いのだ。

「ふふ……」

彫辰は、快心の微笑を泛べて、嬉しそうに、

「痛うござんしょう」

と満足そうに呟く。

花弁一枚に朱を刺さないうちに、女は、手の指を動かしはじめて、

「ウーム……ウーム……」

と唸り声をあげはじめ、

「張形を！　張形を！」

と叫びだす。それは、なにかに祈るような感じである。

「欲しいんですかい？」

彫辰は上機嫌だ……。目が細くなっている。

「欲しい！」

女は大きく喘いで、

「あれがある故、耐えられたが、今日はもう……とても！」

と口走った。

「そうでがしょうなあ……」

彫辰は、針を刺す手をとめると、女の白い太腿をあらわにして、そのあいだに自分の躰《からだ》を割込ませた。

肉針は、硬直している。

それを女の茶釜にあてがい、彫辰は、

「ちょっぴり太い薪《まき》をくべやすぜ……」

と含み微笑《わら》ったものだ。

女が夜雁啼《よがりな》きをはじめたのは、肉針を刺されたその直後のことである。

＊　＊

「ごめんなすって」

上野山下の俗称ケコロ小路にある上総屋という
ウナギ屋は、大和屋という店と並んで有名な蒲焼屋であった。

ケコロ小路というのは、教運寺の領地内にあって、私娼窟《ししょうくつ》が十五軒もあるところから、江戸ッ子が名づけた名称である。

一般には、上野山下の仏店で通っていたものらしい。

この中に、二軒のウナギ屋があり、文献によれば、「上総・大和が団扇《うちわ》の風ハ、江戸前の魚ハこの所にウリきれるかとおもふ」とあるから、よほど繁昌していたものだろう。

そのウナギ屋の大広間の襖《ふすま》をあけて、廊下に膝をついたのは彫辰であった。

「おう！　来たか！」

大勢の客がいたが、その声の主は、紛れもなく蜀山人《しょくさんじん》のものであった。

辰之助は、何者とも知らぬ男に、使い文を渡されたのである。

その手紙によると、

——大至急、上野山下の上総屋へ来られたし。

と云うだけで、差出人が判らない。

それで彫辰は、誰かの悪戯《いたずら》ではないかと考えていたのである。

「諸君！」

蜀山人は立ち上って、客に向かい、

「本日第一の功労者が来たぞ……」

と大声で告げたものだ。

彫辰は、女中から上座に案内された。みると平賀源内と蜀山人の間に、彼の席がしつらえてある。

源内は立ち上って、右手の草紙をかざし、

「この『瘻陰隠逸伝《なえまらいんいつでん》』は、ただいま到着した辰之助……彫辰の協力によって、やっと完成したのであります」

と云った。

彫辰には、さっぱり訳がわからない。

「いったい、あっしを、こんな高い所に坐らせて、なんの真似なんで?」

彼は、蜀山人にきいている。

「ふふ……」

大田直次郎は含み微笑って、

「いつか魔羅《まら》研究をするのだと、話したことがあろうがな」

と云った。

「へえ、へえ」

辰之助は仕方なさそうに、面目なさそうに肯く。

「その研究が完成したのだ。題して『瘻陰隠逸伝』と云う」

源内は、辰之助をみて、

「彫辰、礼を云うぞ」

と頭を下げた。傲慢《ごうまん》居士《こじ》の彼としては、珍しいことである。

「と、とんでもねえ」

辰之助は手をふっている。

「いや、魔羅くらべをやったお蔭で、この研究は完成したのよ……」

源内は、矢庭にその文章の一節を、滔々《とうとう》と読み上げはじめた。

「イボ男根あれば半皮あり、ウツボあればスボケあり、雁《かり》高あれば越前あり……」

と——。

みんな拍手喝采《かつさい》であった。

ひとしきり朗読したところで、源内は一座を見廻し、

「ナエマラじゃによって、ウナギ屋を会場にえらんだのじゃ」

と云った。

これまた一同、大笑いである。

それを合図に、女中たちが、蒲焼の大皿を運んで来た。

当時、ウナギの蒲焼は、一串二朱だったというから、かなり高いものについたわけである。

まあ、庶民には、なかなか手の出せない料理だったわけだ。

「彫辰。今日は、しっかり飲めよ。あとでケコロ買いに連れてゆく」

蜀山人は云った。

賑やかに、酒宴がはじまる。

彫辰が、二番目の蒲焼に箸《はし》をつけたときであった。

客の中に混っていた四ツ目屋忠兵衛が、徳利を持って平賀源内の前にやって来たのである。

「先生、一杯お注ぎ致します」

忠兵衛は、源内に酌をしてから、

「ちょっと、お願いがあるんですが……」

と云った。

「うん。なんだな……」

源内は問い返している。

「彫辰さん……」

忠兵衛は辰之助をもそう呼んで、

「お前さんにも、知恵を貸して貰いてえんだが……」

と、珍しく自分から酌をして呉れたものだ。

「へえ、なんでげしょう」

辰之助は畏《かしこ》まった。なんとなく警戒する表情で――。

「ねえ、先生……」

忠兵衛は、また源内の盃《さかずき》を満たしてやりながら、

「小さな魔羅を、大きくする方法は、ないもんでやしょうか?」

と、深刻な表情になる。

「なに、小さな魔羅を、大きくしろだと？」

平賀源内は問い返し、

「あてがきすればよいではないか」

と、こともなげに云う。つまり、五本指のことである。

「それが、あてがきして、大きくなっても、この位だそうで――」

忠兵衛は、小指をピクピク動かしてみせた。

その二

「ふーむ！」

風来山人《ふうらいさんじん》こと平賀源内は低く唸って、眉根を寄せ、

「それは、まことか？」

と、四ツ目屋忠兵衛に訊いた。

「あっしも、見たわけじゃァございません」

忠兵衛も苦笑して、

「ふだんは、なんと疣みてえな大きさなんだそうでげす」

と云っている。

「なるほど。その疣を、あてがきして、やっと小指か！」

源内は、自分の小指を動かしてみて、

「わしは、大きな工合のよい魔羅ばかりを探して眺めて来たが、思えば少しく早計だったかな？」

と、『痿陰隠逸伝』の草紙を口惜しそうに手で叩く。

「なあ、彫辰！」

源内は、辰之助を凝視して、いまいましそうに、

「なにも世の中には、道具の大きい者ばかりじゃなし」

と云っていた。

「そうでげすね、先生」

彫辰も素直に応じる。

「人間、生まれた時から、宿命を背負っておる」

源内は呟いて、

「わしが、高松藩を辞めたのも、火浣布《かかんぷ》やエレキテルを創ったのも、なにか前世からの縁のような気がするのだ」

と云った。

「なるほど。するてえと、さしずめ、あっしなども、地獄の針地獄へ送られる身でやすねえ」

辰之助は含み微笑った。

「男子は、胯間に篇乃古《へのこ》を持って生まれて来よる……」

「は、はい」

「しかし、生まれながらにして、大小の差があるのだ。細くして長いもの、太くして短いもの、黒くして大なるもの、白くして小なるもの……」

源内は指を折って、

「それぞれ個人差はあるが、なんとか女の鍵穴には合うものじゃ。その点、人間の躰はよく出来とる」

と云っている。

「本当でやすね」

四ツ目屋忠兵衛も肯いて、

「大きすぎて、鍵穴に合わねえと云うのも困りものだが、小さすぎて鍵穴が泣くと云うのも、悲惨でござんすねえ」

と首をひねっている。

「わしは、魔羅は色黒く、雁首《がんくび》が張り、大なるを佳《よ》しとするという結論を出した。しかし、もっと不幸な男子たち——人並以下の持物の所有者たちにも、思いを至すべきであった……。それが悔まれてならぬわい」

源内は、両膝に手をあてがい、

「その不幸な男たちを、救う方法はないものかのう」

と呟く。その口吻《くちぶり》には、いかにも科学者らしい感じが溢れていた。

彫辰は、膝を進めて、

「ねえ、四ツ目屋の旦那!」

と声をかける。なにかを、思いついた風情であった。

「なんだな?」

相手は、目を光らせた。

「あっしは、子供の頃……蚯蚓《みみず》に小便をかけて、親父から叱られたことがあるんでやすがね……」

辰之助は云った。

「うん。蚯蚓に小便をひると、篇乃古が腫れると云うなあ」

四ツ目屋忠兵衛は苦笑まじりに肯く。

平賀源内は、本草学者らしく、

「それは、篇乃古と蚯蚓との距離が、問題なのじゃ」

と教えた。

「と、云いやすと?」

「つまり、子供の頃は、鍛えておらぬよって、篇乃古の皮膚が柔かい……」

「ははあ」

「小便をかけられると、蚯蚓は毒素を放つのじゃ」

「なるほど」

「子供の篇乃古と、蚯蚓の距離が近いによって、毒素が柔かい子供の皮膚を冒すわけじゃな」

「へーえ、そんなもんでやすかね」

彫辰は、目を丸くした。知らなかったのである。

「嘘じゃと思うたら、蚯蚓を探して小便をひってみろ。大人は決して、腫れないもんじゃ……」

源内はそう自慢してから、矢庭に、

「おい、彫辰!」

と叫んだ。声が弾んでいた。

「へ、へい」

辰之助は、微笑している。

「四ツ目屋どの。こいつは、名案かも知れぬぞ!」

源内は、なにか舌なめずりでもするような表情になった。

「いったい、何のことで?」

忠兵衛は、キョトンとしている。

「わからぬか?」

「へえ、さっぱり何も——」

「つまりじゃ、その不幸な御仁に、とりたての蚯蚓を届けて、小便をなるべく近くで、垂れて貰うのじゃ。すると毒素が効いて、小指位のものが、拇指《おやゆび》ぐらいになるかも知れぬぞよ……」

平賀源内は、そう云って、呵々《かか》大笑したのではあった。

＊　＊

上野の上総屋の宴会があってから、十日後のことである。

彫辰は、四ツ目屋忠兵衛からの使いで、仕方なく両国の店に出かけた。

忠兵衛は、さっそく別室に彼を通し、

「蚯蚓は、失敗だったよ……」

と、いきなり云った。

辰之助は、しばらくは、なんのことだか判らなかった。

ややあって、彼は、その忠兵衛の言葉の意味を悟り、笑い出している。

「旦那……あの、あっしの思いつきを、実行なすったんで？」

辰之助は訊く。バカバカしいと云った口吻であった。

「当り前だ……」

忠兵衛は、渋い顔をして、それから重々しく、

「先方は、真剣なんだぞ！」

と叱った。なにやら、事情があるらしい。

「なるほど……」

彫辰は肯いて、

「しかし、失敗は失敗でも、どう失敗だったので？」

と云って、ニヤニヤしている。

「蚯蚓に、朝昼晩と、小便をかけてみられたが、一向に腫れもせず、大きくもならないそうなのじゃ」

忠兵衛は情なさそうに告げた。

彫辰は、しばらく考えていたが、額に手をやって、

「とにかく、腫れてでも、大きくなればよろしいので？」

と質問している。

「うむ……」

忠兵衛は、なんとなく曖昧《あいまい》に肯いて、嘆息まじりに、

「小指ぐらいの細さじゃによって、未だに奥方は生娘のままだと仰有《おつしや》るのじゃ」

と教える。

「なるほど……」

彫辰は腕を組み、またしばらく考え込んでいたが、フーッと溜息を吐いて、

「とにかく、太くなることだけだったら、あっしが請負いやしょう」

と云い切った。なにか自信あり気である。

「えッ、請負う?」

忠兵衛は、膝を乗りだして、彫辰を凝視すると、声を弾ませ、

「それは、まことか!」

と云っている。

「ええ、まことでござんす。しかし旦那、江戸じゃあ無理でげす」

彫辰は、不安そうに告げた。

「江戸では、無理だと云うと?」

四ツ目屋忠兵衛は問い返している。彫辰の言葉の意味が、判らなかったのだ。

「そうでげすなあ……」

辰之助は顎をなでて、

「ご本人と奥方を、川越か、土浦あたりに連れだしてお呉んなせえ」

と呟く。

「川越か、土浦あたり?」

忠兵衛は、首をひねっている。

「へえ、そうでげす」

彫辰はそう告げて、

「いくら小指ぐらいか知れねえが、絶対に三倍の太さにはなりやすぜ……」

と含み微笑ったのである。

忠兵衛は、辰之助を凝視していたが、

「よし、任した!」

と云った。

「その代り、この大役は、きっと果して呉れよ……」

忠兵衛は、手文庫を番頭に持って来させると、十両をとりだし、

「よろしく、頼む」

と頭を下げたのである。

彼としても、どうにも思いあぐねている矢先だったからであろう。

……古来、陰萎《なえまら》になった男根を、奮い起たせる

薬草その他は、洋の東西を問わず、研究されている。

また、女性を喜ばす小道具、薬品も、いろいろと発明されていた。

しかし、男のための道具は、あまり研究されていないのだった。

まして、陰茎短小の男子のために、それを太く大きくすることなどは、考え及びもしない研究課題だったのである。

彫辰は、偶然のことから、この研究に取り組んだわけだが、このことから〝助計《たすけ》船〟という新しい性具が誕生するのだから、世の中は面白い。

＊　＊

夙川誉之助は、父親の半左衛門から、妻の真弓を連れて、土浦まで旅行を命じられて、大いに当惑した。

なにしろ、突然の話なのである。

父親の話によると、夫婦和合のために、必要な旅なのだと云う。

土浦へ着いたら、雌蝶楼という旅籠屋《はたごや》に泊り、辰之助と云う町人に会うように……という厳命であった。

妻の真弓には、異存はないらしいが、なんとなく彼は気が進まなかった。

いつかの蚯蚓の一件で、懲りているからである。

しかし、当主である半左衛門の命令とあっては、反抗できぬ。

誉之助は旅支度して、若党の勝助を連れ、妻と共に土浦へ向かった。

道中は、平穏無事だった。

土浦城下に入り、雌蝶楼を探して、宿の人となる。

番頭を呼び、祝儀を呉れてやってから、

「辰之助と申す者に会いたい」

と云うと、番頭は即座に、

「お出かけですので……」

と、つれない返事だった。とりつく島もないとは、このことだ。

――翌朝。

ふたたび誉之助は、番頭を呼んだ。

すると今度は、

「夙川誉之助さまですね」

と相手は姓名を再確認してから、ずんぐりした小男を連れて来た。

若いのか、老人なのか、判らぬような容貌の人物である。

「あっしが、辰之助でござんす」

男はそう挨拶して、

「四ツ目屋の旦那から、あなたの短刀を、大刀に造り直して欲しいと、頼まれやした者で――」

と平伏した。礼儀だけは、心得ているらしい。

誉之助は、赤面した。短刀を、大刀に――という比喩が、ピンと来たからだ。

自分では気づかなかったが、どうやら自分の持物は、人前に出せない位に粗末なものだと教えられたからである。

「短刀が、大刀になると申すか」

誉之助は、怒りをこめて云った。ちょっぴり、恥しかったからである。

「まあ……やってみなくちゃァ判りません。しかし、脇差《わきざし》ぐらいには、なるでやんしょう……」

辰之助は、含み微笑うのである。

誉之助は妻の真弓を別室に遠ざけて、二人きりになると、

「覚悟は、できておる」

と云った。まるで、戦場へ赴く時のような表情だった。

「へえ、有難うござんす」

辰之助は微笑すると、なぜか挑発する顔つきになりながら、

「少し、痛うがすぜ」

と、誉之助に云うのであった。

「わしも、武士の子じゃ」

彼は、胸を張った。

「それじゃあ、下帯をといて、用意していておくんなせえ……」

辰之助は、ニヤリと笑みを残して、どこかへ去ってゆく。

誉之助は、下帯をほどき、自分の濃い繁みに隠れ潜んでいる、憐れな疣のような肉塊を指で揉み

しごいた。

焦っている故為《せい》か、なかなか大きくならなかったが、妻の真弓の恥しい部分に顔を埋めることを想像すると、俄《にわ》かに欲情して来たものだ。

やっと、小指ぐらいの大きさになった時、それを見図ったように、

「ごめんなすって!」

と、先刻の辰之助が姿を現わした。

みると手に、天鵞絨《ビロード》の筒状の袋を持っている。

「なんだな、それは!」

誉之助は訊いた。

「へえ。先《ま》ず、そのご立派なものを、この天鵞絨の袋に入れて下せえ」

彫辰は、真剣な顔になる。

「この中に、入れるのだな?」

誉之助は云った。疑心暗鬼めいたものが、誉之助の瞳に浮かんでいる。

「へい」

相手は肯いて、天鵞絨の袋を差し出しながら、

「その袋の中には、虫が入っておりやす。だから、そろりそろりと入れてお呉んなさい」

辰之助は、そっと袋の口を弛《ゆる》めた。

「うむ!」

誉之助は深呼吸して、臍下丹田《せいかたんでん》に力をこめ、

「では、入れてとらせるぞ」

と太い息を吐く。

袋の中は見なかったが、挿入すると、ブーン、ブーンと一斉に羽音がしはじめた。

虫共も、不意の闖入者《ちんにゅうしゃ》に、驚いたのかも知れない。

辰之助は、根本まで入ると、袋の紐を固く縛って、

「これから小半刻《こはんとき》、辛抱して頂きやす。あんたも、お侍なら、これ位の辛抱は、でける筈でげす……」

と云うなり、天鵞絨の袋を、二重にした手拭で包み、いきなりぐぐッと握ったものである。

「ううッ!」

誉之助は、大きく呻いた。それは、呻きより、悲鳴に近いものだった。

袋の中に入っていたのは、なんと土浦の近郊から採集した数十匹の蜜蜂《みつばち》だったのである。

その蜜蜂が、苦しまぎれに、毒針を誉之助の篇乃古に群って突き立てたのであった……。

その三

蜂に刺されて、顔や腕を腫らした経験をお持ちの方は、数多いことであろう。

刺された部分が、一、二箇処でも、かなり腫れて、苦痛なものだ。

況《ま》して、夙川誉之助の場合は、人体でただ一つ、骨のない部分である。

捕えられて天鵞絨の細長い袋に閉じ込められただけでも、不服のところへ持って来て、なにやら知らぬが柔かい棒状のものが侵入し、更に外側から握り緊《し》められ圧迫されたのだから、蜜蜂どもが激怒したのも当然だろう。

そして、その骨のない肉棒に、復讐の毒針を突き立てた……。


誉之助は、七転八倒したが、辰之助は冷ややかにそれを打ち眺めて、

「さぞ、痛うがしょうなあ。しかし、なにごとも、お家のため、奥方を欣《よろこ》ばせるためでげす……」

と含み微笑うのだった。

誉之助は、額に膏汗《あぶらあせ》を滲《にじ》ませて、苦痛に耐えていたが、とうとう失神してぶっ倒れてしまう。

辰之助は、冷たい水を飲ませ、息を吹き返したところで、天鵞絨の袋の口をほどいた。

そして抜きとると、どうであろう。

先刻は小指のように、細くなよなよしていた篇乃古が、まるで他人の持物のように、太く巨大になっていた。

……むりもない。

なにしろ、天鵞絨の筒袋の中で、ために圧死した蜜蜂も、十数匹出た位なのだから、いかに腫れたかが想像つく。

呼吸を吹き返したものの、誉之助は胯間の肉筒を打ち眺め、また失神した。

なんとも、だらしがない話だが、彫辰は苦笑し

ながら、手拭を冷たい水に浸して、腫れ上った篇乃古にあてがう。

ジュッと音がして、湯気が立った位に、それは腫れ、熱を帯びていた。

そして、誉之助は、胯間を触れるとも、触れぬでもなく、

「ウーン、ウーン」

と唸る一方である。まさに、七転八倒であった。

蜂に刺されたときは、小便をかけるとよいと、昔からされている。

これは小便中に含まれるアンモニアが、蜂の毒を中和させるがためだ。

「若さま、尿《いばり》を出してお呉んなさい」

彫辰は云った。しかし、瞳の色は、微笑っていた。

「そ、そ、それどころではない。この痛みを早く止めて呉れッ!」

誉之助は、泣き声である。

「仕方がねえなあ……」

と、彫辰は考え込んでいたが、

「そうだ!」

と手を打って、誉之助の妻・真弓が待っている別室へ駈け込んだ。

「奥方さま」

彫辰は、厳《おごそ》かな声をだした。そして、真弓の前に、ピタリと両手をつく。

「あのう……なんでしょう?」

真弓は、読んでいた草双紙を伏せて、美しい顔を微笑させている。

「旦那さまの一大事が到来した場合、奥方さまは旦那さまを助けるため、どのようなことをも、なさいますかい?」

彫辰は、きッと真弓の瞳を見据えた。

真弓は彼を静かに見詰め返し、美しい顔を緊張させると、

「いかにも、その覚悟は出来ております」

と、きっぱり云い切る。

「じゃア、お願いがござんす」

彫辰め、真弓の傍に躙《にじ》り寄ると、耳許《みみもと》でひそひそと何かを囁いた。

すると真弓は、その美しい顔を、みるみる真ッ赤にさせて、

「そんなこと、とても――」

と口籠っている。羞恥《しゅうち》が、彼女を襲っていた。

「おや、奥方さま！」

彫辰はニヤニヤして、

「すると、先刻のお言葉は、嘘なんで？」

と云い、真弓の腕をつかむと、せっかちな感じで、

「とにかく、来てみなせえ……」

と引き立てたものだ。

真弓は、襖をあけ、着物の裾《すそ》をはだけて、胯間に濡れ手拭をあてがい、ウン、ウン唸っている誉之助をみると、流石《さすが》に仰天した。

そして、駈け寄るなり、手拭をとったが、今度は驚喜して、

「まあ！　貴方！」

と頬ずりせんばかりの表情をつくったから、慌てたのは彫辰だ。

「奥方さま！　早くしねえと、蜂の毒が廻っちまう。早く、旦那さんに、あれを早く、掛けてやってお呉んなさい」

彫辰は、苛立《いらだ》しそうに、真弓の腕をつかむ。

「しかし、そのような不浄のものを、とても旦那さまに……」

真弓は、ためらっている。

「それじゃあ、あっしの尿だったら、不浄じゃねえと仰有るので？」

彫辰は、そう理窟《りくつ》で攻めて、

「早く、早く！」

とせかしている。なにか楽しんでいるような彫辰だった。

「なんぞ容れる器は……」

真弓は恥しそうに、消え入りそうな声で訊いた。

「冗談じゃねえや。手桶《ておけ》を持って、厠《かわや》へ入る余裕なんざァ、ありませんぜ。蜂の毒が、ふぐりの方へ廻ったら、旦那の命はコロリですぜ！」

彫辰の奴、口から出任せのことを云ってやがる。

真弓は、ますます真ッ赤になって、

「では、どのようにすれば……」

と混乱したように問い返した。

＊　＊

「旦那さんを、お跨《また》ぎなせえ」

彫辰は云った。いとも簡単そうに彼は云うのだが、これは大変なことだ。

「そんなこと、とても私には出来ませぬ」

首をふって、蒼褪《あおざ》めながら、真弓は云った。

男尊女卑の時代だから、女が亭主の躰の上に跨がるなんて、大それたことは許されなかったのである。しかも、武士の妻なのだった。

「ええい……仕方がねえなあ」

彫辰は、自分の両手を合わせて、小さな容器をつくり、

「じゃあ、この中に……」

と云ったものだ。

そして、真弓の着物の裾から、それを差し入れてゆく。

真弓は、真ッ赤になって、畳の上に蹋《かが》み込んだが、いっかな出ようとはせぬ。

当り前のことだった。第一に、座敷の中である。

次に、夫や、正体の知れぬ町人がいる、その前である。

第三に、その町人は、図々しくも、

「早く、早く！」

と、せき立てながら、彼女の敏感な部分を、指先で攻め立てているのだった。

これだけ悪条件が重なっておれば、いかなる女丈夫でも、尿は出せまい。

「どうしたんです？」

彫辰は、苛立って、

「早く出さねえと、大変なんですぜ！　せっかく鍛え上げた刀も、ヤキを入れなきゃ、どうにもならねえんだ！　早く、早く！」

と、深刻な表情でせかすのだった。

「……出ませぬ」

真弓は苦しそうに喘いだ。

「ええい、仕方がない！」

彫辰は、苦しんでいる誉之助を一瞥《いちべつ》して、

「火急の場合なんだ。旦那、真ッ平御免なすって！」

と云うなり、真弓の着物の裾を大きくはだけた。白い太腿が、あらわになった。

そして、真弓の春草のあたりに、自分から顔を埋めて、

「構わねえから、あっしの口の中にお出しなせえ」

と忠義ぶって云ったものだ。彼は、紅舌の下の部分に、唇を吸いつけていた。

「えッ、それは！」

真弓は、大きくたじろぐ。

それはそうであろう。いかに下賤《げせん》の者とは云え、相手は男である。

その男子の口中に、洩らすわけにはゆかない。

真弓は、苦しそうに美しい顔を歪め、イヤイヤをして、

「それは、やはり、なりませぬ」

と空恐ろしそうに、身退ろうとした。

彫辰は、怒ったような、叱りつけるような口吻で、

「奥方さま！　旦那さまは、ああして苦しんでらっしゃるんだ！　ならぬも、へちまもありゃァしねえ。あっしが吸いやすから、そろそろと出しておくんなせえ……」

と、音を立てて誘導しはじめる。

「許してたもれ！」

真弓は、躰を震わせた。感激したのである。

——やがて。

彫辰が、息苦しそうに頰をふくらませはじめた。

そして、それが極点に達したとき、辰之助は、つと顔を離して、素早く液体の迸《ほとばし》り出る小さな孔を指でおさえる。女の尿道孔は、二つあった。

真弓は、口を離されると、悲鳴をあげて、

「あッ、洩《よじ》れまする！」

と身を捩った。

彫辰は、そろりそろりと真弓を誘導して、誉之助に跨がれと云う仕種《しぐさ》をする。

そして、口に含んだ液体を、誉之助の巨大な肉塊に吐きかけたのだった。

が——その時すでに、妻の真弓は、残りの排泄物の始末をどうにもならなくなって、畳の上に蹋

み込んでいた。

みるみる畳に洪水が出来はじめる。

彫辰は、濡れ手拭をしぼって、それを拭きとり、いとも楽し気な表情で、

「人間、溺れ死ぬ時は、あんな感じなんでげしょうなあ……。もっとも、奥方さまの海の水は、暖かくて、ちょっぴり苦い味でやしたが……」

などと揶揄《やゆ》するように云うのだった。

すると、真弓は、隣りの控えの間に駈け込んで、わあーッと泣き伏した。

よほど、羞《はずか》しかったのであろう。こんな時、女なら誰しも泣くであろう。

彫辰は、洪水の始末をすると、その濡れた手拭を、腫れ上った誉之助の肉塊に、丹念に巻きつけて、

「奥方さま。あとは頼みましたぜ。明日の朝、もう一度、伺いやす……」

と声をかけた。

そして座敷から出て行ったが、間もなく、裏の井戸端から、あてつけがましく含漱《うがい》をする物音が聞えた……。

＊　＊

夫の誉之助は、夜になっても、ウーン、ウーンと唸って痛がるばかりであった。

そればかりか、腫れはひどくなる一方である。

真弓は、不安になって、番頭に辰之助と云う町人の部屋へ案内して貰った。

彫辰は、霞ヶ浦から獲った魚料理を肴《さかな》に、チビリ、チビリ手酌で酒を飲んでいるところである。

磯田湖竜斎《こりゅうさい》から、土浦の名物料理について、かねがね教えられていたからだった。

真弓が三つ指をつくと、彫辰は、呼んでいた芸者がやって来たと思ったらしく、

「遅いじゃねえか。まあ、入りねえ」

と云い、障子の外に真弓の顔を発見すると、慌てて、

「これは、これは！」

と、座布団をすべっている。

「どうか、その儘《まま》に……」

彼女は、そう声をかけて、

「あのう……腫れが、ひかないんです」

と怨めしそうに訴えた。そして、傍らを顧みて、

「番頭どの。遠慮してたもれ」

と注文をつける。番頭が去ると、真弓は彫辰の部屋に自から入った。

「なるほど、そうですかい……」

彫辰は、誉之助の篇乃古の腫れ工合を訊いた。

「ちょうど、あの竹の花筒ほども、腫れておりまする」

真弓は正直に指さしながら云った。

床の間に、一輪ざしの花器があったが、おそらく直径二寸はあろうと考えられる。

「ふーむ！」

彫辰は首をひねりながら、腕を組み、

「それで、硬くはならねえんで？」

と問い返す。

「そのようで、ございます」

真弓は羞しそうに俯向《うつむ》いた。

「ふーむ、変だな。源内先生の話じゃあ、三刻もすりゃあ、腫れは退《ひ》くとのことでげすが……」

彫辰は、盃を伏せて立ち上った。

真弓に従って、座敷へ入ると、なるほど、誉之助は唸り声をあげて苦しがっている。

冷やすために、巻きつけてある濡れ手拭をとると、まるで赤い長大根が、でんと胯間に鎮座しているような感じだった。

「変だなあ……」

と彫辰は云って、とった手拭を行燈《あんどん》の灯に近づけ、しげしげと眺めていたが、

「ややッ！　こりゃァいけねえ！」

と仰天して、低く呻いたものである。

「あのう、なんでございます？」

真弓は不安そうに、手拭を凝視した。

「奥方さま、面目ねえ……」

彫辰は、濡れ手拭に附着している、黒い棘《とげ》のようなものを彼女に示して、

「これでげす……」

と済まなそうに呟くのだった。

「これ……とは？」

「蜜蜂の毒針でげす」

「えッ、なんと仰せられた？」

真弓は肩を戦《おのの》かせ、怯えた顔になる。

「十数匹の蜜蜂が、袋の中で死んでいたっけが……そいつらは、毒針を旦那さまの篇乃古に打ち込んだまま、死にやがったんだ……」

彫辰は舌打ちして、いまいましそうに、

「まだ、旦那さまの篇乃古に、蜂の針が突き刺さってるんだ……。だから、腫れも退かねえし、旦那さまも痛がるんでさあ」

と教える。

「すると、その針を抜きとらねば……」

真弓は蒼褪めた表情になった。

「その通りで……」

彫辰は肯いた。流石に、彼も狼狽《ろうばい》している。

毒蛇は、獲物に咬みついて、牙から毒液を注入するが、戦いが済むと、ぐったりなると云う。

毒液を出し切ってしまうからだ。そして、牙を抜かれると、死んでしまうとも云われている。

それと同じことで、蜜蜂たちも、誉之助の篇乃古に毒針を打ち込み、針を捥《も》ぎ取られて死んでしまったのであろうか。

「しかし、この明かりでは」

真弓は、行燈を夫の胯間に近づけたものの、当惑したように呟く。

「そうでやすなあ……」

彫辰は首を傾《かし》げた。そして煙管《きせる》を取って一服したが、

「そうだ！」

と、矢庭に低く膝を叩いた。

「あのう……なにか？」

真弓は、彫辰を縋《すが》りつきそうに見る。

「奥方さま。ご自分の舌でお触りなせえ。舌先というものは、敏感なもので、どんな小さな棘の所在でも、教えて呉れるもんでげす……」

彫辰は静かな口調で告げた。

真弓は、ためらったが、

「さあ、早く！　命にかかわることですぜ！」

と彫辰から脅かされると、一も二もなく、夫の腫れた部分に顔を近づける……。

その四

……朝日が、障子越しに、眩しく照り映えていた。

真弓は、はッとなって、うたた寐《ね》から目覚め、夫の容態をみた。

毒針を抜いた故為か、夫の誉之助は、熱も下がり、熟睡している。

〈よかったわ……〉

彼女はそう思いながら、そっと掛布団の裾をめくっていた。

夫の、あそこが心配だったからだ。

油紙をほどき、湿布をとると、信じられない位の太さで、それはでんと鎮座している。

真弓は、惚れ惚れと、それを打ち眺めた。

〈これが、硬くなったら……〉

と思うと、真弓は、息苦しくなるような昂奮に誘われるのであった。

思わず、頬ずりしたくなる感じで、うっとりと眺めていると、いつ目覚めたのか、夫が微笑しながら、

「真弓……」

と、彼女の名を叫んだ。

「は、はい」

真弓は、慌てて布団の工合を直そうとしている。

「いいのじゃ」

誉之助は微笑して、彼女の手をとると、

「なにか、他人の持物を預っているようじゃ。なんとか、して呉れぬか」

と云う。痛みの方は、どうやら去ったらしい。

「なんとか……と申しますと？」

真弓は、たじろいでいる。

「つまり、夫婦の営みが出来るように、して呉れと云うことだ……」

誉之助は云った。その声も、表情も今朝は爽かだった。

「あなた……」

真弓は大きく首をふって、

「朝でござりまするぞ」

と云っている。武家の夫婦の営みは、夜と決め

られていたのだ。

「構わぬ」

誉之助は起き上ると、自から着物の裾をひろげて、

「わしも見てみたい」

と、胯間をしげしげと眺めだした。

「真弓……」

「は、はい」

「どう思う、そなた?」

「えッ、なにが……」

彼女は、夫の唐突な、そんな質問に戸惑っている。

「蜜蜂の毒で、腫れ上ったこれが、使いものになるかのう……」

誉之助は呟いている。

「そのう……それは……」

真弓は、消え入りそうな声で云った。期待と、不安の綯《な》い混《まざ》った真弓の表情。

「なんじゃ。素直に申せ」

「あたしが、欲しいのは、あなたの子胤《こだね》でござりまする」

「うむ。それで?」

「子胤を出して頂くには、固くならねばなりませぬ」

「その通りじゃ……」

誉之助は、なにを今更と云いたげに、大きく肯いている。

「そのためには、夜にならねば……」

真弓は、顔を赧《あか》く染めた。

つまり、夜にならねば、羞恥心をかなぐり捨てられないと、云いたかったのであろう。

「わしは、いま所望じゃ」

誉之助は、真弓に迫った。となると、妻としては、従わないわけにはゆかぬ。

しかし、いくら真弓が努力しても、腫れに腫れ上った男根は、固くならない。

誉之助は大いに苛立ち、

「真弓。辰之助と申す町人を呼べッ!」

と半泣き顔で叫んでいた。

——間もなく。

朝っぱらから、叩き起されて、仏頂面の彫辰が、

「なにか、急用だそうで？」

と廊下から声をかけて来る。誉之助は、畳を叩いて、

「おい、辰之助とやら！」

「へ、へいッ」

「たしかに、大きく、太くはなったが、固うはならぬ。これは如何《いかが》したのじゃ」

誉之助は、いきり立っている。

「申し訳ござんせん。あっしが請負いやしたのは、大きく太くすることだけで、ござんして……」

廊下の彫辰は頭を掻いて、

「今日一日、ご辛抱なすったら、なんとか固くなるんじゃござんすまいか」

とその場逃れで云っていた。

「一日の辛抱と申すか」

「ははッ」

「よし、さがれ！」

誉之助はプリプリして、

「細うて出来ず、太くて出来ず、わしは、いっそのこと死んでしまいたいわい」

と呟いたものだ。

考えてみれば、太く大きくなったものの、それは単に腫れているだけのことだったんだから、性行為を持とうと云う方が無理だったのである……。

＊　＊

「あのう……旦那さまの命には、別状ないでしょうか？」

真弓は、彫辰の前に三つ指をついて、そう云っていた。

「そうでがすなあ……」

辰之助も自信なさそうに顎のあたりを撫でて、

「奥方さま……」

と坐り直した。この男が、こんな態度をとる時には、なにか魂胆がある。

「は、はい」

「あっしも、正直のところ、自信はねえんでござんすよ……」

辰之助は呟くように告げている。

……いつのまにか、日が暮れて、夕刻になって

いた。

にも拘《かかわ》らず、夙川誉之助は午下《ひるさが》りから、また高熱を発して、寐込んでしまったのであった。

城下から医師を呼んだが、発熱の原因がわからないと云う。

となると、心当りは昨日の〝蜜蜂責め〟の毒ぐらいしか、ないのであった。

「このまま、旦那さまが死ねば、あたしは、一体どうしたらよいんでしょう！」

真弓は慎みも忘れ、袖《そで》をあてがって泣いている。

彫辰は、大いに腐った。いや、辟易《へきえき》している。

蜜蜂に刺して貰えば、腫れるから大きくなるだろう……位にしか、考えていなかった彼である。

そして、その試みは成功した。たしかに、大きくはなったのである。

だが、いくら腫れて大きく太くなっても、固くならなければ、それは使いものにならないのであった。云うならば、太い麩《ふ》の棒でしかない。

「こうなったら、奥方さまの尿《いばり》で、冷やすよりござんせんね」

辰之助は云った。目の色は、残忍な光を少しく帯びている。

「えッ」

真弓は大きくのけぞり、

「また、私に、あのような恥しいことを、しろと云うのですか？」

と喰ってかかる。彼女は、しかし、どこか躰の芯を疼《うず》かせている風情であった。

「なにごとも、旦那さまの為ですよ……」

彫辰はニヤリとして、

「また、あっしが吸わせて頂きまさあ」

と真顔になって云うのだった。

真弓は、流石に赤面しながら、でも期待するような口吻で、

「本当に、そうするより、方法はないのですか？」

と訊いている。

「へえ。あっしにも、どうして熱が出たのか、判らねえんだ……」

辰之助は正直に告げた。これは本音である。

真弓は、しばらく考えていたが、顔を赧《あか》らめつつ、

「では、手桶を――」

と呟く。なぜか、声が打ち震え、咽喉仏が上下していた。

おそらく手桶を用意させて、その中に放尿しようと云う意味であろう。

辰之助は、手を叩いて女中を呼び、手桶を持って来させた。

そして冷たく、手桶を押しやると、

「奥方さま、どうぞ」

と云っている。

真弓は手桶をもって、次の間に消えたが、なかなか出て来ない。

彫辰は苦笑しながら、立ち上って、次の間を覗いた。

後ろ向きになって、手桶に跨り、苦吟している人妻の姿が、そこにあった。

「出ねえんですかい?」

辰之助はニヤニヤして、背後から近づいて、肩に手をかけた。

「あっしが、誘い水をあげやしょう」

辰之助は、真弓の耳許で、甘ったるく囁くのだった。

「寄らないで!」

真弓は悲痛な声をあげた。

「なにを仰有います……」

彫辰は図々しく、背後から、人妻の白い臀部《でんぶ》に触れるのだった。

「ああッ!」

人妻は、大袈裟に身を捩《よじ》り、ハッタと彼を睨んで、

「そんなことしたら、出るものが、出なくなりまする!」

と訴えている。

「そうでやすかね……」

彫辰は、平然と下帯をといて、自慢の逸物を曝《さら》け出し、ゆっくりと背後から、白い臀部に寄せて行った。

「ああッ! 不埒《ふらち》なことをすると、許しませぬ

ぞッ！」

真弓は低く叫んだ。しかし、躰の方は、身じろぎ一つしない。

「冗談じゃねえ」

彫辰は、むきになって叱りつけ、

「誘い水でさあ、誘い水……」

と云い、目を閉じている。

——やがて。

彫辰の逸物から、竜吐水のごとく、液体が湯気と共に迸りはじめた。

と——それに吊られたように、人妻の肉体からも、液体が流れだしている。

「ふふ……出て来やしたね」

彫辰は、にんまりと、そう呟いて、

「二人の合わせ湯で、旦那さまにゃァ悪いが、効き目には別に変りござんすまい」

と人妻を背後から抱くようにするのだった。云わば、合わせ尿《いばり》だ。

なにが愧《はずか》しいと云っても、女性の場合、放尿している現場を、異性に見られることぐらい、愧しいことはあるまい。

真弓は、そればかりか、一緒に、夫以外の異性から背後から抱かれながら、放尿したのである。

液体の音が途絶えたとき、人妻は、知らず知らず両手で顔を蔽《おお》って、

「あたし……死にたい！」

と口走っていた。でも、それは本音であったか、どうか？

「死にとうがすか？」

彫辰は、そう囁くと、ぐっと抱き寄せて、

「あっしも、お手討ち覚悟で、ご無礼仕《つかまつ》りますぜ……」

と、人妻の前に廻って、黄金水を湛《たた》えた手桶をとるなり、彼女をぐいと抱きしめたのだった。

＊　　＊

「いけませぬ！」

真弓は、必死で抗《あら》がった。

「奥さま。一緒に、死んで、お呉んなせえ！」

彫辰の声は低いが、迫力はあった。それに、力ずくでは、自信もある。

「やめて！」

真弓は、低く声を弾ませている。唇は半開きとなり、目には恐怖の色がある。

隣室には、高熱で魘《うな》されている夫の誉之助がいた。それが怖いのだ。

「あっしは、死ぬ覚悟ですぜ！」

辰之助は、真弓をみた。額と額を合わせ、じいーっと見詰め合った。

「えッ、死ぬ……」

「そうでさあ」

辰之助は平然と、真弓を引き寄せ、

「奥方さまは、まだ生娘だとか、お聞きしやしたが？」

と、囁くのだ。

「えッ、なぜ、そのようなことを！」

真弓は、怯えている。怯えながら、彼に抱きついている。

「あの太い篇乃古を、迎え入れるには、生娘では無理でやす」

「…………」

「通りをよくしておかねば、どうにもならねえんで……」

「そんな、無体な！」

「しかし旦那さまの、ご希望だとしたら、どうなさいやす？」

「ええッ、旦那さまが？」

「驚きやしたか？」

彫辰はニヤニヤして、

「通りをよくしておくのも、あっしの請負い仕事のうちで……」

と云い、太く、逞《たくま》しく、いきり立った逸物を、真弓の手に握らせたのだった。

「まあ、こんな！」

真弓は、声を震わせた。自分の夫と、較べ物にならないことを知ったのだろう。

「なにごとも、お家のためでござんす」

「…………」

「目を瞑《つぶ》って、じいーッとなすって、おくんなさい」

彫辰は、そう云うと、ゆっくりと人妻の躰を両腕に力をこめて持ち上げる。

現在で云うなら、騎乗位の体位だった。胡坐《あぐら》をかいたその上に、女体を打ち跨らせようという寸法だ。処女を破るには、一番よい効果的な体位なのだった。それは徐々に人妻の肉体の中に、埋没して行った。

真弓は、眉根を寄せ、わずかに苦痛の色を泛べている。

「痛うがすか?」

辰之助は、そう囁いて、そっと唾液の助けを借りている。

「ええ、少し……」

人妻は歯を喰い縛って肯く。

「もう少しの辛抱でがす」

辰之助は、ゆっくり人妻の躰を離した。また、ツバキ油の使用である。

「ああッ!」

真弓は、逃れ出ようとするようなポーズをみせたが、がっしりと彫辰に抱き竦《すく》められていた。

「痛うがしょうなあ……」

同情するように彫辰は微笑して、

「しかし、これで通ったようで」

と告げた。なにか、医師めいた言葉遣いが、小憎らしい。

「ええ……判るわ」

人妻はそう呟いてから、目を閉じて、息を喘がせ、

「この次からは、旦那さまと……大丈夫なのね」

となにかを反芻《はんすう》するように呟く。

「むろんでさあ」

彫辰は大きく肯いてから、

「さあ、こんどは自分で動かしてごらんなせえ」

と命令していた。

「動かすって?」

破瓜《はか》されたばかりの人妻は、無邪気に問い返す。

「通しをよくするのが、あっしの仕事なんですぜ?」

「…………」

「動かさねえと、通しはよくなりませんので……」

彫辰は、重々しくそう告げたが、なんとも悪い野郎だ。

そんなことは、彼の請負った仕事には、入ってはいないのである。

彼としたら、世間知らずの、侍の人妻にチョッカイを出して、冒険をたのしむだけのことだったのだ。

だが、世の中は、そうそう問屋がおろさない。

この不倫の行為が、彫辰を、ある事件に捲《ま》き込んでゆくのだ。

しかし、そんなことを知らぬ彫辰は、真弓を抱いて天下泰平であった。

その五

「やっと、会えましたのね?」

女は、怨めしそうな口吻になって、辰之助を眺め、微笑している。

「申し訳ござんせん」

彫辰は苦笑して、小鬢のあたりを小指の爪で掻き、

「実は、野暮用で土浦まで、出かけていやしてねえ」

と弁解し、女が着物を脱ぐのを待っている。例の——花づくしの彫物をしている女であった。

朱彫に入って間もなく、彼は夙川誉之助のために、江戸を留守にしなければならなかったのである。

女の白い背中には、緋牡丹が一輪だけ、朱《あか》く咲いていた。

「あたしゃァ、この儘、涼しくなってしまうのじゃないかと思って、随分と辰さんの居所を探しましたのさ」

彼女はそう云って、キラキラした瞳で彫辰を見詰めている。

涼しい……とは、筋彫だけで、ボカシ彫のないことをさす言葉だった。

つまり筋ばかりで、ボカシがないため、風通しがよい……と云う皮肉である。

江戸ッ子は、彫物を中途で止《や》めると、金が続か

なかったのだとは考えずに、痛くて辛抱できないからだ……と解釈したのだ。

だから涼しい彫物をしている者は、勇気のない男だとされたのである。

また二の腕しか彫ってない刺青《いれずみ》は、〃寿司屋〃と云って軽蔑された。

これは屋台で寿司を喰うとき、腕の刺青をちらつかせるだけの代物、つまり見栄だけの彫物だと云うわけだろう。

「へッへッへ……」

彫辰は、いつになく下品な笑い方をして、

「そんなに涼しいのなら、今回は、はじめから太い薪をくべておきやしょう」

と云ったものだ。

女は、小鼻をぴくつかせると、ゴクリと咽喉を鳴らして、

「あい。早く、くべとくれなね。もう、疼いて疼いて仕方ないいんだから」

と四つ這いになる。

彫辰、女の湯文字の裾から素早く手を入れて、もぞり、と動かし、

「こりゃァ涼しい筈だ。もう、大洪水ですぜ……。この分なら、川止めだなあ」

と含み微笑った。

「さあ早く！　溢れないうちに、堰止《せきと》めておくんなさい……」

女の声は、うわずっている。それは、男を知った女の痴態であった。

彫辰はニヤニヤして、

「あんたの身分を、あかして下さらねえうちは、この太い薪はくべられねえ」

と、わざと小指を使うのだった。じらすように、ゆっくりと——。

「あッ！　あッ！」

女は、この世の者とも思われない悲鳴をあげて、

「云うわ！　云うわ！」

と口走るのだった。

よほど、欲しかったのだろう。でなかったら、言葉だけで、大洪水になるわけがない。

「じゃァ教えてお呉んなさい」

彫辰は、指の動きを止めて、また微笑していた。女心、いや女体のすべてを知り尽した憎い仕打ちである。

「あたしの名は……」

女は、啜《すす》り泣かんばかりに、そう呟いて、太い吐息をつくと、

「名前は、お律……」

と、低く呻いている。躰の末端までが、小刻みに打ち震えていた。

「どこに、お住いで?」

「か、か、神田……」

「それだけじゃァ判らねえ」

「神田明神下……」

「旦那の、お名前は?」

「そんな人……知りませぬ」

女は呟く。しかし、その言葉が嘘であることは、彫辰はすでに見通している。

「へえ、そうでやすかねえ!」

辰之助は、さっさと指を引き抜いて、手拭でさっと浄《きよ》めると、女を無視して、

「ああ、臭え、臭え!」

と云いながら、商売物の針を研ぎにかかる。

「あッ、止めないで!」

お律は、そう叫んで、彼に獅噛《しが》みつき、

「旦那の名は……三島屋仁兵衛!」

と大きく喘いだ。

それを聞いて駭《おどろ》いたのは、彫辰の方であった。

「三島屋と云うと……横山町の太物問屋の?」

彼は、思わず息を嚥《の》んだ。これは、偶然だろうか?

「あい。ご存じですか?」

お律は、彼をしげしげと見詰めて、一息入れると、俯向いて、

「旦那さまが、どう云うわけか知りませぬが、供養のために、江戸で名高いお前さまに、彫物して貰えと仰有って……」

と告げたものである。

〈供養のため?〉

辰之助は、少し許《ばか》り、慄然《りつぜん》となった。

三島屋の雪絵に、隠し彫を施したのは、他なら

ぬ彼自身である。(その一　隠し彫)

被虐趣味の雪絵は、手代の佐七に、その趣味のために殺されたわけだが、おそらく父親の仁兵衛は、死んだ一人娘に、彫物願望という怪奇な趣味があったと知り、それで愛人のお律に、

――彫辰の手にかかって彫物をしろ。

とでも云ったのでもあろうか。なにか、因縁めいためぐり合わせである。

彫辰は、遠くを見詰める瞳の色になりながら、

〈あの娘《こ》にだけは、俺の肉針を、たっぷり刺したかったなあ〉

と思い起しつつ、仁兵衛の妾《めかけ》の裾をはだけ、

「それじゃァ、薪をくべやすぜ……」

と、お律に云ったのではあった――。

＊　＊

夙川誉之助の妻・真弓が、土浦城下からの帰途、行方不明になったことがわかったのは、いつごろだったろうか。

江戸へ向かい、夫の誉之助と、利根川を渡って、手賀沼への道を辿ったことは、判明している。

ただ、我孫子《あびこ》から、流山《ながれやま》にかけての街道で、姿を消したのであった。

――なぜか？

その理由は、わからない。

ただ事実だけを記録するなら、当時の〈行死人記録帳〉に、

『女。推定二十三、四位。有懐剣。武家の妻と認む。死因、恐らく縊《い》死《し》なる歟《か》』

とある。

ところで、彼女が死体となって発見されたのは、松戸宿の近くの万福寺不動の境内であった。

松の枝に、扱《しご》き帯をかけ、それに首を入れていたが、両膝は地面についていたと云う。

帯に懐剣がさしてあり、髪型その他から、侍の妻と推定されたわけだ。

足首を縛ってあったところから、覚悟の死と判断されたのであろう。

夙川家では、旅の途中、嫡男《ちゃくなん》・誉之助の妻が失

踪したことを、藩主と公儀とに届け出てあった。

そして、妻の死体が発見されるや、誉之助は北町奉行所に出頭して、

「妻が自殺するわけはござらぬ。おそらく、彫物師の辰之助なる者の手にかかり、非業の死を遂げたものと思惟《しい》される……」

と陳述したのだった。

奉行所では吃驚《びっくり》した。

四千五百石の江戸家老の嫡男の申し出である。

その妻が、市井の徒の手にかかって死亡したとなると、二合半領の事件ではあるが、黙って捨ててもおけない。

さっそく指令が出され、彫辰は本多小十郎の配下の者の手で番所に引っ立てられ、取り調べを受けることとなった。

縄をかけられ、番所に引き据えられた辰之助の恰好は、みるも無残であった。

「さあ、きりきり白状しやがれ!」

三星屋喜蔵は、愛人のお竜と彫辰とが、怪しい仲だと疑っているだけに、頭から武家の妻女殺しの犯人と決めてかかって、徹底的に痛めつける。

「ちょっと、待ってお呉んなせえ」

辰之助は、昂然と眉をあげて、

「たしかに、夙川さまの奥方には、土浦の宿でお目にかかっておりやす」

と云い、

「しかし、あっしは、お会いしてから三日後には、江戸に戻っておりやすので」

と弁明した。

しかし、死体鑑識などの知識のなかった当時のことである。

真弓が、いつ死んだのか、行死人記録だけでは、どうにも判別はつかない。

だから彫辰がいくら無実だと主張しても、死人の夫である誉之助が、

——彼が怪しい。

と云い切っている以上、奉行所としては、町人である彫辰を先ず疑ってかからざるを得ないのであった。

「とにかく、あっしが、あの奥方さまを殺害す

るわけがねえ。もう一度、二人の足取りを追ってお呉んなせえ……」

彫辰は、拷問に耐えながら、そう云って気を喪《うしな》った。

わが国で罪人を訊問するとき、拷問したのは、かなり昔からのことであるらしい。

戦国時代に入ってからは、水責、水牢《みずろう》、木馬、火責など、想像を絶した手段が考案され、厳しさをきわめた。

ただ徳川時代に入ってから、拷問は四種に規定されたようだ。

第一。笞打《むちうち》。

第二。石抱。

第三。海老責。

第四。釣責。

……以上の四種である。

もっとも幕府では、釣責のみを拷問と呼び、笞打、石抱、海老責の三種は、責問と称していたようであるが……。

彫辰が拷問にあったのは、八丁堀の牢ではなく、番屋《ばんや》であった。

しかも立会人なしの笞打である。

これは諸肌《もろはだ》をぬがせて、左右の腕先から背後の肩まで、荒縄で緊め上げた上、拷問杖で肩先を力一杯にぶん殴る……という荒っぽい拷問だった。

大体百五、六十回は打ち据えて、白状しなかったら止めるという風習だった。

だから、いかに辛い責めかが、想像いただけるであろう。

＊　＊

——翌日。

ふたたび吟味のため、顔をみせた本多小十郎に対し、彫辰は、傷のため一晩中まんじりともしなかった、むくんだ顔を向けて、

「本多さま。お願いでござんす。あっしは奥さまを手にかけちゃあいねえ。旦那の方を調べてみて、お呉んなさい」

と云った。

小十郎は、これまで、しばしば彫辰の厄介になっているから、

「なに、誉之助が怪しいとな？」

と呟き、腕をくんでしまった。

土浦の宿の者は、辰之助が五日も先に帰ってゆき、夫婦が一緒に出立して江戸に向かったと証言している。

そして三島屋の愛人であるお律は、彫辰から彫物をして貰っていたと、はっきり云い切っているのだった。

三星屋喜蔵は、

「江戸から松戸宿までは近うがすから、辰之助めが江戸を抜けて……」

などと云っていたが、考えてみると、彫辰が、なぜ誉之助夫妻が江戸へ帰ってくる日時を知ったか……という疑問点が起るのだ。

本多小十郎は、彫辰に対する吟味を止めさせ、夙川家を訪れた。

そして、嫡男・誉之助に面会を求め、

「いかなる仔細あって、彫辰なる者を、奥方殺しの犯人として誣告《ぶこく》されたのか！」

と一喝した。

誉之助は顔色を変え、わなわなと唇を震わせはじめた。

——半刻の後。

本多小十郎は、ずっしりと重い懐中に、満悦しながら夙川家を辞していた。

彫辰が、吟味の結果、お構いなし……と云うことになって、釈放されたのは、その日の夕刻である。

悪徳同心の本多小十郎は、夙川半左衛門によって、二十五両で買収されたのだった。

……では、事件の真相は？

夙川誉之助は、彫辰の蜜蜂責めによって、小指ほどの篇乃古を、たしかに太く大きくして貰った。

だが、それは所詮《しょせん》は腫れのためであり、大きい時には、いっかな硬直しなかったのである。

やっと腫れが引くと、それは元通りの小指の大きさに戻った。

その夜、誉之助は勃起《ぼっき》するのを覚えて、妻の真弓を自分の臥床《ふしど》に呼んだ。

真弓は、狂喜して、彼の床に入ったが、夫から

のしかかられると、

「あなた。指ではなく、あの方のように本物を入れて下さいませ……」

と、ついつい口走ってしまったのである。

誉之助は、妻に挿入していた。

それを〝指〟と云われた上、〝あの方のように本物を〟と云われたのだから、彼はカーッとなった。

そして逆上した彼は、真弓を問い詰め、自分が苦悶している隣室で、自分の妻が、江戸の彫物師に〝通し〟をよくして貰ったことを知るのだ。

彼は、泣いて詫びる妻を、いったんは許した。

しかし一夜あけると、肚《はら》が立ってならない。

町人が、武士の妻と密通する。

それだけでも、大それたことなのだった。

江戸に向かいながら、誉之助は、どうにも肚立しく、万福寺不動の境内で、妻の真弓を折檻《せっかん》した。

そして懐剣を突きつけて、

「許せぬ！　自害しろ」

と迫ると、真弓は、平然と、

「離縁して下さりませ。私は、あの町人の許に参りまする」

と云ったのだそうである。

……気づいたとき、妻は、彼から首を絞められて、絶命していたのであった。

誉之助は、扱き帯をとき、縊死にみせかける工作をすると、単身、江戸に立ち戻って、妻の失踪を届け出て、なに喰わぬ顔をしていたのだった。

死体が発見され、懐剣の家紋から、素性が明かるみに出た。

慌てた誉之助は、北町奉行所に、彫辰を犯人として訴え出たのだった。

この事件は、本多小十郎の収賄で、闇から闇に葬られたわけだが、莫迦《ばか》をみたのは彫辰である。

しかし根が楽天家のこの男は、拷問中に考えていた〝助計船〟の製作に、余念がなかった……。

この話は、又にゆずるとしよう。

若衆道

その一

「するてえと、どうあっても、瀬川菊之丞の素顔を、奥方さまの尻に彫れと仰有《おつしゃ》るんでござんすか?」

……いささか開き直ったような感じで、相手に言葉を叩きつけたのは彫辰である。

「そうともさ」

相手は、微笑して肯いた。

いかにも大店《おおだな》の旦那らしい人物——この男は、蔵前の札差《ふださし》、大口屋の主人であった。

彫辰も、彫物を生業《なりわい》としてから、数年になるが、こんな珍奇な注文は始めてであったのである。

いま、堺町の市村座で、人気絶頂の女形・瀬川菊之丞の顔を、自分の妻の臀部《でんぶ》に彫って貰いたいと云うのである。

大口屋は治兵衛と云う名だが、一般には暁雨《ぎょうう》と云う俳号が通り名であった。

当時、十八大通と呼びはやされた通人の筆頭格で、茅町二丁目に屋敷がある。

大黒様を紋どころとして、黒羽二重に白く抜きだし、緋色《ひいろ》の博多帯に、鮫鞘《さめざや》の脇差《わきざし》、そして桐下駄——と云うのが、大口屋暁雨の吉原通いの扮装であったと云う。

これは二代目団十郎が、助六を演じた時の服装で、当時は大いに粋《いき》とされたものだった。

札差と云うのは、幕府の侍たちが、俸禄《ほうろく》として受けとる御蔵米の、受取代理人のことである。

御蔵米の入用なものだけを本人に渡し、不用な分を売却して手数料を貰う……と云うのが、本来の仕事だった。

札差という名称が生まれたのは、自分の扱う米俵に、何々様と書いた札を刺しておくことからだと云われている。

享保九年、大岡越前守《おおおかえちぜんのかみ》によって、札差の数は百九人と限定されたがため、その株が売買されるようになり、かえって札差の権限を強めた。

扱うのは旗本、御家人《ごけにん》の切米《きりまい》なのだが、表向きの手数料は、百俵につき一分の代弁料、払米の方は百俵につき二分――と云うことになっている。

また毎月支給される扶持米《ふちまい》は、百俵を最低として手数料をとる仕組みだった。

だが、現実には、旗本や御家人たちは、切米切符を担保にして、札差から金を借りるのが通例となっていた。

一両で一分の年利が常識だったと云うから、一年に二割五分の高利である。

平年の米価は一石で一両を出ない。

だから三百石の旗本で、三百両の借金があれば、一年の俸禄では借金を支払えないばかりか、金利が嵩《かさ》んでゆく一方だった。

この御切米を先取りされているところへもって来て、米相場が百俵で二百十二両という値段になったから、さあ大変である。

大口屋暁雨は、三万俵以上を扱っていたから、一俵につき一両の利益としても、ざッと三万両の儲けとなった。

かくて、大分限者の出現となり、十八大通などと云う遊冶郎《ゆうやろう》が生まれてゆくのだ……。

大口屋は、彫辰を見詰めて、

「まさか、役者の似顔絵は彫れないと云うんじゃ、あるまいな」

と、屹《き》ッとなっている。

「そりゃァ、彫れねえことはござんせんが、なぜ背中に彫らねえんです？」

彫辰は不審そうに問い返す。

「ふむ！」

大口屋暁雨は、低く鼻を鳴らして、天井を見挙げながら、

「少し仔細があって喃《のう》……」

と呟いた。

瀬川菊之丞は、当時、人気絶頂の役者であった。美男子で、浮世絵にもなって、それは飛ぶように売れていると云われた。

その人物の顔を、自分の妻の尻に、彫って欲しいと云うのだ。

彫物と云うのは、隠し彫ならいざ知らず、他人に見せられる場所に彫るのが、普通である。辰之助が首を傾《かし》げたのは、女の臀部と云う、その彫り場所のためであった。

「どうだ。さっそく引き受けて呉れぬか」

大口屋暁雨はじれったそうに云った。

彫辰は相手を静かに見返しながら、

「どんな仔細があるのか、存じませんが、やっぱり、どうも気が進みませんや」

と云った。正直な気持を伝えたのである。

「気が進まんと云うのか？」

大口屋は、むッとした顔になる。金持とは、我《わが》儘《まま》な人種であった。

「へえ、さようで」

「金なら出す、と云っておる」

相手は、いきり立った。今まで彼に逆らった人間はないからだ。

「旦那……」

彫辰は坐り直して、大口屋を冷たく直視すると、

「いくら役者だって、男は男ですぜ。その男の顔を、尻に敷くたあ、ちと悪戯《いたずら》がひどすぎやあしませんか」

と云ったものだ。

「ふん！」

また大口屋は鼻を鳴らし、

「尻に敷くために、彫って欲しいのだと云ったら、どうなるね？」

と云い、大店の旦那らしく鷹揚《おうよう》な口吻《くちぶり》で、

「俺の吉原通いをいいことに、女房のやつ、役者狂いをはじめやがった！　そんなに恋しい男なら、肌身離さず、つけておいてやろうと思ってなあ……」

と告白したのだった。

「なるほど、そう云う訳ですかい」

辰之助はニヤリとして、

「時に、奥方さまは、お幾つで？」

と念を押すように訊いた。

「三十一だ。もう女盛りは過ぎておる」

暁雨は苦々しそうに云って、なぜかソッポを向いたのである。

＊　＊

茅町二丁目の大口屋の私宅で――。

辰之助は、瀬川菊之丞の似顔絵を前にして、暁雨の妻、お蔦《つた》と相対している。

お蔦は、暁雨から器量よしを見込まれて、妻となっただけあって、とても三十を越えているとは思えないほどの美人であった。

「旦那さまは、どうあっても、奥方さまの尻に彫れと仰有いますが、そのことは奥方さまも御納得なんですかい？」

辰之助は訊いている。まだ、半信半疑だったからだ。

お蔦は目を伏せて、

「云いだしたら、きかない人ゆえ、致し方ございませぬ」

と淋しそうに云った。その言葉の響きが、ちょっぴり彫辰の心にひっかかった。

「なるほど、そんな訳で――」

彫辰は苦笑していた。

「菊之丞に、あたしが血道をあげているなどと、うちの人は云ったことでしょうが、本当は菊之丞に狂っているのは、うちの人の方なんです……」

お蔦は、訴えるように呟く。

これには辰之助も仰天して、しばらく、ポカンと口をあけていたが、ややあって、

「えッ、なんですと？　旦那が、菊之丞に惚れてなさる？」

と思わず叫んでいた。

お蔦は恥しそうに肯いて、

「うちの人は、もう、女子《おなご》には興味がないそうな」

と、怒ったように横を向く。

その横顔がまた、ふるいつきたいような美しさであった。

鼻が高く、睫毛《まつげ》が長いだけに、その美しさは一層、引き立つのである。

〈ふーむ!〉

彫辰は、腕組みをしていた。

お蔦は、いったん夫の秘密を、他人にばらすと、我慢できなくなったように、

「うちの人は、吉原で遊んでも、花魁《おいらん》を抱かぬのが通人の通人たる証拠じゃ……なんて云ってなさるが、本当は、もう女には駄目なんです。あたしだって、四年前から、手も触れて下さらない……」

と、早口にまくし立てはじめた。

「そればかりか、可愛いい丁稚《でっち》ばかり雇い入れて、毎夜のように、夜伽《よとぎ》をさせようとなさる……。お蔭で、丁稚たちは、みんな逃げ出して、番頭共にも蔭で笑われておりまするのじゃ……」

「ははあ……なるほど」

彫辰は、苦笑するよりない。

「その挙句、瀬川菊之丞を、自分の養子に迎えたいなどと云いだされて、あたしは、その交渉のため、菊之丞に会うたにすぎませぬ。それを棚にあげて、うちの人は、あたしが菊之丞に狂うたなどと云うておられるが、実際には菊之丞どのが、養子縁組みを断られたからなのです」

お蔦の声は、震えていた。

「なるほど、それで菊之丞の似顔を、貴女《あなた》さまの尻に……」

彫辰は、ポンと膝を打つ。

「そうなのじゃ……」

お蔦は、悲しそうに呟いて、それから袂《たもと》を指でまさぐりながら、

「だけど、あたしが菊之丞どのに、惚れてなかった……と云えば、嘘になりましょうなあ」

と淋しく微笑していた。

「なるほど、なるほど」

辰之助は大きく肯いて、

「するてえと、旦那は、瀬川菊之丞を養子という形で迎えて、その実は、菊之丞と変な仲になりたいと云う魂胆だったので？」

と呆れ顔になっている。

「と、思われまする」

お蔦は、そう云い切ってから、決心を改めて再確認するように、

「ともかく、あたしには異存はございませぬ。存分に彫物をなすって、お呉んなさい」

と、あでやかな笑顔をみせた。

〈ふーむ！　変った女だなあ〉

彫辰は、なにか、むらむらッと情欲をそそられながら、不図《ふと》、衝動的に
「奥方さま。こんなものを、ご存じでげしょうか？」

と、懐ろから、鼈甲《べっこう》細工の張形をとりだしたのだった。

それを一眼《ひとめ》見て、お蔦は真ッ赤になり、

「そのような、大きなものは――」

と口走り、ついで自からの失言に気づいたらしく、両袖《りょうそで》で顔を蔽《おお》ったものだ。

＊　　＊

「奥方さま。下絵ができ上りやした。ところで、一つお願いがございんす」

彫辰は、絵筆を捨てながら云っていた。

白い、むっちりした尻の肉だった。ぽっちゃりとして、彫辰好みの肌であった。

きめが細かく、色白で張りがあるだけに、それは異様な、なまめかしさである。

その尻に、瀬川菊之丞の似顔絵が、変な位置に描かれてあった。

お蔦は、俯伏《うつぶ》せの姿勢のままで、なぜか、息を弾ませながら、

「お願いとは？」

と問い返している。

「手鏡を持って来て、お呉んなせえ」

彫辰は云った。その時だけ、彼の目は、放恣《ほうし》な情欲に彩られている。

大口屋の妻女は、着物の裾《すそ》をおろして立ち上ると、すーっと座敷を出て行った。

そして程なく戻って来る。

「この手鏡を、なんに使うのです？」

お蔦は云った。不審そうな面持である。

「すみません」

彫辰は微笑すると、

「そこの畳の上に置いて、その上を跨《また》いでお呉んなさい」

と注文をつけている。

「跨げとは？」

お蔦の顔には、当惑の色があった。そして不安そうな目の色だった。

「着物の裾をからげて、鏡を跨ぐんでござんすよ……」

辰之助は、自分で模範を示して、裾をからげると、跨いでみせた。

お蔦は、手鏡を覗き込み、みるみる顔を朱色に染めている。

彫辰ご自慢の太い肉針が、にょっきり鎌首《かまくび》を擡《もた》げていたからであった。

辰之助は、素知らぬ顔つきで、その手本を示すと、

「大体、こんな要領でげす」

なんて云って立ち上る。

お蔦は、物欲しそうに手鏡を見やってから、云われた通り、自分も着物の裾を、少しくからげた。

ぐっと捲《めく》るのは、流石《さすが》にためらわれたのだ。

そして、手鏡を跨いでいる。

「どうでやす……菊之丞が見えやすか」

彫辰は訊いた。彼は、真剣な声音になっている。

お蔦は首をふり、

「暗くて、なにも……」

と気抜けしたように、呟いている。

「ああ……そんな姿勢じゃ、見えやしねえ。片膝をついて、彫物をする方の裾を、思い切ってうんとめくらねえと……」

彫辰は命令していた。

お蔦は、恥しそうに、しかし観念したように、そろり、そろりと着物の裾を上に持ちあげてゆく。

白い臀部が、あらわになった。

「どうです？　見えやすか？」

彫辰は無表情に云った。

お蔦は、黙って、ただ真ッ赤になっている。

……それはそうだろう。

手鏡の中を覗くと、あの天下一の色男――瀬川菊之丞が、彼女の恥しいところを、ひそかに覗き見しているような、そんな錯覚に捉われる構図なのである。

「ふふ……」

彫辰は含み微笑《わら》い、

「旦那への仕返しでさあ」

と云って、懐中から袱紗《ふくさ》包みをとりだし、

「それだと、菊之丞を眺めながら、こいつが存分に使えると云うわけで」

と、お蔦の前に、例の鼈甲細工をゴロリと転がすのであった。

「あっしは、ちょっと厠《かわや》へ行って、用を足して来やす」

彫辰は、そう告げて姿を消す。むろん、わざとである。

残ったお蔦は、まるで怖い物でも見るように、鼈甲細工を注視していたが、あたりを見廻し、素早くそれを手にとった。

立て膝をした彼女は、畳の上の手鏡だけを眺め込む。ややあって、お蔦は、

「ああ……」

と、太い吐息を洩らすと、矢庭に張形を口に含んだ。濡らすためであった。

しかし、目は手鏡に吸いつけられている。

――瀬川菊之丞。

江戸一番の人気役者が、彼女の恥しい部分に、顔をすり寄せるようにしているのだ。

お蔦は、耐えられないものの如く、濡れた鼈甲細工を、やはり濡れた部分にあてがっていた。

若干の抵抗はあったが、それは忽《たちま》ちにして、彼女の肉体の中に没してゆく。

「ああ……」

お蔦は、眉根に苦悶に似た皺《しわ》を寄せた。

――やがて。

お蔦の右手の動きと共に、手鏡の中の菊之丞の顔にも、変化が起きた。

突くと、菊之丞は、その唇を突き出すようにしてくる。

引くと、菊之丞の唇も、口惜しそうに遠ざかるのであった。

「ああ！　恥しい……」

お蔦は、手鏡を注視しつつ、右手を狂ったように動かしはじめた。

なにしろ、彫辰が座敷に舞い戻ったことも、知らなかったと云うのだから、無我夢中だったたわけである。

その二

……わが国に、男色が行われはじめたのは、いつの頃からであろうか。

文献がないので、はっきりとは云えぬ。

男色のことは、若道《にやくどう》、若衆道《わかしゆどう》などと呼ばれ、それを職とする者を蔭間《かげま》、蔭子《かげこ》、舞台子《ぶたいこ》、色子《いろこ》などと云った。

男色者をニヤケ者と云うのは、若気《にやけ》者という言葉から来ているのであろう。

また男役は、念者《ねんじや》と云っていた。

戦国時代、合戦に女を連れてゆけぬところから、美男の小姓《こしよう》を武将が女性の代用品としたところから、一般に流行したらしいが、平安の末期に文学に男色のことが扱われているのをみれば、かなり古くから僧侶のあいだでは、男色が行われていたとみえる。

芝居に出るカブキ者を舞台子、色子と云い、舞台に出ぬものを若衆《わかしゆ》、つまり男娼《だんしよう》は蔭間と呼ばれた。

宝暦のころ、この蔭間茶屋は全盛をきわめて、江戸では堺町、葺屋《ふきや》町、芳町、木挽《こびき》町、湯島天神、芝神明前などが有名だった。

揚代《あげだい》は昼夜ぶっ通しで、一両一分だったと云うから、かなりの高額である。

年齢は十二、三から十七、八までで、若衆髷《わかしゆわげ》がふつうだが、高島田に振袖姿で女装していた者も多かったらしい。

二十を越えると、御殿女中や後家などの女客をとらされ、これを若衆に対して、野郎と呼ばれた。男娼が、オカマと呼ばれるようになったのは、肛門のことを〝菊座〟とか、〝菊の花〟と呼ぶごとく、〝釜《かま》の座〟と俗称していたからで、一説には梵語《ぼんご》のカーマ（愛欲）の当て字だとも云う。

つまり僧侶の間で、隠語として流行し、民間に流布されたと云うわけだ。

従って歌留多《かるた》の、

『月夜に釜を抜く』

と云う文句は、月経中の夜は、菊座を攻めて辛抱する……と云うほどの意味となることが、理解いただけよう。

川柳にも、

『折ふしは妾《めかけ》月夜に釜抜かれ』

『月の夜は釜を抜く気になる亭主』

とある。

……まあ、男色の流行は、なにも近年に始まったわけではなく、江戸時代には歌舞伎役者や、蔭間茶屋の若衆などのごとく、それを収入の道とする者も出現していたのであった。

おそらく大口屋暁雨は、女遊びに飽きて、たまたま蔭間を買ったことから、病みつきになったものとみえる。

男娼たちにきいてみると、女道楽の果てに男色の味を知り、男狂いする中年男が圧倒的に多いらしい。

そして面白いのは、はじめ念者であったものが、ある日突然に、若気に転向することである。

これをドンデンが来ると称するが、こうなったら一人前で、もう男色の世界から抜け切れなくなるのだそうだ。

大口屋暁雨は、瀬川菊之丞を養子にしたがった位だから、ドンデンが来ていたとは思えぬ。

しかし、叶わぬ恋の逆恨みとやらで、自分の妻のお蔦の臀部に、菊之丞の似顔絵を彫物させ、妻の尻に敷いて、一生、嗤《わら》いものにしようとしたあたり、その恋慕《れんぼ》のはげしさを物語っておる。

だが——実際には、手鏡に張形と云う新工夫のため、妻のお蔦を愉しませる結果となるのであるが……。

考えてみると、彫辰という男は、憎い男であった。

大口屋治兵衛の注文通り、役者の似顔絵を彫りながら、一方ではお蔦を大いに愉しませるようにしたのだから、いわば天才である。

彫物が一段落した日――彫辰は、お蔦にむかって云った。

「この彫物は、一つだけ手抜きをしてございます。それは朱彫りを入れてないことでげして……」

と――。

お蔦は、声をわななかせると、

「では、朱を入れて下さらぬか」

と云った。

彫辰、ニヤリと笑って、

「ならば明後日、四ツ時に、待乳山《まっちやま》の〈湖月〉と云う料理屋に、お越し下せえ……」

と答えたものだ……。

女性と云うものは、あることから、突然に図々しく、大胆となる。

たとえば、小用を足しているところを見られたり、恥しい言葉を口走ったりしたことから、その男性と一対一のときは、大胆になるのであった。

なぜだか判らないが、その機会から羞《はじ》らいをかなぐり捨てるのであろうか。

お蔦は、張形を使っているところを、ありありと辰之助に目撃されていた。

そして、そのことが彼女を、彫辰に対してどこかケツをまくったような、ふてぶてしい感じにさせている。

もっとも、ケツをまくらねば、菊之丞の似顔の彫物はできなかったのであるが。

＊　＊

「おや、辰さん。久し振りだねえ」

〈満月〉の女将は、旦那の喜蔵の手前、あからさまに感情も現わすことが出来ず、それだけに、じれったそうな口吻である。

「ヘッヘッヘ……」

辰之助は、ちょっぴり下卑た笑い声になって、

二人を見較べ、

「旦那も、お女将さんも、ご壮健でなによりで……」

と馬鹿丁寧に腰を踞《かが》める。ちょっぴり、皮肉な仕草であった。

「ひどく早いじゃないか」

三星屋喜蔵は、昨夜は泊ったとみえて、ひどく上機嫌である。

さぞかし、お竜から、たっぷり虐《いじ》め抜かれたのであろう。

「早いと云ったたって、若年寄はもう御登城なさってますぜ……」

彫辰は、そう云い返した。

江戸時代には、時刻によって、ほぼ生活のきまりがあった。

お江戸日本橋七ツ立ち……と云うのは、今で云う午前四時である。

この時刻になると、通行を許されたからであった。

三十六見附《みつけ》の門は、午前六時に開く。


そして七時には職人が仕事をはじめ、八時に若年寄の登城、九時には勘定奉行、十時には老中《ろうじゅう》、町奉行が登城する慣わしであった。

大目付、奏者番の登城は午前十一時。

そして午後二時には、老中、町奉行が下城し、大目付、奏者番の下城は午後三時。

七ツ時と云うから午後四時には、大奥の七ツ口が閉められ、暮六ツ（午後六時）には、三十六見附の門は閉じられ、大奥の御錠口《おじょうぐち》も閉ざされた。

そして午後十時には、町木戸が閉められ、十二時には三十六見附の小扉《ことびら》も閉ざされ、江戸市内は眠りにつくのだった。

当時は、武士は大体において二食で、午前八時ごろと午後四時の二回であった。

職人たちは、朝七時から夕方五時まで働くので、朝飯を五時か六時ごろ、正午ごろに持参の握り飯、夕食は六時すぎであったらしい。

間食をオヤツと云うようになったのは、八ツ時（午後二時）ごろ、なにか口に入れねば躰《からだ》がもたなかったからであろう。

彫辰が、若年寄は登城している……と云ったのは、午前八時を過ぎていると云う意味であった。

余談だが、商店は午前六時ごろには開いており、町与力《まちよりき》、同心が出勤するのは、午前十時であった。老中、町奉行なみの出勤時間となっているのは、それだけ遅くまで勤務する仕事だったからだと思われる。

電燈のなかった当時では、吉原や料亭で遊興するのも、昼間のことが多く、武士が四時ごろ夕食を摂ったのも、その照明の故為《せい》だと推察された。

——閑話休題。

三星屋喜蔵は、彫辰の手にしている道具箱をみて、顎をなでて、ヤニ下りながら、

「今日は、仕事か?」

と云った。現金な男だ。お竜と近頃、また男性復活したらしいのだ。

「へえ。そのようで——」

辰之助は、岡ッ引には腰が低い。

「商売繁昌で、結構なこった!」

喜蔵は、お竜に顎をしゃくり、恩人とも云うべき彫辰に敬意を表して、

「一本、つけてやりな!」

と云っている。

やけに機嫌がいいのであった。

しかし、お竜は、じれったそうに、

「あんた、本多さまに呼ばれてるんじゃァないのかい?」

と云っている。彫辰の顔をみると、躰の芯が疼《うず》くのである。

「わかってらあ」

喜蔵は、悠然《ゆうぜん》と構えて、

「小十郎旦那の用件は判ってらあね。質草なしに、また金を融通しろと云うのさ」

と煙管《きせる》に莨《たばこ》を詰めるのだった。

「ほんとに、仕方のない旦那だねえ」

お竜は、銅壺《どうこ》に徳利を入れながら、辰之助をみて、

「ときに、今日のお客は、男かい?」

と訊く。気になって、ならないから、ついつい質問してしまうのだ。

「ヘッヘッへ、それが女の方で——」

彫辰はこともなげに、しかし、彼女を挑発するように告げる。

たちまちお竜の瞳に、嫉妬の色が強く泛んで来はじめた。困った女である。

「女の人だって？」

彼女は、苛立《いらだた》しそうに、簪《かんざし》で頭の地肌を掻くと、目を光らせ、

「若いのかい、年増かい？」

と訊いている。

「まあ、お女将さんと同じ位の年齢で」

「おや、口惜しいじゃないか」

お竜は、ますます苛立って、長火鉢の前に大《おお》胡坐《あぐら》をかいた男に、

「あんた、早く用事をお済ましなね……」

と、歯痒《はが》ゆそうに云っていた。

お竜は今日、彫辰が他の女を、朱入れで泣かせるであろうことを看抜《みぬ》いている。

彼女にとって口惜しいのは、〈湖月〉の座敷を使われることでなくて、彫辰の立派な肉針を他の女が使うことであった。

……喜蔵が、しぶしぶ出掛けて行ったあと、お竜は二階へ行った。

彫辰は、針を研ぎながら、

〽これ、女……耳の穴かきほじって、
よく聞けよ、
耳屎《みみくそ》ほじって気持いいのは、
耳掻き棒か、耳の穴か、
ホレみる、やっぱり耳の穴じゃいな、
男は臭い穴掃除するだけで、
なんの気持がいいこと、あるものか……。

などと口誦《くちずさ》んでいるところだった。

お竜は、もう、その歌の文句だけで、昂奮したかの如く、肩を顫《ふる》わせながら、

「あんた！　穴掃除しとくれなね！」

と獅噛《しが》みついた……。

＊　＊

大口屋暁雨の妻、お蔦が〈湖月〉へ到着したとき、彫辰は聊《いささ》か、げんなりした表情であった。

〈湖月〉の女将の穴掃除をつきあって、肉針か

ら、我慢できずに白い血を、したたか迸《ほとばし》らせてしまったからである。

その直後の来訪だ。しかも今日は、朱彫りを刺す日なのである。

男だったら、誰でも辟易《へきえき》することだろう。

しかし、それを顔に出しては、彫辰の男が頽《すた》ると云うものだった。

お蔦は、床の間を背にして坐って、微笑しながら、

「彫辰どの……」

と云った。爽かな、物怖《ものお》じしない口調であった。

流石は、江戸一番の札差の内儀どのだ。

悠々としている。しかも美しく、礼儀正しい。

「なんでやしょう」

辰之助は、針を合わせ、絹糸で縛りながら訊いていた。

「今日の仕上げは、どんなことをされるのじゃ？」

「ははッ」

辰之助め、わざと畏《かしこ》まって、畳に両手をつき、芝居がかって、

「朱を入れさせて頂きまする」

と重々しく告げてみせる。

「それは、どの部分に？」

お蔦は静かな口調で、訊く。

「菊之丞の目尻、そして唇でげす」

「なるほど」

お蔦は、暫《しば》らく、袂を膝の上で弄《もてあそ》んでいたが、

「のう、彫辰どの」

と呼びかけて来たのだった。なんか、思い詰めた表情である。

「なんでがしょう……」

辰之助は、合わせた針の尖端を、自分の指の腹でたしかめながら、あまり気のない風情で呟く。

「これは、お願いでござりまするが……」

なぜか、お蔦は云い澱《よど》んで、

「菊之丞が、舌を出しているような図柄に、変えて貰えまいかのう」

と顔を伏せている。首筋に、みるみる朱がさしていた。

「えッ、菊之丞が、舌を？」

「そうじゃ」

「ふーむ、なるほど」

彫辰は大きく腕を組み、貧乏ゆすりをしていたが、

「するてえと、菊之丞の舌めが、奥方さまのあそこを舐めようと、舌先をペロペロさせる……と云う感じでやすな？」

と顔を険しくして云った。

お蔦は目を伏せ、ますます赬《あか》い顔になりながら、

「一生、菊之丞を尻に敷いて、これから先、鼈甲細工のご厄介にならねばならぬとしたら、のう、彫辰どの、それ位の悪戯は許されてよいであろうがの……」

と訴えるのだった。

なるほど、云われてみれば、その通りであった。彼女は犠牲者なのだ。

辰之助は大きく肯き、

「奥方さま……」

と声を低めて、躙《にじ》り寄った。彫辰は、いつになく深刻な口吻である。

「なんでございまする」

お蔦は、恥しそうに顔をあげた。

「たしか立膝をして、張形をお使いになっていやしたね」

「……あい」

「だったら、その時……片方の足の裏を、あそこの近くに引きつけて、お使いになったらいかがでげす」

「と、云うと？」

「その足の裏へ、篇乃古《へのこ》を彫りやしょう」

辰之助は云ったものだ。

「足の裏なら、旦那さまも気がつきますめえ……」

「うーむ、なるほど」

お蔦は何か空恐ろしそうに、しかし嬉しそうに肯く。

「菊之丞が、舌を出して、あそこを攻める」

「まあ、恥しいこと」

「一方では、篇乃古がいきり立って、穴倉を求

めている……」

「いや、いやッ。そんな仰有り方！」

「本当じゃござんせんか」

彫辰は微笑して、

「とにかく、あっしに任しておくんなせえ」

と云い、俄《にわ》かに厳しい顔になると、

「今日は、肉針を刺しやすぜ……」

と告げたのであった――。

その三

……お蔦は、男と女の交わりと云うものが、これほどまでに、身も心も蕩《とろ》けさせるものだとは知らなかった。

夫の治兵衛は、横暴きわまりない男で、

「女は、子胤《こだね》を孕《はら》めばよいのじゃ」

と、つねづね云い、自分が欲情したときに、お蔦の部屋へ入って来て、

「そこに寐《ね》よ」

と云い、のしかかってくる。

そして終了すると、さっと引き抜いて、自分だけ始末し、

「脚をあげておれ……」

と命じて、さっさと消えてしまう。

両脚をあげていると、妊《みご》もる率が高いのだそうであった。

こうして彼女は、三人の子供を産んだ。

なんのことはない。

彼女は、子供を産む機械だったのである。

だから、お蔦は、男から唇を吸われ、恥しい所を指で触られる……などと云うことも、はじめての体験だったのだ。

「こうすると、女子は濡れで参りやす」

辰之助はそう云って、指を使うのだが、はじめは左程でもなかったのに、摩擦されているうちに、彼女は腰を浮かせ、夜雁声《よがりごえ》をあげねばならなくなったのである。

「ああ……そのように、されると……」

お蔦は喘いだ。

「気持いいんでげしょう？」

男は、長襦袢《ながじゅばん》の胸をはだけて、むっちりと白い乳房に顔を埋める。

「ああ……どうした、んでしょう……」

彼女は、すでに言葉にならない。ただ、悶えるのみである。

「ふふ……」

男は含み微笑って、

「大井川じゃァないが、川止めになる位にしてあげやすぜ……」

と、指を使いながら、乳房を吸うのだ。

その恍惚《こうこつ》よ！

お蔦は、夫の治兵衛が、なにひとつ快感を与えて呉れず、悪阻《つわり》と分娩《ぶんべん》の苦しみだけを与えたことを思い、

「ああ！　せつない！」

と叫んでいた。はしたない、と思いながらも――。

下腹が濡れているのが、自分でもよくわかる。

男が挿入してないのだから、自分の体液であることには間違いない。

なぜ、そんなに濡れたのか、お蔦は合点がゆかず、月のさわりが訪れたのか……と驚いた位であった。

男は、たっぷり彼女を虐めておいて、

「さて、仕事にかかりやす……」

と、下帯をとくのである。その男の動作が、なんと、もどかしかったことか。

「早く、たもれ！」

お蔦は叫んだ、狂おしく――。

だが、男はイヤ、イヤと意地悪く首をふって、

「奥方さま……」

と云い、彼女の濡れそぼちた部分に顔を埋めて吸い、

「本来なら、肉針を、この濡れたところに刺すんでげすが、彫物の場所が場所だけに、そうも行きやせん。菊頂きで、辛抱してお呉んなさい」

と宣告するのだった。なんという、冷たい宣告！

「え？　菊頂きとは？」

お蔦は問い返す。生まれてこの方、耳にしたことのない言葉だった。

「ご存じありやせんか？」

男は、不思議そうに云った。

「存じませぬ」

お蔦は正直に答えた。箱入り娘で嫁して来た彼女には、耳馴れぬ文句であった。

「じゃあ、午蒡《ごぼう》の切口は？」

「午蒡の……切口？」

「へえ。菊座のことで」

「そんな言葉、知りませぬ」

「四十八ひだのことでげすよ、菊と云うのは……」

男は、じれったそうに、彼女の肛門に触れたものだ。

「あッ！」

お蔦は身を竦《すく》めて、

「そなたも、旦那さまの同類か」

と叫んでいる。

「冗談じゃねえ。憚《はばか》りながら、あっしは湯島天神へ行ったこたあござんせんぜ」

彫辰は苦笑した。

湯島天神は、蔭間茶屋の名所で、若衆髷の美少年が、うようよしていたのである。

つまり、男色趣味はない、と伝えたのであった。

お蔦は、安堵した表情になって、

「なるほど、午蒡の切口とは、よく云うたものですこと……」

と笑いだし、

「それにしても、菊頂きとは？」

と質問してくる。

「いまに、判りやすよ……」

男は、彼女の顔に、自分の尻を向けて跨がり、

「脚をあげて、お呉んなせえ……」

と、朱墨の筆と針をもつ。

お蔦は、云われた通りにした。

男は、その片脚を抱えるようにして、

「痛うがすぜ……」

と呟きながら、顔を前のめりに倒した。

シャキッ！　と云う音がしたとき、お蔦は思わず、

「痛いッ！」

と大声で叫んでいた。

だが、次の一瞬、彼女は名状し難い快楽に、その苦痛を忘れた。

なにか生暖いものが、先刻の、彼女を忘我の境地に誘い込んだ箇処に、触れているのである。

それが、男の舌だとわかったとき、お蔦は仰天して再び叫んだ。

「なりませぬ！　不浄ゆえ、なりませぬ！」

と——。

＊　＊

「なんの、奥方さま……不浄であるものか」

男は平然として、そう答え、

「菊頂きの意味が、わかりやしたか？」

と含み微笑っている。

なるほど、その体位で、男女が相舐《あいし》すれば、お互いの菊座を、自分の額のあたりに頂くことになるのだった。

——菊頂き。

むかしの人は、風流な名称をつけたものである。

なぜか江戸時代には、肛門には四十八の襞《ひだ》があると信じられており、その形状から午蒡の切口だの、菊座だのと云う言葉が生じたものだろう。

シャキッ！

「あ、痛ッ！」

「……ああ、たまらぬ」

シャキッ！

「うッ、痛いッ」

「……ああ、ああ……」

お蔦は、朱彫りの苦痛と、菊頂きの快楽とを、交互に味わっているうちに、次第に、どちらがどうなのか、わからなくなってゆく。

いたいのか、いいのか、自分で自分の知覚が信じられなくなったのである。

「ふふ……」

彫辰は、含み微笑って、

「そろそろ、欲しいころでがしょう……」

と、躰をずらせて、彼女の美しい顔の上あたりに来る。

「ああ！」

お蔦は、芯から欲しいと思っていた時だけに、武者ぶりついた。

「あたしも、菊を頂かせてたも！」

彼女は、巨大なそれを口に含んだ。

その瞬間から、まったく痛みは感ぜず、ただ恍惚だけが、彼女の身を支配したのである。

小半刻《こはんとき》の後――。

男は、ベトベトに濡れた顔をあげ、ゆっくり朱筆と針を捨てた。

「終りやしたぜ……」

お蔦は、何度か絶頂に達し、昂奮のあまり陽物を噛んで、男から叱られたりしたと云うのに、男は洩らしもせず、平気な顔なのだった。

……口惜しいではないか。

自分だけ、はしたなく取り乱してしまった恥しさもある。

「辰之助どの……」

お蔦は、陽物を握りしめたまま、怨みっぽく呼びかける。

「なんでがしょう？」

辰之助は彼女の手をふり払って、尻の方に廻り、自分の作品を鑑賞しながら、

「しかし、奥方さまは、お露が多うござんすねえ……」

と、畳を手拭でふいたりするのだ。

「な……お願いでござります！」

お蔦は、必死で叫んでいた。

「その……黒く、太く、硬く、長く、熱いものを、あたしに刺して！」

と――。

だが、男は冷たく首をふって、

「朱を入れた時は、あっしの魂を入れた時でげす。それより少しでも早く、湯に入って、仕上げをしてお呉んなせえ」

と突き放つのであった。

「一生のお願いじゃ……」

お蔦は、両手をあわせ、彫辰を伏し拝みながら、

「どうぞ、菊合せをしてたも！」

と訴えたのである。その声音には、必死な響きが溢れていた。

世間を知らぬ彼女は、菊頂きと云う文句がある

位だから、〝菊合せ〟という言葉もあるのだろう……と考えたのだろう。

「朱色が、醜くなりやすぜ……」

男は、たしなめるように云った。

「かまいませぬ！」

お蔦は、必死である。

「仕方がないんだなあ……。しかし、菊合せとは良かった！」

彫辰は微笑し、

「では、御免なすって」

と大口屋の妻女の肉体に、ゆっくり肌を合わせて行った……。

＊　＊

——それから数日後のことである。

茅町二丁目に住む大口屋治兵衛から、奉行所に、

「妻のお蔦が逐電《ちくでん》いたしました。行方を探して頂きとう存じます」

と云う願いが出された。

なにしろ十八大通の筆頭・大口屋暁雨の嘆願である。

また、彼のことだから、しかるべき部門には、たんまり鼻薬をばら撒いた上での願い出である。

奉行所が、大口屋の妻の探索に、乗り出さぬ道理がなかろう。

いつの世でも、人間は金品には弱いのであった。

大口屋暁雨の申し立てによれば、お蔦逐電の模様は、次のようである。

——三日前から、気分がわるいと云って、自分の部屋で臥《ふせ》っていた。

——医師の診立《みた》てでは、別に異常はないと云うので、朝鮮人参を煎じて飲ませた。

——お蔦がいないことに気づいたのは、今朝である。

——女中が雨戸をあけはじめたところ、お蔦の居間の前の雨戸が、半分ほどあいていた。それで不審に思って覗くと、お蔦の姿がない。厠にも、土蔵にもいない。

——番頭や丁稚を動員して、隈《くま》なく探させたところ、裏木戸のところに、印籠《いんろう》が一つ、落ちているのが発見された。

——それから思うに、誰か男が手引きしたように考えられる。印籠には、見覚えがない。

大体、以上のような趣旨だった。

かくて、隠密廻《おんみつまわ》り同心・本多小十郎が、その探索方を命じられる。

小十郎は、当惑した。

岡ッ引どもを集めて、お蔦の人相書を手渡し、

「五両の褒美金が、大口屋から出ることになってるんだ！　気張って探して貰いてえ……」

と、大いに煽《おだ》て上げたが、岡ッ引の親分たちは、とんと動かぬ。

一つには、江戸の米相場を高く吊り上げている張本人が、大口屋暁雨たち札差だ……と云う噂があったからだ。

そんな悪玉野郎の女房が、どこに潜ろうが消えようが、俺たちの知ったこっちゃァない……と云うわけだ。

かえって、

「ざまァ見やがれ！　いい気味だぜ！」

と云う者すら出る始末。


次には、本多小十郎は、タカリの常習者で、親分たちには人気がない。

褒美金の五両という額だって、どうせピン刎《は》ねする気で、低い金額を云っているんだろう……と逆に勘ぐっている。

……これでは、探索が進まないのも当然であった。

依頼主の大口屋の方からは、小番頭から使いが来て、

「まだ判りませぬか？」

と、毎日二回の催促である。

本多小十郎は、気が気でなかった。

その矢先——。

彼の手先の一人である三星屋の喜蔵が、

「旦那ッ！　手がかりが、摑めやしたぜ！」

と、喜色満面で、役宅に飛び込んで来た。

「えッ、摑めた！」

小十郎は、飛び上って喜んだ。

大口屋治兵衛は、番頭を通じて、

「お蔦の居所をつきとめて下されば二十五両、

無事に連れ戻して下されば五十両――」

と、謝礼金の額を告げて来ていたのである。

喜蔵に、五両やっても、二十両はわが懐ろに転がり込むのだった。

喜ばない方が、どうかしている。

「それで、手がかりは、何だ?」

彼は、吃《ども》り吃り聞いた。金になるのか、ならぬかの瀬戸際だから、彼も、真剣である。

「それがまた……あの辰の野郎なんで」

「えッ?」

小十郎は、目をパチパチさせ、

「あの辰……と云うと、彫辰か?」

と呆れ顔で云った。

「へえ、左様で」

喜蔵は小鼻をふくらませながら、大きく肯き、

「実は、大口屋のお蔦さんの人相書をみた、〈湖月〉の女将が……」

と、せきこんで語りだす。

「他人のように申すな。そちの女であろう」

「ヘッヘッヘ。そのお竜が、この人なら見たことがある……と申しますので」

「ふーん?」

「十日ほど前……あっしが、お金を本多さまに御用立て致しやしたが……」

「それと、これと、なんの関係がある!」

小十郎は、むくれている。

「ヘッヘッヘ。その朝早く、辰の野郎が〈湖月〉へ来たのを、あっしも見てますんで」

「ふーむ」

「なにか、女と待ち合わせしたらしいんでげすが、そのときの女が、お蔦さんに間違いないと、お竜のやつは申しますので、ヘッヘッヘ……」

「なるほど。辰之助を召し取れ!」

小十郎は、上機嫌であった。

その四

「ねえ、旦那……」

彫辰は、自身番で大いに膨れッ面であった。

むりもない。

大口屋の内儀お蔦が、家出をしたのは、彼の手引きによるものだと、三星屋喜蔵は云い張るのだ。

たしかに、彼は、お蔦の臀部に、役者の似顔絵を彫り込んだ。

それは事実である。

しかし、それと家出とは、まったく関係がないではないか。

にも拘《かかわ》らず、喜蔵は、

「どうせ、お前のこった！　お内儀を誑《たぶら》かしてるに違えねえ！　いったい、どこに、かどわかしたんだ？　目的はお内儀さんか。それとも大口屋の身代《みがわり》か！」

などと云うのである。

莫迦《ばか》々々しい限りではないか。

彫辰は、阿呆《あほ》らしくなって、

「いったい、どんな状況で、お内儀さんは家出をなすったんで？」

と訊いた。

癇癪《かんしゃく》持ちの喜蔵は、十手をふり廻し、

「なに云いやがる！」

と地団太をふみながら怒って、

「こちとらの質問に、あっさり答えりゃァ良いんだ！」

と極めつける。

「旦那……」

彫辰は、あくまでも下手に出て、

「とにかく、お内儀さんが、どんな様子で、家を出なすったか、教えて下せえ」

と喰い下った。

三星屋喜蔵とても、彫辰にこれまで捕物で恩義がないわけではない。

「仕方のねえ野郎だ……」

と云いながら、喜蔵は、本多小十郎から聞いた失踪の模様を伝える。

辰之助は、裏木戸のところに、印籠がひとつ落ちていた……と云う話をきくと、目を光らせて、

「旦那……。その印籠てえのは、瀬川菊之丞の持ち物じゃァありませんか？」

とだけ云った。

喜蔵は、さっそく人を走らせて、堺町の市村座

で、その印籠の持ち主を調べさせた。

すると——なんと大口屋の裏木戸から発見された印籠は、瀬川菊之丞本人のものだと判明したのである！

喜蔵は、驚いた。

彫辰が、なぜ、そんなことを知っていたのかと、仰天したのである。

町内預りとなっていた彫辰は、ふたたび自身番に引っ立てられ、

「なぜ、そんなことを知ってやがった！　やっぱり、お前が、お内儀さんを手引きしたに違いねえ！」

と、喜蔵から責められた。

しかし彫辰は、こんどは口を緘《かん》して、

「本多さまに会わせてお呉んなせえ」

としか云わなかった。

辰之助は、茅場町の番屋《ばんや》送りになる。

これは一種の留置場で、かなりの重罪人でなければ、この番屋送りとはならない。

本多小十郎は、この茅場町の番屋で、彫辰を引見《けん》し、吟味した。

彫辰は、人払いを願い、

「大口屋の裏木戸に、菊之丞の印籠が落ちていたと云うのは、とりもなおさず、菊之丞を陥し入れようとする輩《やから》が、いると云うことでござんす」

と先《ま》ず云った。

「なに、菊之丞を陥し入れる？」

小十郎は、屹ッとなっている。でも、彫辰の推理に、耳を傾ける姿勢であった。

「へえ、左様で——」

「いったい、誰だ？」

隠密廻り同心は、声を落して訊いた。

「云って、よござんすか？」

と辰之助は、小十郎を見据える。

相手は、しばらく考え込んで、青くなったり、赤くなったりしていたが、

「まあ、待て」

と慌てふためいて云った。

「なぜでござんす？」

と、彫辰。

「わしも耳にしたら、なにかと忘れない性分での。じゃによって、当り障りのない云い方をして呉れぬか」

本多小十郎は声低く云った。

いわゆる腹芸と云うやつである。

そのものズバリ耳に聞くと、とかく支障が起るむきもあるのだった。

だから、ぼんやりと、その正体を伝えて欲しいと云うわけだ……。

これは徳川時代の封建制度が産み出した、いわば庶民の知恵である。

彫辰はニヤリとして、

「ある分限者がござんしてね……」

と云った。

「なるほど。その者は、御蔵米などを扱いおるか？」

小十郎はきく。

「へえ、かなり大口に扱っている様子でごぜえやす。大口にね」

「なるほど？」

「その方が、女性に飽いた……と思ってお呉んなせえ」

「ふむ、ふむ！」

「そして惚れたのが、瀬川菊之丞……」

「なんと、菊之丞に惚れたとな！」

「へえ、左様で」

「それは、まことか」

「なにしろ、お内儀さんを、市村座へ行かせなすって、菊之丞を養子に貰いたいと、云わせなすったとか」

「うーん……」

本多小十郎は、低く唸った。

＊　＊

「ところが、菊之丞は、その話をきっぱり断りやした」

「ふーむ、なるほど」

「可愛さあまって、憎さが百倍とは、まさにこのことで」

「うーん、そんな裏があったのか」

「それで、その御大尽は、菊之丞の似顔絵をこともあろうに、お内儀さんのお尻に彫らせたんでげす」

「えッ、尻に！」

「へえ、下世話に、尻に敷くと申すではございませんか」

「すると、お前が、その彫物を……」

「旦那。こいつは譬《たと》え話ですぜ」

「うーん……そうであったか」

本多小十郎は首を傾げて、

「しかし、それほど惚れた菊之丞と、妻女の失踪と、なんの関係がある？」

と不安まじりの表情で訊く。

「そのことでござんす。もう一つ、なにか事情があったに違えねえんだが……このあっしには、どうにも……」

彫辰は腕を組んで、

「ひとつ、菊之丞にあたってみては、いかがなもんでげしょう……」

と提案するように云った。

小十郎、しばらく煙草をくゆらしていたが、

「若《も》し、その話が本当なら、菊之丞をあたるのが、本当だろうな……」

と呟いて、

「彫辰。一緒に堺町まで出向いて呉れぬか」

と告げたのではあった。

——小半刻の後。

本多小十郎と辰之助は、市村座の楽屋口に姿をみせていた。

傾城《けいせい》の扮装をしたまま、菊之丞は、二人を出迎える。

八丁堀同心の御入来と云うので、頭取以下ウロウロしていた。

小十郎は、

「菊之丞。大口屋治兵衛なる者の妻、お蔦を存じ居るか」

と、単刀直入に切り出す。

「はい。存じ上げております る」

菊之丞は肯いた。

なるほど、天下の粋人《すいじん》・大口屋暁雨が、ぞっこん惚れ込むのも、無理はないと思われるような美

形である。

「いかなる仔細あってのことだ？」

小十郎は問い糺《ただ》している。

頭取がやって来て、

「あのう……舞台がありますので、今日はこれにて、ご勘弁を……」

と懐紙に包んだものを、小十郎の袂に入れた。

「いや、ならぬ！」

今日の小十郎は珍しく力み返ってみせて、

「早く、仔細を申せ！」

と怒鳴りつけている。

「はい、申し上げます」

菊之丞は素直に受けて、

「大口屋さまより、養子に迎えたいと云うお話がございました。その御使者に、両三度お見えになられましたので……」

と神妙に答える。

小十郎は、彫辰をみて微笑すると、

〈やっぱり！〉

と云う表情になり、

「その方、大口屋の裏木戸より忍び入り、妻女を手引きして連れ出したであろう！」

と大喝《だいかつ》している。

「とんでもございませぬ」

菊之丞は首をふり、

「先刻も、私の印籠について、お問い合わせがございましたが、あれは楽屋内にて紛失したるもの、決して落したのではございませぬ！」

と云い切った。

「ふーむ！」

小十郎は腕を組み、

「では、大口屋の妻女とは、このところ、会っておらぬと申すのだな？」

と訊いた。

菊之丞は、ちょっと躊躇《ちゆうちよ》してから、

「実は、さる料理屋へ招かれました折、大口屋の旦那さまと奥方さまにお目にかかりました……」

と云った。

「なに？　それは何時《いつ》じゃ！」

本多小十郎は、俄かに勢い込む。

と——その時、柝《き》が入って、菊之丞の出番となった。

いかに役目でも、菊之丞の出演を、阻むことはできない。

江戸時代の芝居というのは、庶民の最大の娯楽であったからである……。

＊　＊

芝居が終ったあと、菊之丞は、暁雨から、その料亭の席で、奇怪な申し込みを受けたことを白状した。

その申し込みと云うのは、暁雨の目の前で、妻のお蔦と、全裸で抱き合って欲しい……と云うのである。

別に、男女の交わりはしなくてよい。

ただ二人が抱き合っているところを、見物したいのだ……と大口屋暁雨は云ったと云う。

しかも謝礼は、米百俵と云うことである。

菊之丞は、承諾をした。

その当時は米の値上りで、米百俵は金二百両以上にあたっていたからである。

だが、大口屋の内儀は、堅く拒んだ。

……事の次第は、それだけのことである。

菊之丞は、米百俵の謝礼に目が昏《くら》み、その恥辱的な行為を承諾した。

しかし、妻のお蔦は、それを拒んだ。

そのために暁雨の奇怪な思いつきは、実現しなかった……。

別に大したことではないのかも知れぬ。

だが、彫辰は菊之丞の告白をきくと、

「本多の旦那……。もしかすると、奥方さまは、この世の人じゃァないかも知れませんねえ……」

と云ったのだった。

本多小十郎には、当分のあいだ、その彫辰の言葉の意味がわからなかった。

でも、事件の真相は、大口屋の番頭の密告によって、明らかになった。

その真相と云うのは——。

大口屋暁雨は、菊之丞を逆恨みしていたのであった。

妻のお蔦の臀部に、菊之丞の似顔絵を彫らせたのは、それを人前で曝《さら》して、大いに菊之丞を嘲《ちょう》笑《しょう》してやる積りであったのだ……。

それには、菊之丞本人と、妻とが全裸で抱き合ったところを他人にみせ、

——どちらが顔なんだ。

と冷やかせば、もっとも効果がある。

暁雨は、それを狙ったのだが、妻のお蔦の方が承知しないので、失敗に終ったと云うわけだった。

いささか偏執狂的なところのあった暁雨は、家に帰ってから妻のお蔦を、

——なぜ、わしの意に従わぬ。人前で菊之丞を抱けぬのはお前と菊之丞とが怪しいからだ……。

と難詰したのであった。

お蔦は、ただ詫びた。

しかし、暁雨は許さず、

——菊之丞ではなく、他の男なら抱けるであろう。

と云い、丁稚あがりの番頭(暁雨とちがって醜《しゅう》行《こう》があった)を呼び、目の前で抱き合うことを命じたのである。

番頭は、その命に従った。

お蔦は、着ているものを破り棄てられ、そして全裸の番頭と抱き合わねばならなかった。

だが、この抱擁の最中、突如として、大口屋は欲情した。

そして、その番頭の臀部に、挑みかかったのである。

ことが終え、番頭と暁雨が気づくと、お蔦は舌を嚙んで、こと切れていた——。

暁雨は、これを知ると仰天し、番頭にむかって、

——お蔦が家出したようにするんだ……。手引きしたのは、菊之丞と云うことにするんだ……。

と、命じたのである。

そして死体は、裏庭を掘って、こっそり埋めたのだった。

ところが、その丁稚上りの番頭は、毎夜のようにお蔦の亡霊に魘《うな》され、思いあまって八丁堀へ駈け込んだのである。

お蔦は、自殺であった。

だから大口屋治兵衛それ自身には、殺人の咎めはない。

しかし、その原因をつくったのは、大口屋なのだった。

お蔦は、夫が番頭に挑む、犬畜生にも劣る有様をみて、その屈辱に耐えられなかったのであろう。

そして彼女は、死を撰《えら》んだのかも知れぬ。

事件は、闇から闇に葬られた。

大口屋暁雨の金力と、権勢をもってしたら、それ位のことは、些細なことであったろう。

むろん、彫辰も真相は知らぬ。

世の中には、しばしば、こうしたことが存在するようである。

でも彫辰は、まだお蔦がどこかに生きていて、手鏡を相手に、せっせと張形を片手使いしているような気がしてならなかった。

その抜き挿しの度ごとに、瀬川菊之丞の赤い舌が、彼女の洞窟《どうくつ》めがけて、ちらちらと蠢《うご》めいていると信じながら――。

お抱え力士

その一

「先生。深川八幡に行きやせんか」

角樽《つのだる》を持って、ふらりと湖竜斎《こりゅうさい》を訪れた辰之助が云った。

「深川へ?」

湖竜斎は絵筆をとめて、

「花相撲でもあるのかえ?」

と彫辰に云った。

「ちぇッ!」

と辰之助は苦り切って、

「勧進《かんじん》相撲は、蔵前で終ったばっかりですぜ!」

と云い、

「しかし、相撲に関係がないこたァありやせんが……」

と微笑した。

「ほれ、みろ。やっぱりだ……」

磯田湖竜斎は、絵筆を捨てると、

「俺は、肥った女は好きだが、男の化け物は嫌いでね」

と莨盆《たばこぼん》を引き寄せる。

「そうじゃないんでさあ」

辰之助はじれったそうに、

「釈迦《しゃか》ヶ嶽《たけ》の身の丈石を、見に行きませんかと云ってるんで」

と説明する。

「なに、身の丈石だと?」

「へえ。真鶴咲右衛門という力士が、兄貴の追悼のために、おっ建てたんだそうで」

「ふーん?」

湖竜斎は、火種を探していた。

「なにしろ七尺一寸六分、道中草鞋《わらじ》は鯨尺《くじらじゃく》で一尺あったそうでげす」

「そんなにあったのか」

湖竜斎は舌打ちをした。

莨盆の火種を切らしたものとみえる。

「とにかく、惜しい相撲でしたねえ。若死だったそうで」

辰之助は云った。

釈迦ヶ嶽雲右衛門は、雲州の生まれで、松平出《で》羽守《わのかみ》のお抱え力士であった。

江戸場所には明和七年より四回出場し、二十三勝三敗、一預、一分の成績を残して、西方大関の貫禄を示して急逝したと記録に残っている。

巨人だが、気が小さく、人目につく場所には出たがらなかったらしい。

その早逝した兄の十三回忌に、深川八幡宮の境内に、供養の碑が立てられたのであった。

江戸相撲が盛んになったのは、天明時代に入ってからである。

その人気を物語る一端として、春秋八日興行の許可しか出なかった勧進相撲が、晴天十日興行になった事実をあげておこう。

また当時、相撲の人気を昂《たか》めたのは、かつての柏鵬《はくほう》時代のように、谷風梶之助《たにかぜかじのすけ》、小野川喜三郎という両大関が出現したからであった。

現在、相撲が西方、東方とわかれているのは、江戸時代に、大名たちが抱え力士をもち、西と東とにわかれて、勝負を争わせたのが発祥だと云われている。

谷風は、仙台の伊達侯、小野川は久留米の有馬侯の、それぞれ抱え力士であった。

そして仙台の伊達家が、実際には自分の藩のお抱えである谷風梶之助を、家老の片倉小十郎の抱え名義にしているのは、谷風が若《も》し負けた時、家名に傷がつくことを懸念してのことだった。

つまり、それだけ大名たちは、藩の名誉をかけて、張り合っていたのである。

だから、生きておれば、古今無双の強味を発揮するだろうと噂された。抱え力士の釈迦ヶ嶽を喪《うしな》った雲州の松平家では、切歯扼腕《やくわん》したものと思われる。

大名たちが、名力士を抱えることに熱中したのは、ひとつには大名間の饗応《きようおう》のさい、相撲を余興としてみせる風習があったからだと云われるが、真偽は明らかでない。

さて、半刻《はんとき》の後――。

湖竜斎と彫辰は、その釈迦ヶ嶽の身の丈石を見物して、二軒茶屋の客となっていた。

深川八幡の境内にある、宝暦のころ出来た店である。

彫辰は、自分が小男なものだから、七尺一寸六分という釈迦ヶ嶽の背丈に感心して、

「さぞかし、篇乃古《へのこ》の方も、大きかったでげしようなあ……」

などと、くだらないことを云っている。

湖竜斎は、酢の物を肴《さかな》に、酒を呑みながら、

「お前さんに云われるまでもなく、俺もそいつを考えていたんだが、花形力士と吉原の遊女との、危な絵を描いてみたらどうかな？」

と云った。

「なるほど、抱え力士の篇乃古くらべでやすね？」

彫辰は、膝を叩く。

「しかし……」

湖竜斎は首をひねって、

「釈迦ヶ嶽なんて大男は、どんな風にして、まぐわいをしてたんだろうな……」

と呟く。

「本当ですね。上に乗ったら、女が苦しくてどうにもならねえ」

辰之助は考え込み、

「しかし、篇乃古がでけえから、そいつを受け入れて呉れる女がいたか、どうか……」

と慌てて酒を口に含んだ。

「なるほど、な」

湖竜斎は宙の一点を凝視して、

「こいつは一つ、趣向の凝らし甲斐があると云うものだ……。明日から張り切って、考えてみようぜ……」

と含み微笑《わら》っている。

久し振りに、良い画材にぶつかった……とでも云いたげな、浮世絵師の表情であった。

＊　＊

各藩の江戸留守居役が、いろんな政治折衝を中心とした、いわゆる外交官であったことは前に触れた。

この留守居役は、趣味も広く、万事ソツのない人物が撰《えら》ばれるのが常である。

そして、その当時、お抱え力士をもつ藩の留守居役は、そうした外交官であることのほかに、有望な力士探しの役目も、更に押しつけられていたわけだ。

従って相撲年寄とつきあったり、よその藩が抱え力士を手離しそうな情報を集めたりして、藩主にいちいち報告しなければならなかったと云う。

厄介な話だが、流行とあっては、これも仕事のうちである。

ところで、留守居役は用務多端であるから、そうした力士のお抱えについては、専門の者をおく藩もあった。

それを留守居添役と呼んだ。

徳島の蜂須賀《はちすか》家、出雲の松平家、仙台の伊達家、姫路の酒井家などは、その〝添役〟を率先しておいた方である。

雲州・松平家の添役は、大実九十郎《おおみくじゅうろう》と云って、三十になった許《ばか》りの藩士であった。

九十郎は、藩主から、

「いいか。釈迦ヶ嶽にまさるとも劣らぬ力士を抱えよ」

と厳命されていたのである。

松平出羽守は、釈迦ヶ嶽の死後、その弟の真鶴咲右衛門を召し抱えたが、弟の方はさっぱりウダツがあがらず、大いに苛立っていた。

その年、西の大関だった谷風梶之助が関脇に下がり、九紋竜清吉が大関となったときには、九十郎に対して、

「伊達は谷風を手離すのではないか。そうだとしたら、金の糸目をつけず、谷風を召し抱えよ」

と伝言があった位であった。

鬼面山谷五郎を抱える蜂須賀家、出水川貞衛門の島津家、小野川喜三郎の有馬家、谷風梶之助の伊達家などに較べると、いま松平家には看板力士がいない。

それは恐らく、殿中で肩身の狭い思いをしたことと思われるのである。

……九十郎には、その殿様の無念の心中はよくわかる。

いや、判りすぎるほど、判っている。

しかし釈迦ヶ嶽級の力士となると、なかなか居ないものだった。

九十郎は、添役として、かなりの機密費を与えられていたから、たとえば津軽に大男がいるときくと、飛脚便で問い合わせたり、越後に九紋竜清吉の兄がいるときくと、金子《きんす》を送って江戸にまで来させたりした。

しかし前者は病気でただ、ぶくぶく大きいだけであり、後者は六尺八寸五分ある九紋竜とは、似ても似つかぬ小男で、米俵を一俵さしあげるのがせいぜいであった。

つまり、失敗である。

れっきとした武士に生まれながら、抱え力士探しに浮き身を窶《やつ》すとは、情ない限りであるが、これも主君の命令とあらば、致し方もない。

大実九十郎は、必死だった。

〈なんとか、強い力士を探し出さないと……〉

彼は日夜、そう思い続けた。

ところで、ある夜のことである。

九十郎は、江戸屋敷の仲間《ちゆうげん》が、浅草で名物の十五文餅を、百個ペロリと平らげた若者がいた……と喋《しやべ》言っているのを、ふと小耳に挟んだ。

餅を百個平らげるなどと云うのは、尋常な者ではない。

九十郎は、その仲間を呼び、

「浅草餅を食べた者について、話してくれぬか」

と云った。

「へえ、恐れ入ります」

仲間は畏《かしこま》って、

「実は、浅草にビックリ餅と云う店が出来ましたので」

と云った。

桔梗屋の浅草餅なら知っているが、ビックリ餅とは初耳である。

「なんせ五十個を食べたら、代金は無料、百個食えば金一両の賞金が出やす」

仲間は教えた。

「ふむ。面白いな」

九十郎は肯いた。

「みんな五十個に挑戦して、代金を支払わせられますので……」

「ふむ、ふむ！」

「それで、みんな口惜しがってたんでげすが、五十個どころか、百二個の餅を食べて、一両もらって行った奴があったと聞いたんで、みんなで、ざまァみろと騒いでいたようなわけでやす……」

仲間は腰を踞《かが》めた。

「して、その若者の名は？　どこに住んでいる者じゃ？」

九十郎は、せき込んで訊いた。しかし仲間は小《こ》鬢《びん》のあたりを掻いて、

「店の主人が、名前をきいたそうでやすが、親方に叱られるからと云って、とうとう逃げるように行っちまったそうで、へえ」

と云った。

九十郎は、いったん失望したが、あきらめきれず、翌日、浅草へのこのこと出かけて行ったものだ。

＊　＊

ビックリ餅の主人は、九十郎から質問されると、いまいましそうな表情で、

「なにしろ旦那、二個ずつ口に抛《ほう》り込んで、あッと云う間に三十皿ですからねえ」

と云った。

いかにも、口惜しそうだった。

二個で一皿三十文なのである。

「なかなかの豪の者じゃな」

大実九十郎は微笑していた。

目の前に、ビックリ餅が一皿出ている。

普通の餅の二倍ちかい大きさであった。だから
ビックリ餅と名付けたのであろう。

「そうすると、あの野郎……私に、たしかに五
十個以上、食べたと思うが、間違いないかどうか、
確認してくれと云いやしてね」

「ふーむ。それで？」

「間違いない……と答えますと、じゃあ、これ
から幾皿食っても只《ただ》なんだね、と念を押しやがる
んで……」

「ほほう」

「それで、その通りだと答えやすと、いきなり
往来へ出て、四股《しこ》をふみはじめましてねえ……」

主人は、思いだしても腹立しそうであった。

「な、な、なにい！」

九十郎は叫んだ。

「そ、その男……往来で四股を踏んだと申す
か？」

「へえ、さようで」

「本当に、しかと左様だな？」

「あのう……どうか、したので？」

九十郎は、ビックリ餅屋の主人の胸許《むなもと》をつかみ、

「その者の人相、風体は！」

と云った。

主人は、その権幕に駭《おどろ》いて、

「背丈は六尺あまり……髭が濃くて、肩の肉の
盛り上った……二十前後の若僧で」

と目を白黒させている。

「え、その他には？」

「そう云われても、急にはとても……」

主人は吃《ども》りながら、首をふり、

「そうだ。あの時……彫辰が客に来ていやした」

と叫んだ。

「ほりたつ？」

「へえ、いま有名な、はね針を考案した彫物師
でげす」

「ほりもの師？」

「へえ、背中や腕などの、あの彫物を彫る男で」

「その彫辰と、どう云う関係があるのだ、その男は！」

九十郎は訊いた。

「彫辰が、感心して、そ、その男を、どこか飲みに連れて行ったような様子なので、へい……」

「ふーむ。なるほど」

「それに彫辰は、絵心がありやすので、尋ね人の似顔絵ぐらいは、描けるかも知れません……」

「うーむ、そうか」

九十郎は、やっと胸倉から手をはずし、

「往来で四股を踏み、腹ごなしをしたところをみれば、おそらく相撲に関係している者であろう……」

と肯いた。

ビックリ餅屋の主人は、はあはあと息を弾ませて、

「あん畜生……全く疫病神みてえな野郎だ……」

と呟いている。

「彫辰と申す者の家は？」

九十郎は、一朱の茶代を置きながら相手に訊ねている。

「よく知りませんが……」

主人は首をひねって、

「待乳山《まつちやま》の〈湖月〉という料亭のお女将なら、知ってるんじゃないですかねえ。旦那の喜蔵さんが、お女将の肩に、彫辰の彫物を入れたと、そう云ってやしたから……」

と答えた。

大実九十郎は莞爾《かんじ》とした。

〈先《ま》ず、その彫辰なる男を探しだし、大喰いの若者をつきとめるのだ……〉

彼は、そう思ったのである。

その二

「蟷螂《かまきり》と、蜘蛛《くも》の戦い……なんて図柄はどうだね？」

彫辰は生欠伸《なまあくび》しながらそう云っている。

客の女性は、深川仲町の坐《すわ》り夜鷹《よたか》――お万とい

う器量よしであった。

〝夜たかは夜の花すがた〟などと云われていたが、江戸で夜鷹がふえるのは、決まって不況の折である。

夜鷹にも二通りあって、白い手拭の端を口にくわえ、

「ちょいと、お兄さん……」

と嫖客《ひょうかく》に声をかけて、柳原土手の材木の蔭あたりでことを済ませる立ち夜鷹と、お万のように長屋に住んで客をとる坐り夜鷹の二つがあったのである。

「蟷螂と蜘蛛かえ?」

お万は不服そうであった。

「いいかい?」

彫辰は、懐紙に筆をもって、

「ここが、お前さんの肩だ……。この肩から胸にかけて、大きな蜘蛛の網をはる……」

と図柄を描いてゆく。

「ちょうど乳房のあたりに、大きな蟷螂が、前足をふりあげている……」

お万は、辰之助の筆の運びに見惚れながら、肩を顫《ふる》わせ、

「わあ、薄気味わりい!」

と云っていた。

「この蟷螂は、下半身は蜘蛛の糸で動きがとれねえ……。このあたりに赤蜻蛉《あかとんぼ》の死骸が一つ……」

「肝腎の蜘蛛は?」

お万は訊いてくる。

「それよ……」

彫辰は、お万に向かって、

「ちょっと立て膝をしてみねえ」

と注文をつけた。

「こう……かえ?」

坐り夜鷹は、着物の裾《すそ》を乱して、白い膝小僧をあらわにした。

「そう、そう。もうちょっと、斜めに傾けた方がいいな……」

彫辰は、お万の素肌にむかって、筆を走らせてゆく。

それは太腿のあたりに蹲踞《うずく》まる、巨大な女郎蜘

蛛の姿となってゆくのだった。

「いいかい……。客が下手な文句をつけやがったら、ぱっと片肌を脱いで、立て膝をするんだ……。そして〝女郎蜘蛛のお万を甘くみやがるねえ！〟と啖呵《たんか》を切りゃァいいのさ」

辰之助はそう教えて、

「ちょっと、立ってみねえ……」

と云った。

お万は立ち上って、太腿だけをはだけている。

「どうでえ……お前さんが歩いたり、立っている時にゃあ、この女郎蜘蛛は、自分の巣から一本の糸でぶら下っているわけだ……。しかし坐って、立て膝をするてえと、乳房の蟷螂に向かって襲いかかろうとする、恐ろしい姿に早変りするんだぜ……」

彫辰は自慢していた。

「なるほど、本当にそうだねえ」

お万はそう感心して、

「辰さん、ぜひ、この図柄で彫っておくれなね……」

と云っていた。

「断っておくが、前金だぜ？」

彫辰は、こと仕事になると冷たい。

「わかってるよ……」

お万は肯いて、

「それより彫辰の旦那……」

と矢庭に口調を改めている。

「彫辰の旦那だとォ？」

辰之助は目を丸くして、

「けッ、薄気味わりい！　止しやがれ！」

と低く怒鳴った。

「いえ、旦那……」

とお万は坐り直して、

「彫物にことよせて、旦那のところへ来たのは、他でもござんせんのさ」

と云った。

「ほほう、なんでえ」

辰之助は好奇心が湧いたらしく、顔を輝かしている。

もっとも輝かしても、変り映えのしない貧相な

面であったが、

「実は、あたい……夜鷹になったのは、深い仔細がありますのさ」

お万は、ちょっぴり淋しそうな顔になる。

「そのこたァ聞いてる。お前……鼻馬鹿のお万と云う渾名《あだな》だとか……」

辰之助は苦笑していた。

お万は、むかし柳原土手の立ち夜鷹であった。

彼女には変な癖があって、獅子ッ鼻の客だと、たとえ同僚がくわえ込もうとしている客であろうと、

「銭は要らないから、あたいと寐《ね》とくれなね……」

と横奪りしてしまう。

それで仲間から追放され、仕方なく深川仲町の通称いろは長屋へ住み込むようになったのであった。

辰之助は、そのことを云ったのである。

「あたいが、獅子ッ鼻の男に目の色を変えるのは……よく云うだろ？　鼻の大きい男は、あそこも大きいって……」

お万は恥しそうに呟く。

「なるほど。するてえと、お前さんのあそこは、並はずれて大きい……と云うわけか」

辰之助は、お万の顔を見戍《みまも》っている。

「早く云やあ、そうなんだよ……」

お万は赧《あか》い顔になって、

「しかし、鼻が大きいと、篇乃古も大きいと云うのは、あれは嘘だねえ……」

と口惜しそうに云い、

「だから旦那に、あたいの躰《からだ》に合う極上の張形をつくって頂きたいのさ……」

と畳に柄にもなく恥しそうにのの字を書いたものである。

＊　＊

——その翌日。

辰之助は〈湖月〉の二階で、お万の胸をはだけさせ、下絵を描いていた。

彼が、湖月を使うのは、女将のお竜の好意もあったが、その料亭に内風呂があるためである。

彫物――とくに朱彫りの場合は、仕上げてすぐ熱い湯に入らないと、色が鮮かに定着しないのであった。

左肩から左乳房にかけて、女郎蜘蛛の巣が描かれ、乳房の下に苦悶しながらも、戦おうとする蟷螂の姿が描かれてゆく。

「こんなところかな……」

と辰之助が筆をおいた時であった。

廊下で、

「あッ、お武家さま！　いけませぬ！」

という、悲鳴に近い女将の声が聞え、それと同時に襖《ふすま》を乱暴にガラッ！　とあける音がつづいた。

振り向くと、年齢の頃、三十前後の武士が大刀を右手に突立っている。

そして、

「彫辰どのは、お主か？」

と叫んだ。

辰之助は、女将を制止して、

「いくら侍だって、男の仕事場へ断りなしに入って来ていいもんですかね？　譬《たと》えて云やあ、ここは俺《おい》らの城だ！　帰って呉んねえ！」

と極めつけると、彫物に使う針先の工合をためしはじめる。

侍は、廊下に正座し、

「申し訳なかった、彫辰どの！」

と敷居に手をつき、

「拙者、雲州・松平家の留守居添役、大実九十郎と申す者、そなたに会いたくて、ここ三日ばかり〈湖月〉へ通い詰めて居り申した。それがための非礼、ひらにご容赦……」

と丁重に詫びている。

辰之助は見向きもせず、

「帰っておくんなさい」

と、お万の肌に向かった。

「彫辰どの！　非礼は、幾重にもお詫び致す……」

九十郎は、誠意を顔にあらわして、

「先日、浅草にて、ビックリ餅を百二個たいらげ、一両の懸賞金をわが物としたる若者に、ぜひ会いたいのでござる！」

と云った。

彫辰は、白い肌に針をはねている。

「お願いでござる。件《くだん》の若者を連れて、店の主人よりのが、どこぞに散財に行かれたとか、店の主人より聞き申した。ならば件の若者の、氏素性《うじすじょう》はご存じでござろう。なにとぞ、拙者にお教えいただきたく……」

九十郎は平伏した。

しかし彫辰は知らん顔だ。

「辰さん……」

見かねたのか、お竜がそう声をかけた。

「仕事中だ……。気が散っていけねえ！　襖を閉めて呉んな！」

辰之助は云った。

九十郎は、やや考えて、

「しからば、お仕事が済むまで、この廊下にてお待ち申そう……」

と云ったものだ。

お竜は、慌てて、

「お武家さま。ここで待っていては、身の毒ですよ……。下でお待ちなさいませな」

と忠告している。

しかし君命一筋のこの青年武士に、女将の忠告など、耳に入る道理もない。

襖が閉じられると、彫辰は立って襖に内側から細工をして、外から開けられないようにして来た。

「やれ、やれ！」

彫辰は、わざとそんな大きな声を出しながら、懐中から袱紗《ふくさ》包みをとりだす。

そして、お万に手渡して、

「あけてみなせえ」

と云った。

中から出て来たのは、胴廻り五寸、長さ六寸の水牛製の張形である。

「いくら鼻馬鹿お万さんでも、これ位ありゃあ満足でがしょう……」

彫辰は含み微笑って、

「入れてみやすか？」

と訊く。

お万は柄にもなく赤面して、

「あいな……」

と肯いたものだ。

彫辰は、張形に唾液を塗りたくり、お万に両膝を立てさせて、下腹部をあらわにすると、張形をそろりそろりと押し込んだ。

そして、顔色を変えたのである。

なんと辰之助が手製の、超特大の張形は、音もなくお万の肉体に納まって、また余裕がある感じなのだった。

〈うーむ！　こいつァ馬鹿貝だ！〉

辰之助は思わず唸ってしまったが、お万はそれでも生まれて始めて、手応えというか、歯応えのある逸物を咥《くわ》え込んだ嬉しさに、早くも夜雁声《よがりごえ》を立てている。

「腰を動かすんじゃねえ！　動いたら、仕事ができねえじゃないか！」

彫辰は、そう叱って仕事にかかったが、お万は気も狂わんばかりで、

「一回……一回、往生させてお呉れなね！」

と、口から涎《よだれ》を垂らす始末。

いや、狂っているのは、お万ひとりではなかった。

女将の忠告をきかず、廊下に正座した大実九十郎も、襖の隙間からその淫らな光景を覗き見ているうちに、矢も楯もたまらなくなり、袴《はかま》をはだけて、肉色の短刀をとり出し、

〈うーむ、たまらぬ！〉

と、しごきはじめていたのである。

＊　＊

――そのころ、吉原の妓楼《ぎろう》で、大男の青年と、派手なバカ遊びをしている人物があった。

浮世絵師の磯田湖竜斎である。

鯨飲馬食《げいいんばしよく》という言葉があるが、彫辰が紹介して来たその若者は、まったく底知らずの健啖家《けんたんか》であった。

すでに一斗樽の酒を飲み乾《ほ》し、次の樽にとりかかっている。

この若者は、名を為吉《ためきち》と云って、信州小県郡大石村の生まれであった。

子供の頃から躰が大きく、そして大力であった。

この男こそ、誰あろう、後年の名力士・雷電為《らいでんため》右衛門《えもん》となる人物だったのだ。

十八の時、江戸に来て浦風の許に入門したが、伝記によると、

『年十八九にして身長六尺五寸、肢幹《しかん》鉄の如し。面貌《めんぼう》温厚、自然に親しむ可し。江戸に来たって力士浦風に従い、相撲を学ぶ』

とある。

だが、信州生まれの為吉は、いったん浦風に入門したが、なぜか谷風梶之助の許に内弟子としてやられ、数年間の修行を命ぜられていたのだった。

当時、為吉は二十一歳。

(彼が、いきなり幕内力士として登場するのは、これから三年後の寛政元年のことだ)

つまり為吉は、谷風の内弟子として、そのころはただ稽古に励む身であったのである。

湖竜斎は、彫辰にその為吉をひき合わされて、その素朴な人柄が大いに気に入ったのであった。

それで朝の稽古を終えた為吉を誘って、吉原へやって来たのである。

むろん、湖竜斎には、ひとつの狙いがあった。

為吉のような大男が、どうやって男女の交わりを結ぶのか、密かに盗み見したかったのである。

彼は、名力士と、吉原の名妓とを組み合わせて、〈閨《ねや》士俵十二番組〉といった構想で、危な絵を描く決心を固めていたのだ……。

「しかし、よくまあ飲めるなあ……」

湖竜斎は、呆れ顔で為吉に云った。

「へい、申し訳ございませぬ」

為吉は恐縮して、

「焼酎だと、六、七升で酔うんですが」

と頭を掻いている。

「まあ、よい。今日は、どれだけ飲めるものか、ためしてみて呉れ……」

彼はそう云いながら、

〈為吉に、どの遊女をあてがったものかな……〉

と考えていた。

躰も大きいが、息子の方も、人並みはずれて大きそうな感じであった。

その巨大な為吉の息子を、すんなり受け入れて

呉れる女性が、いるか、どうか。

湖竜斎は、不図《ふと》、気づいたように、

「のう、為吉……」

と若者の名を呼んだ。

「へい、なんでがしょう」

為吉は、五合桝《ます》をおく。

「そなた……はじめてでは、ないであろうな?」

湖竜斎は訊いた。

「はじめて……とは?」

為吉は怪訝《けげん》そうな顔色になる。

「つまり、女じゃ……」

彼がそう云うと、為吉は大きくかぶりをふったものだ……。

その三

為吉は、まだ童貞であった。

女体をまるっきり知らないわけではない。

十六の時、同じ村のサクと云う後家が、

「おらが可愛がってやっぺえよ」

と、為吉を閨に引きずり込み、皺《しわ》だらけの胯間をひらいて、

「これが、男が泣いて喜ぶ観音さまだあ。よく拝んでけろ」

と云った。

為吉は昂奮して、サクにのしかかって行ったが、サクは驚いて、

「阿呆《あほ》！　足を突込もうとしたって、駄目だってば！」

と叱った。

「こりゃァ、足ではねえ。おらんだ……」

と為吉が弁解すると、サクは跳ね起きて、つくづくと為吉の胯間を打ち眺め、ついで失神した。

俗に、馬並みと云う表現があるが、為吉の一物は、馬以上であった。

胴廻り六寸五分、長さ九寸あったと云うから、馬だって顔負けである。

助平後家のサクも、この巨大な篇乃古には気を喪ったのであった。

その後も為吉は、数人の女に誘われて同衾《どうきん》して

いる。

しかし、みんなサクと同じように腰を抜かすか、

「あんたは片輪だ……」

と為吉を蔑《さげす》んだ。

為吉が、相撲取りになる決心をしたのは、庄屋の家にいる雌馬なら、なんとかなるだろと思い、馬の四肢《しし》を縛りつけて、この馬を犯したときである。

馬は苦悶しながらも、為吉の巨大な一物を受け容れたが、為吉が射精すると、一声たかく、ヒヒーンと嘶《いなな》いて蹄《ひづめ》を打ち震わせた。

そして翌日から、立てなくなったものだ……。

為吉は、庄屋の馬を殺してしまったと思い、どうせ片輪者なら片輪者らしく、相撲取りになって暮そう……と考えたのである。

磯田湖竜斎から、

——女を知っているか?

と云われ、為吉が首をふったのは、そうした事情を正直に云おうと思ったからである。

しかし、女は知らないが、雌馬の味だけは知っているといくらなんでも打ち明けられないではないか。

「そなた……」

湖竜斎は息を嚥《の》んで、

「女を知らぬ……まだ、筆おろしは済んでないと申すのだな?」

と訊く。

「はい。まだ女は知りませぬ」

為吉は、唇の廻《めぐ》りを手の甲で拭った。

「ふーむ、そうか」

湖竜斎は手を敲《たた》いて、仲居を呼んだ。

「はい、はい。なんでございましょう」

と、仲居がやってくる。

「女と床じゃ」

湖竜斎は命じた。

「と、思いました……」

仲居はしたり顔で、

「あちらへ用意してございます」

と云う。

「為吉……」

湖竜斎は、若者の名を呼んで、

「さっさと筆おろしを済まして来い。酒はそれからじゃ」

と云った。

為吉は困ったような顔をしながらも、命令に従って立つ。

湖竜斎は、頃合を見図って盃《さかずき》を伏せ、そっと忍び足で廊下に出た。

為吉と遊女が、同衾しているところを、観察しようと思ったのである。

ところが、彼が廊下にすべり出るのと、為吉の敵娼《あいかた》が、

「キャーッ!」

と叫んで、飛び出して来るのと、ほぼ同時であった。

「ど、どうしたのじゃ!」

湖竜斎は訊いた。

遊女は、声を震わせて、

「あ、あ、あんな化物……うちに入れられたら、し、し、死んでしまう!」

と叫んでいる。

「あんな化物?」

湖竜斎は訊き返す。

「は、はい」

遊女は肩を震わせて、大きくかぶりをふり、

「絶対に、イヤじゃ」

と云ったのだった。

湖竜斎は、

〈フーム!〉

と感心しながらも、威丈高《いたけだか》になって、

「あるじを呼べッ!」

と叫んだものである。

＊　＊

「あのう……いかがなされました」

花笠屋忠七は、平伏しながら湖竜斎と為吉とを見較べた。

「あるじどの……」

湖竜斎は低い声で、

「そなたの家の稼業はなんじゃ」

と云っている。

「へえ。遊女屋で――」

忠七は、怪訝そうな顔をする。

「さすれば、客に対して、遊女が肌を許すのが、当然であるな？」

湖竜斎は訊くのだった。

「はい、その通りで」

忠七は客を眺めて、

「手前どもの女が、なにか失礼なことでも……」

と云った。

「これなる為吉どのを、客にするのは、絶対にイヤじゃと申したぞ」

湖竜斎は、ちょっと凄《すご》んでみせて、

「為吉が病いを持っているとか、変な癖があると云うのならば、話は別じゃ」

と呟く。

「まったく仰せの通りで」

忠七は恐縮している。

「にも拘《かかわ》らず、そなたの抱え女は、為吉どのの筆下しを拒んだのじゃ」

「ははッ」

「どうしてくれるな、あるじどの……」

湖竜斎はニヤニヤしていた。

花笠屋忠七は、平伏して、

「いったい、なんと云う女で……」

と問い糺《ただ》す。

為吉は憮然《ぶぜん》として、

「もう、ええわい」

と云っている。半ば諦めの表情だった。

「いいえ、それはなりませぬ。今後の見せしめのため、詮議《せんぎ》いたしまする」

忠七は手を敲いて仲居を呼び、

「女たちを大広間へ……」

と命じたのであった。

大広間には、十二名の抱え遊女たちが、盛装して居並んだ。

為吉と湖竜斎をつれて、その大広間に入った忠七は、

「この中に、おりまするか」

と質問している。

湖竜斎は、いち早く為吉の敵娼を見つけだして、

「あの女じゃ」

と教えた。

忠七は、その指さす女をみて、

「この女は、池田藩士の娘にて、敦子と申す素姓正しき女にござります。三度の飯より、あれが好きだと云う、名代《なだい》の助平女でもござりまするが……」

と首を傾《かし》げた。

「しかし、敦子なる女は、為吉を化物じゃ、絶対に寐ないと申したのだぞ？」

湖竜斎はきめつける。

「敦子！」

忠七は呼んだ。

「は、はい」

敦子は、目を伏せて、三つ指をついている。

「なぜ、この殿方を嫌うたのじゃ」

花笠屋の主人は、重々しく問い詰めていた。

「はい……」

敦子は蚊の鳴くような声で、目を伏せ、もじもじと、

「お持物が、あまりにも……」

と呟いている。

「あまりにも、なんだ？」

忠七は苛立つ。

「あのう……大きすぎるのでございます」

敦子は真っ赤になった。

「なに、大きすぎる？」

忠七は為吉をみつめて、

「しかし、いくら大きくとも、色の道が好きで入ったそなたではないか……」

と、敦子を叱る。

「は、はい。でも、ご主人さま、物には限度が……」

遊女は、再び三つ指をついて、

「いちど、お客さまの持物を、ご覧《ろう》じ下さりませ……」

と、肩先を震わせたのだ。

湖竜斎は憤然となり、

「いくら大きくとも、それを受け容れるのが吉原女の心意気であろう！　のう、違うか、あるじ

どの!」

と呼びかけたのだった。

忠七は瞑目《めいもく》していたが、大きく肯いて、

「いかにも、吉原の名誉にかけて……」

と云い、

「しかし、その前に、参考のために、とくに拝観を……」

と口ごもった。

「仕方がないな、為吉」

湖竜斎はそう呟いて、顎をしゃくると、

「その方の篇乃古を、花笠屋の女どもに拝ましてやれ……」

と云ったのだった。

＊　＊

はっきりした記録はないが、寛政年間の初期、前頭筆頭であった鬼面山谷五郎という力士は、かなりの巨根であったと云われている。

この鬼面山が、ある酒席で、雷電為右衛門に対し、

「お前さん、相当に大きいそうだが、ひとつ俺のと較べてみないか……」

と云った。

雷電は、はじめ辞退したが、鬼面山が先輩風を吹かして、「出せ、出せ」と強要すると、

「人前に出すようなものではごわせん」

と云って、厚さ九寸の榧《かや》の碁盤をもって来させ、その前に坐って袴をはだけると、

「ご免!」

とだけ云った。

人々が注視していると、碁盤がみるみる横転して、その逞《たくま》しい巨根が姿をあらわしたので、みんな固唾《かたず》を嚥むだけであったと云う。

このとき鬼面山谷五郎は、あまりの立派さに腰を抜かし、〝アッと驚く谷五郎〟と云う軽口を産んだのだと伝えられる。

後年、アッと驚く為五郎……と云うような文句に変化してしまったが、正確には谷五郎であろう。

……まあ、雷電為右衛門の篇乃古は、それ位に巨大であったのである。

だから、花笠屋の大広間に集った十二名の遊女

たちが、為吉がのっそりとフンドシから引き出した一物をみて、仰天したのも無理からぬことである。

胴廻り六寸五分というと、麦酒瓶《ビールびん》より三糎《センチ》ぐらい短いだけだ。

可楽《コーラ》の瓶の太いところが、ちょうど六寸ぐらいだから、その太さを想像していただきたい。

しかも勃起《ぼっき》しない平時の太さである。

長さは九寸。

これでは、池田藩士の娘であると云う強気で助平女の敦子が、

——絶対にイヤじゃ。

と云うのも道理であろう。

しかし、花笠屋忠七も、遊女屋の主人であった。

「おい、女たち!」

忠七は、そう呼ばわって、

「女は、あの大きな赤ん坊を、あそこから産み落すのじゃ。中から出るものが、外から中へ入らぬことはあるまい」

と云ったのだった。

そして、遊女たちに、賞金を出すから客人を、お慰み申せ……と叱咤《しった》激励したのである。

——だが。

十二名中、七名が為吉に挑んだが、全部失敗であった。

てんで歯が立たない……ではない、魔羅《まら》は立っているのだが、どうにもこうにも収納し切れないのである。

ある者は唾液を塗ったり、ある者は椿油《つばきあぶら》をすり込んだ。

それでも駄目だったのだ。

花笠屋忠七は、湖竜斎と為吉にむかい、

「このままでは、吉原の名折れでございます。吉原中の花魁《おいらん》をあつめて、なんとか致します故、暫時《ざんじ》ご逗留《とうりゅう》を——」

と、誠意をこめて告げた。

「よかろう」

湖竜斎は、すっかり喜んで、

「為吉。じゃんじゃん飲め、飲め!」

と云ったものである。

吉原の松葉屋に、楼主たちが緊急招集されたのは、小半刻の後であった。

花笠屋忠七は、

「とにかく大きいのじゃ。あの巨大な松茸を受け容れるには、バカ貝しかない」

と嘆息し、

「年齢、器量はかまわぬ。どこぞ、〝バカ貝女〟は抱えておらぬか……」

と楼主たちに告げた。

みんな顔を見合わせた。

吉原に限らず、遊女屋では、子供を産んだ女は、しまり工合が悪いとして、暇を出すのが普通だった。

実際には、子供を一人、二人産んでから、女性は性感に目覚めるのであるが、当時は、客である男本位に考えていたのであろう。

つまり、性感に目覚めた女性では、自分の飽くことなき快楽の追求に溺れがちとなるのであった。

これでは、店としては困る。

女が、疲れ切ってしまうからだった。

と云うことは、一夜に数人の客をとれないと云うことだからである。

だから、処女を買い、客に合わせるように仕込むのが、遊女屋のしきたりだった。

従って、いかに吉原でも、そんなバカ貝女はおいてなかったのである。

「しかし、口惜しいな」

と誰かが云った。

「うむ、口惜しい」

花笠屋忠七は肯いて、

「なんとか、大女は居らぬものかな?」

と腕を組む。

これは吉原はじまって以来の、珍しい会議であったと蜀山人《しょくさんじん》は記しておる。

それはそうであろう。

大篇乃古をいかに受け容れるかという、大評定がひらかれ、一夜を楼主たちが考え明かしたと云うのだから……。

その四

「なあ、彫辰どの……」

大実九十郎は必死な面持ちで、辰之助に躙《にじ》り寄った。

「お願いでござる。先日の、浅草での大喰いの若者の噂、仙台、徳島の留守居添役の方々の耳に、すでに届いている模様なのじゃ」

彫辰は、お小夜に肩を揉ませながら、

「そんなこたあ、あっしの知ったことじゃァござんせん」

と、素知らぬ顔である。

「たのむ！」

大実九十郎は両手を畳について、

「拙者は、その若者さがしに、一命を賭け申した……」

と唇を噛む。

「へえ。お武家さまてェのは、余程、おひまなんでげすな」

彫辰はそんな皮肉を云って、

「その若い衆の名は為吉、どこかの関取の許に引き取られて、内弟子になっている……とか云ってやしたぜ」

と教えた。

「や、やっぱり！」

九十郎は大きく肯いて、矢立《やたて》をとりだし、為吉の名前を書き取っている。

「そのう……内弟子になった関取の名は？」

「知らねえんでげす」

「なんとか、手懸りでも……」

「知らねえものは、知らねえんだ……」

彫辰はそう吐き捨てて、

「江戸中の、名のある力士のところを、探し歩いたらよいじゃござんせんか」

と冷たく撥《は》ねつけた。

「なるほど……」

大実九十郎は首を垂れて、

「致し方ござらぬ」

と肯き、ゆっくり立ち上った。

彼が帰って行ったあと、お小夜は彫辰にしなだれかかって、

「あんた……本当に知らないのかえ？」

と云った。

辰之助は、フンと鼻を鳴らし、

「町人が米の値段に、目の色を変えているご時勢に、二本差が取的さがしに浮身を窶すたあ、とんでもねえこった！」

と云い、

「本当はよ……谷風のところの内弟子なんだが、ちょいと意地悪をしてやったまでのことさ……」

と打ち明けた。

「ひどい人！」

お小夜は辰之助を抓《つね》って、

「あの顔色は、尋常ではなかったわよ」

と叱っている。

「フン！　なにを云いやがる！」

辰之助はプリプリして、

「なにが一命を賭け申すだ……」

と嘲嗤《あざわら》っている。

――だが。

事実は小説より奇なり、であった。


大実九十郎は、彫辰を訪ねた夜から行方知れずとなり、そして三日後に、隅田川から変死体となって発見されるのである。

衣類も大小もなく、下帯ひとつの姿であった。

しかも左手首を斬り落されている。

だが、髪のかたちから、武士であることは一目瞭然であった。

松江藩より、すでに大実九十郎が失踪したことは届けられてあったから、直ちに身許改めが行われて、妹であるお露の証言で、本人であることが確認される。

かくて、事件は、大実九十郎殺害犯人究明という大きな波紋を呼び起すのであった。

＊　＊

……磯田湖竜斎と為吉は、今日で四日間も吉原・花笠屋に流連《いつづ》けしていた。

男と男の約束によって、花笠屋忠七が、為吉の筆下ろしを完了するまでは、無料で滞在して欲しい……と云ったからである。

湖竜斎も呑ん兵衛だが、為吉の方は若いだけに底なしであった。

なにしろ一升桝を、二口で飲むのだから、次から次に樽がカラになるわけだ。

とても、たまったものではないが、しかし為吉の大篇乃古を、すっぽり収納できる大蛤《おおはまぐり》を探し出さないことには、この流連けは涯《はて》しなく続くのである。

だから、花笠屋忠七は必死だった。

しかし胴廻り六寸五分、長さ九寸の篇乃古が、太く逞しくなると、胴廻り八寸、長さ一尺一寸二分になるのだから、ちょっとやそっとでは相手の女を探し出せない。

しかも雁首《がんくび》のエラが張っていて、俗に云う金鎚《かなづち》魔羅であった……と伝えられている。

早い話が、撞木《しゅもく》ザメの鼻みたいなもので、なかなか挿入できぬ。

そして入ったが最後、萎《な》えるまでは引き出せないのであった。

——ところで。

流連けを続ける湖竜斎と為吉の許に、訪れて来た一人の武士があった。

その武士の名は、土器惣右衛門と云って、阿波徳島の江戸留守居添役である。

土器は、二人の許に角樽を届けておいてから、乗り込んで来たのだった。

そして為吉に、

「探したぞ、その方を——」

と怨みっぽく云い、

「谷風どのが、そちを連れて帰って呉れ……と云われておる」

と、やんわり云った。

湖竜斎は、さっそく聞き咎めて、

「為吉は、あっしと遊んでるんだ。谷風梶之助が直接、この花笠屋へ出向いて、為吉を連れて帰るんならとも角《かく》、身勝手なことは止めて頂こうか」

と極めつける。

土器惣右衛門は色をなして、

「無礼者めが！」

と開き直った。

「無礼はそっちだろう」

もと武士であった湖竜斎は、相手を屁とも思っていない。

「なんだと！」

惣右衛門はきッとなって、

「私は、この為吉と申す若者に、用事があるからこそ、訪ねて参ったのだ」

と云っている。

「だったら、用件を、さっさと云うがよい」

湖竜斎は、土器惣右衛門が届けて来た角樽を、相手の目の前に突き返して、

「さあ、用件を云って貰おうか」

と空嘯《うそぶ》いていた。

読者は、すでに惣右衛門の来意を、お察しのことであろう。

彼は、為吉の噂をきいて、為吉を徳島藩のお抱え力士とすべく、その交渉にやって来たのであった。

しかし、すでに為吉の力量のほどは、雲州松平家、仙台伊達家などにも知られ、各藩とも為吉の居所さがしに必死になっているところである。

土器惣右衛門は、わずか鼻の差で、為吉の所在を突きとめることに成功したのであった……。

為吉の師匠である浦風は、

「あの男は、近年にない掘り出し物でごんす。なにしろ、私じゃ、あいつに歯が立たねえ。それで谷風の許へやったんですが、谷風も三番に一番は負けるそうで……」

と云っていた。

また為吉を内弟子にとった谷風梶之助も、

「まだ四十八手を知らないので、私の方に聊《いささ》かの歩がありますが、手を覚えたら鬼に金棒でがしょうなあ。このあいだ、閂《かんぬき》と云う手を教えやしたが、私の腕が紫色になりやしたぜ……」

と目を細めていた。

要するに未完成の大器と云うわけだ。

各藩の留守居役が、必死になるのも当然であろう。

「その方の名は？」

惣右衛門は、いまいましそうに、湖竜斎を見やる。

「もと土屋藩御納戸役の一子、磯田正勝と申す者……もっとも現在は世を拗《す》ねて、浮世絵師を生業《なりわい》と致し居る」

湖竜斎は自嘲するように告げた。

「ほほう、左様でござったか」

惣右衛門は言葉遣いを改めて一揖《いちゆう》し、

「実は、為吉どのをめぐって、各藩の争いが起きてござる」

と云った。

「と云うと？」

湖竜斎は、為吉を眺めた。

「目下のところ仙台、雲州、阿波三藩の争いでござるが、為吉どのは仙台侯のお抱え力士・谷風関の内弟子ゆえ、仙台の伊達家に有利なものと慮《はか》られ申す……」

惣右衛門はそう云って、

「数日前、雲州松平家の留守居添役が、なに者かに斬殺《ざんさつ》され申した……」

と告白したのである。

「ほほう」

湖竜斎は身を乗りだして、

「それは……この為吉のためにで？」

と訊く。

「われわれの間では、そのように取沙汰いたしておる」

惣右衛門は、なぜかギクリとなって、慌ててそう云った。

「なるほど……」

湖竜斎は笑い声になって、

「おい、為吉……果報は寐て待て、と云うが、ありゃァ本当だなあ」

と云っていた。

「為吉どの。どうか、わが徳島藩のお抱えとなることを、承引下さるまいか」

惣右衛門は、俄《にわ》かに低姿勢である。

「だめだね」

湖竜斎は、にべもなく云い切って、

「とにかく、為吉は男にならなきゃァ吉原からは、一歩も外へ出ねえんだ……。そう思って、今日のところは、引き退って貰いたいねえ」

と注釈した。

為吉は、ゴロリと横になると、忽《たちま》ちにして大鼾《おおいびき》をかきはじめた――。

＊　＊

「辰之助さま、お願いでございます」

大実お露は白魚のような指をついて、針を合わせている彫辰に、取り縋《すが》らんばかりの風情をみせた。

「兄は……貴方をお訪ねしてから、そのあと、どちらへ参ったのでしょうか?」

お露は、そう云った。

辰之助は絹糸で二十一本の絹針を、竹の柄に縛りつけながら、

「為吉という取的を探しに、お出かけなすったんでさあ」

と教える。

彫辰は、まだ大実九十郎が変死を遂げたことを、知らなかったのだった。

「為吉と云う者を探しに……」

お露は、鸚鵡《おうむ》返しに呟いて、

「して、兄は、死ぬ前に、為吉さんに会えたのでしょうか?」

と訊いた。

彫辰の膝に、銀色の針が散った。

「お嬢さん……」

彫辰は、お露の白い顔を凝視して、

「あなたは、いま、何と仰有《おつしや》ったんで?」

と低く問いかけている。

「兄が、死ぬ前に、為吉さんとやらに、会えたか、どうかと……」

お露は云った。

「お兄さんが、死になすったと?」

彫辰は、思わず立膝になった。

「はい。隅田川で死体となって発見されました……」

彼女は、目頭をおさえて、

「下帯ひとつで……左手首を斬り落されまして……」

と嗚咽している。

彫辰の顔に、云うに云われぬ悔恨の情めいた色

が走った。

「そうでやすか……」

吐息と共に彫辰は呟いて、

「そりゃァ悪いことをしやした……」

と針を拾いながら、首を垂れている。

「あのう……なにか、あったのでしょうか」

お露は、必死の瞳を向ける。

「へえ……」

彫辰は肯いて、

「その為吉という取的は、谷風の内弟子なんでやすが……つい意地悪をして、自分でお探しなせえと、云ってしまったので……」

と詫びていた。

「まあ……そんなことは……」

お露は泪《なみだ》を拭いた。

彫辰は腕を組み、済まなさそうに目をしばたいて、

「いま江戸で評判の力士と云えば、小野川と谷風の二人だから、苦もなく探せる……と思いやしてねえ」

と云った。

「すると兄は、小野川関か、谷風関のどちらかを……」

お露は、目を輝かした。

「と、思いやすがねえ……」

辰之助はそう肯いて、

「あっしも罪滅しに、お手伝いしやしょう」

と思い切りよく、道具を片附けはじめた。

お露は駭いて、

「……あのうどうぞ、お仕事にお出かけ下さいまし。私、ひとりで大丈夫でございますから……」

と辞退している。

「そうはいきませんや……」

彫辰は顔に似合わぬ皓《しろ》い歯をみせた。

「どこで、どうなって、殺されなすったのかは知らねえが、あっしが意地悪をしなかったなら、お兄さんも、そんな酷《むご》い死に方をなさらなかったかも知れねえんだ……」

辰之助は、小鬢のあたりを照れたように掻いて、

「さあ、出掛けやしょう……」

と云った。

お露は立ち上りながら、

「あのう……どちらへ？」

と訊く。

「吉原と云うところでさあ……」

彫辰は、こともなげに云うのである。

いくら武士の娘でも、吉原と云うところが女人禁制の悪所だと云うことぐらいは知っている。

お露は目を丸くして、

「なぜ、そのようなところへ……」

と躊躇《ちゅうちょ》していた。

「お嬢さんを、叩き売ろうと思いやしてね……」

彫辰は含み微笑い、

「おっと、いまのは冗談！」

と手をふった。そして、

「その吉原に、為吉と、湖竜斎先生とが、流連けしているんでげすよ……」

と教える。

「まあ……そうでしたか」

お露は、吻《ほ》ッとした顔になって、

「あたくし、女でございますが」

と云ったものだ――。

その五

吉原のことについて書かれた文献は多い。

と云うことは、後世の人が、この吉原という存在に、無関心では居れなかった、と云うことであろう。

彫辰とお露の二人が、吉原をめざしている頃――その吉原の〈花笠屋〉の玄関に、供を連れた立派な武士が、

「頼もう！」

と大音声で呼ばわりながら、のっそりと入って来たものだ。

武士は、鉄扇《てつせん》を右手に、出て来た番頭に向かい、

「拙者は、仙台・伊達家の家臣、竹内大五郎と申す者、当家の主人に会いたい！」

と云った。

番頭は仰天して、

「主人忠七は、ただ今、急用にて外出しております る……」

と、その武士に答える。

「なに、外出中とな?」

竹内大五郎は無念そうに歯噛《はが》みをして、

「しからば尋ねる。当家に、谷風梶之助の内弟子、為吉なる者、逗留している由《よし》を聞いて参ったが、この儀いかに!」

と詰め寄っている。

「は、はい」

番頭は、後退《あとずさ》りして、

「たしかに、その通りで……」

と平伏した。

すると竹内大五郎は莞爾として、

「やっぱり、左様か!」

と鉄扇で太腿を打ち、

「目通りしたい。この儀、通じて貰おう」

と、悠々と草履《ぞうり》を脱ぐ。

当時、武士でも吉原に登楼《とうろう》する時は、腰の物は茶屋へ預けるしきたりだった。

大五郎は、

「さっそく為吉とやらに会いたい」

と云っている。

竹内大五郎は、仙台侯の留守居添役であったのだ。

「ところが、そのう……」

番頭は困惑のていで、

「すでに、お客さまが二人、みえられておりますので」

と頭を下げた。

「なに?」

大五郎は色をなして、バリバリと歯噛みすると、

「為吉の許に、先客があると申すのか!」

と、せき込んでいる。

「はい、左様で——」

「なにやつじゃ!」

「阿波徳島藩の留守居添役の、ええと……」

番頭が失念した名を想い出そうと首をひねっていると、

「わかっておる! 土器惣右衛門殿であろう!」

と大五郎は自から教え、

「して、もう一人は？」

と訊く。なにか喰いつきそうな感じの表情だった。

「たしか、田所さまと仰有いましたが」

「なに！　すると雲州松平家の留守居役どのか！」

竹内大五郎は鉄扇をふるわせ、

「許せん！　御二方はいずれじゃ！」

と叫んでいた。

竹内大五郎は、家老の片倉小十郎から、

「谷風の許にいる為吉をめぐって、どうやら各藩の争奪戦が行われる模様じゃ。早いとこ、処置しておくように」

と命ぜられたのである。

強い力士を抱えたいのは、人情であった。

名馬が現われたとなると、みんな諸大名は色めき立つのである。

竹内大五郎は、かねがね為吉が大器であると睨んでいたし、彼なりに目をかけていたのだった。

そして、その内弟子の為吉の噂が、江戸市内に拡がらないように、谷風梶之助に、くれぐれも注意していたのである。

ところが、為吉が浅草のビックリ餅を百二個も喰べたことから、瓦版《かわらばん》にそれが出て、為吉の存在が知れてしまったのだ……。

そんなころ、雲州松平侯の留守居添役が斬殺される……と云う事件が起きた。

竹内大五郎には、

〈ははあ、なにかあるな！〉

と第六感の働くものがあった。

大実九十郎が、お抱え力士の件で、血眼《ちまなこ》になっており、関脇に陥落した谷風を、ひそかに抱えよう……と工作した事実すら知っていたからである。

それで谷風の家に行ってみると、為吉は、ここ四日間、帰っていないと云う。

そして居所は、吉原らしい……と云うことだけしか、判らないと云うのだ。

竹内大五郎は、吉原へ駈けつけた。すると、すでに先客があると云うのだ、しかも、松平家と蜂須賀家の――。
彼が、憤然となったのは、その為である。

＊　　＊

三人の武士は、お互いに睨み合った。

そんな気配を聴きながら、隣り座敷では、またぞろ湖竜斎と為吉の酒盛りがはじまっている。

「為吉は、わが藩のお抱え力士・谷風梶之助の内弟子でござる。その師匠の許しもなく、為吉にちょっかいを出すとは、近頃もって解せぬお仕打ちじゃ」

鉄扇を鳴らして、竹内大五郎はいきり立っている。

「黙らっしゃい！」

田所兵衛は、畳を叩いて、

「為吉は、浦風の許に入門した筈《はず》じゃ。松平家では、浦風の許しを得てある」

と語気鋭く叫んだ。

土器惣右衛門は首をふり、

「お抱えになるか、ならぬかは本人の意志次第でござろう。なれば拙者は一番乗り、先ず当藩が為吉とじっくり話し合うのが、話の筋道と云うものでござる」

と云っている。

三人が再び睨み合ったとき、死んだ九十郎の妹お露を連れて、隣り座敷に、のっそりと姿をみせたのは彫辰である。

「やあ、先生。やってやすね……」

辰之助は、湖竜斎にそう声をかけると、為吉の肩を敲いて、

「おい、為さん。この方はな、雲州松平家の留守居添役の、大実九十郎と云う方の妹さんだ……」

と紹介した。

為吉は、大きな躰を窮屈そうに畏まらせて、

「へえ、そうでごんすか……」

と云っている。

辰之助は、そんな為吉をみて、ちょっぴり声をひそめると、

「お前……大実さんには、会っていねえのかい？」

と訊く。

「はあ？」

為吉は怪訝そうに、

「お武家さまにお会いしたのは、今日がはじめてで——」

と、隣り座敷に顎をしゃくる。

「ん？」

彫辰は、湖竜斎を見た。

浮世絵師は含み笑って、

「いまな、隣りに、伊達、松平、峰須賀の御家来衆があつまって、この為吉の奪り合いをしているのよ……」

と教えたものだ。

「ほほう、なるほど」

辰之助が肯いたとき、境の襖がガラリとあいた。

そして顔を見せたのは、田所兵衛である。

「おう！　やはり、お露どのか」

兵衛はそう叫んで、それから、

「なぜ、ここへ？」

と訊いていた。

吉原は、良家の子女が足を踏み入れてはならぬ、いわば禁制の場所だったからである。

「あっしが、お連れしたんでさあ。お兄上の九十郎さんが、あっしを訪ねて来たことを、お聞きになりやしてね」

辰之助は説明して、

「なんでも、亡くなられたとか……」

と呟く。

「うむ。そうなのじゃ。おそらく、これなる為吉のためにのう」

兵衛は、目をしばたいた。

為吉には、なにがなんだか判らず、目をパチクリさせている。

田所兵衛は、振り返って惣右衛門と大五郎の二人に、

「方々も聞かれい。この為吉に最初に接近せんとしたは、わしの部下の大実九十郎でござる……」

と云い、九十郎が斬り殺された事実を披露しはじめた。

「いままでに判明したところでは、九十郎は為吉の噂をきき、浅草のビックリ餅屋から、これな

る彫辰どのを訪い、ついで小野川部屋を訪ねている……」

兵衛はそんな新事実を告げて、

「そのあとの、大実九十郎の足どりが、さっぱり摑めぬのじゃ」

と唇を嚙む。

彫辰は訊いた。

「小野川部屋から、行きそうなところは？」

「それが、よくわからぬ。浦風のところへ入門していることを、小野川は教えた……と云っていたが、さて浦風のところへ行ってみると、九十郎は訪ねた様子もない」

田所兵衛はそう云って、腕を組んだ。

彫辰は、

「そんなことよりも、あっしには、なぜ大実の旦那は、下帯ひとつで、隅田川へ浮かんでいたのかが気になりやすねえ」

と首をひねる。

「奉行所では、物奪りであろうと云っていたが……」

兵衛は思いだしたように告げた。

米騒動でも起きかねまじきご時勢だから、一人歩きの武士が、物奪りに狙われて、身ぐるみ剝《は》がれた上で殺される……なんてことも、あり得ないことではなかった。

「しかし……」

湖竜斎は盃をおいて、

「物奪りにみせかける、と云う手もある」

と云った。

「なるほど――」

彫辰は肯いた。そして、

「もう一つ、なぜ左手首を斬り落したか……と云うのも謎でげすな」

と、顎をなでたのである。

＊　＊

「大実九十郎どのの殺害犯人の詮議はとも角として、われわれ三人は、そのために、この花笠屋に参ったのではない筈……」

しかつめらしい顔をして、土器惣右衛門が口を挿し挟んだ。

「うむ。そうであった」

田所兵衛は小鬢のあたりを掻いて、

「しかし、われらが大実九十郎が、貴殿らにさきがけて、この為吉を手に入れようとしていたことだけは、忘れないで貰いたい」

と、釘をさしている。

「あいや、待たれよ」

土器惣右衛門は手をあげて、

「身共《みども》が先でござる」

と云い切った。

「はて、面妖《めんよう》な……」

兵衛は、威儀を正している。

「九十郎どのは、いつ為吉の噂をきいたかは存ぜぬ」

惣右衛門はそう云って、

「拙者は、為吉がこの吉原にいることを知るために、三日という日数を費して居り申す」

と胸をはった。

「ほう、それで?」

「と云うことは、九十郎どのより早くか、おそくとも同時ぐらいに、為吉の所在をつきとめようとしていたことになり申す」

「なるほど?」

「そして、為吉に、徳島藩のお抱え力士になれと申したのは、この拙者が最初の筈……」

「うーむ!」

兵衛は唸っている。

「しかし、おのおの方、谷風は仙台藩の抱え力士ですぞ」

竹内大五郎は鉄扇を鳴らし、

「為吉のことは、当然、拙者の耳に一番先に入って居り申した。ただ作戦上、世間に知られぬよう、心掛けていたまでのこと……」

と口惜しそうに云っている。

「うるせえなあ!」

とつぜん湖竜斎が怒鳴った。

「為吉が、どこのお抱え力士になろうと、それは俺の知ったこっちゃァない! なんでえ、人の座敷に這入《はい》って来やがって!」

湖竜斎がそう云うと、為吉も図に乗って、

「んだ、んだ！　俺ァ、男になるまで、ここから一歩も動かねえだからな！」

と云ったものだ。

「男に……なるまで、と云うと？」

田所兵衛が問い返す。

湖竜斎はニヤリとして、

「為吉の道具が、馬並みにバカ大きくて、この吉原中の花魁の誰もが、この男の筆下しが出来ねえってわけよ……」

と教えた。

「ほほう。そんな立派な……」

惣右衛門が感嘆している。

「ああ、立派だね。立派の上に、もう一字ついて、ご立派とくらあ」

湖竜斎は、かなり酔っている。

「胴廻り八寸、長さ一尺一寸二分の大蛇《だいじゃ》を、すっぽり呑み込む女なんか、この世の中にいるわけがねえさ。さあ、為吉……」

彫辰は、ポンと膝を叩いたのは、そのときであった。

「御三方さま……」

辰之助は、三人の武士を見廻して、

「為吉を、どの藩がお抱えになるか、どうかは、この為吉に、早く筆下しをさせられる女をあてがえるか、どうかと云うことにしては如何《いかが》でござんしょう？」

と提案したのだ。

「なに、為吉を早く男にしてやった者が、為吉を抱えられるとな？」

「はい」

彫辰は大きく肯いて、

「為さん。異存はあるめえな？」

と訊いた。

為吉は、しばらく考えていたが、

「うん……親方に相談しなけりゃァなんねえけど、おらの筆下しを世話して貰えたら……」

と赤い顔になる。

「よし、決まった！」

湖竜斎はそう叫んで哄笑《こうしょう》し、

「おい、為吉！　喜べ！　三大名の家中の方々

「なあに、お嬢さん……」

彫辰はニンマリとして、

「もう、こっちの勝でさあ！」

と云い、

「先生。ちょいと、為さんを借りて行きやすぜ……」

と含み微笑っている。

「おい、お前……なにか、心当りでもあるのか？」

湖竜斎は、不安そうであった。

なにしろ、入れ替り立ち替り、女が挑んだが駄目だったのである。

浮世絵師は、その事実を、審《つまび》らかに眺めて来ていた。

「大丈夫でさあ」

辰之助は大きく肯いて、

「おい、為吉。雲州松江藩の、特別のお取り計いによって、お前を男にしてやるぜ……。深川仲町まで、ついて来ねえ」

と云ったものだ。


が、お前の相手を、鉦《かね》と太鼓で探して下さるとよ……」

と手を打っている。

兵衛、惣右衛門、大五郎の三人は、思わず顔を見合わせていた。

とんでもない成行となったことを、後悔している顔つきである。

その六

土器惣右衛門、竹内大五郎の二人が、色めき立って〈花笠屋〉を出て行ったあとも、雲州松江藩の江戸留守居役——田所兵衛は、腕を組んだ儘《まま》、座を立たなかった。

「田所さま」

お露は死んだ兄の上司に躙り寄って、

「早く、なにかをなさらないと……この為吉どのを、お抱え力士に出来ぬのでは、ありませぬか……」

と云っている。

田所兵衛は彼を見て、

「彫辰とやら……」

と懐中をさぐり、財布ごと差し出すと、

「これを使って呉れ……」

と云っている。

留守居役だけに、下世話にたけ、気が利くのであった。

「お礼は、帰ってからにしてお呉んなさい。それより大実九十郎さんの下手人《げしゅにん》でも、お探しになった方が……」

辰之助はそう云って、立ち上っている。

為吉は遅れじと、あとに続く。

彫辰は、為吉を連れて、ぶらり、ぶらりと深川へやって来たが、むろん訪ねる先は、いろは長屋の坐り夜鷹――鼻馬鹿のお万であった。

辰之助は、長屋の入口に為吉を待たせて、

「済まねえが、お前さんを喜ばせてえ若い衆がいる」

と、お万に切りだした。

彼女は、巨根に憧れていただけに、彫辰の話をきくと一も二もなく承諾した。

「しかし、せっかくの筆下しを、いろは長屋でもあるめえ。待乳山まで、附合いねえ」

辰之助は、お万に化粧をさせて、若ぶりな着物をきさせてから、待乳山の〈湖月〉へ来るようにと命じたのである。

――一刻《いっとき》の後。

湖月の二階座敷では、夜具がのべられ、長襦袢《ながじゅばん》ひとつのお万が、神妙な顔つきで仰臥《ぎょうが》していた。

隣りの控えの間で、彫辰が為吉に、

「いいかえ。お前の篇乃古と、お万の赤貝とに、思い切り唾を塗りたくりねえ。そして、両脚をうんと拡げさせたら、あとは突きの一手だぜ……」

とささやいた。

「有難うごんす」

為吉は、四股でも踏みたそうな顔つきであった。張り切っているのである。

むりもない。四日間も、お預けを喰いっぱなしだったのだから……。

為吉は、下帯ひとつで、勇躍《ゆうやく》して入って行ったが、途端に蛙《かえる》が踏み潰されたような声を出す。

「どうしたんでえ?」

と、彫辰が声をかけた。

「カ、カ、カマキリが……」

為吉は、声を震わせた。

「莫迦《ばか》、そいつは刺青《いれずみ》でえ。心おきなく、ぶつかりねえ」

辰之助は叱りつけている。

「よろしゅう、お願いしますでごんす」

為吉は、下帯をとった。

こんどは、鼻馬鹿のお万が、キャッ! と叫ぶ番である。あまりの巨大さに、流石《さすが》のお万も仰天したのであった。

後にお万は、

——足が三本あるのかと思ったの。

と述懐したが、両膝をついている姿勢では、三本足と思われたのも当然である。

為吉は、彫辰に云われた通り、ツバキ油を塗りたくり、そろりそろりと兵を進めたが、お万は名代の下つき、出っぱった太鼓腹が邪魔になって、入りそうだが挿入できぬ。

為吉は、半泣きの顔になった。

やっと、自分の道具を、納《しま》って呉れそうな馬鹿貝を発見したのに、太鼓腹が邪魔をしているのだ……。

「ちょいと、辰さん!」

見兼ねて、お万が辰之助を呼んだ。

「どうでえ。入ったか」

彫辰は襖をあけた。

「入りそうなんだけど、腹がつかえるんだよ……」

お万は云った。

彫辰は、畳に横顔を押しつけて、観察していたが、

「こいつじゃ無理だなあ……」

と呟き、

「待ちねえ。ちょいと思案してみらあ」

と云って腕を組んだ。

太鼓腹にかかわりあいなく、篇乃古と赤貝を結ぶには、どうすればよいか……と辰之助は真剣な

表情になっていた。

＊　　＊

彫辰は、荒物屋へ飛んで行き、目の荒い大きな籠《かご》――銭湯などで使う脱衣籠である――を買って来た。

そして、その籠に為吉の浴衣を敷いて、

「お万。これに乗って、股をひろげてみねえな……」

と云った。

お万は、こうなったら恥も外聞もない。涎の出るような為吉の巨根を、咥え込んでみたい一心であった。

彼女が云われた通りの姿勢をとると、為吉の下帯を籠の下に廻し、輪に結んでから、

「為さん。この輪の中に首を入れて、籠を両手で持ち上げてみねえ」

と彫辰は命令している。

「へえ。こうでごんすか」

為吉は、軽々と籠を持ち上げた。

辰之助は、為吉のいきり立つ篇乃古と、大洪水のお万の馬鹿貝とを、籠の荒い目と目の空間を利用して連繫《れんけい》させ、

「腕に力をこめて、籠を抱き寄せるんだ！」

と叫んだ。

為吉が、腕を動かした。

「あッ、あッ、あん、あん……」

お万の口からも、思わず呻き声が洩れている。

胴廻り八寸、長さ一尺一寸二分の稀代《きたい》の大業物が、すっぽり貝鞘《かいざや》に納い込まれ、

「ああ、たまらない！」

とお万が身を震わした瞬間、それまで晴れていた空が俄かに掻き曇り、ゴロゴロッ、ピカピカッ！　と、雷鳴がとどろき、稲妻が走り交いはじめた。

しかし、為吉とお万は、それどころではない。

為吉は、仁王立ちのまま、

「おう！　たまらんでごんす！」

などと口走って、両腕を忙しく動かしつづけているのだった。

お万が稲妻のように、足の爪先を痙攣させ、為

吉が竹籠をぐいと抱き寄せるのとは同時であった。

為吉は、フーッと荒い息を吐き、そのままゆっくり胡座《あぐら》をかく。

「筆下しは終ったかな?」

彫辰は訊いた。

「終ったでごんす……」

為吉は、自分の膝の上に、両脚をあげたまま丸い竹籠に納っているお万を見詰め、

「お蔭で、大人になれましたわい」

と莞爾としている。

「あたいだって……生まれて始めて、口一杯に頬ばらせて貰ったよ。お礼を云いたいのは、こっちの方さ」

お万は、艶然《えんぜん》と微笑みかける。

……気がつくと、雷鳴は熄《や》んでいた。

辰之助は、

「やい。やい。いつまで抱きあってやがるんだ!」

と文句をつけた。

「それが、また……大きゅうなって、しもうたので」

為吉は、面目なさそうな顔をした。

「止せやい、この助平ども!」

と彫辰はむくれたが、根が研究熱心の男だから、次は、籠を使わず、お万を四つ這いにさせ、為吉が犬のような恰好で連結する体位を考えだしてやったものだ。

これだと、太鼓腹も邪魔にならない。

世にこれを雷電型と云う。

為吉が、後に、〝雷電為右衛門〟と名乗ったのは、この時の筆下しの味が忘れられず、性交時に雷鳴と電光が走ったことを記憶していたからだと云われている。

余談だが、この夜鷹お万は、一年半後に病歿した。

一説には、為吉が篇乃古で突き殺したのだとも云われるが、それは恐らく口さがない深川ッ子がでっち上げた虚偽の説であろう。

*　　*

かくて、為吉をめぐる江戸留守居役の、お抱え

合戦は梟《けり》がついたが、納まらないのは伊達家と蜂須賀家の両家臣であった。

〈花笠屋〉で、田所兵衛、為吉、湖竜斎、彫辰、お万の五人が、祝杯をあげているところへ、土器惣右衛門と竹内大五郎の二人は、怒鳴り込んで来たものだ。

二人の云い分は、鼻馬鹿お万という持ち駒を用意した上で、為吉を先に男にした方が勝ち……などとの取り決めをした松平家の作戦が卑劣だと云うのであった。

田所兵衛は、迷惑そうに、

「為吉本人も、雲州・松平家のお抱えになることを承諾しておるし、谷風梶之助どのも承知じゃ」

と云った。そして、

「大実九十郎は、そのために一命を捨てておる」

と、目をしばたく。

惣右衛門は歯痒《はがゆ》そうに、

「二言目には、死んだ九十郎、九十郎と云われるが、下帯ひとつで隅田川の土左衛門となった、腰抜け武士ではござらぬか！」

と畳を叩く。

彫辰の目が、キラッと光った。

「もし、土器さま」

辰之助は盃を伏せて、

「この間、大実さんが斬り殺されたことは、田所さまは御二方に話されましたが、隅田川で、下帯ひとつで浮かんでいたことは、仰有いませんぜ！」

と言葉鋭く詰め寄る。

土器惣右衛門の顔から、血の気が退《ひ》いた。

「そう云やあ、為吉にはじめて会いに来なすった時にも、松平家の留守居添役が、なに者かに斬殺された……とか、口走っていなすったなあ」

磯田湖竜斎も思い出して、そう呟く。

田所兵衛は、屹《き》ッとなり、惣右衛門を見据えた。

「ふむ！　変な話でござるな！」

兵衛は惣右衛門をハッタと睨み、

「武士たる者の恥辱ゆえ、九十郎が下帯ひとつで死亡せしことは、伏せて話した筈じゃが、なぜ、ご存じなのかな、其許《そこもと》は！」

と語気荒く、言葉を叩きつけた。

「うーむ！　不覚なる一語！」

土器惣右衛門は歯嚙みして、蒼白《そうはく》な顔を痙《ひ》き吊らせ、

「いまさら、とかく弁解いたしても、仕方あるまい」

と自嘲めいた笑みを泛べて、

「いかにも拙者、大実九十郎どのと、隅田川べりにて口論いたし、逆上して斬り捨て申した……」

と告白した。

「口論の原因は？」

彫辰が訊いた。

「実は、小野川部屋から出て来る大実九十郎どのをお見かけ致し、これはなにかあるな……と思い、九十郎どのを隅田川畔の小料理屋に強引に連れ込み申した……」

惣右衛門は悪びれずにそう語り、

「酔った九十郎どのが、数年後には、蜂須賀家の抱え力士に、吠面《ほえづら》をかかしてみせると申し、その際、為吉なる名前を口走ったのでござる……」

と首を垂れた。

「なるほど、それで為吉を探して、小野川部屋から、浦風部屋……とお歩きになりやしたので」

彫辰は肯いている。

「わしは主君に、立派なお抱え力士をお世話したいと願うていた。そう思うと、大実どのの先を越して為吉を抱えたくなり、九十郎どのを殺害したくなったのじゃ……」

惣右衛門はそう云って、

「口論を致したのも、その下心があったからでござった。ところが、倒れたあとも、九十郎どのは、拙者の印籠《いんろう》をつかんで離さぬ故、左手首を斬り落し申し、ついで身分がわからぬようにと衣類大小を剝《は》いで、隅田川へ投げ込んだのでござる……」

と、落涙した。

そして、

「士農工商の頭に立つ武士が、力士探しに憂き身を窶し、挙句の果ては殺人を犯す……。侍は莫迦らしい稼業でござるよな」

と、叩きつけるように叫ぶと、いきなり隠し持った短刀を、ギラリと抜いて、腹に突き立てたのであった。

「笑って下され……」

惣右衛門は、頸動脈《けいどうみゃく》をまさぐりながら、一座を見廻し、

「殿には、乱心して自害いたしたと、お伝え下さるまいか……」

と苦しい息を吐き、

「為吉！　お前には、侍二人の命が賭けられたのじゃ。折角《せっかく》、大成せいよ……」

と云うなり、引き抜いた短刀を首に突き立てたものである。

座敷は、血飛沫《ちしぶき》で赤く彩られた。

「南無阿弥陀仏……」

彫辰は、合掌して、

「しかし、見事な死に方ですねえ。侍ってものは、こうでなくちゃァならねえ！」

と感嘆していた――。


天明八年、為吉は、雲州松平侯のお抱え力士になって四人扶持《ぶち》を賜り、寛政元年、雷電為右衛門を名乗って、翌二年十一月には関脇となった。

そして文化八年二月の引退まで十六年間、大関の地位を守ったそうである。

日光街道の怪

その一

……中国の書物によると、〈採陰補陽之術〉と云うのがあって、これは若い女性と接して洩らさぬばかりか、逆に相手が恍惚《こうこつ》として溢れ出させた津液を吸い上げるのだそうな。

蒙古《もうこ》のラマ僧は、水の入ったコップに陰茎を挿入して、一気に水を吸い取ってみせる秘術を心得ていた……と云われるが、若《も》し、それが可能だとすれば、採陰補陽之術もおそらく、それに近いものであったと考えられる。

現代では信じられないことだが、江戸時代には若い娘の津液を吸飲すれば、腎虚《じんきょ》の妙薬となる……と信じられていたのだ。

そして、その津液を採取するために、ペイコノインポという道具すら考案されたのであった。

これは薬研《やげん》のかたちをした器の一端に、手動式の張形をつけたもので、溢れ出た津液は器具に内蔵されている容器に採取されるようになっていた。

和蘭陀《オランダ》の書物をみて、風来山人《ふうらいさんじん》こと、平賀源内が手作りにしたものが、密かに江戸に拡がったものらしいが、ペイコノインポとは何語で、どんな意味であろうか。

田沼時代、大奥の女中たちは、単なる張形よりも、このペイコノインポを欲しがったと云われる。

それは二つの理由があった。

一つは、普通の張形を使用して、ひとり束の間の快楽を得るには、片手使いか、足使いの二種類しかないのに、このペイコノインポでは、張形の角度も思いの儘《まま》であるし、挿入後、いろんな楽しみが待っている。

たとえば、抽送《ちゆうそう》の速度も思いの儘なら、右や左に回転したり、叩くと上下に揺れ動いたりするのであった。

俗に地位の低い者、技量の拙《つたな》い者を〃ペイペイ〃と呼ぶが、その語源は、このペイコノインポであろう、と云われている。

つまりペイコノインポの厄介になる者、将軍家のお手付きがない者……というほどの意味であろうか。

第二の理由は、このペイコノインポを使用したあと、内蔵されている容器に溜った津液が、売れると云うことであった。

一勺一朱……と云う相場だったそうだから決して悪くはない。

沢山の子持ちで知られる家斉《いえなり》将軍は、毎朝、この大奥の若女中から集めた津液で山芋を和《あ》え、丼《どんぶり》一杯ぐらい食していた……と云う伝説がある。

別に、ペイコノインポのことを書くのが、本篇の目的ではない。

読者は、女性の津液が、江戸時代には精力回春の秘薬とされていた、と云う事実だけを認識して下さればよろしいのである。

さて——閑話休題。

大田直次郎こと蜀山人《しよくさんじん》が、彫辰のところに使いをやったのは、芝愛宕《しばあたご》の神明祭がそろそろ近づく頃であった。

この神明祭が終ると、ほどなく両国の川開きで、江戸ッ子たちは、やっと夏の訪れを知るのである。

辰之助は、蜀山人からの手紙をみて、思わず首を傾《かし》げた。

『深川木場・淀屋半左衛門方へ参り、大篇乃古《へのこ》をお作り下されたく。但し一町先から荒々しく見ゆるごと、考案下されよ』

……文面は、それだけである。

一町先から、隆々といきり立ってみえる篇乃古を彫って欲しい、と云う注文であった。

奇妙な依頼である。

彫辰は、他ならぬ蜀山人の依頼であるから、さっそく深川の木場へ赴いた。

淀屋半左衛門は、大坂から進出して来た商人で、彫辰が面会を申し出ると、

「へえ、あんたが彫辰さんでっか」

と拍子抜けしたように云い、奥まった座敷に誘うと、

「実はでんな――」

と声をひそめた。

半左衛門の話と云うのは、こうである。

世が不景気で、その景気直しの前宣伝に、両国の花火大会が賑々《にぎにぎ》しく行われる予定になっている。

その際、取引先を招待して、舟遊びをしたいのだが、これといった趣向がない。

それで蜀山人に相談したところ、屋形船の舳《へさき》に、篇乃古の飾りをとりつけたら、人目に立つだろう、と云われた。

花火は、玉屋、鍵屋の二軒が、技術を競う慣わしである。

パーッと夜空に、花火が散った瞬間、淀屋の篇乃古の舳も、観客の目に入る筈《はず》だ……。

観客が、

「タマヤーッ」

と歓声をあげたら、舳を叩いて、

「ここだあッ！」

と淀屋の船客が、一斉に叫ぶ。

「カギヤーッ！」

と叫んだら同じく、

「これだあッ！」

と船べりを敲《たた》いて唱和する。

そうすれば忽《たちま》ち江戸の町民に、深川に淀屋という材木問屋があることが、浸透するであろう……と蜀山人は教え、その彫刻をする第一人者として、辰之助を指名したのであった。

〈なるほど。それで一町先から、荒々しく見えるように工夫を凝らせ……と、先生は云って来た

んだな……〉
彫辰は、なんとなく納得したものの、なんせ夜の花火の光りで、しかも隅田川に浮かんだ多くの屋形船中に混って、一際目立つ舳飾りとなると、頭が痛い。

＊　＊

「どうしたもんでげしょう」

辰之助は、持参した角樽《つのだる》から、湖竜斎《こりゅうさい》に酒を注いでやりながら、そう訊いた。

「ふん！　両国の花火じゃあ二十八日かえ」

湖竜斎は、むっつりと云って、

「この不景気に、他人さまの花火で、手前を売り込もうてえ根性が憎いや！」

と、そっぽを向く。

川開きの花火は、当時、船宿や料亭が、金を出し合って、客寄せのために行っていたのであった。

「まあ、先生……そう云わねえで、知恵を貸してお呉んなせえ」

辰之助は頭を下げる。

湖竜斎は、

「そうだな……」

と肯いて、

「上野《こうずけ》と下野《しもつけ》の境いに、金精峠というところがある」

と云った。

「すると、東照宮さまの近くで」

「うむ。すぐ近くに男体山、女峰山と云う二つの山があって、中禅寺湖という湖があらあ……」

「なるほど」

「金精峠は更にその上にあるそうだが、この金精峠の中腹あたりに絵馬堂があって、篇乃古絵馬を奉納してあるそうな」

「ははあ……」

「まあ、その絵馬堂を見て、金精峠から男体山、女峰山を眺めて来りゃァ、なにか良い知恵が浮かぶんじゃァねえかな……」

湖竜斎はそう云って、この間から手がけている浮世絵の下絵に筆を入れている。

「しかし……間に合いますかねえ？」

辰之助は首を傾げた。

湖竜斎は、きッと彫辰をみて、

「おい、辰……」

と厳しい口調で云った。

「へ、へい」

「日光の東照権現《ごんげん》にはな……名人と云われた左甚五郎の眠り猫の彫刻がある」

「へえ、噂には聞いてまさあ」

「その眠り猫は、実に雑な彫り仕事のように見えて、その実はそうじゃァねえ」

「ははあ……」

「下から見挙げる人の、目の働きを計算に入れて彫ってあるのよ……」

「なるほど、なるほど」

辰之助は肯いた。

「それを見てくるだけで、大した勉強になるじゃあねえか」

「それはまあ、その通りで」

「間に合わなかったら、それまでさ」

湖竜斎はニヤリとして、

「なにも江戸ッ子のお前が、上方贅六《ぜいろく》の片棒をかつぐこたあねえやな……」

と云うのだった。

しかし江戸から日光までは二十一駅あって、さらに金精峠を目指すとなると、往復八日はかかるのであった。

それで彫辰は、思案に暮れたものだ。

そして仕方なく牛込中御徒町《うしごめなかおかちまち》の蜀山人のところに、相談に行った。

蜀山人は、辰之助の話をきくと、

「そうだ。淀屋から預っている金がある」

と五両をとりだし、

「なにも川開きだけが、花火でもねえんだ。ゆっくり行って来ねえ」

と含み笑った。

それで、彫辰の気持は固まった、と云えるだろう。

金精峠へ行って、絵馬堂を見物して来ようと決心したのである。

しかし、篇乃古を描いた絵馬を献上するだなんて、世の中には、なんと物好きな人がいるものではないか？

＊　　＊

旅は、快適だった。

天候にも恵まれて、彫辰は無事、日光街道から金精峠へと辿りついていた。

流石《さすが》に深山だけあって、冷気が厳しく、絵馬堂のあたりは杉の大木に囲まれているので、鬱蒼《うっそう》として暗い。

辰之助は、絵馬堂の前に佇《たたず》み、

〈うーむ！〉

と低く唸った。

正面に掲げられているのは、里見弴斎という人物の描いた大篇乃古である。

色あくまで黒く、血管が太く盛り上り、雁首《がんくび》が大きく、しかも天をさして嘶《いなな》くごとくに反《そ》っておる。

そして絵の横に、

『多情仏心』

と賛《さん》が入れてあった。

その左には、開高亭健助という署名の、矢鱈《やたら》と毛の濃い篇乃古の図。

これまた賛とも、和歌ともつかぬ文句が書き入れてあって、

『竿《さお》と鉤《はり》とはどちらが大事
毛鉤にかかる魚もある』

とあった。

右横は、平凡な篇乃古が幾つか描かれてあって、署名に巌谷大四郎と読める。

『どれ見ても香り失せたる茸《きのこ》かな』

と、この方はなんとか句になっていた。

……なんというか、雅趣《がしゅ》がある絵である。

彫辰は、感心した。

湖竜斎から、篇乃古の絵馬堂と聞いた時には、おそらく猥褻《わいせつ》そのものの、浮世絵風のものを連想していたのである。

——だが。

聞くと見るとは、大違いだった。

張形と違って、いやらしさがないのだ。

なにか、乾いた感じである。

枯淡《こたん》の風格と云うか、なにか淡々たる味わいの

ある絵ばかりなのだった。

彫辰が唸ったのは、そのためである。

〈とすると、篇乃古の彫物を、船の舳にとりつけても、決していやらしくない姿かたちがある筈だぞ……〉

彼は、そう思った。

絵馬堂に腰をおろし、破籠《わりご》をとりだして、昼食をとりはじめたとき……であった。

杉木立の中から、顔や手足に引っ掻き傷をつくり、息も絶えだえの若い女が、幽鬼のごとく姿をあらわし、絵馬堂の前まで、ふわり、ふわりと歩んで来たのだ。

彫辰は、声をかけようとした。

病人としか、思われなかったからである。

ところが、彼が声をかけるより早く、若い女は、絵馬堂の奉納額をみるなり、

「キャーッ！」

と一声叫んで、ばったりと地面に倒れたのである。

驚いたのは、辰之助だ。

なにしろ幽霊かと、目を疑った位なのである……。

「しっかり、しなせえ！」

彫辰は、破籠をおくと、駈け寄って、娘を抱き上げた。

「どうか、したんですかい？」

彼は、若い女の躰《からだ》を、荒々しく揺さぶった。

なにか藁《わら》人形でも抱いているような、そんな感じであった。軽いのだ。

「お助けを……」

娘は、大きく息を喘がせ、声を震わせ、

「もう、勘忍して！」

と呟く。

目は——うつろであった。

しかし、額に手をあてがっても、大した熱はない。

「どうしなすった！　え？」

辰之助は叫んだ。

「これ以上は、もう……」

娘は、囈言《うわごと》のように口走っている。

「これッ！　旅の者か！　在の者か！」

辰之助は、また躰を揺さぶった。

「ああ、もう……」

娘は、目を閉じた。

ぐったりと、その躰の重みが、彫辰の両腕にかかって来ている筈なのだが、なにか蟬《せみ》の抜け殼でも抱いている感じである。

〈どうしたんだ、この娘……〉

彫辰は、一先《ひとま》ず彼女を抱き上げて、絵馬堂の内部に運んだ。

その内部には、信者でも奉納したらしい、大小さまざまな金精さまが、ぎっしりと並んでいる。

彫辰は、竹筒をとって、手拭を水で湿すと娘の口に含ませた。

なにか病気のようである。

何回か、水を含ませているうちに、娘はやっと息を吹き返して、パッチリと目をひらいた。

「大丈夫かな？」

辰之助は微笑した。痩せ衰えているが、美人であった。

「あッ、ここは？」

娘はそう訊いて来る。

「絵馬堂の中よ……」

彼は、娘を抱き起した。すると、息も絶え絶えに、

「どなたか存じませぬが……有難う存じまする」

娘は、丁寧に礼を云って、

「どうか、私を連れて一緒にお逃げ下さりませ……」

と云うのであった。

どうやら武家の子女らしかった。そんな言葉遣いなのである。

「一緒に逃げろ、と云いやすと？」

辰之助は、娘の顔をみて、

「病気なんざんすね？」

と訊いている。すると、大きく娘は、かぶりを振った。

「いえ、病気では、ありませぬ」

やっとの思いで娘は、正座して大きく肩で呼吸をした。

そして何気なく傍らをみて、また、

「キャーッ!」

と叫ぶなり、今度は前のめりに倒れた。

娘の顔は、なんと辰之助の篇乃古の上に、突伏されたのである……。

その二

息を吹き返した娘の、打ち明け話とは奇々怪々なものであった。

彫辰が、先ず気づいたのは、彼女が〝篇乃古〟に対して、敏感すぎる位の拒絶反応を示すことである。

なぜだろう……と彼は思った。

彼女は、彫辰に恥も外聞もなく獅噛《しが》みついて、絵馬堂の中の奉納された金精さまを、極力、眺めないようにしながら、

「あたくし、逃げとうございます!」

と、必死の面持ちで訴えた。

「そりゃァ逃がしてもやりたいが、一体、どう云うことなんだね?」

辰之助は訊いた。

「江戸に、四ツ目屋と云う小間物屋があるのを、ご存じでしょうか……」

娘は云った。

「ご存じどころでは、ない」

彫辰は苦笑している。

「えッ、すると貴方さまは——」

娘は、いったん絶句した。

「心配しなさんな」

辰之助は小鬢《こびん》を掻いて、

「四ツ目屋忠兵衛はよく知っているが、俺は仕事のかかわりあいもないし、縁戚《えんせき》でもねえ」

と云った。

するとすると彼女は安堵したように、

「湖の近くに、四ツ目小屋と云うのが、ございます」

と云った。

「ほほう」

辰之助は目を丸くして、

「それで？」

と催促している。

「あたくし、その四ツ目小屋に誘拐されて来たのでございます」

娘は低く告げた。

「えッ、誘拐――」

辰之助は目を丸くしている。

「はい」

彼女は人形のような顔を挙げて、

「今日で五十九日目でございます。殺されるよりは……と思いまして、必死で逃げて参りました……」

と呟く。

「ほう。逃げて来なすった！」

「は、はい」

「なぜ、誘拐されたんだね？」

「その点は、わかりませぬ」

娘は、なぜか羞《はじ》らうが如くに告げて、

「あたくしのほか、まだ六名も監禁されておりまする」

と告白したのだった。

湖の近く――と云えば、とりもなおさず中禅寺湖のことであろうと思われる。

そしてどうやら、その傍に、四ツ目屋忠兵衛の持ち家か、なにかがあって、そこに彼女を含めて、七人の女性が軟禁されているらしいのであった。

〈なぜ、そんなことを？〉

彫辰はそう首を傾げると同時に、

〈これは、なにかある！〉

と思った。

辰之助は、持参の破籠の昼食を、その娘に与えて、しばらく観察した。

娘の名は、小波と云った。

甲州の郡代《ぐんだい》の次女であると云う。

郡代とか代官と云うのは、幕府領を治めて租税の取り立てを行う、いわば勘定奉行みたいなものだ。

だから農民からは、嫌われていたらしい。

しかし、小波は、いかに郡代の次女とは云え、彼女自身が嫌われるような、そんな型の女性ではない。

だから彫辰は、変だな……と思ったのであった。

彼は、小波を眺めながら、

「その四ツ目小屋に誘拐されているのは、みんな武家の娘さんで？」

と訊いた。

「いいえ」

小波は、かぶりをふって、

「まちまちでございます」

と云ってから、顔を赧《あか》らめ、

「眉毛が粗雑で、臥蚕《がさん》が盛り上り、鼻に黒子《ほくろ》のある女ばかりでございますね」

と告げた。辰之助は、心密かに膝を打った。

〈観相発秘録・刀巴心青篇〉に曰《いわ》く。

〃眉毛、疎ニシテ長ク、波状ニテ尻上リナルハ色情狂ノ相、眉巾《はば》広クシテ、毛濃ケレバ虐待淫乱ノ相ナリ。眉毛粗雑ナルハ、動物的ニテ男女共ニ淫乱ノ相ナリ〃

〃上瞼厚《うわまぶた》ク、眼ニ迫力アルハ淫婦《いんぷ》ノ相、極端ナル三白眼ハ悪相ニシテ淫奔《いんぽん》、笑ウトキ臥蚕盛リ上ルハ内分泌、旺盛ナリ〃

〃耳ニ黒子アルハ聡明ニシテ親孝行ナリ、性感モ強シ。鼻ニ黒子アルハ、背骨ノ近クニ黒子アリ、特ニ鼻ノ下停ノ黒子ハ、色情マサレリ〃

――と。

これは、なにを意味するか。

四ツ目小屋に軟禁されている娘たちは、すべて淫乱の相をもった女性たち……と云うことではないのか？

彫辰は、観相発秘録の記述を思い浮かべながら、

〈すると、この小波さんも……〉

と思ったのである。

＊　＊

四ツ目小屋の支配人は、大久保清助と云う勤番崩れの浪人者だった。

れっきとした武士の癖に、自分のことを、〃ボクちゃん〃と呼んだりして、なにか甘っ垂れたところがある。

すぐカーッとなる性格で、逆上すると見境いがつかなくなり、浪人したのも、義母を犯して殺し、

庭に埋めたのが直接の理由であると云う。

大久保清助の仕事は、誘拐して来た娘たちに、ペイコノインポを使わせ、津液を採取することにある。

朝二回、昼一回、夜二回――計五回の採取なのだが、このところ採取量が落ちて、彼は苛立っていた。

その四ツ目小屋に誘拐されて来る娘たちは、処女であり、そして淫乱の相をもった者に限られている。

なぜなら、津液の採取が第一の目的であり、処女ほどペイコノインポに順応し易いからであった。

誘拐されて来た娘は、先ず三七《さんしち》・二十一日間の水垢離《みずごり》をとらされて、身を浄《きよ》める。

それから全裸で、祭壇の前に仰臥《ぎようが》させられて、ペイコノ祭の犠牲者となるわけだ。

つまり、処女膜を擬陽根で破瓜《はか》され、大久保清助の舌先三寸で翻弄されることになるのであった。

祭壇の周囲には、男女の痴態を描いた秘戯図が、ぎっしりとあって、正常な神経をもった者でも、なにか気が変になってしまう。

大久保清助は、破瓜された娘の宝珠を舌先で攻め、津液を出させる訓練をするのだった。

大体、十日間ぐらいで、宝珠に触れただけで、津液を滲《にじ》ませてくるようになるが、そのあとペイコノインポを使わせるのが、なかなか大変であった。

一応、破瓜の儀式は済んだとは云え、常識から云えば、まだ処女である。

二代目の四ツ目屋忠兵衛が書き残した秘伝によれば、この津液は、どうやら長命丸に使われていたものらしい。

〝身ヲ浄メ、破瓜シタルアト、核《さね》ヲ舐メテ津液流レ出ズル如クセシメ、徐々ニ擬陽根ヲ小ヨリ大ニ移行シツツ挿入スベシ。コノ時、被女子ヲ空腹状態ニセシメ、津液出ズレバ食ヲ与ウ。コレ、秘訣ナリ。遂ニハ、食事ヲ見セシムレバ、津液ヲ夥《おびただ》シク垂レ流スヨウニナル者也《なり》。ぺいこのいんぽヲ使ウハ、ホボ一箇月目ノ後ト知ルベシ〟（原文のまま）

……つまり、小さな擬陽根（張形であろう）を挿入し、これを次第に大きなものに変えてゆく。

そして、ペイコノインポの張形の大きさにまで達したとき、はじめて、その津液採取の器具を与えて、使用させるわけであった。

このとき、ペイコノ節なる唄を歌い、全裸の男女が、その目の前で、弄根《ろうこん》し、或いは吸舐《きゆうし》し合って、その女性を大いに刺戟《しげき》する習慣であった。

後学のため、そのペイコノ節の一節を、記録しておく。

〽核《さね》をくじれば貝が泣く、

泣いた貝ならペイコノしよう、

チンチン搔《かゆ》い搔い、

核もって来い、来い、

チンポ出せ、メンチョ出せ、

チンポ出せ、メンチョ出せ、

今夜はどうでも、せにゃならぬ。

……つまり、大久保清助は、この津液採取の監督官であったわけだ。

読者は、そんな莫迦《ばか》な……と思われるかも知れないが、江戸時代には、そんな奇妙なことが、大真面目に行われていたのである。

たとえば、十歳前後の男児の尿には、ホルモンがたっぷりあると信じられて、それを採取し、〝童尿〟と云う名前で売り出されていた。

これは甕《かめ》の中に入れておき、数箇月ぐらい暗いところに放置しておくと、沈澱《ちんでん》して、白灰色の結石ができる。

この結石を削って呑むと、精力減退を防止するに役立つ……と云われていたものらしい。

なんとも、奇怪な話だが、このほか処女の経血だとか、カニババ（胎児が出産して、はじめて出す大便）とか、胎盤とか、猿の脳味噌だとかが、当時は精力剤として珍重されていたのであった。

（余談だが、胎盤が精力剤として利くと云うのは、正しいのかも知れない。その証拠に、胎生動物は子供を産み落すと、母親はその胎盤を食べてしまう。それだけ産後の栄養に役立つ……と云うことなのであろうか）

＊　　＊

「するてえと……」

彫辰は、小波を見詰めて、

「あなたは、四ツ目小屋にかどわかされて、なにをなさっておいでになったので」

と訊く。

小波は、赤面しながら、

「それだけは、お聞きにならないで!」

と云い、

「耐えられぬ故、命からがら、逃げだして参りましたものを」

と、怨めしそうに俯向《うつむ》く。

しかし、好奇心のつよい辰之助としては、淫乱な相をもった生娘ばかりを集めて、四ツ目小屋の差配人が、なにをしていたのかは、大いに気になるのであった。

「しかし、でやすな……」

辰之助は、執拗《しつよう》に喰い下がって、

「なにか、よからぬことと、拝察いたしやすが」

と詰め寄る。

小波は、また赤面した。


「いかがなもので?」

彫辰は訊いている。

「たしかに……よからぬことかも、知れませぬ」

小波は、きっぱり云って、

「しかし、朝晩五度のお勤めは、決して苦痛では、ござりませなんだ」

と、差恥の色を濃くしている。

「ほほう!」

辰之助は躙《にじ》り寄って、

「朝晩……五度のお勤めと云うと?」

と訊く。

小波は、かぶりをふって、

「聞いて下さいますな」

と、顔面に色をなしていた。

〈ははあ……〉

彫辰は、心の中で肯いた。

彼は、誤解したのであった。

よほど精力絶倫な男がいて、彼女を含めた娘たちと、朝な夕な、交わっていたのだ……と考えたのである。

「するてえと――」

辰之助は顎を撫でて、

「そんな、いいところから、なぜ逃げ出して来なすった！」

と問い返す。

「はい……」

小波は、肩を顫《ふる》わせると、

「鏡をみて、恐ろしゅうなったので……」

と呟いた。

「ほう。恐ろしくなった、とは？」

「ごらん下さいまし」

小波は顔を挙げると、

「私の顔には、もはや生気はございませぬ」

と深い溜息を吐《つ》いた。

……なるほど、そう云われてみると、生気はない。なにか、死人に近い、幽鬼さながらの表情である。

「人間、血を吸われると、死ぬとか申しまする」

小波は低くそう呟いて、

「どうか、お助け下さいまし！」

と辰之助に獅嚙みつく。

「まったく、わからねえ話だなあ」

彫辰は、苦笑していた。

彼は、小波が誘拐後、ペイコノインポで毎日、津液を吐き出されつづけていたとは知らない。いや、男と女の愉しい交わりを、続けていたものと思っている。

だから、彼女が逃げだしたことが、よく理解できないのであった。

「あたくし、タテトなのでございまする、もう――」

小波は、悲しそうに呟いた。

「タテト？」

「はい」

「なんのことですかい、そりゃあ」

彫辰は、眉を顰《ひそ》めた。

小波は、顔を火の如く真ッ赤にして、

「人間、血と、津を抜かれると、死ぬそうでございます」

と告げた。

「えッ、血と津?」

彫辰は、そう訊き直した。

「タチツテトの五文字のうち、チとツを抜いたものが、タテトでございまする」

「チとツ?」

「はい」

「なるほど、膣《ちつ》抜きか!」

彫辰は莞爾《かんじ》として、

「血液と津液を抜かれたと仰有《おつしや》いますので?」

と云った。

小波は、燃えるような顔色になって、

「だから、逃げて参りました」

と目を伏せる。

「ふうむ!」

彫辰は、よくわからぬ儘に肯いて、

「逃げたいと仰有るのなら、お連れもしますが、一体どこの誰から逃げてえんで?」

と問いかけた。

「四ツ目小屋の、ボクちゃんから逃げたいのでございます」

小波は一瞬、怯えた瞳の色となった。

その三

「なにッ! 小波が姿を消しただと?」

知らせを聞くなり、大久保清助は大きな眼をぎょろりと剝《む》いて叫んだ。

しかし、その表情は、怒っている様子ではなかった。

なにか愉しんでいる風情である。

「いかが致しますか」

四ツ目小屋の門番も微笑を返している。

「うむ」

清助は肯いて、大刀を提げると、

「仕方がない。ボクちゃんが探して参ろう」

と云った。

——小半刻《こはんとき》の後。

大久保清助は、水を入れた竹筒を腰に、竹の皮に包んだ握り飯を背に、小さな鍬《くわ》を片手にして、嶮《けわ》しい山道を歩いていた。

四ツ目小屋に集められている娘たちは、多くは農家の子女で、金で買われて来る者が殆んどである。

しかし中には、小波のように誘拐されて来る者もあった。

特に、武家の娘は誘拐である。なぜなら、金では買えないからだった。

そして、誘拐して来た武家の子女は、二年間、ペイコノインポを使わさせられた挙句、釈放される。

ヤレ、嬉しや……と家路に急ぐ途中、のっそりと大久保清助が姿をあらわし、襲いかかって当身をくらわすわけだ。

ボクちゃんは、気絶したその娘を、金精峠附近の暗い繁みに引きずり込み、裸にして、さんざん弄《もてあそ》んだ挙句、殺して死体を山の中に埋めてしまうのであった。

死人に口なしで、この誘拐殺人犯罪は永遠に誰にも知られずに済むのである。

……小波が、どうやって逃げたかは判らないが、四ツ目小屋は深い崖に面して建てられており、残る三方は金精峠へ繋がる熊笹《くまざさ》の斜面であった。

道らしい道はなく、猟師たちも四ツ目小屋には近寄らない。

見張り番がいる上に、蝮《まむし》が出没するからである。

女の弱い足で、金精峠まで辿りつける可能性があるとは思えなかった。

〈あの小波のやつ……折角《せつかく》、一人前のタテトになりやがって、先が愉しみだったのに、逃げるだなんて莫迦な女よ……〉

大久保清助はそう思い、

〈どうせ、蝮に食われてるだろう。しかし生きていたら、ボクちゃんの青大将が、柔かい小波の穴に入り込むからな！〉

と、舌なめずりしていた。

小波は、津液の多い娘であった。

訓練を受けた普通の娘は、目の前で男女の痴戯がはじまると、はじめて津液を流しはじめる。

しかし小波は、ペイコノインポを見ただけで、もう内腿を濡らし、ペイコノ節を耳にするときには、自分で腰を動かしていた。

その意味では、四ツ目小屋の優等生と云うべきで、分泌量も抜群なら、粘っこく糸を引くような、男心を蕩《とろ》かすような芳香を放つ津液の持主である。

ただ経血の採取だけは、嫌がった。

津液と異なり、この方は自然と流れ出る物だから、なんの苦痛もないと思うのだが、小波は殆んど恐怖に近い態度を示したものだ。

おそらく小波は、明日あたりからはじまる経血採取を恐れて、逃亡を図ったものと思われる。

〈莫迦な女よ……〉

大久保清助は、鍬の柄で水筒代りの竹筒を打ち鳴らし、黒足袋《たび》と黒脚絆《きやはん》で固めた両足を踏みしめて、けもの道を登ってゆく。

蝮は、黒い色が嫌いである。そして音も嫌いなのだった。

峠の近くまで登りつめたが、人影ひとつ、物音すらしない。

大久保清助は、汗を拭ってから、竹筒の水を飲んだ。

〈さては、蝮の餌食《えじき》になったな！〉

彼は、そう判断した。

蝮の毒が廻って、冷たくなった娘の死体を犯すのは、久し振りである。

清助は、ぞくぞくして来た。

死んでいるとなると、そう急ぐことはない。

〈絵馬堂へでも行って、飯とするか！〉

彼は、目印に鍬をおくと、絵馬堂への道を急ぎはじめた。

＊　＊

彫辰は、小波を背中に負って、日光街道へと歩んでいた。

「ひどく躰が軽うござんすね」

彫辰は、小波に話しかける。

すると彼女は恥しそうに、

「タテトの身ですもの……」

と呟く。

彫辰は道中仕度だが、小波の方は小屋から逃げ出したときの、着のみ着の儘だから、着物の裾《すそ》が背負っていて邪魔になって仕方がない。

「ちょっと、失礼いたしやすよ……」

彫辰は、背負いにくいので、小波の着物の裾をめくって、直接、内腿に両手を触れるようにした。

「ああーッ……」

小波は、背中で身を捩《よじ》っている。

「おとなしくしてなせえ。なにも変なこたあ、しねえんだから……」

辰之助は叱っている。

しかし、十歩、二十歩と進んでゆくうちに、小波の息遣いは、獣のように荒くなり、火のように躰が火照《ほて》って来たものだ。

〈おや？〉

と彫辰は首を傾げた。

なにか触れている内腿が、ひどく汗ばんで来たからである。

「ああーッ……」

小波は、また身をくねらせ、

「ペイ……ペイ……」

と口走る。

「ペイって、なんでござんす？」

辰之助は問い返した。

「ペイコノ……インポ！」

小波は叫んだ。

彫辰は、源内先生が、和蘭陀《オランダ》の書物をみて作った、その奇妙な器械の名前を記憶している。

しかし、武家の娘の口から洩れるには、なんとなく相応しくない名前であった。

「ペイコノインポが、どうなさったんで？」

彼は訊いた。

「ああ、駄目！　おろして下さい！」

小波は叫んだ。

仕方なく彫辰は彼女を地面におろしたが、立って居られないらしくて、両膝をつき小波は中腰の姿勢となる。

「どうなさいやした？」

彫辰は、小波を見詰めた。

彼女の眼の色は、尋常ではなかった。

口を半開きにして、なにか腰を震わせている……

…。

〈なるほど！　読めたぞ！〉

辰之助は莞爾とした。

彼女が〝神隠し〟に遭い、四ツ目小屋に監禁されて、朝晩五度、ペイコノインポを使わせられていたことを、看破《みやぶ》ったのである。

そして小波は、辰之助の内腿の刺戟によって、そのペイコノインポの感覚を甦えらせたのか、ちょうど採取の時刻にあたっていたのかの、どちらかであろうと思われた。

辰之助は、そっと小波の着物の前を、押しひろげた。

そして手をやる。

案の定、濡れにぞ濡れし……と云う状態であった。

「ペイコノ……インポを！」

彼女の眼は、すでに空虚《うつろ》である。

「弱ったな……」

辰之助は思案したが、いくら考えても、ペイコノインポがそんな山道に転がっている道理がない。あるのは、代用品だけである。

辰之助は、

「ご免なすって——」

と、自分の前を押しひろげ、両脚を投げだして尻を下ろすと、

「ペイコノ代りに、お使いなせえ……」

と云った。

小波は、喘ぎながら、躙り寄ると、辰之助がペイコノインポ位の角度に手を添えている肉塊に、すっぽりと自からをかぶせた。

そして、目を閉じ、荒い息を吐きはじめるのだった。

彫辰は、相当の数の女を知っている積りだが、こんなに夥しい津液を吐き出す女性は始めてであった。

彼の股引《ももひき》は、みるみる大洪水の被害を受けて、黒く染まってゆく。

そして辰之助自身も、なんとなく乙な気分になって来たものだ。

「お嬢さん……堪忍してお呉んなせえ。もう、こっちのペイコノの方が、たまらねえ……」

彫辰は云った。

——やがて。

歯を喰いしばっていた彫辰が、

「あッ！　あッ！　あ！」

と叫んだ。

それと同時に小波も、大きく身を震わせて彼に獅噛みつく……。

共に、相果てたのである。

小波は肩で息をしながら、

「あたし……どうしたんでござんしょう」

と怪訝《けげん》そうに云っている。

「あっしが、背負って歩いていたら、急に、ペイコノ、ペイコノと仰有って……それで仕方なく代用品を差し上げましたので」

彫辰は苦笑した。

小波は顔を真ッ赤にして、

「代用品の方が、夢心地でございまする」

と呟いた——。

その癖、小波は自からが立ち上ったあと、湯気を微《かす》かに放っている辰之助の魔羅《まら》をみると、

「キャーッ！」

と一声叫んで、気を喪《うしな》うのである。

彫辰は、代用品が夢心地——と云われた手前、大いに気を腐らせて、

「水癲癇《てんかん》火癲癇と云うのは聞いたことがあるが、篇乃古癲癇と云うのは聞いたこたァないぜ！」

と、怨めしそうに呟いた。

＊　　＊

湯元の宿に着いたのは、夕暮である。

彫辰は、なんとなく安堵して、

「ここで泊って躰を休めてから、明日、寺社奉行へ訴えて出なせえ……」

と云った。

ところが、小波は人里へ入ったのに怯え切っていて、

「どうか、一緒に逃げて下さいまし」

と云う。

「よほど、四ツ目小屋のボクちゃんとやらは、怖い浪人者らしいなあ」

辰之助は苦笑した。

当時の湯元温泉は、今日のように立派な設備は

ない。

宿が一軒あるだけで、それも湯治客が米や土鍋を持ち込み、自分たちで炊事しなければならなかったと云う。

宿は、部屋と夜具を提供するだけで、それも極《ご》く粗末なものだったらしい。

辰之助は、宿の女中に、

「夕食をなんとか作って呉れめえか……」

と頼んだ。

小粒を握らせたので、女中は、

「お客に頼んでみるだ……」

と引き受けた。

だが——夕食を依頼した相手が、わるかったのである。

この冬、熊と格闘して、左腕を傷つけた猟師の又次と云う湯治客だったのだ。

そして又次は、四ツ目小屋へよく出入りして、小波の顔を知っていたのである。

又次は、

「粗末な夕食で、申し訳ねえだ——」

と部屋に入って来て、暗い行燈《あんどん》のそばに、しょんぼり坐っている彼女を発見し、顔色を変えた。

そして、なにも云わず、膳をおくと、逃げるように立ち去ったのである。

むろん、四ツ目小屋へ急報するためだ。

なにも知らない彫辰は、

「一朱も払って、稗飯《ひえめし》に蕨《わらび》だけたァ酷い！」

と不平を云い、

「ま、日光街道へ出たら、ちったァましな飯にありつけまさあ……」

と小波を慰めて箸《はし》をとった。

貧しい夕飯のあと、彫辰は、ペイコノ騒ぎで汚された股引を、洗いがてら野天風呂へ行く。

野天風呂だから、湯は微温である。

そして宿では、入湯客のために、ここでは酒を売っていた。

清酒ではない。手製のどぶろくである。

俎《まないた》のような厚い板を湯の中に浮かし、この上に五郎八茶碗をおいて、篝火《かがりび》のなかで飲むのであった。

なかなかに風情があるもので、彫辰は、いい気持で五杯ほどひっかけて湯から上った。

そして下帯を締めている時である。

宿の方から、

「キャーッ！」

と云う女の悲鳴が聞えた。

彫辰は、小波の〝キャーッ〟を二度ならず三度も聞いている。

〈いけねえ！　お嬢さんだ！〉

彼は濡れた股引をひっ摑むと、跣《はだし》で駈け出した。

暗いので、道がわからず、思いがけず手間どって部屋に戻ると、行燈の火は消されて真ッ暗である。

「お嬢さん！」

彫辰は叫んだ。

途端に――彼は殺気を感じて、飛び退っている。

「入るでない！」

男の声音がした。なにか、舌足らずの、それでいて殺気のある声。

「なんだと？」

彫辰は、身構えている。

彼は下帯一つの恰好だったから、大いに不利な体勢であった。

「入れば、斬る！」

男は云った。

〈こうなったら、仕方がねえ！〉

彫辰は決心を固めると、矢庭に宿中に響けとばかり、

「おーい、火事だあーッ！」

と大声をあげた。

「下郎《げろう》！」

暗い部屋から、白刃が躍り出て来る。

彫辰は、濡れた股引で、その白刃を打ち払いながら、なおも、

「火事だァーッ！」

と大声で呼ばわる。

「覚えておれ、下郎！」

黒い人影は、なにかを、どさりと転がすと、廊下を反対側に走って逃げた。

彫辰は、部屋へ飛び込んだ。

そして、柔かい物に足をとられて転倒した。小波であった——。

その四

小波は、ボクちゃんこと大久保清助に、首を絞められ、気を喪っていただけであった。

行燈に灯を入れてから、気づいたのであるが、小波は腰巻を脱がされ、その腰巻で首を絞められたのであった。

〈変な男だな……〉

彫辰は思った。

小波を殺す積りなら、刀で叩き斬るなり、両手を使って絞めるなり、したらよろしい。

それなのに、わざわざ小波の腰巻だけを脱がし、それで首を絞めようとしている。

なぜなのだろうか？

辰之助は首を傾げながら、小波を揺り動かして、蘇生《そせい》するのを待っている。

「ウーン……」

小波は、低くそう呻いて、目をパッチリと開いた。そして、

「アッ、ボクちゃんは？」

と、彫辰に獅噛みつく。それは恐怖そのものの口調だった。

「逃げやしたよ……」

彫辰は苦笑して、

「大久保と云う浪人者は、あんたを殺しに来たんじゃァなかったようで」

と云った。

「そうなんです。あたしを四ツ目小屋に、連れて帰ると申しておりました」

小波は彫辰にますます獅噛みついて、

「あたし、怖い！」

と声を震わせている。

「しっかりしなせえ。あっしが傍に、ついておりやす」

辰之助は、腰巻をとって拡げ、クンクンと鼻を鳴らし、

「おう！　いい匂いだ……」

などと呟いている。

小波は頼い顔をして、

「あのう……お返し下さいませ」

と、彼につかみかかった。

「いや、いや。めったなことでは、返せるもんじゃァねえ」

彫辰は彼女を揶揄《からか》って、

「なにか一つ、芸をみせて下すったら、お返ししやしょう」

と真顔になる。

小波は、半泣きの表情で、

「では、どうあっても――」

と呟く。

辰之助は、腰巻に鼻をまた押しつけて、

「ああ……たまらねえ!」

などと云うのであった。

小波は観念したように、

「四ッ目小屋で覚えたものですが……」

と恥しそうに告げて、

〽核《さね》をくじれば貝が泣く、
泣いた貝ならペイコノしよう……。

と口誦《くちずさ》みだした。

彫辰はその時、はじめてペイコノ節をきかされたのだが、このペイコノ節の後半の文句が、出雲の皆生《かいけ》温泉に、どういうわけか皆生音頭として伝わっておる。

若しかしたら、彫辰は雷電為右衛門《らいでんためえもん》あたりに教え、為右衛門が雲州侯のお供をして松江へ赴いた折に披露したものが、伝わったのかも知れない。

だが――それは、あまりにも淫らな文句であった。

辰之助は、下帯を解いた。

むっくりと鎌首《かまくび》は、すでに持ちあげられている。

「キャーッ、怖いーッ!」

小波は、それをみると、そう叫んで辰之助に縋《すが》りつく。

「なにが怖いもんですかい!」

彫辰はそう叱りつけて、

「昼間、ペイコノインポの代用品に、お使いになったものと、同じものでござんすよ」

と彼女の耳に囁く。

「怖い！　怖いのじゃ！」

小波は唇を震わせながら、

「私の、目に、入らぬようにして！」

と口走った。

「しかし、チンポ出せメンチョ出せ……と歌ったのは、お嬢さんですぜ？」

辰之助は、にやにやしていた。

「怖い！　怖うてたまらぬ！」

「では、下帯をつけますか」

「いや！　下帯をつけず、私の目につかないようにしてたも！」

「そんな無理難題な……」

「いえ、無理ではない」

「えッ、なんと？」

「ペイコノじゃ……」

「えッ、ペイコノ？」

「ああ、怖い！　怖いから、なんとかしてたも！」

辰之助は、やっと小波の真意がわかった。


彼女の太腿を探ってみると、津液採取中と云わんばかりの、夥しい大洪水だ。

彼は、小波を引き寄せ、

「そんなに、怖うござんすか？」

とささやきながら唇を吸い、

「怖いものなら、目につかぬように納《しま》っておきやしょう」

と彼女の躰を抱き上げて、すっぽりと大胡座《あぐら》をかいた自分の股の上に、かぶせたのであった。

（余談だが、彫辰はこの時の体験を、噺家《はなしか》の烏《う》亭焉馬《ていえんば》に後に語っている。そして焉馬は、このう〝怖い、怖い〟という挿話を生かして、俗に云う〝饅頭《まんじゅう》怖い〟と云う小噺をつくった。このことは、世にあまり知られていない）

小波が、

「怖い……こわいい……ああ、こわ……いい……ああ、こ……いい……ああ、いい、いい！」

と、彫辰の首っ玉に嚙《かじ》りつきながら、そんな変化のある言葉を口走りはじめたのは、それから間もなくである。

怖いいから、〝是《こ》は良い〟となったのだから、辰之助の篇乃古の一徳であろう。

＊　＊

中禅寺湯元から日光までは、ほぼ六里の道のりである。

日光から今市《いまいち》へ二里、大沢（二里半）、徳二良《とくじら》（一里半）、宇都宮（二里）、雀宮《すずめのみや》（一里半）、石橋（一里半）、小金井（一里半）、小山《おやま》（二里十九丁）、間々田《ままだ》（一里半）、野木（二里半）、古河（十六丁）、中田（一里半）、ここに坂東太郎と呼ばれる利根川が横たわり、関所があって、船で渡ると栗橋、ついで幸手《さって》（二里六丁）、松戸（一里三丁）、粕壁《かすかべ》（一里半）、越谷《こしがや》（二里三十二丁）、草加《そうか》（一里二十八丁）、千住《せんじゅ》（二里十六丁）、そして江戸と云う順序となる。

〽チンチン痒《かゆ》い痒い、
　核《さね》もって来い、来い……。

辰之助は、小波を連れて、今市へと道を辿りながら、覚えたてのペイコノ節を口誦んで、いい気分であった。

どうせ今夜は、宇都宮泊りと決めている。

「そんな恥しい唄を、大声で歌わないで下さいまし」

小波は、赤い顔をしている。

「なに云ってるんですかい！」

彫辰は、こともなげにそう云って、

「お嬢さんが教えて下さったんですぞ」

と含み微笑《わら》っていた。

と――その時だ。

杉の大木の蔭から、ぬーッと姿をみせた深編笠《ふかあみがさ》の浪人者がある。

「ああッ！」

小波は、彫辰に縋りついて、ワナワナと肩先を顫わせ、

「ボクちゃんよッ！」

と叫んだ。

「えッ！」

辰之助は浪人者をみて、

「昨夜、あんたを殺そうとしたのは、こいつか！」

と低く身構えた。

「下郎！　お前には、用はない。黙って、その娘を引き渡せ……」

浪人者は、大刀の柄に手をかける。

「なに云ってやがる！　小波さんは、昨夜から、おいらの女房だ。めったなことで、他人に渡せるけェ！」

辰之助は、小波を自分の後ろに廻して庇《かば》い、なにか棒切れでもないかと、あたりに目を配っていた。

あいにくと人通りもない。

〈弱ったな……〉

彫辰は、そう思った。

じりッ、じりッと相手は、詰め寄ってくる。

「お嬢さん！　逃げなせえ。日光へ戻って、奉行所へ訴えるんだ！」

彼は叫んだ。

小波は、肯いて駈け出した。しかし、足取りは、もどかしい。

「糞ッ！　逃がさぬ！」

大久保清助は、いきなりギラリと白刃を抜いた。

彫辰は、小波が逃げてゆくのを確認してから、杉の大木を楯にとった。

「下郎！　ボクちゃんを怒らせると、あとの祟《たた》りが恐ろしいぞ！」

大久保清助は、深編笠を捨てた。

「フン！　なにがボクちゃんだ。いい年齢《とし》をしやがって！」

彫辰は、なるべく時間を稼ごうという魂胆である。

「許せぬ！」

清助は大刀をふりあげた。

「いけねえッ！」

と逃げ出そうとしたのが不味《まず》かった。

彫辰は、小男だから苦もなく追いつかれ、そして背中に激痛を味わったのである。

峯《みね》打ちであった。

辰之助は、そのまま、昏倒《こんとう》した。

……気がついたのは、どれくらい時間が経ってからであろうか。

辰之助は、背中をさすり、さすり起き上ったが、たしか街道で倒れた筈なのに、思いがけず草叢《くさむら》の中である。

〈あれれ……〉

彼は、首を傾げた。

みると、自分の足許《あしもと》に、血だらけの短刀が転がっているではないか。

〈ややッ！〉

辰之助は、事態の異常さを意識した。

右手をみると、ベットリと血糊《ちのり》がついている。

〈待てよ……〉

辰之助は考え込んだ。

自分が、ボクちゃんこと、大久保清助に襲われ、小波を逃がしたあと、峯打ちを喰《くら》ったことは覚えている。

しかし、それは日光街道の真ん中であった。

だが——いま、彼は、街道からはずれた草叢にいる。

そして右手には血糊が付き、傍には短刀が転がっている始末だ。

〈これは、なにか、ある！〉

彫辰は、混乱した頭の中で、そう判断した。

＊　＊

なによりも気がかりなのは、四ツ目小屋に誘拐されていた小波の行方である。

辰之助は、手拭で右手の血糊を拭いながら、よろよろと立ち上った。

背中が、まだズキン、ズキンと疼《うず》いている。

気を喪う位だから、よほど強い峯打ちを喰ったのだろう。

彼は、日光街道へ出ようとして、周囲を見廻したが、途端に、

「あれれ……」

と叫んだ。

なんと二間位先に、自分と同じように横たわっている男がいるのを、発見したからである。

おそる、おそる近寄ってみると、その男は浪人風の人物——ボクちゃんである。

そして、胸を真ッ赤な血で染めていた。

短刀で、心臓を一突きにされたものらしい。

〈ボクちゃんだな！〉

彼は、思った。

先刻まで彫辰は、気を喪っていた。

となると、下手人《げしゅにん》は、小波しか考えられない。

彼女が、おそらく大久保清助を刺し殺したのであろう。

しかし、どこへ行ったのか？

あたりに彼女の姿はない。

彫辰は、腕を組んだ。そして、死体を観察した。みると、ボクちゃんは袴《はかま》を脱ぎ、下帯をとって、醜い小さな篇乃古を剝《む》き出しにして、絶命しておる。しかも、その篇乃古は、血だらけであった。

〈うーん……〉

辰之助は、低く唸った。

いったい、どうなっているのだろうか。

まったく判らないことだらけである。

〈俺は、峯打ちを喰った。そして、気を喪った……〉

〈しかし、気づいた時には、この草叢のなかだ……〉

〈と云うことは、誰かが、俺をここまで引っぱって来たか、担いで来たと云うことになる……〉

辰之助は額に手をあてがった。

これは、考え込む時の、彫辰のクセである。

〈ボクちゃんは、ここで死んでいる。短刀で心臓をグサリ、だ……〉

〈しかし、俺が殺したんじゃない〉

〈でも、俺の手には、血糊がついていた……。そして、短刀も転がっていた……〉

彫辰は、ますます混乱している。

とにかく、四ツ目小屋のボクちゃん——大久保清助は死んでいるのだ。

これは、動かせない現実だった。

〈とにかく、届けなくっちゃァならねえ〉

彼は、そう判断した。

彫辰は、振り分けにした荷物を拾い、どこか小川はないかと思いながら、ゆっくり歩みだした。

死体は、その儘にして……。

彼は、日光に戻らず、今市へと向かった。

しばらく行くと、小川があった。

彫辰は、そこに踞《かが》み込んで、右手についた血糊を、ゆっくり洗いはじめる。

だッ、だッ、だ……と、数人の跫音《あしおと》が駈け寄って来る気配がした。

彫辰は、背後をふり向いた。

みると、小波らしい女が、彼を指さしてなにか云っている。

駈けてくるのは、日光の寺社奉行の手先の者らしく、めいめい六尺棒を小脇に抱え込んでいた。

「あッ、お嬢さあーん！」

彫辰は大声をあげる。

しかし、それより早く、数人の捕吏《ほり》が、彼を取り巻いて、

「神妙にしろ！」

と、血相を変えて詰め寄って来たものだ。

「なんでえ、なんでえ！」

彫辰は顔色を変えながら叫んだ。

「やっぱり、こいつだ！」

誰かが叫んだ。

「おい、なんのことだ？」

喰いつくように彫辰は云った。

「とぼけるな！　浪人殺しとして、貴様を逮捕する！」

捕吏たちは躍りかかって来た……。

その五

……人間の運命とは、いつ、どうなるものか、はかり知れない。

彫辰の場合が、そうであった。

四ツ目小屋のボクちゃんこと、大久保清助に刀の峯打ちを喰った。

そして気がついてみると、自分が倒れたところから、遠く離れたところに居り、しかも右手に血だらけの短刀を握っている。

その上、傍に、心臓を一突きにされた大久保清助の、絶命した死体があったのだから、大変である。

これでは、誰がみても、彼がボクちゃんを殺した……と考えるだろう。

彼は、奉行所に引っ立てられ、住所と名前を聞かれただけで、そのまま、今で云う留置場へぶち込まれた。

こうなると、憐れなものだ。

なにしろ、外界との連絡を、一切絶たれてしまうのだから……。

これが江戸だと、辰之助が奉行所に引ッ立てられたことが伝わって、彼を知っているいろんな人が助力して呉れるだろう。

しかし、悲しいことになんせ旅先であった。知り合いもない。

〈畜生め……〉

彫辰は、板張りの床の上に正座して、じいーッと腕組みをした。

なにか、カラクリがある。たしかに、ある。

彼はそう思った。

自分は、大久保清助を殺害した覚えはない。全くもってないのだ。

と云うことは、犯人でないと云うことである。

にも拘《かかわ》らず、彼は捕われた――。

〈となると……あの女しか、いねえ！〉

彫辰は、不図《ふと》唇を噛んだ。

あの女とは――甲州郡代の次女・小波である。

でも、なぜ小波が、命の恩人である辰之助を、ボクちゃん殺しの犯人に仕立て上げねばならないのか、その辺がよく判らなかった。

――翌日。

辰之助は、白洲《しらす》に引き出された。

そして取調べを受けたのだが、吟味役の侍は、頭から彼がボクちゃん殺しの真犯人、と決めてかかっているのだった。

彫辰は、とにかく頭に来た。

それで、小波を救《たす》けだした事情から説明しはじめたのだが、相手は疑わしそうな顔をして、とんと耳を藉《か》して呉れぬ。

「その小波なる女性は、大久保清助なる浪人者に襲われたところを、たまたま通りかかったその方が、清助を突き飛ばし、相手の短刀を奪い取って刺し殺した……と申しておる。おそらく無我夢中であったのであろうが、人を殺害《あや》めたる事実は事実、正直に申し立てて罪に服せい！」

……と、こうなのである。

彫辰が、カッカとなるのも、当然ではないか。

彼は、必死になって、

「では、小波さんと会わせてお呉んなせえ」

と主張した。

捕吏に導かれて来た小波は、彼を見るとしらじらしく、

「昨日は、操《みさお》を瀆《けが》されそうになりましたところを、お助け下さり、なんともお礼の言葉もありませぬ……」

と挨拶している。

辰之助は、苦り切った。

「小波とやら。この辰之助なる町人者は、四ツ目小屋より逃げ出せし其方《そのほう》を、金精峠の絵馬堂で助けだし、湯元の宿にて男女の契《ちぎ》りをしたと申し立てておる。この儀、いかに！」

吟味役がそう訊くと、小波は、

「とんでもありませぬ。昨日、日光街道でお会いしただけでございまする」

と、平然と嘘をつく。

「四ツ目小屋を存じ居るか？」

と質問されると、

「は？　なんでございますか」

と逆に素ッ惚《とぼ》ける始末。表情ひとつ、変えていない。

これでは、彫辰への心証は、ますます害される許《ばか》りであった。

辰之助は、たまりかねて、

「お嬢さん！　いやさ、小波！」

と、芝居がかって大声をだす。

小波は、彼を無視して、

「あたくし、調べが終ったのでしたら、甲州へ帰らせて頂きまする」

と云っている。

辰之助は、吟味役の侍に向かい、

「一つ、お訊ねいたしやす！」

と叫んだ。

「なんだな？」

相手は苛立《いらだ》しく問い返した。

「四ツ目小屋のボクちゃん……いや、大久保清助という浪人者は、たしか篇乃古を剝《む》き出しにして、死んでいなさいましたね？」

彫辰は云った。

「いかにも、その通りである」

相手は大きく肯いた。

「その、浪人者の篇乃古が、血だらけだったことは、ご存じで？」

彫辰は詰問している。

なぜか小波が、ぎくりと肩を顫わせた。吟味役は、部下を呼び寄せて、なにやら質問していたが、ちょっぴり首をひねりつつ、

「おそらく苦悶のあまり、下帯を血で汚したのであろう……」

と答えた。

辰之助は、大きくかぶりを振って、

「ボクちゃん殺しの真犯人は、あっしじゃねえ。ここにいなさる小波さんでさあ」

と大声で呼ばわったものである。

＊　　＊

「あたしが、犯人ですって！」
小波は、声を震わせて彫辰をみた。
しかし、その瞳は、憐れみを乞うように弱々しかった。
辰之助は、重々しく、天を振り仰いでから、
「タテト！」
と叫んだ。大きな声であった。
とたんに小波は、顔を赧くして俯向く。
辰之助は、そんな彼女の反応を眺めながら、俄《にわ》かに声を張り上げだした。
〽核《さね》をくじれば貝が泣くーウ、
泣いた貝ならペイコノしよう……。
目を伏せたまま、小波は、尻をもぞり、もぞりと動かしはじめている。
〽チンチン痒い、痒い、
核もって来い、来い……。
「ああ！　お止しになって！」
小波は、両手で顔を蔽《おお》った。肩が小刻みに揺れている。
〽チンポ出せ、メンチョ出せ、

チンポ出せ、メンチョ出せ、

今夜はどうでも、せにゃならぬ。

辰之助は、胴間声《どうまごえ》を張り上げる。

小波は、真ッ赤になりながら、不意に、

「ああッ！　ああッ！」

と囈言を口走り、ばったりと白洲に両手をついて、肩で荒い息をしている。

「タテト！」

「ああッ！　もう……止めて！」

「ペイコノ、インポ！」

「もう……もう、お願い！」

「云って呉れ、小波！」

彫辰は、優しく言葉をかけた。

小波は、ふわりと立ち上った。

目は、すでに常人ではない。憑かれたような……と云うよりは、狂人の瞳の色である。

「ペイコノ……」

小波は、そう口走り、よろよろと足を運ぶと、

「血を抜いて、たもれ……」

と、辰之助に獅嚙みついたのであった。

——小半刻ののち。

事件の真相は、すっかり解明されていた。

ボクちゃん殺しの真犯人は、甲州郡代の次女・小波だった。

大久保清助は、彫辰に峯打ちを喰わせたあと、小波を追いかけ、草叢に引きずり込んだのである。

女の首を絞め、息を吹き返したところで、たっぷり虐《いじ》め抜くのが、ボクちゃんの趣味だった。

小波の腰巻を剥《は》いで首を絞め、清助は人通りがないのを幸い、悠々と袴をとり、下帯をとった。

そして、小波に乗りかかって行ったのだが、彼女は生憎《あいにく》と、生理がはじまったところだったのだ。

（大久保清助の篇乃古が、血だらけであったのは、そのためである）

清助は、人殺しは平気でやる癖に、血に対しては異常な恐怖感をもつ男であった。

とくに江戸時代には、女の経血は、もっとも不浄のものとして、忌み嫌われていたのである。

彼は、小波を犯したあと、自分の篇乃古がその汚れた血で、赤く染まったのを知ると、短刀を抜

いて彼女を刺そうとした。

息を吹き返していた小波は、清助の胸を突きとばした。

清助は、その拍子に短刀を取り落し、素早くそれを拾った小波に、下から心臓を一突きにされたのである。

……小波は、自分が誘拐されて、四ツ目小屋で津液の採取に使われていたことだけは、誰にも知られたくなかった。

そのためには、大久保清助殺しの罪を、他人になすりつけねばならぬ。

彼女は、そう考えて、命の恩人ではあるが、辰之助を自分の身代りにしようと考えたのだ。

それで気を喪っている彫辰の躰を、草叢の中へ引きずり込み、血糊をつけて、短刀をもたせた。

そして奉行所に、駈け込んだのである。

しかし、彼女のそうした小細工も、彫辰に教えたペイコノ節に、脆《もろ》くも潰《つい》え去ったのだった。

条件反射——と云うことであろうか。

事件の一切がわかると、奉行所でも、

「小波とやら。そちを神隠しとみせかけて、誘拐したる上、いかがわしき行為を強いたる四ツ目小屋の経営者の罪、軽からず。よってその方は無罪じゃ」

と寛大な態度をみせ、彫辰には、素直に、

「済まなかったの」

と詫びたのだった。

四ツ目小屋は、直ちに取り潰しになったが、押収されたペイコノインポは十八箇、津液は杉の一斗樽に二箇あまりあったと云う。

ただ不思議なことには、四ツ目屋忠兵衛にはなんのお咎めもなく、小屋の責任者であるボクちゃんのみが、死罪という処置がとられた。

死人に死罪……と云うのも、奇怪な話だが、大奥出入りの四ツ目屋の賄賂《わいろ》工作が、奏功したのでもあろうか。

小波は、甲州には帰らず、彫辰と一緒に江戸へ出て、吉原の松葉屋から花魁《おいらん》として出て、後に浮世絵に描かれるまでになったが、これは本篇とは関係がない。

＊　＊

黒い夜空に、突如として光の箭《や》が吹き上げられた。

江戸の町民の、楽しみの一つである両国の花火である。

「玉屋アーッ！」

橋の上から、声がかかった。

夜空に打ち上げられた花火が、菊の花弁のように大きな花を咲かせている。

「さて……反応はどうかな？」

大田直次郎が、屋形船で酒をたしなみながら、彫辰に云った。

淀屋半左衛門の屋形船である。

船には、二十人ばかりの、材木商たちが乗り込み、柳橋や深川の芸者衆が、接待のために招かれて侍っていた。

蜀山人と彫辰は、舳のそばで、一升徳利を間に挟んで、対《むか》い合っている。

花火が、夜空から降って来た。

その途端――淀屋の屋形船は、一瞬、火に染まった如くになった。

橋の上の見物人は、

「なんだ、なんだ！」

「船火事じゃァねえのかい？」

などと騒いでいる。

彫辰は、

「ふン！」

と鼻を鳴らして、舳をみた。

そこには、日光から帰った彫辰が、鉈《なた》をふるって彫り上げた、長さ二間、胴廻り五尺の大篇乃古の彫刻がある。

淀屋半左衛門が、その荒っぽい仕上げぶりに、

「これでは、代金は払えまへんで……」

と不服を唱えたぐらいの、粗末な出来上りであった。

しかし彫辰は、

「文句は、花火が済んでからにしてお呉んなせえ……」

と云い、その上、船を出す間際になって、その篇乃古の彫刻に、紅殻《べにがら》を毒々しく塗りたくったの

である。

まるで出来損いの、天狗の鼻だった。

半左衛門は、カンカンである。

しかし蜀山人は、

「そう怒るな。屋形船の客に見せるんじゃねえ。花火の見物人に見て貰うんだから――」

と云って慰め、彫辰と一緒に、その巨大な天狗の鼻をつけた淀屋の屋形船に、乗り込んだのではあった。

……つづいて、二発目の火玉が、夜空に打ち上げられた。

花火が美しい花弁をひらき、ゆっくり降下してくる。

その途端に、淀屋の屋形船の舳は、真紅に燃え立った。

そうなると、橋の上や、川べりの見物客も、花火どころではない。

淀屋の船の方が、気になって仕方ないのである。

三発、四発……と花火が夜空を彩るうちに、見物人たちにも、やっと火のように燃え立つ淀屋の舳の飾りが、なんであるかが呑み込めて来た。

それは――血塗られた篇乃古だった。

夜空という巨大な洞窟《どうくつ》に対して、負けじとばかりに嘶き、天をさす大篇乃古である。

そして、その彫物は、静脈を大きく波立たせ、いきり立ち、なにかを追い求めんとする風情にみえる。

「いいぞ、いいぞッ!」

観客の誰かが橋の上から叫んだ。

花火が、また夜空を飾った。それは、すだれ菊と呼ぶ花火である。

そのすだれ菊は、舳を赤く染め、舳の篇乃古を押し包む形となった。

「キンタマヤアーッ!」

見物人は拍手を送っている。

「女の……カギやあーッ!」

そんな猥褻な言葉を怒鳴る者もあった。

蜀山人は、彫辰をみて、

「でかしたぞ、辰!」

と低く云って含み微笑っている。

「いいえ、こいつは……ボクちゃんの赤篇乃古のお手柄でさあ……」

彫辰は、なんとなく、つまらなそうな表情になって、ゆっくりと鼻の下を、指の腹でこすっている。

辰之助は、その時、なにを考えていたのだったろうか？

彼は、盃《さかずき》を含みながら、低く、

〽チンチン痒い、痒い、

核《さね》もって、来い、来い……。

と面白くもなさそうな表情で呟いていた——。

白魚の祟り

その一

浅草は、寺院と海苔店が多いことで、当時は有名であった。

とくに海苔問屋は、浅草並木町に集中していたらしいが、その問屋の一つに、白魚屋と云う店があった。

有名店の〝正木〟、〝永楽屋〟と肩を並べる大店《おおだな》で、先代は白魚をとる佃島の漁師から身を興《おこ》し、海苔の買占めで巨利を博したのだと伝えられている。

当主は三代目で、名を庄右衛門と云った。

なぜ海苔を浅草海苔と云うようになったかについては、いろいろ説があって判然としない。

記録によると、長禄《ちょうろく》の頃は吾妻橋あたりで採集されたものが、元亀《げんき》天正の頃には、下流の両国橋あたりでしか海苔がとれなくなっていたとある。

そもそも海苔は、海水と真水、それに汚水の三条件が揃わねば、よく発育しないと云われている。

東京湾――品川、大森、葛西あたりで、よく海苔が採れたのは、海水と川の水とがよく混り合い、栄養となる窒素肥料（人糞《じんぷん》）が、汚水として流れ込んでいたからだと思われる。

その海苔を、浅草あたりで製品化して、売り出したがために、〝浅草海苔〟という名称が生まれたものだろう。

――ところで。

三代目の白魚屋庄右衛門には、三人の娘があった。

長女のアキは、すでに婿を迎えていたが、残る二人は、まだ独り者である。

上をフユ、下をナツと云った。

二人とも器量よしで、浅草でも評判の小町娘との定評があった。

姉のフユが十八。妹のナツが十七である。

この姉妹が、こともあろうに碇屋《いかりや》と云う仏壇屋の若旦那――長助という名だった――に恋慕《れんぼ》したのであった。

そこまでは、よい。

年頃の娘だから、あり得ることである。

ところが、この長助という男が、根っからの遊び人で、友人と云えば破落戸《ごろつき》ばかり。

酒好き、友好き、バクチ好きと三拍子揃った道楽息子ながら、女が惚れ惚れするような、苦味走った美い《い》男であった。

庄右衛門は、下の娘二人が、碇屋の若旦那に夢中だときいて、仰天したものである。

「莫迦《ばか》な娘たちだ！　絶対に、外に出さないようになさい」

と番頭たちに命じて禁足させたが、むかしも今も、恋は盲目である。

それに親が禁止すると、子供は逆に意地を張って、自分の意志を押し通そうとする。

フユも、ナツも、

「観音さまにお参りしたい」

「芝居を見たい」

とせがんだが、庄右衛門は断乎《だんこ》として許さなかった。

欲求不満と云うやつで、先《ま》ず姉のフユが床につき、ついで妹のナツもどっと床につく。

いろんな医者がやって来て、二人を診断したが、恋患いとしか思えぬ。

これには、庄右衛門も参ってしまって、親戚一同を呼び寄せ、

「どうしたものか……」

と相談したものだ。

結論は、仏壇屋としては碇屋は老舗だし、遊蕩《ゆうとう》息子の長助も、妻を迎えたら、少しは身持ちが納まるのではないか――と云うことになった。

つまり、どちらかを嫁にやったらどうだ、と云うわけである。

碇屋に、使者を立ててみると、大旦那は首をひねったが、一人息子の若旦那は、評判の小町娘とあって大乗気だと云う。

庄右衛門は、病床の娘を見舞って、ことの次第を告げ、

「婿は一人。お前たちは二人だ。二人でよく話し合って、どちらが嫁ぐか決めなさい……」

と云った。

二人は蒼白《あおじろ》い顔に喜色を湛《たた》えたが、依然として病気がよくならぬ。

ますます痩せ衰え、幽鬼の如くになってゆく。

かなり食欲はあるのだが、一向に血となり肉とならぬ風情であった。

こうなると親としては、気が気でない。

恋患いとばっかり信じていたからである。

よく白魚のような指……と云うが、その細い姉妹の指が、本当に透き通って、静脈まで見えるようになりはじめた。

そして、その頃から、

――白魚屋には、祟《たた》りがある。その証拠に小町娘が、二人とも血を吸われて、息も絶え絶えだそうな……。

と云う風評が、パッと立ちはじめたのだ。

なんせ、海苔と云う食物を扱う商売だけに、その風評は痛かった。

白魚屋を通り越して、他の問屋へ買いに行く客ばかりである。

庄右衛門は、娘と商売と、二つの心労が重なり、神経衰弱気味となった。

その上、破落戸たちが、碇屋長助の命令を受けて、

「いつになったら娘を呉れるんだ……」

と店先に嚇《おど》しにくる。

その応対が嫌さに、手代が辞め、番頭すらが浮き足立ちはじめた。

……こうなると、商売というものは、急速に傾いてゆくものである。

かくて、白魚屋の祟りは、江戸市中の人々に、信じられはじめて行った……。

＊　＊

江戸の白魚は、佃島に住む漁師と、〝白魚役〟の二者とに、漁獲権が与えられていた。

前者は、摂津国の佃村の漁夫たちが、大坂之陣で働いたことに対する恩賞として、与えられたものので、佃島の地名も、その村名に由来している。

この佃島は、石川島の南浜の干潟《ひがた》を、埋立てて造成したもので、南北九十間、東西九十五間あり、完成したのは正保二年だと云われているようだ。

後者は、家康入国以前から土着している漁夫で、なぜ白魚役と呼ばれたのかは、筆者も審《つまび》らかにしない。

ただ、佃島の漁夫たちと、白魚役とは、その境界をめぐって、よく紛争したようだ。

そして、遂には、佃島の漁師たちが、千住大橋《せんじゅおおはし》から芝浦までの漁獲権を、手に入れたと云われている。

たしか享保六年ごろのことだ。

白魚屋の先代は、この頃、仕事に見切りをつけて、海苔に転業したのだろう。

江戸の町民は、白魚のことを〝ちょぼ〟と称していた。

この語源は、バクチの二十一のチョボにあると思われる。

当時、白魚は二十匹を単位として売買されていた。

しかし、不足する場合もあるので、一匹足して、二十一匹を単位にして売る習慣が出来たがため、そんな〝ちょぼ〟と云う異名が生まれたのである。だから、江戸の人々は、白魚屋と呼ばず、ちょぼ屋と蔭では呼んだ。

その倒産寸前の、ちょぼ屋——白魚屋庄右衛門の許《もと》に、一人の山伏がやって来て、

「いま、お宅の店の前を通りかかると、妖雲《よううん》が

漂っておる。なにか異変でも起っておられるのではないかな？」

と云ったのだった。

容貌魁偉《かいい》、眼光あくまで鋭く、針金のようなヒゲ面で、口調は荘重である。

一見して、かなりの修行を積んだ山伏だと知れたから、庄右衛門は縋《すが》りつくように、実はかくかくしかじか——と事情を話した。

すると相手は、

「さもあろう。身共《みども》は、法然と申す旅の修験者だが、いささか医術の心得もあり申す。娘御を診《み》て進ぜよう……」

と云って呉れた。

溺れる者、藁《わら》をも摑むの譬《たと》えの通り、庄右衛門は法然を鄭重《ていちょう》に迎え入れ、娘の病室へ通した。

法然は、姉妹の衰弱した顔を、じいーッと凝視していたが、矢庭に肯き、

「これは、薬では効かぬ」

と云い切った。

そして、

「上等の酒を持って来られい」

と命令した。

法然は、先ず姉のフユを長襦袢《ながじゅばん》姿にすると、ゆっくり腹部を揉みだす。

おさえたり、撫で上げたり、両手で挟んだり、長い時間をかけて揉みほぐしたものだ。

それから、

「そろそろ、よかろう」

と云って、酒を自分の口に含み、いきなりフユの唇に接吻したのであった。

衰弱し切っているフユは、酒を口移しに飲まされて、

「ウウッ！」

と呻いた。

法然は、めまぐるしく腹部を圧迫しながら、唇を吸いつづける。

「なにをなさいます！」

フユの両親は、色をなした。

衆人環視の中で、嫁入り前の娘に、接吻されたからである。

誰だって、怒ることだろう。

しかし法然は、少しも騒がず、むしろ片手で制止して、唇を吸うことを止めない。

不意に、フユが、

「ゲエーッ！」

と云うような呻き声をあげた。

と同時に、法然は口を離して、口の中の物をペッと吐きだした。

庄右衛門をはじめ、どうなることかと見戍《みまも》っていた店の者たちは、目を瞠《みは》った。

法然の口から吐き出されたのは、二本の太いウドン……と思ったのは僻目《ひがめ》で、そのウドンは畳の上で大きく動き、くねりはじめたからである。

いまで云う蛔虫《かいちゅう》であった。

それも、憎たらしいほど、白くて太いのである。

「おわかりかな。娘御のこの腹には、このような虫が、うようよと棲息《せいそく》しているのじゃ。だから、なにを食べても痩せ衰えるのでござるぞ」

法然は、そう教えて、

「毎日、拙僧が、気長に一、二匹ずつ、吸い出すより道はござるまい」

と嘆息してみせたのであった。

「ありがとう存じます！」

庄右衛門は、法然の膝に獅噛《しが》みつかんばかりに、

「どうか、ご逗留《とうりゅう》下さいまして、二人の娘の命を！」

と平伏したのであった。

だが、このフユの口から、白い大きな虫が出た……と云う事実が、世間に知れ渡り、瓦版《かわらばん》の材料となったことから、悲劇の芽が胚胎《はいたい》したのである。

＊　＊

シャキ、シャキ、シャキ……と単調ながら歯切れのよい音が、障子の内でしていた。

「辰さん……入って、いいかえ？」

お小夜は、廊下から声をかけた。

「いや、ならねえ！」

彫辰の声が、厳しく返って来た。

「仕事をしてる相手は、お竜さんなんだろ？　知らない仲じゃァなし、いいじゃァないか……」

彼女は、じれったそうに云った。

〈湖月〉まで、辰之助を訪ねてやって来たのである。

「だめだよ。いま、朱彫りにかかってんだから！」

彫辰は、叱りつけている。

朱彫りと云うことは、熱く逞《たくま》しい辰之助の肉針を、お竜に刺していると云うことであった。

お小夜は、カーッとなって、

「なんだい、昼っぱらから！」

と廊下を踏み鳴らし、

「三星屋の旦那に、云いつけるよッ！」

とヤキモチ半分に口走っている。

「ああ、云いつけな」

辰之助は障子越しに、そう云って、

「なんの用でえ」

とぶっきら棒に訊く。

器用な男だ……。

肉針を刺して、刺青《いれずみ》針を使いながら、お小夜と会話してやがる。

しかし、肉針を刺されているお竜の方は、眉根を寄せて、もう苦痛の世界から、恍惚《こうこつ》の世界にと遊んでいた。

〈湖月〉の女将は、彼から刺青を施して貰ってから、すっかり病みつきになってしまったのだった。

自分の肌を、いろんな図柄で飾る……。

それは、なんと云う、すぐれた思いつきであろう。

肌を、美術品にするわけだから、一生、その美術品はついて廻るのである。

でも、お竜の場合は、彫物の美しさよりも、むしろ辰之助の鼈甲《べっこう》の張形や、そして血の通った肉針の快感に、心を惹かれている感じがあった。

「瓦版を買って来たのさ」

お小夜は、簪《かんざし》で、髪の地肌を掻いている。

この障子の中では、お竜が、あられもない恰好で、辰之助を受け容れているのだ……と思うと嫉妬の焔《ほのお》が燃え上ってくるのを、どうしようもないのだ。

「へーえ。読んで呉んねえ」

彫辰が気乗りしない口調で云った。

「ああ……」

お竜が、低く喘いでいるのが、廊下にいるお小夜の耳朶《じだ》を打つ。

「動かねえで！」

辰之助の叱りつける声。

「そんなこと、云ったって、辰さん……」

障子内のお竜の声は、忍び泣くような感じである。

お小夜は、口惜しいやら、肚立《はらだた》しいやらで、障子を蹴破《けやぶ》りたい心境であった。

「瓦版を、読んでくんな」

辰之助は云っている。

「ああ、お願いだよ……」

と、お竜のうわずった声。

「動いちゃァならねえってのに！」

また辰之助が叱っている。お小夜は、聞いていて、内腿を濡らした。

「だって、さ……」

お竜は、喘ぎながら、障子の外のお小夜に、

「小夜ちゃん、御免なね……。あたしゃァ、近頃、とんと……とんと、こらえ性がなくなって……ああ！」

と声をかけて来た。その声は、わざとらしく、肚立しい。

「読んで呉んな！」

と辰之助は荒々しく云った。

「莫迦々々しい！」

お小夜は、折角《せっかく》、買って来た瓦版を、くしゃくしゃに丸めて、廊下に叩きつけた。

「辰さん……駄目。本当に……もう、駄目なんだよ」

お竜の忍び泣きに近い声がした。

「動くなってば！」

彫辰は、そう叱りつけながら、冷たく含み微笑《わら》うのだった。

その二

白魚屋庄右衛門は、番頭の清吉が持って来た瓦

版を一読するなり、思わず眉をひそめた。

その瓦版には、白魚屋に対する悪意と、中傷とが満ち満ちている。

内容は、こうであった。

浅草並木町の海苔問屋〝ちょぼ屋〟には、先代の因業な商売ぶりの祟りから、悪霊がとり憑いた。

その証拠に、浅草小町と評判の、フユ、ナツの姉妹が、病名不明の奇病にかかり、碇屋長助との縁談をその儘《まま》に、どッと病いの床に臥《ふ》してしまった。

姉妹は、毎夜、生き血を吸われるらしく、瘦せ衰えて行って、ちょぼ屋製の海苔のごとく命も薄くなって行く。

そこへ名僧が現われて、加持祈禱《かじきとう》を施したところ、姉妹はそろって、巨大な白魚を吐き出した。

その白魚のお化けが云うには、〝私は代々、ちょぼ屋の先祖に苦しめられた白魚たちの亡霊である。小町娘の姉妹にとり憑いて、ちょぼ屋に身代《しんだい》限《かぎ》りをさせてやろうと決心している。私は、そのことを予告するために、姿を現したのだ。しかし、娘の体内には、すでに二十一匹の白魚の亡霊たちが棲みつき、子胤《こだね》をふやしている。いま姉妹の指は、白魚のようになっているが、そのうち躰《からだ》全体が透き通ってくるだろう。その時が、ちょぼ屋の身代限りの日だ〟と――。

白魚のお化けは、そう宣言すると息絶えたが、祈禱をした名僧も、〝到底、拙僧の及ぶところではござらぬ〟と、蒼くなって退散してしまった。

ちょぼ屋の海苔をみるがいい。

職人たちが、いくら厚くしても、透き通って一間先の物事が、手にとるように見える始末で、味と来たら二流問屋の〝長坂屋〟〝木屋〟にも劣る。

これも白魚をさんざん、いたぶった挙句に、白から黒――つまり海苔に乗り替えた祟りであろう。

恐ろしいのは、白魚の執念である。ちょぼ屋の身代限りは目前であろうが、どうか祟りのある、ちょぼ屋製の海苔を買って、奇病にとり憑かれないように用心して貰いたい……。

瓦版の趣旨は、大体そんなところだった。

……いつのころから、瓦版が売り出されたのかは、定かではない。

ものの本に拠《よ》ると、天和の頃、編笠《あみがさ》をかぶったり、手拭で頰かむりしたりして、町の小路をめぐり、たからかに読み上げて瓦版を売る者があったらしい。

文章は、なになにぞや……と云う特殊な文体で、決して断定はせず、思わせぶりなところがあった模様である。

また、いろんな節をつけて、読んで売り歩くのも流行し、幕末には、小意気な商売だとされていた。

（余談だが、読売新聞の〝読売り〟の名称は、この商売に由来している。当時、読売りが唯一の報道機関であったからである）

……庄右衛門は、フユ、ナツの姉妹娘の病気の原因が、やっと判明して、ほッとしていた矢先だけに、この瓦版の中傷記事には、大いに辟易《へきえき》したものだ。

たしかに、山伏・法然によって、娘のフユが、白い大きな虫を吸い出されたのは事実である。

しかし、決して白魚の亡霊などではない。

〈いったい、誰が、こんなことを、瓦版風情に……〉

彼は、目を吊り上げていた。

誰か、店の内部の者が、その秘密を洩らしたに違いないのだ……。

庄右衛門は、この瓦版には、悪意がある、と思った。

いや、自分には見えないが、白魚屋の足を引っ張ろうとする者が、ひそかに企んだ罠である、と思った。

商売仲間で、白魚屋の凋落《ちょうらく》を喜ばないものはないのだ。

〈もしかしたら、碇屋長助の、いやがらせでは？〉

彼は考えた。

破落戸をそそのかして、店先に嚇しに来させるような放蕩《ほうとう》息子だった。

あり得ないことではない。

白魚屋は、間口五間の店舗である。

軒《のき》の廂《ひさし》は深く、濃紺に白く〝魚〟の字を染め抜いた暖簾《のれん》が垂れている。

店に入ると、半間先が二尺の高さの上り框《かまち》になっており、畳が敷き詰めてあった。

左手に戸棚がぎっしりと組まれ、これが商品の収納所である。

帳場の裏手には、大きな甕《かめ》が並んでおり、右手には長持があった。

客は、座敷に上り込んで商談をする。

店の左手の柱に、〈御膳海苔所・白魚屋〉という看板があって、これが当時の海苔問屋の典型的な姿であった。

庄右衛門は、むっつりと店へ出て、帳場に座った。

客は、誰もない。

番頭も、新しく雇い入れた手代も、丁稚《でっち》も所在なさそうにしている。

商品があっても、買手が来ないのだから、泣くに泣けない。

ときどき立ち停る客は、看板をたしかめ、店の中を覗き込んでから、感心したように通り過ぎてしまう。

〈あの瓦版の故為《せい》だ……〉

庄右衛門は、密かに唇を噛んだ。

＊　＊

山伏の法然は、

〈やっと機会が訪れた！〉

と、好物の海苔を、御飯にふりかけながら、目を細めていた。

当時の山伏は、祭文語りと呼ばれて、大道芸人の扱いを受けていた。

錫杖《しゃくじょう》と法螺貝《ほらがい》とで、説経を語るのだが、江戸橋本町の願人坊主が、くだらない阿房陀羅経《あほだら》などを流行させたものだから、山伏までが、芸人同様に見られてしまったのである。

参考のため、明和八年に流行した阿房陀羅経の一節をしるしておく。

〽皆さん、聞きなえ、四五年こっちへ、日本の金めが、右近《うこん》がかかれば、周防《すおう》がほのめく、田沼が流とて、川井の樋《とい》から、水野へ落ち込み、板倉桝《ます》でも、阿部ないことだぞ、世間が詰まれば、真《しん》鍮煙管《ちゅうぎせる》が銀になるやら、桟留袴《さんとめばかま》が丹後になりやす、チャカポコ、チャカポコ……。

かなりの政治風刺をしているわけだが、本来の仕事である加持祈禱はそっちのけで、大道で小銭稼ぎを願人坊主がしたがため、山伏までその同類とみられたのであった。

そもそも山伏とは、山野に起臥《きが》する修行者の謂《いい》である。

従って語源は、山臥であろう。

出家在家を問わず、山岳や社寺に詣《もう》でる修行者を、一般には山伏と云った。

しかし法然は、そんな程度の低い贋山伏ではない。修験者である。

吉野の大峰・金峰・熊野の三霊山で、修行を積み、先達の位をとった真言宗の、れっきとした正統山伏なのだ。

いわば密教修験者なのである。

阿房陀羅坊主とは、まるっきり出来が違うのであった。

白魚屋の姉妹娘の人相をみて、

〈これは腹中に虫が棲んでおる!〉

と看破《みやぶ》ったのも、熊野で修行中、先輩から医術の心得を教わったからなのである。

法然は、十四の時から二十一年間も修行をしたが、いまだに童貞だった。

むろん、いくら修験者でも、性の欲望はある。

だから、あてがきは折に触れてしていた。

その場合、山伏は決して手は使わない。

山伏の自慰には、三通りあって、上・中・下にわかれる。

下は、山伏のもつ特殊な念珠を、篇乃古《へのこ》に巻きつけ、足を使って行うものである。

山伏の持ち物は、いつの頃からか決められていた。

剃髪《ていはつ》はしなくてよい。

袈裟《けさ》、篠懸《すずかけ》をつけて、独特の頭巾《ときん》をかぶる。

法螺貝、念珠、錫杖、笈《きゅう》などの十二道具を携帯し、山野に起臥するところから、斧、太刀、火打石などを持つ。

笈の中には、経典のほか、米、鉄鍋、塩、胡麻《ごま》（護摩の誤りかも知れない）などを入れていたという。

念珠は、普通の数珠《じゅず》より、玉は大きくて、そして長い。

この念珠を、勃起《ぼっき》した篇乃古に巻きつけて、輪になった両端を、両の膝にかけ、左右に動かしながら行う。

これが、下法である。

中法は、土に筒状の穴を穿《うが》ち、三更《さんこう》の頃——午前零時である——自からの硬く充血した篇乃古を挿入する。

この場合、腰を動かしてはならぬ。

〝密教秘鈔《ひしょう》〟に依れば——。

『子《ね》ノ一点ヨリ後夜《ごや》ニ至ル刻ハ、万物ネムリ、陰ト陽ノ岐《わか》レ道ナリ。サレバ穿チタル土中ノ穴ニ、男根ヲ没入セシメ、心頭ヲ滅却スベシ。無我ノ境ニ至ラバ、土中ノ精、自カラ男精ヲ呼ビ、瞬時ニシテ果ツ。土精ハ陰ナリ、男精ハ陽ナリ。シカラザレバ、陰陽合体シテ、草木ノ肥トナランヤ』

とっつきにくい文句だが、要するに、土の穴に篇乃古を挿入して、無心であれば、土の精が精液を抽き出して呉れる……と云うのである。

阿呆《あほ》らしい考え方だが、子の一点とは午後十一時、後夜とは午前一時のことであった。

さて、上の部——上法はどうか、と云うとこれは判り易く云えば〝念力〟である。

つまり結跏《けっか》して、両手に念珠をもち、経文を誦《しょう》してから、

「エイーッ！」

と気合をかける。

その瞬間、体内に溜っている余分なものの一切が、五体を離脱するのだそうだ。

むろん大小便から、耳屎《みみくそ》、鼻屎、泪《なみだ》、汗、精液にいたるまで、その一瞬に体外に排泄されるのである。

だから上法離脱を行うときには、川の中で全裸で行うべしと、密教秘鈔は教えている。

果して、そんなことが可能なのか、どうかは定かでないが、法然は、他人の蛔虫を吸い出す位の

修験者だから、念力で精液を放出する位の芸当は出来たのかも知れない。

＊　　＊

その法然が、目を細めているのは、浅草小町と云われたフユ、ナツの姉妹の肉体に、存分に触ることが出来ると云うことだった。

なにしろ、女体に触れるのは、はじめてなのである。

一昨日、始めてフユの唇を吸ったときなど、念力に頼らず、下帯を潰《けが》してしまった位なのである。

吐き出した白い蛔虫は、自分の精虫ではないか……と思った位だ。

法然は、加持祈禱を口実に、今日から三七《さんしち》、二十一日間、二人の美人娘と仏間に籠《こも》り切りになることになっている。

むろん病気の二人は、寐《ね》たまんまだ。

下腹を揉みながら、接吻をしようが、繁みの裾《すそ》に触ろうが、それも治療のうちだと云えば、姉妹は疑わない。

法然は、そのことを空想して、にやついているのであった。

人間、滅多にこんな機会には、お目にかかれないのである。

姉は十八、妹は十七。

ともに衰弱しているが、器量よしだ。

法然の腕のふるい方一つでは、姉妹のどちらかが、結婚して呉れ……などと、云いだしかねないのであった。

そうなると、白魚屋の経営の采配をふるって、家運を挽回し、跡目を継ぐ……という可能性がなくもない。

彼は食事を済ませると、白湯を所望した。

塩と飯だけの食生活をしていると、町家の食事は矢鱈《やたら》とうまい。

法然は、大食家である上に、酒好きであった。

それだけに、白魚屋での晩酌は、これから毎日の楽しみである。

女中と一緒に、庄右衛門が這入《はい》って来て、

「御坊……仏間に、娘たちを寐かせました」

と報告して来た。

「左様か」

法然は、白湯を啜《すす》り、

「しからば、水垢離《みずごり》をとって参ろう。井戸はどちらかな？」

と重々しく云った。

庄右衛門は、自分から先に立ち、裏手にある作業場へと案内する。

海苔をつくる関係で、そこには大きな井戸が掘られていたのだった。

法然は、庄右衛門の見ている前で、素ッ裸となり、経文を誦しながら、井戸の冷たい水を頭から浴びはじめる。

筋骨逞しく、容貌魁偉な上に、総髪のヒゲ面だから、効果は充分だった。

まして一昨日、昨日と、姉妹の口から蛔虫を吸いだしている。

庄右衛門は、法然を伏し拝んでいた。

水垢離をとったあと、彼は、躰をよく拭いて、衣類を身につける。

着たきり雀の法然のために、白魚屋が用意して呉れた新しい、絹の白無垢《しろむく》の着物であった。

仏間の前で、法然は、庄右衛門に念を押した。

「よろしいか。拙僧が、加持祈禱しているあいだは、何人たりとも、この部屋へ入ってはならぬ。わかっておられような」

と——。

「わかっております。女中ひとりを、廊下へ坐らせておきます故、御用のさいは、お云いつけ下さいまし」

庄右衛門は、頭を下げて去った。

法然は、襖《ふすま》を閉め切ると、もっともらしく経文を声高く唱えながら、先ず姉娘の方の掛蒲団を剝《は》いだ。

「今日から暫《しば》らく、荒療治をいたす」

彼は、そう宣言して、姉娘の長襦袢の紐をほどいた。

「あッ、なにを——」

フユは驚駭《きょうがい》している。

「療治のためじゃ。恥しがらぬでよい」

法然は、紐をとり去り、ついで腰巻をもほどいて、下半身をあらわにした。

フユは、衰え切った躰ながら、両腿をつけて、硬く表情を引き締めている。

法然は、更に大きな声で、経文を唱えはじめた。

手は、白い腹部にかかっている。

彼は、腹を揉みながら、目は、まだ稚《おさ》ない春草に吸いつけられていた。

〈ああ！　この草叢《くさむら》の下に、〝女〟があるのだ！〉

法然は、思わず手を震わせている。

フユは、ゆっくり目を閉じた。

法然が、経文を唱えながら、そろり、そろりと、その彼女の下腹部へ、手をずらせはじめたのは、その直後であった……。

その三

〽娘子供は、芸者になるやら、鍋釜《なべかま》銭でも四文の通用、本町通りにちらほら明店、赤絵に世に出て、めくりとなるやら、四貫の相場が五貫となるやら、六位の武家衆が侍従になるやら、三汁五菜が湯漬《ゆづけ》になるやら、町人百姓が乞食になるやら……。

彫辰は、絹針を研ぎながら、阿房陀羅経を唱えて上機嫌である。

〈湖月〉の二階であった。

階下で、女将のお竜と、旦那の喜蔵とが、云い争う声がしている。

喜蔵は、かねがね自分の女であるお竜と、辰之助とが、怪しい仲だと睨んでいたのだ。

しかし証拠が摑めなかった。

——ところが。

昨日、密告者があったのである。深川芸者のお小夜だ。

お小夜は、お竜の夜雁声《よがりごえ》をきいて、カーッと逆上し、三星屋へ駈け込んだのだった。

それを聞いて、喜蔵も頭に血がのぼり、いま、お竜と痴話喧嘩をおっぱじめている訳だろう。

「なに云ってんだい！」

お竜は、きんきん声を張り上げている。

「辰さんと浮気をするのに、なぜ自分の店の二階を使うんだね？　考えても御覧よ。お小夜だって、ずかずか昇ってくるし、奉公人だっているんだよ！　浮気するのなら、外でやるよ、外で！」

お竜は、が鳴り立てた。

むろん二階の辰之助に、聞かせるためだ。

喜蔵は、なにか、ぼそぼそと云っている。

やはり男の面子《メンツ》があるので、大声を立てないのであろう。

「ああ！　そんなに疑うんなら、あたしゃァ損だから、こうなったら意地でも、辰さんと浮気してやるよ！　それで手を切ったら、気が済むんだろッ！」

お竜は、喚めき散らす。

「けッ！」

彫辰は苦笑した。そして、呟いた。

「まったく、女って、図々しいや！」

と――。

しかし、お小夜もお小夜だった。

なにも親友を裏切らなくとも、よいではないか……。


竹の柄に、研いだ絹針を揃えて、絹糸で括《くく》り付けながら、彫辰は舌打ちしていた。

〈お小夜のやつ……今度、会ったら、ただじゃあおかねえ！〉

彼は、そう思いながら、針の先を陽の光に透して見ている。

階段の軋《きし》む音がした。

跫音《あしおと》は、二人である。おそらく三星屋喜蔵と、女将のお竜であろう、と彼は考えた。

ところが、

「ご免！」

と声をかけて、座敷に入って来たのは、八丁堀の隠密廻《おんみつまわ》り同心の本多小十郎と、どこか大店の旦那らしい人物とであった。

「やあ、本多の旦那」

彫辰は、道具箱を片附けながら、

「なにか――」

と、上眼遣いに見る。

「うむ」

本多小十郎は、どっかり胡座《あぐら》を掻いて、

「こちらは、並木町の白魚屋だ……」

と紹介した。

「ああ、ちょぼ屋の旦那ですかい！」

辰之助は微笑し、慌てて掌で頭を叩き、

「たしか、瓦版で……」

と云って、口を噤《つぐ》んでいる。

「お前も読んだか」

本多小十郎は大きく肯いて、

「実は、その瓦版のことで、お前に相談があって参ったのじゃ」

と告げたのである。

「あっしに、相談と云いやすと？」

彫辰は、白魚屋庄右衛門を見詰めた。

「白魚屋が申すには、あの瓦版は、法然なる修験者が訪れた翌日の夕方、すでに売られていると云うのじゃ」

「ははあ」

「あまりにも早すぎる故、それは誰か店の内部の者が、姉妹が大きな虫を吐いた事実を、外に知らせたに相違ないと云うのだ」

「なるほど」

「また、この瓦版が、どこで刷られたのかも明らかでない」

「はあ、なるほど」

「その犯人を、突きとめて貰いたい……と頼まれたのじゃが、拙者も、喜蔵も、顔があまりにも売れておる」

小十郎はそう云って、

「そこで思い出したのが、そちのことじゃ」

と、頭を下げた。

「幸い、手代が辞めて、欠員がある。その方、白魚屋に手代として住み込み、誰が外部と結託して、白魚屋に身代限りをさせようとしているかを、突きとめて呉れぬかの？」

本多小十郎は、そう云ったのである。

彫辰は、しばらく口をあけて、二人を眺めていた。

あまり身勝手な注文だからだ。

「いかがなものでしょう……」

庄右衛門は躙《にじ》り寄って、

「私には、どうも誰かが、白魚屋を目の仇《かたき》にして、陥し入れようとしているように思えてならないのです。身代限りは、いといませぬが、せめて相手の正体だけでも知りたい……でなかったら、私も浮かばれませせぬ」

と訴えたのだった。

「変な工合で、変なことになりやしたなァ」

彫辰は苦笑し、

「よっしゃ。引き受けやしょう。その代り、手代らしく振舞えるように、予備知識を与えてお呉んなせえ……」

と云った——。

＊　＊

彫辰が、白魚屋の新しい手代として住み込んで三日目——。

山伏の法然は、その日も加持祈禱に名を藉《か》りて、姉娘のフユの下腹部に手をあてがっていた。

「いいかな……心を鎮めて、なにもかも忘れて法悦《ほうえつ》に浸るのじゃ……」

法然は重々しく告げ、稚ない草叢の下に、指を這わせた。

「ああッ！」

いくら病人とは云え、性感帯には敏感である。

「どうかな？」

法然は図々しく、

「気分はよいかな？」

と訊く。

「は、はい——」

フユは、下半身を悶えさせた。

「それは重畳《ちょうじょう》。だいぶ、病気がよくなって来た証拠じゃ」

法然は、指を動かしつつ、

「女子には、二つの唇がある。顔にあるのが陽《よう》唇《しん》と云って、口と呼ばれているものじゃ。そしてもう一つ、ここにあるのが陰唇《いんしん》といって、女の劫《ごう》を示すものじゃ……」

と、もっともらしいことを云った。

「さ、さようで……ございますか」

フユの声は、途切れ勝ちである。

「昨日までは、陽唇から虫を吸いだした」

「は、はい」

「今日からは、陰の唇を攻めてみようと思う……」

「はあ……」

「この陰唇から、虫を吸い出すのは、至難のわざとされておる」

「…………」

「しかし、わしは一心不乱に、吸い出してみる積りじゃ」

「ありがとう存じます」

フユは、また身悶えた。

「密教秘鈔によれば、陰唇より虫を吸い取るには、チュウ、チュウ音を立てて九深六浅の秘法にて吸い、女子恍惚とならざれば、虫気生ぜず……とある」

「はあ……」

「つまり、気分がよくならねば、滑液が出ない、ために虫を誘い出せないと云う訳じゃ」

「は、はい」

「じゃによって、気分がよくなれば、なにも恥しがることはないぞ」

「わかりまして、ございます」

フユの声は消え入らん許《ばか》りであった。

「さらに、密教秘鈔に曰《いわ》く――」

法然は、殊更《ことさら》に威儀を正して、

「陰唇より腹中の虫、出でざる時は、鍼法《しんぽう》が顰《ひそ》みに習い、迎え針を打つべしとある。わかるかな?」

「迎え針でございますか?」

「さよう。鍼《はり》を打って、折れた時に、同じ箇所に鍼を打てば、折れた鍼先が付いて戻ってくる……」

「はあ」

「つまり、その極意じゃ。ただし、陰唇に打つ迎え針は、先に爪なく、硬さのあるものでなければならないとある」

「すると……」

フユは、すでに喘いでいる。

「つまり、指では駄目と云うことだな」

「はあ……なる、ほど……」

「舌には爪がなく暖かいが、硬さがない。となると、限られてくるわけじゃ、虫を呼ぶ迎え針は！」

法然は、厳《おごそ》かにそう告げて、

「では、九深六浅のチュウ、チュウ秘法にとりかかり申そう……」

と、フユの腰巻を毟《むし》り取ったのだった。

法然は、ヒゲ面である。

それが内腿に触れるだけで、擽《くすぐ》ったい。

擽ったいと云うことは、性感を刺戟《しげき》していると云うことなのであった。

フユは、次第に膝を立て、太腿を拡げはじめてゆく。

それはそうだろう。

さんざん刺戟を与えられた上に、こんどは敏感なところを、暖かい舌先で攻められているのである。

処女だって、これでは耐らない。

「いかがかな？」

法然は、ときどき顔を離しては、もっともらしく訊く。

「それは……もう、気持ようて、気持ようて………なんか、こう……」

フユは、泣き声に近かった。

「そうであろうの」

法然は、フユに、

「その儘で、しばらく、じいーっとされておるがよい」

と、下半身に蒲団をかけてやると、先刻から尻をもぞり、もぞりと動かしている妹のナツの方に移って、

「では、そなたも吸って進ぜようか」

と高らかに経文を誦しはじめた。

＊　＊

〈あの山伏野郎……ただ者じゃねえ！〉

彫辰は、手代に住み込んだ日から、そう睨んでいた。

毎日、四ツ時から九ツ半まで、姉妹が寐ている仏間に籠って、人払いをしている。

午前十時から午後一時までの三時間、法然と云

う坊主は、病人の姉妹と一室に籠り切りなのであった。

主人の庄右衛門は、姉妹が食欲が出て来たと云っては喜び、湯を使いたいと云ったと目を細め、

「これも法然さまの念力のお蔭じゃ」

と有頂天になっている。

しかし彫辰は、なんとなく信じられなかった。白魚のような虫が出た……と云うからには、それは蛔虫であろう。

だったら、虫下しを飲ませればよいのだ。なにも念力に頼ることはない。

彫辰はそう思ったから、その日、仏間の外の廊下に坐っている、耳の遠い老女中に、

「ちょっと替って呉んねえ」

と云った。

むろん、老女中には異存はない。

辰之助は、そっと襖をあけて、控えの間に入り、仏間の襖をそっとひらいて行った。

みると、法然は、姉娘のナツの胯間に顔を埋め、

「法悦に浸られい！」

とか、

「極楽に遊ぶ気分であろうがな……」

などと勝手なことをほざいている。

〈あん畜生め！　やっぱり、思った通りだった！〉

彫辰は肚を立てたが、人払いを固く命じられているので、飛び込んでゆく訳にもゆかない。

見ていると、法然は、ナツに奉仕している最中に、下帯を濆したらしく、不意に動きを止めると、

「本日は、これまでに致そう。どうも、虫が好かんと云うのか、虫めが、なかなか寄りつきよらん……」

と、情ない口吻《くちぶり》になった。

フユも、ナツも、欲求不満と云った表情になっている。

彫辰は、素早く廊下にすべり出て、法然が出てくるのを待った。

山伏は、彼の姿を認めると、なぜかギクリとなって、

「いつから、そこに？」

と訊く。

彫辰はニヤリとして、図々しくも、

「実は、あっしも虫が居るらしいので、御坊に吸い取って貰いたいと思いやして」

と云っている。

「なに、そなたに虫が？」

法然は、肩を張った。ちょっぴり、気勢を削《そ》がれた感じである。

「へい。どうも、浮気の虫と云う奴らしいので、竿先《さおさき》から吸い取って頂けやせんか……」

彼がそう云うと、法然は、

「莫迦なことを申すな！」

と、プリプリして立ち去って行った。

彫辰は、仏間に這入って行くと、

「お嬢さま方……」

と優しく呼びかけた。すると姉妹は飛び起きて、

「なんなの、あなたは？」

フユが怒ったような顔で訊く。

「新しく手代となった辰之助めにござります。お見知り置きを――」

彫辰は、そう挨拶して、

「あの坊主は、いんちき野郎ですぜ？」

と教えた。

「えッ！　なんですって？」

「下手なこと云うと、許しませんから！」

姉妹は、口々に叫んでいる。

「あの坊主が、なにを云ったかは知らねえが、あんた方は、あの坊主に大切な津液を吸い取られているんですぜ？」

彫辰は厳しい表情になった。

「えッ、大切な津液を？」

「そうでやすよ。そんなことを毎日、されていたら、終《しま》いには骨と皮になってしまいやす……」

「しかし、虫を陰の唇から、吸い取って下さると……」

フユは云った。

「虫は、そんなところからは、出やしませんよ。肛門なら話は判りやすがねえ」

彫辰は愉快そうに笑ったものだ。

その四

彫辰は、フユとナツの間に正座し、

「よござんすか……」

と、蒲団の裾から左右の手を入れて、姉妹の太腿に触れて行った。

「あの、いんちき坊主は、こんなことを致しやせんでしたか?」

彫辰の指先は、的確に姉妹の、恥しく敏感な箇処を捉えて、微妙な動きを示しはじめている。

「ああーッ!」

フユはのけぞり、ナツは両手で顔を蔽《おお》っている。

「気持よござんしょう?」

彫辰は含み微笑った。

「ええ、法然さまよりも!」

フユは叫んだ。

ナツは無言で、下肢《かし》をわななかせている。

「気持いいのが、当り前なんでさあ」

彫辰は教えて、

「これを俗に、二本指、指人形、逆碁などと申します」

と云った。

「逆碁……とは?」

フユは喘ぎながらも訊いてくる。

「碁を打つとき、人指し指と中指とで石をはさむでしょう。ちょうど、その二本指を、逆さにして上向けると云う意味でさァ」

辰之助はそう教えて、

「なにも、あの坊主のお世話にならなくたって、ご自分で出来るんですぜ……」

と云った。

「さあ、右手を出してごらんなせえ」

彼は、姉妹の右手をとり、二本の指使いについて講義しはじめた。

とんだニセ手代もあったものである。

「先ず、はじめのうちは、上から触って、軽く押したり離したりするわけでげす」

「そのうち、この可愛いい豆が、コリコリして来やすから、拇指《おやゆび》と薬指とで、こうやって……左右を押し拡げるようにしやすと、二本指が使い易くなりやす……」

「気持がよくなると、自然にネバネバした津液が出て来やすから、それを豆にまぶし、まぶししているうちに、昂《たか》まりが訪れて来るわけで――」

辰之助は、そう教えて、

「あの山伏は、この指の働きを、自分の舌先でつとめていたわけで、なにも念力の故為じゃあござんせんぜ?」

と云ったものだ。

「さ! 自分で、やってみなせえ!」

彫辰は命令した。

フユもナツも、恥しそうに、なにやら、もぞりもぞりとやっていたが、次第に息を荒くしはじめて、

「ああ、どうしましょう!」

「お姉さま! あたし、狂いそう!」

などと口走りだす。

彫辰はニヤニヤしてそれを眺め、姉妹がぐったりとなると、

「それ、ごらんなせえ。独りで出来るものを、なにも山伏野郎の手を借りることは、ござんすまい……」

と云った。そして、

「あとで、あっしが虫下しの妙薬を買って来やすからね、明日から山伏にそこを吸わしてはいけませんぜ? 虫は水戸様から出ても、そっちの割れ目からは出ねえんですから!」

と説教したのである。水戸さま……というのは、水戸黄門、つまり肛門の洒落《しやれ》であった。

姉妹は、言葉もなく肯いている。

「あの糞坊主は、なにか変なことを云いませんでしたか?」

彫辰は訊いた。

姉のフユは暫らく考えて、

「陰唇より虫が出なかったら、迎え針を打つと申して居りましたが」

と云う。

「迎え針?」

「はい。その針は、爪なく、暖かく、硬いものだとか――」

「なに？　爪なく暖かく硬いもの？」

彫辰は腕組みをして、唇をへの字に結び、

「やっぱり、か」

と言葉を吐き捨てる。

「やっぱり、とは？」

フユは怪訝《けげん》そうであった。

「あの山伏野郎は、こいつを――」

辰之助は、下帯から自分の篇乃古を剝《む》き出しにしてみせ、

「こいつを、あんた達に、突き立てる積りなんですぜ？」

とズバリと云った。

姉妹は、起き上って、辰之助の躰に似合わず立派な逸物を打ち眺め、

「本当だわ。爪がないわ」

「硬そうだけど、暖かいのかしら？」

などと云っている。

「やれ、やれ！　箱入娘にも困ったもんだ！　触ってみなせえ」

彫辰は苦笑していた。

姉妹は、左右から怖そうに触れてみて、

「まあ、暖かいわ！」

「思ったより硬いのね」

と驚嘆している。

「これを迎え針にして、虫を吸い出そうだなんて、とんでもねえ出鱈目《でたらめ》なんですぜ？　虫を吸い出すどころか、逆に虫を抛《ほう》り込まれまさあ……」

彫辰は深刻な顔になって、

「もっとも、この迎え針を打たれると、女はヒイヒイ泣いて喜びやすがねえ」

と呟いた――。

＊　＊

長坂屋半兵衛は、上機嫌だった。

「さ、清吉どん。遠慮なく、やりなせえ」

半兵衛は盃《さかずき》を奨《すす》めて、

「これで、ちょぼ屋の寿命も、あと一月だなあ……」

と笑顔になる。

白魚屋の番頭清吉は、

「瓦版が、あんなに効き目があるたァ思いませ

んでしたよ……」

と、感心したように云っている。

長坂屋は、白魚屋の出現のために、正木、永楽屋と云った老舗と、肩を並べていたのを蹴落《けお》とされたのだった。

だから白魚屋は、親子三代にわたる商売仇なのである。

〈なんとか復讐したい！〉

長坂屋半兵衛は、そう思ってなにか方法はないか……と考えつづけて来た。

フユ、ナツの姉妹が、碇屋長助に懸想《けそう》したと聞いたとき、半兵衛は、

〈やっと時機到来――〉

と思った。

白魚屋を凋落させるのは、内部以外にないと、つねづね考えていたからである。

碇屋の道楽息子を、婿として送り込み、さんざん放蕩させるわけだ。

すると、いかな白魚屋でも、内部崩壊することであろう。

半兵衛は、碇屋の息子に会い、

「この結婚は成り立たないと思いますぜ。なんだったら二十両、賭けやしょうか」

と、逆のことを云って、けしかけたのである。

長助の方は単純だから、長坂屋にそんな深い魂胆があるとは知らない。

とにかく、フユでもナツでも、どちらでもいいから女房にしようと、必死になった。

二十両欲しさ――にである。

なんとか、巧くことが運びそうだと思っている矢先、姉妹は病気になってしまったのだ……。

長坂屋半兵衛は、大いに腐った。

そこで、白魚屋の財政の情報を入手すべく、番頭の清吉に接近したのだった。

清吉は、

「白魚屋が潰れたら、筆頭番頭として迎え、三年後にはノレンわけしてやる……」

と云い切った半兵衛の言葉に惑わされ、忠誠を誓った。

そして、白魚屋の取引き先だの、出入りの職人

だのの名簿を、こっそり持ち出して来たのである。いつの世にも、こうした裏切り者はいるものであった。

そうして、修験者・法然の登場——となる。

半兵衛は、清吉から、姉妹の病因が蛔虫らしいと知らされると、即座に、

〈瓦版だ！〉

と思った。

蛔虫を、白魚の亡霊に仕立て上げれば、瓦版としては絶好の読み物となる。

半兵衛は、清吉が帰ると、早駕籠《はやかご》で日本橋の瓦版製造元を訪れたのだった。

そして、自から筆をとって、その原稿を執筆したのである。

むろん徹夜で版木を彫らせた。

でなかったら、翌日の夕刻に、その事件が報道できるわけがない。

この瓦版による中傷の思惑は、大いにあたった。

その証拠に、白魚屋の店先では、閑古鳥が啼《な》いている。

フユ、ナツの姉妹は、大きな蛔虫を吐き出したのだが、瓦版では〝目のない白魚〟となり、そして今では、目のない白蛇を吐きだした……と云う風に喧伝《けんでん》されていた。

これでは誰も、白魚屋から海苔を仕入れる者もない。

あとは、時間の問題だった。

碇屋長助を入聟《いりむこ》にさせて、じわじわと白魚屋を潰そうと思っていたのだが、この際、瓦版の余勢を駆って、一気に倒産へ持ち込んだ方が賢明である。

そうすれば、破落戸どもと交際のある長助に、二十両を支払わずに済むし、白魚屋の得意先をすっぽり長坂屋の手中に納められるのであった……。

半兵衛が上機嫌なのは、そのためである。

「ところで、清吉——」

彼は、白魚屋の番頭を見詰めて、

「法然とか云う山伏は、姉妹の腹に巣喰った悪い虫を、全部、吸い出せそうかな？」

と云った。

「へえ……」

清吉は、盃をおいて、

「それよりも、変な手代野郎が、新しく入って参りましたので……」

と目を伏せる。

「なに？　変な手代だと？」

「はい。辰之助とか申す男でして」

清吉は、なぜか声を顫《ふる》わせていた。

＊　＊

「どこに勤めていた男じゃ！」

長坂屋は目を光らせる。

「それが、わかりませんので」

「ふーむ！」

「庄右衛門殿の身内か、と訊きましたら、ただニヤニヤ微笑っておりまして」

「なるほど」

「仕事のことは、かなり知っているようでございます」

「すると庄右衛門は、まだ白魚屋が潰れるとは、考えておらんのじゃな？」

「はい」

「莫迦な奴め！」

半兵衛は舌打ちしてから、

「しかし何故、その新入りの手代を懼《おそ》れておるのじゃな？」

と訊く。

「なにしろ、変った野郎でして」

「ふむ。と云うと？」

「湿った海苔を叩き売ろうと致しましたら、番頭さん、待って呉んねえ——俺に才覚があるから——と、こうで」

「ほほう。どんな才覚だ？」

「女中に御飯を炊かせました」

「なんだ、握り飯か」

「いいえ、海苔巻で——」

「なんだえ、そりゃァ」

「うむ」

「御飯に酢を打ちましてね」

「湿った海苔の上に、その御飯を敷きつめるんでさあ」

「それで、どうする?」

「沢庵《たくあん》を一本、長く切りまして、それを中心に御飯を巻き込むんです」

「ほう、珍しいな。沢庵巻きか」

「これを丁稚に担がせて、一本十文で売り歩かせたところ、長屋の連中に大好評になりやしてね」

「ふむ!」

半兵衛は腕を組み、

「なかなか頭の働く奴だな」

と呟いている。

「これだと、湿った海苔も、誤魔化して使えるわけで」

「なるほど、その者、使えそうだの」

半兵衛は頷いて、考え込んでいたが、ややあって、

「その辰之助とやら云う手代、清吉の味方につけねば、今後の仕事がやりにくくなるな」

と云った。流石《さすが》は策士である。

「はい。たしかに――」

清吉は揉み手をして、精一杯の追従笑いをしながら、

「と、思いまする」

と告げている。かねがね、強敵だと見做《みな》していたからだ。

「なんとか策を講じてみい」

半兵衛はそう云ったあと、

「ところで山伏の方には、金を呉れてやって追い出すがよいな……」

と呟く。その表情は、冷酷そのものだった。

「追い出すので?」

「……そうだ」

「金を、やってですか?」

「むろんじゃ。山伏が、娘の虫を退治したら困る」

「なぜですか?」

「判らんのか――」

「は、はい」

「流石の法然が、念力を発揮できず、ほうほうのていで白魚屋を逃げだした……とみせた方が、効果があろうがの?」

「あッ、なるほど――」

「法然にも、どうにもならなかった白魚の祟り……と云うことで、また瓦版あたりが書き立てよるわ」

半兵衛は含み微笑って、

「ここに五両ある。山伏の追い出し料じゃ」

と懐中を探った。

「五両で、追い出すので？」

「ああ、どうせ乞食同然の山伏坊主……一両でも結構なところよ」

「ははあ……」

清吉は浮かぬ表情で、

「しかし、法然が出てゆかぬと云ったら、どうします？」

と訊いている。

「その時は、叩き出すさ。庄右衛門が大切にしている香炉か、なにかを奴《やっこ》さんの笈の中に隠して、盗人詮議《せんぎ》をすりゃァ、忽《たちま》ち片附く問題さ」

半兵衛は首を大きくふり立てて、

「でなかったら、提重《さげじゅう》の女にでも金をやって、一芝居打たせるさ……」

とニヤリとなる。

提重と云うのは、仲間《ちゅうげん》相手に重箱に饅頭《まんじゅう》を詰めて、売り歩く夜の女のことである。

その五

――その翌日のことである。

山伏・法然は、例によって仏間に入り、襖を閉め切ると、小半刻《こはんとき》ばかり経文を唱え、いつになく張り切っていた。

今日こそ、爪がなく、硬くて、暖かい迎え針を打とうと決心していたからだ。

〈これでわしも、この白魚屋に居坐れるわい！〉

法然は思った。

ただ問題は、姉娘のフユと、妹娘のナツと、どちらを撰《えら》ぶかである。

双頭の蛇なら、姉妹を同時に犯すことも可能だが、いくら修験者でも法然には一本の肉針しかない。

〈姉をとるか、妹をとるか……〉

彼は、経文を誦しながら、思い迷っていたものだ。

法然は、長い独特の念珠をまさぐりつつ、厳かに、

「ときに御両人」

と声をかけた。思いなしか、顔が硬ばっている。

「はい」

と姉妹は神妙に答える。

「昨日まで、わしは陰の唇《しん》より、虫を吸い出そうと、九深六浅の秘法を試みて来たのじゃが、虫気至らずとみえ、一向に吸い出せぬ。じゃによって、今日よりは、迎え針を打とうと存ずる……」

法然は、そう云って
「異存はあるまいな？」

と二人を見較べる。

その姉妹の表情で、どちらを先に選ぶか決める積りであったのだ。

「はい、異存はございませぬが、実はナツも私も、月の障りになりましてございまする」

フユが神妙に答えた。

「えッ、月のものを見たと！」

……法然、駭《おどろ》くまいことか。

修験者が修行する霊山は、女人禁制であった。月の汚れを忌むからである。

「どれ、どれ……」

法然は、未練たっぷりに、姉妹の下腹部をまさぐった。

なるほど丁字帯があててあり、ぐいとこじあけて中を探ってみると、指先に赤いものが附着して来た。

〈ウーム！〉

法然は地団太を踏む思いである。

しかし、いくらなんでも九深六浅のチュウチュウ秘法で、経血を吸いだすわけにはゆかない。

彼は不機嫌に、

「忌み時なれば致し方なし。本日は、これにて加持祈禱は終了と致そう」

と、しぶしぶ立ち上った。

法然が自室に籠ったころ、湯桶《ゆおけ》をもって、仏間

にすべり込んで来たのは、云わずと知れた彫辰だ。

「いかがでした、お嬢さま方?」

彼はニヤニヤしている。

「仕方がないって、怒って帰って行きましたわ」

フユは含み微笑った。

「いい気味でさあ」

彫辰は肯いて、

「先刻、厠《かわや》で調べましたらね、六匹から七匹の蛔虫が、蠢《うごめ》いてましたぜ……。薬が効いて来たんでげすよ」

と教える。

姉妹は、二本指を教わった時より、赬《あか》い顔になって、蒲団をかぶっている。

フユとナツが、月の障りになったと云うのは、嘘である。

四ツ時前に、彫辰が鶏を一羽絞めて、首を切り、その血を布に含ませて、姉妹にあてがわせたわけなのである。

その計略に、経血を嫌う山伏どのは、まんまと欺された訳なのであった。

彫辰は、

「さあ、お二人とも、腰巻をとって!」

と命令口調になる。

二人は云われた通りにした。我が儘な、やんちゃ娘も、二本指の講師には、頭が上らないとみえる。

彼は二人の腰の下に、懐から出した油紙を敷いてやり、丁字帯を静かにとりはずすと、手拭を湯桶に浸して、姉妹の鶏血で汚れた内腿や恥部を拭いはじめた。

〽核《さね》の頭に飯粒つけてーエ、
それで尿《しと》すりゃァ水車……。

彫辰は、くだらない唄を小声で口誦《くちずさ》みつつ、仕事をつづけていたが、不図《ふと》、

「鶏を七羽も殺さぬうちに、あの坊主めを片附けなきゃァならねえなあ……」

と独りごとを云ったものだ。

この一言が祟るのだから、世の中とは全くわからない。

やがて——姉妹は、もう拭き浄《きよ》めて貰うどころ

でなく、太腿をすり合わせるようにして、

「辰之助！　二本指！」

「良い加減で、逆碁にしてたも！」

と、それぞれに口走りはじめた。

＊　＊

姉妹が辰之助の二本指に、翻弄されているころ——。

山伏の法然は、忿懣《ふんまん》やる方なく、勃起した篇乃古に念珠を巻きつけ、両膝を動かしながら、浅間しい下法の自慰に耽《ふけ》っていたものだ……。

と——そのとき。

障子がガラリとあいて、番頭の清吉が姿をみせ、

「おや、おや。変った修行をなさってますなあ……」

と声をかけたのである。

「ああッ！」

法然は驚愕した。むりもない。

なにしろ大胡座《あぐら》をかいて、篇乃古は剥《む》き出しである。

それに、その篇乃古には、念珠が二重に巻きついているのだ。

修験者さまとしては、恥しいったら、ありゃァしない。

驚愕のため、篇乃古は、へなへなと萎《しぼ》んでしまったが、屈辱感は大きかった。

「なぜ、声をかけて下さらぬ」

法然は、きッとなって云った。

「いや、念力たしかな法然さまなら、わしが歩いて来たのを、既にご存じだと思うたのでな……」

清吉はそう云って、

「お主は、インチキ山伏じゃ。篠懸は纏《まと》っていたが、どうせ願人坊主の類じゃろう」

と極めつけた。

篠懸は、鈴掛とも書く。

山伏が、衣服の上に着る法衣《ほうえ》のことだ。

「な、なんと！」

法然は、半ば逆上して、

「なぜ、わしがインチキなのじゃ！」

と大声で喚めく。

「ならば教えよう。この白魚屋に伝わる先祖伝

来の万摺《まんずり》の香炉を、お前は盗んだ筈《はず》だ！」

清吉は云った。

「なに、万摺の香炉？」

法然は、目を丸くしている。

「そうだ。千姫さま御愛用の万摺の香炉と云うは、三河の国は蒲郡、佐根屋久慈右衛門が、神君家康公の秘命を受けて、豊臣秀頼《ひでより》なきあと、孤閨《こけい》を慰むるために考案した畢生《ひっせい》の名作……」

「なに、千姫さま御愛用の品だと？」

法然は、顔を輝かしていた。

「左様」

清吉は肯いて、

「伽羅《きやら》を焚きつつ、万摺の香炉で陰《ほど》を撫でれば、如何《いか》なる女人にても極楽往生すると云う天下の珍品だ……」

と説明し、

「千姫さまの死後、さる大名家に密かに所蔵されてあったが、白魚屋の先々代が、海苔を献上した手柄によって、御下賜されたと云われておる」

と云った。

「しかし、なぜ万摺の香炉と、名づけたので？」

法然は興味あり気に訊く。

「それは千姫さまが、わずか十回の香炉の往復の間に、羽化登仙《うかとうせん》の境に遊ばれたからじゃ」

清吉はそう云って、顔面を紅潮させると、

「笈を改めさせて貰う！」

と叫んだ。

……むろん、はじめから仕組んだ罠だ。

法然の笈の中から、香炉が出て来ぬ筈がない。

しかし、法然としても、やっとめぐり合わせた生涯の好機を逃したくはなかった。

彼は、無実の罪であると清吉に云い、そして、

「どんなことでもするから、姉か妹が、どちらかに想いを遂げさせて呉れ！」

と哀願するのである。

番頭の清吉にしてみたら、長坂屋半兵衛から、山伏を追い出せ……と命じられただけであった。

それに、法然を追い出すために、千姫さま御愛用の万摺の香炉などと云う、架空の家宝をでっち上げ、法然を盗ッ人呼ばわりした後めたさもある。

要は、白魚屋が倒産すれば、それでよいのであった。

清吉は、長坂屋に走った。

半兵衛は、

「その法然と云う男、使えそうだな。今夜、連れて来い……」

と云ったものだ。

そして、その翌朝、山伏・法然は、隅田川に水死体となって泛ぶのである。

＊　　＊

……本多小十郎は、頭を抱えていた。

白魚屋から頼まれて、瓦版の発行者を探し出そうと、彫辰を手代として送り込んだまではよかった。

だが、十日も経たないと云うのに、加持祈禱で泊り込んでいた山伏が、水死人となったのである。

「あの方がいなければ、娘たちは死にます。白魚屋の運命も、今年限りでございます」

白魚屋庄右衛門は、そう云って、大粒の泪をポロポロと溢《こぼ》したことだ。

小十郎は、二度と瓦版の材料にならぬよう、三星屋喜蔵の手下を使って、版木屋に注意を与えて歩かせる一方、下手人《げしゅにん》は誰か……と情報を集めさせた。

医師の診断によると、水死人――つまり、法然は、躰中に鍼を打ち込まれて、半死半生の有様で、川に投げ込まれたものらしいと云う。

今でこそ、中国の鍼術《しんじゅつ》が話題となっているが、当時は、漢方医学の時代であったのだ。

薬草、鍼灸《しんきゅう》などと云う東洋医学しか、頼れるものもなかったし、また効力を発揮していた時代だった。

それを明治維新後、西洋医学を万能としたのは、当時の為政者の誤りである。

ドイツ医学を絶対としたがために、日本の漢方医学は研究者もなく、滅亡の危機に瀕したのであった。

維新後百年――日本は、大きな空白を抱えたことになる。

思えば、莫迦なことをしたものである。

鍼や、漢方薬が、病気に著しい効果をもつことは、諸般の例で明らかである。

それが、何故効くのか判らない間は、信用できない……と云うのが、西洋医学の立場であるらしい。

しかし、早い話が、ペニシリンだって、カビの一種だし、発見された当時は、なぜ効くのかは判らず、肺炎や淋病《りんびょう》の特効薬として珍重されたのである。

世の中は、すべてそうなのだ。

理論がはじめにあって、結果があるのではない。結果があって、その裏付けが生まれてゆくのだ……。

筆者は数年前から、東洋医学の神秘性を賞讃《しょうさん》している一人なのだが、この物語のなかでは、煩雑《はんざつ》になるから筆を措《お》こう。

ここでは、ただ山伏の法然が、十数本の鍼を打ち込まれた儘の姿で、水死体となったことだけを、記憶いただきたい。

そして、その下手人としての嫌疑は、思いがけなく白魚屋の新しい手代――彫物師の辰之助にかかって来たのである。

その理由は、彼が針を扱う彫物師であること。次に、法然が居候になってから、白魚屋の手代となったこと。

そして、フユとナツの姉妹が、彼が、

――あの坊主を片附けなくっちゃァな。

と独りごとを呟いたと、役人たちに証言したことからである。

隠密廻り同心の本多小十郎は、彫辰を白魚屋に送り込んだ張本人であった。

また主人の庄右衛門も、それを知っている。

だが――それは他人には云えない秘密なのであった。

小十郎が、頭を抱えたのも、当然だろう。

しかし、当の本人は、至って平気の平左であった。

「あっしが、あの山伏野郎を殺すわけがねえじゃあござんせんか。あいつを殺したって、一文の得にもならねえ！」

彫辰は、そう云って、いきまいていると云う。

「白魚屋……」

本多小十郎は云った。

「なぜ、法然は殺されたのかのう！」

庄右衛門は首をふって、

「あたしにも判りません。それが、判れば、なんとか糸口を――」

と元気なく呟く。

「あの念力を持った修験者が、どうして鍼を打たれたかのう」

小十郎は情ない声である。

「若《も》しかしたら、自分で――」

庄右衛門はそう云って、はッと息を詰めると、

「本多さま。娘たちの話では、なにか虫を吸い出すために、法然さまは、迎え針を打たねばならぬと、仰有《おつしや》っていたとか……」

と云った。

「なに、迎え針？」

小十郎は、目を光らせる。

目下、二人の急は、彫辰を救い出すことにあった。

白魚屋の危急存亡の際ではあったが、どう考えても彫辰には、法然を殺さねばならぬ理由は見当らないのだ。

法然と、なにかの原因で、喧嘩していたと云うのなら、別であったが……。

「とにかく、なんとかせねばならぬ」

本多小十郎は苛立《いらだた》しく云った。

「左様でございますとも！」

庄右衛門は肯く。

そこへ、三星屋喜蔵が、

「旦那ァ！」

と叫んで、番屋《ばんや》に飛び込んで来た。

みると、手に刷り立ての瓦版を持っている。

『浅草ちょぼ屋、第二の祟り。法然の念力、遂に及ばす。三途《さんず》の川で、鍼攻めの怪死』

瓦版には、そんな見出しが、つけられていたのである……。

その六

「なあ、お姉さま」

妹のナツが、声を震わせながら云った。

「な、なに……」

フユは眉根を寄せて、すでに恍惚の世界に遊んでいる。

「あたし……もう、お嫁に行かなくたって、いいわ」

ナツは、そう云いながら、下肢を悶えさせていた。

「あたし、だってよ……」

フユは声を弾ませ、二本指をあられもなく駆使しながら、

「嗚呼《ああ》!」

と一声高く叫んだ。

蒲団の内側で、蠢めいていた動きが礑《はた》と中止され、その代り裾の方だけが——爪先だけが小刻みに痙攣している。

それに刺戟されたのか、続いて妹娘の方もあえなく落城し、仏間を攪拌《かくはん》していた澱《よど》んだ空気が、一瞬、静寂に戻った。

「どうして、逆碁って、こんなに気持がいいのかしら……」

フユは、隣りの蒲団を眺めて呟く。

姉妹とも彫辰が買って来た虫下しの妙薬のお蔭で、すっかり血色がよくなり、生気を取り戻している。

しかし、主人の庄右衛門は、山伏法然の虫吸いの念力のお蔭だと思い込んでいるのだから、悲劇であった。

「あの……手代の辰之助とやらは、法然さまを本当に殺したのかしら?」

ナツが、唐突に云った。

「わからないわ……」

フユはそう答えて、右手をとりだし、指先を嗅いで鼻を顰《しか》めた。そして、

「この指が、いけないのね……」

と不思議そうに呟く。

「ねえ、お姉さま……」

ナツは起き上って、

「あの辰之助にやって貰うと、とっても気持よかったのに、自分でやると、その半分ぐらいしか気持よくないみたいじゃないこと?」

と訊いてくる。

フユは肯いて、

「本当にそうね」

と首を傾《かし》げながら起き上る。

——その時であった、番頭の清吉が、碇屋長助を伴って、廊下から声をかけたのは。

「お嬢さま方……」

清吉は、なぜか弾んだ声で、

「長助さまが、お見舞いに参られましたよ……」

と云い、もう次の間に這入っていた。

「入らないで!」

フユは、ぴしりと云った。

「なぜでございます?」

清吉は、もう白魚屋に見切りをつけているものだから、自棄《やけ》に図々しかった。

「なぜでも!」

フユは声を荒げて、

「もう、私もナツも、長助さんが嫌いになったの!」

と叫んだ。

「ほほう。これはまた、冷たい挨拶だねえ。あっしに恋患いをしたのは、どこの誰だったかな?」

長助が憤然として応じた。

「恋患いなんかしませんよーだ!」

ナツが叫び返すと、フユも、

「虫患いしただけじゃないの。へーん、だ」

と云った。

長助は大いに腐って、

「どうも、虫の居所が悪いらしいぜ」

と呟き、それから、

「瓦版に書き立てられるような、可哀想なちょぼ屋の娘ッ子を、見舞いに来てやっているんだぜ! おい、清吉! この俺に、よくも恥を掻かせて呉れたなあ。一体、どうして呉れるんだ!」

と凄《すご》みはじめたものだ。

清吉は、大いに慌てて、

「若旦那！　このことは、長坂屋の旦那になんとか、して貰いやすから……」

と口走った。

「うるせえや、この野郎！」

長助はいきり立ち、

「おい。俺のダチ公が、お前と山伏野郎が、長坂屋へ這入ってゆくのを、ちゃーんと見てるんだぜ！　約束の二十両の他に、三十両は色をつけろと、長坂屋へ云っときな！　ふん！　糞面白くもねえ！」

と清吉を突き飛ばして、荒々しく立ち去る気配だ。

「あッ、若旦那！」

清吉も、あとを追って去ってゆく。

フユとナツは、お互いに顔を見合わせ、どちらからともなく、

「なにか、変なこと、云ってたわね？」

と云い合ったものだ。

「長坂屋って、うちと同業の長坂屋半兵衛さんのことかしら？」

と、フユは呟いている。

「その長坂屋に、なぜうちの清吉と法然さまが……」

ナツはそう云ってから、

「ねえ！　このこと、お父さまに知らせておいた方が、いいんじゃない？」

と叫んだ。

「そうだわ。手代の辰之助の命が、助かるかも知れないわ！」

フユも、そう云って微笑した。

「でも、約束の二十両って、なんのことかしら……」

ナツは首を傾げた。

＊　＊

「なに？　長坂屋に、法然と番頭の清吉とが、一緒に這入って行った……と申すのだな？」

本多小十郎は、白魚屋からの報告をきくと、大きく腕を組んだ。

「長坂屋は、私の先代を恨んでいたそうでござります」

白魚屋庄右衛門はそう告げて、

「瓦版の主は、若しかしたら、長坂屋ではないかと……そう思って居りました」

と小声で訴えた。

「しかし、その長坂屋に、なぜ、そちの店の番頭や、抱え入れた山伏めが、出入り致すのじゃ」

小十郎は、不審そうである。

「それは、私にも判りませぬ」

庄右衛門は小首を傾げ、

「清吉めは、不在でござりますので、帰りましたら早速――」

と云った。

――一刻《いっとき》の後。

小十郎は茅場町の大番屋で、彫辰と面会していた。

大番屋は、江戸市中に七か所ぐらいあって、云うなれば現在の留置場である。

小伝馬町の牢屋送りとなる前の、いわば未決囚の収容所だと思えばよいだろう。

辰之助は、小十郎と顔を合わすなり、

「旦那！　あっしは、彫物の絹針は使うが、漢方の鍼は打ったこたァありませんぜ？　それなのに、なぜ、あっしを科人《とがにん》扱いしなさるんでエ！」

と、まくし立てた。

「許せ、彫辰……」

小十郎は神妙に頭を下げて、

「実は白魚屋から、奇妙な話を聞いた」

と、いま耳にして来たことを、語ってきかせたものだ。

辰之助は、しばらく考え込んでいたが、

「旦那……。こいつは一つ、計略を用いなきゃァなりませんぜ？」

と呟いた。

「その計略とは？」

小十郎は問い返す。

「あっしの勘では、長坂屋が、番頭の清吉をまるめ込んで、瓦版に書かせたに違えねえと思うんでやすが」

「なるほど？」

「でなかったら、法然が蛔虫を吸い出した翌日に、瓦版が出る筈もないし……」

「うむ。そう云えば、法然が死んだ翌日に、瓦版が出る筈もないな。たしか〝三途の川で、鉞攻めの怪死〟とあったが――」

本多小十郎は、そう答えてから、俄《にわ》かにぎくりとなった。

「旦那……なぜ、瓦版の書き手は、鉞が法然の躰に打ち込んであったのを、知っていたんでござんしょうねえ」

彫辰は云った。

小十郎は大きく唸った。

瓦版をつくるには、先ず文章を書き、次に書き文字職人が、その文章を薄い和紙にしたためる。

そして、その和紙を版木に裏返して貼り付け、それから版木職人が彫るのである。

どんなに早く工程が進んでも、彫ったあと印刷し、瓦版売りに出すのだから、丸一日はかかるのであった。

となると、瓦版の文句を書いた人物は、八丁堀同心が検案する以前に、法然の死体に、十数本の鉞を打ち込まれてあった事実を、知っていたことになるではないか。

小十郎は膝を叩いて、

「彫辰!」

と叫んだ。

辰之助は微笑して、

「もし、長坂屋が、瓦版の張本人だったら、奴さんが法然殺しの黒幕ですぜ」

と云い切り、ついで、

「白魚屋が、店仕舞いするような芝居を、あっしにやらせてお呉んなせえ……」

告げたのではあった。

＊　＊

大番屋から釈放された辰之助は、白魚屋に舞い戻った。

庄右衛門は大喜びしたが、番頭の清吉は流石に顔色を変えた。

辰之助は、庄右衛門の部屋で、小半刻ちかく話し込んでいたが、出てくると、清吉に向かって、

「ちょっと、顔を貸してお呉んなさい」

と云った。

脛《すね》に疵《きず》もつ清吉は、土蔵の陰にゆくと、

「一体、なんだ……」

と蒼くなっている。

「実は……この店は、もう駄目でげす」

彫辰は、手で首を斬る真似をした。

「えッ、駄目だとは?」

「いま、旦那と話して来たんだが、店仕舞いするんだとさ……」

辰之助は云った。

「えッ、とうとう……」

清吉は声を弾ませて、

「それで、辰っあんは、どうする?」

と訊く。

「うむ。長坂屋の旦那から、番頭にしてやるから、来ねえかと誘われてるんだ……」

彫辰は云った。

「えッ、長坂屋から?」

清吉は、莞爾《かんじ》として、

「そうだったのかい! すると、俺の下で働くわけだなあ」

と肩を敲《たた》いた。

「なに分とも、よろしくお願い致しやす」

辰之助は低姿勢である。

彼は、帳場へ戻ると、

「おい、みんな! 白魚屋は倒産だ。みんな自分の身の振り方を考えたがいいぜ!」

と大声で怒鳴った——。

いつのまにか、番頭の清吉の姿は消えていた。

むろん、清吉には尾行者がついている。

そして、三星屋喜蔵が、長坂屋に踏み込んだのは、それから間もなくであった。

長坂屋半兵衛と、白魚屋の番頭・清吉は捕えられ、自身番で本多小十郎からの吟味を受けた。

半兵衛は、知らぬ、存ぜぬとシラを切ったが、清吉の方が先ず音を上げて自供した。

こうなると、半兵衛も苦境に立つ。

しかし、瓦版の張本人であると云うことだけなら、なんと云うことはないのだが、法然殺しの大罪が控えている。

半兵衛は、首をふりつづけた。

——清吉の自供によると、長坂屋に連れて行かれた山伏の法然は、修行によって体得したいろいろな秘術を公開してみせた。

池の中で、上法による念力自慰術を披露したあと、

「では、仮死の術をお見せ致す」

と云った。

仮死——つまり失神状態に、自からなることである。

法然は仮死状態に入った。

半兵衛は、死んでしまったと思い込み、素人覚えの鍼を、法然の躰に打ち込んだ。

しかし仮死状態に入っていると、筋肉が硬ばっているから、鍼は打ち込めても、なかなか抜き取れぬ。

半兵衛は、半狂乱となり、盛んに鍼を打った。

だが、法然は目覚めなかった。

それで半兵衛は、隅田川に運んで、抛り込んだのである。


法然は、かくて溺死を遂げた。

念力も遂には甦えらなかったわけだ……。

となると、長坂屋半兵衛は、法然を殺した犯人と云うことになる。

清吉は、自分の目撃したことを、すべて自供したが、半兵衛は諸般の生き証人が現われたにも拘《かかわ》らず、

「知らぬ！　知らぬ！」

と云い通して、その儘、小塚原の刑場の露と消えた。

世に、これを称して〝知らぬ顔の半兵衛〟と云う。

まあ、これは余談であるが、清吉や半兵衛が吟味されている頃、白魚屋の手代・辰之助こと、彫辰は、フユとナツの寐ている仏間に入り込んで、

「よござんすか……息を止めてえ！」

などと、姉妹に命令していた。

二人は、神妙な顔付きで、息を止めている。

「股をひらいてエ！」

彫辰は、あまり面白くもなさそうな顔つきであ

る。

姉妹は、下半身は裸で、しかも剝《む》き出しであった。

「少し、痛いですぞ?」

彼はそう云って、先ずフユの秘所に舐めた指を挿し込んだ。

「あ、痛ッ!」

フユは叫んだ。

「辛抱しなさい。そのうち、きっと、たまらなくなるから……」

彫辰は、つまらなそうに告げる。

実は姉妹から、迎え針を打って欲しいと、哀願されたのであった。

そのため、法然ではないが、先ず爪のある針で、破瓜《はか》の行事を進めているところなのである。

〽ちんちん痒《かゆ》い、痒い、
　核《さね》もって来い、来い……。

彫辰は、十八番の唄を口誦みつつ、次なるナツの秘所に指を挿し入れていた。
世はまさに天下泰平——ドル・ショックもない、よき時代であった……。

この作品は一九七二年四月、六月に読売新聞社より『彫辰捕物帖（一）』『同（二）』として刊行され、その後一九八九年十月、十一月に徳間文庫（徳間書店）より、それぞれ同題で刊行された。

また、今日の人権意識に照らして不適切と思われる語句や表現もあるが、時代的背景と作品の価値に鑑み、修正・削除はおこなわなかった。

梶山季之（かじやま・としゆき）
一九三〇年、朝鮮京城（現ソウル）生まれ。四五年、十五歳で両親の故郷、広島県旧佐伯郡に引き揚げる。五二年に広島高等師範学校（現広島大学）国語科を卒業、五五年に第十五次「新思潮」同人になる。その後、ルポライターとして「週刊文春」等の雑誌でトップ記事を執筆、数々のスクープをものし、〈梶山部隊〉といわれるトップ屋グループを率いた。六二年に産業スパイ小説『黒の試走車』を上梓、ベストセラーとなり、流行作家になる。その後、様々なジャンルにわたって膨大な数の小説を発表、七〇年には文壇所得番付一位になる。七一年に自身の責任編集のもと、月刊誌「噂」を創刊、三二号まで発行した。朝鮮・移民・原爆を描いた小説『積乱雲』の執筆の途上、七五年に取材先の香港で客死。享年四十五歳。

彫辰捕物帖《ほりたつとりものちょう》　上《じょう》

二〇〇八年五月二十日　初版第一刷印刷
二〇〇八年五月三十日　初版第一刷発行
著　者　梶山季之
発行人　森下紀夫
発行所　論 創 社
東京都千代田区神田神保町2―23　北井ビル2F
電　話　（〇三）三二六四―五二五四
振替口座　〇〇一六〇―一―一五五二六六
URL　http://www.ronso.co.jp/
印刷／製本　中央精版印刷
ISBN978-4-8460-0797-3
落丁・乱丁本はお取替え致します